PARADIS CITY

JENS LAPIDUS

ALBERT BONNIERS FÖRLAG

PARADIS CITY

Av Jens Lapidus har tidigare utgivits:

Snabba cash, 2006
Aldrig fucka upp, 2008
Gängkrig 145, 2009 (serieroman, illustrerad av Peter Bergting)
Livet deluxe, 2011
Mamma försökte, 2012 (novellsamling)
VIP-rummet, 2014
STHLM delete, 2015
Top dogg, 2017

albertbonniers.se

ISBN 978-91-0-017318-0
© Jens Lapidus 2021
Omslag Jonas Lindén
Tryck ScandBook EU, 2021

*Vi trodde på det här landet/
som vi trodde på Gud/
och vi flippade radbandet/
sket i färgen på vår hud.
Men hemmet i ert folkhem/
för oss det var tabu/
ni sa: vi vet vem som är vem/
nu vi bär AKfyrtiosju.*

Ur *ArmaLite* av ResistanX,
Sveriges mest streamade låt förra året.

Särområdeslag (2025:1252)

Syfte

1 § Denna lag innehåller särskilda bestämmelser som kan tillämpas i ett *särområde* vid allvarlig fara för den allmänna ordningen eller den inre säkerheten i landet.

Definitioner

2 § Ett *särområde* definieras som ett bostadsområde med minst 5 000 invånare, där andelen invandrare och ättlingar från icke-västliga länder överstiger 50 procent och minst ett av följande två kriterier är uppfyllt:
1. Andelen invånare i åldern 18–64 år som inte är relaterade till arbetsmarknaden eller under utbildning överstiger 40 procent.
2. Andelen invånare dömda för brott utgör minst tre gånger det nationella genomsnittet, beräknat som ett genomsnitt under de senaste två åren.

3 § En *särskild gängrelaterad individ* (SGI) definieras som en invånare i ett *särområde* som vid minst tre tillfällen dömts för brottslighet där påföljden är fängelse i minst ett år och som kan antas delta i organiserad kriminalitet eller anses utgöra en särskild fara för sin omgivning.

4 § En *trevnadsdelare* definieras som en långsträckt anläggning kring ett *särområde* för att förhindra passage.

Särskilda bestämmelser

5 § Om det har uppkommit en allvarlig fara för den allmänna ordningen eller den inre säkerheten i landet får Särområdesmyndigheten:
1. Meddela föreskrifter om identitets- och säkerhetskontroller vid in- och utfart till ett *särområde*.
2. Meddela särskilda föreskrifter för *SGI*-klassade invånare innefattande bland annat: registreringskrav, avförande från sjukförsäkring och förhöjda straffskalor för återfallsbrottslighet.
3. Uppföra *trevnadsdelare* kring ett *särområde*.

Dag ett

6 juni

1

Hissdörrarna öppnades med ett gnisslande ljud. De klev in.

Tydligen: några grabbar spelade poker i en lägenhet uppe på tredje våningen. Folk som gejmade hade alltid betalapparna fyllda med flos. Han och Isak skulle in och ut bara. Det var ett enkelt jobb. Inshallah – ett snabbt avklarat jobb.

Emir såg sitt eget ansikte stirra tillbaka från det spruckna glaset i spegeln: boxarnäsan, den breda hakan, skäggstubben. Förut: vilka kläder han än burit hade hans biffiga nackmuskler och seriösa ögon alltid talat sitt tydliga språk. Oavsett hur han mådde: han var ingen man jiddrade med. Men nu: huden stram och insjunken längs två linjer på halsen – som på en sjuk människa eller på ett flyktingbarn från Pakistan eller Belarus. Och ögonen fladdrade. Som på någon som kände rädsla.

Han var tjugosex bast, kände sig som tjugo men betedde sig som sjutton. Det kändes ibland som om han inte rört sig framåt på länge. Å andra sidan: nu var det snart casha in-dags. Han borde vara happy.

Fast ärligt: springa runt i Järva, hota folk och tvinga av dem flos – det var ingen värdig grej för en shuno i hans ålder. Men det var inte värdigheten som var det egentliga problemet – det var något annat. Känslan var som när han var liten och mamma upptäckte jävelskap han hittat på. Han mådde illa av det han gjorde. Han ville bara bort från skiten.

Han skulle aldrig berätta: att han var tjugosex år och knappt pallade att sno lite pengar från någon – han var till och med SGI-markerad, staten hade brännmärkt honom som särskild gängrelaterad individ.

Han borde verkligen försöka göra något annat. Men det här var det enda han kunde på riktigt. Oftast behövde han inte ens anstränga sig, han hade det rykte han hade. Prinsen: en farlig shuno, en våldstalang, en specialist på personrån.

Dessutom var det omöjligt att sluta. Emir behövde flosen. Det var inte en fråga om aptit – det var hunger.

Han hade alltid jagat para, men sedan några år tillbaka var det annorlunda. Han hade njursvikt. Hans blod måste renas minst två gånger i veckan – det kostade så mycket per tillfälle att han inte ens orkade tänka på det. Staten stod inte för en krona.

Hissdörrarna gnisslade igen, öppnades långsamt. De var uppe.

Allt handlade om tre grejer. Fixa cash. Fixa cash. Och överleva.

Fast det var inte sant – det handlade om en grej till. Det som han egentligen brydde sig om, hans lilla pärla, det som gjorde livet värt att leva.

Men allt det där var skit samma. Nu skulle han bara fixa pengar.

Det fanns folk som kallade det här området för Paradis city.

Det var raka motsatsen till Jannah. Ärligt, Järva särområde var Jehinnom på riktigt – ett helvete på jorden.

Han måste stänga av gnället nu. Ta några djupa andetag: kliva in, göra sin grej. Spelmarker och konton fulla av pokerpengar, snart skulle cashen vara hans.

Han och Isak skulle in och ut bara, som i octagonen.

Det luktade piss och zutt på loftgången. Värmen slog emot dem som i ett thailändskt horhus.

Isak tuggade tuggummi som en ko. »Jag tycker att vi skiter i det här. Jag får en dålig känsla.«

Kompisen var blek i fejset, hans T-shirt var trasig och Adidasbyxorna var fransiga vid fickorna. Hans Guccikeps hade förlorat sin glans för länge sedan, men Isak bar den fortfarande som om det var en kufi eller något. Faktiskt: Isak såg ut som en gubbe. Oro och tramadol hade speedat upp hans åldrande gånger tio: kompisens gamnacke var krokig som ett S, hans rygg böjd som ett Z.

»Chilla, brorsan«, sa Emir. »Vi ska bara tvinga dem att göra överföringar. *In och ut bara.*«

Dörren hade ingen ringklocka. Emir knackade på.

Ingen öppnade.

Han bankade hårdare. Någon ropade inifrån.

Han tog upp pistolen ur fickan, höll den längs benet.

»Jag följer inte med in«, sa Isak plötsligt.

Det var inte okej att banga nu. Samtidigt fanns det inte tid att tjafsa, kompisen fick stanna härute och vakta i stället. Emir visste: Isak hatade knas, även om han behövde pengar lika mycket som alla andra.

»Öppna dörren«, sa Emir med hög röst.

Steg hördes inifrån. Det rasslade när titthålsluckan sköts åt sidan. Dörren flög upp: en shuno med weedröda ögon och rakad skalle stod i öppningen. »Vad vill du?«

»Kan jag vara med och spela?«

»Fuck off.«

Attitydproblem. Knasvibrationer. Vad-fan-var-det-frågan-om-trubbel.

Emir pallade inte att tjafsa – han tog upp nian och tryckte den mot flintskallens bröst.

Golvet i hallen var smutsigt. Han föste shunon framför sig. Det luktade matos och ännu mer zutt i lägenheten. Men flintskallen var oväntat chill för att ha en gann i ryggen.

De klev in i vardagsrummet. Tre ansikten såg upp – som en stillbild: mellan de tre männen stod ett grönt bord täckt av kort och spelmarker. De stirrade på vapnet i hans hand.

En av dem såg ut som någon som Emir absolut inte trodde skulle sitta här.

Mahmoud Gharib.

Kunde det stämma?

Feta tatueringar på överarmen och ett ovanligt noggrant klippt skägg, linjen över kinden skarp som om den dragits med laser. Emir läste texten på hans biceps: غريب.

Ja. Det var fan han.

Mahmoud Gharib: Muslimska brödraskapets säkerhetschef. Före detta ledare för *Lazcanos*. En av de tyngsta snubbarna i hela Järva särområde. En våldslegendar, en ikon i orten, en tokig shurda som det gått rykten om redan när Emir var liten. Folk här darrade som punanivibratorer när de hörde hans namn. Det snackades om att till och med S-snutarna pissade på sig när bossen kom på tal. Härinne var han var mer känd som Abu Gharib.

Och nu stod Emir och pekade en gann rakt mot just honom och hans polare.

Fuuuck.

Abu Gharibs ögon: svarta som en månlös natt.

Hade Emir vetat det här skulle han inte ens ha vågat knacka på med en bukett blommor.

Han såg pistoler ligga på ett bord en bit bort – man spelade alltid naken – och säkerhetsvästarna stod lutade mot väggen. Extra svett behövdes inte i Hold'em eller Omaha.

Han måste komma på något smart nu, ta sig ur den här situationen.

»Vem är du?« Abu Gharibs röst var överdrivet lugn, överdrivet långsam – *överdrivet* hotfull.

Emir borde bara gitt.

In och ut – långsamt backa, och dra.

Då hördes ett brak bakom honom.

Han vände sig om.

Det var för sent: dörren till hallen var inslagen.

Tre uniformer med dragna vapen vällde in.

De skrek: »POLIS.«

Abu Gharib och de andra vräkte sig upp: bordet välte, korten flög.

Emir läste situationen.

»Lägg er ner. Släpp vapnet«, ropade snutarna.

Männen runt bordet kastade sig mot sovrummet.

»Stanna«, skrek snutjävlarna.

Det lät som om Isak snyftade borta vid dörröppningen.

Emir kunde inte åka in nu, då skulle det vara kört. Han borde bara *blaza* de här grisarna: göra öppningar i dem en efter en.

Ingen kände till att de var här och han och Isak hade inte passerat några fungerande övervakningskameror, vad han visste.

Han skadade ofta idioter – det här var bara ett steg till. Ändå:

Emir ville känna huden på den han spöade, han var gammal MMA-stjärna. Han pallade inte skjuta.

Han skrek till Isak: »Spring.«

Sedan slängde han sig efter de andra snubbarna, fönstret inne i sovrummet var öppet, han förstod hur de tänkt: Abu Gharibs röv var på väg ut genom det. De andra före honom. Loftgången där utanför var som en enda lång balkong med egen utgång: en racerbana för rymningar.

Snutarna vrålade.

Sängen var obäddad, lakanen gråa av smuts. Emir slängde sig efter Gharib, landade bland cyklar och skateboards. Det låg två snutar på loftgången, de gnällde, kved – Abu Gharibs killar hade tagit hand om dem på sitt sätt.

Isak stod där: ögonen som på en facking åsna.

Emir sprang. Isak några meter framför honom på loftgången. Kompisen ville inte vara gangster. Nu: han var tvungen att kuta som en.

De andra låg före. Mot trapphuset.

Nike Air Max på flykt.

Uppåt i huset, inte ner – för där väntade antagligen fler grisar.

Abu Gharib skrek till sina män: »Har ni tabbar?«

»*La, la*«, vrålade de på arabiska – ingen av dem hade hunnit få med sig sina vapen. Den enda som var beväpnad just nu var Emir.

Ainastudsarna smattrade.

Gharib vände sig om mot honom: »Vad är du för facking idiot?«

Polisens steg hördes bakom dem, längre ner i trappan.

»Du måste haft span«, flåsade bossen.

Emir tog fem trappsteg i varje steg.

Hans andning höll på att gå sönder.

Gharib hade fel: han hade *inte* dragit hit aina.

Taket var platt. Järva var en torr betongöken här uppifrån.

Gharibs män stod vid takets kant: en återvändsgränd. Varför hade bossen tagit dem hit?

Då anföll huvudvärken. Emir kunde knappt vrida huvudet, så

hårt slog den till. Sämsta tillfället i världshistorien för hans hjärna att kuka ur. *Ett kognitivt pris*, hade läkarna kallat det.

Samtidigt förstod han Abu Gharibs plan.

»Hoppa«, skrek bossen.

Ett geni.

Den första shunon kutade mot takets kant, kastade sig ut, benen fortsatte röra sig, han sprang i luften, sedan landade han på taket till nästa hus. Shit, det var minst fyra meter.

Killen: bortom grisarnas reach.

Blixtar slog ner i huvudet utan avbrott.

Isak flämtade.

Nästa shuno gjorde samma sak, hoppade och rusade vidare på taket på andra sidan. Sedan var det flintskallens tur. Han tog sats – svetten blänkte i solen.

Han rörde sig i luften, armarna framför sig, händerna utsträckta. Han föll, ramlade, satte ner foten i ingenting men lyckades greppa takets kant. En centimeter från döden. Men nu: flintskallen fri som en fågel.

Emir, Abu Gharib och Isak: ensamma kvar. Emir visste vad Isak tänkte: kompisen kände att han var för svag för att klara hoppet – »gym och träning har aldrig varit min grej«, brukade han säga.

Grisarnas steg hördes – de skulle vara här inom några sekunder.

Jag klarar det inte heller, tänkte Emir genom huvudvärken.

Isak verkade förstå. »Jo, du fixar det, bror«, sa han. »Du är atlet. Du kan komma undan.«

Jag *var* atlet, tänkte Emir.

Gharibs ögon smalnade. »Snutarna är här om fem sekunder«, sa han. »Gör du det du måste när de kommer upp?«

Emir vägde pistolen i handen. Huvudvärken pippade hans hjärna. Han kunde inte svara på bossens fråga.

Sedan ändrades Gharibs blick, han tittade på Emirs tatuering: *9KO:s* – nio knockouts. Bossen såg intresserad ut – nyfiken.

»Jag känner igen dig«, sa han. »Du var Prinsen. Jag höll alltid på dig.«

Huvudvärken slog sönder Emir inifrån nu.

»Ge mig pistolen«, sa Abu Gharib och räckte fram sin hand. »Så tar jag hand om dem i stället.«

Takluckan slogs upp bakom dem. Poliserna svärmade. Viftade med sina pistoler. Skrek. Försökte blockera flyktvägar. Någon greppade efter Isak.

Abu Gharib höll fortfarande fram sin hand. *Ge mig pistolen*, sa hans ögon.

»Lägg ner vapnet«, vrålade snuten.

Isak ryckte sig loss.

Emir höjde Makaroven, men han gav den inte till bossen. Han pressade in avtryckaren.

BAM. Rekylen var stark.

BAM.

Snutarna kastade sig ner samtidigt som Gharib blev snabb – Västras mäktigaste man tog sats. Hoppade. Svävade overkligt länge genom luften och landade på andra sidan som en stor säck med hårt packat kokain.

Emir borde följa efter honom.

Han *måste* hoppa.

Ändå: det var för långt. Han skulle aldrig klara det.

Han hade trott att han var förbi de här tankarna, men han var en idiot.

Han var någon som inte ens i en sekund klarade av att försöka.

Han var en förlorare som helt slutat tro.

Vapnet skramlade när han släppte det. Han sträckte upp händerna i luften.

Då såg han Isak.

Kompisen låg ner med darrande läppar. Han blödde vid tinningen. Snutarna vrålade i bakgrunden: suddiga, overkliga, låtsasvarelser.

Emir kastade sig fram.

»Bror«, rosslade Isak. »Du hade klarat av det. Du hade klarat att hoppa.«

Hans tuggummi låg som en vit fågelskit bredvid honom.

Snutarna hade inte avlossat skott. Bara en person häruppe hade använt vapen. Emir hade skjutit sin bästa vän.

Det här var inte *in och ut*.

Det här var bara facking *ut*. Isak var på väg till det riktiga paradiset nu.

2

Fredrika blickade ut över torget. Det var fullt, trots att det var över trettiofem grader varmt i dag. Den preliminära analysen talade om fler än tjugotusen personer. Folk i Sverige hade uppenbarligen vant sig vid värme, åhörarskaran var decenniets rekord.

Inrikesminister Eva Basarto Henriksson satt i den pansarförstärkta Volvon. Om exakt elva minuter skulle Fredrika eskortera henne upp till den uppbyggda scenen där hon skulle hålla sitt tal. Gruppchefen stod utanför bilen, dirigerade kollegorna, pekade med hela handen – öronsnäckan som en vaxpropp i örat. Alla förberedelserna var klara, det visste Fredrika – hon hade bättre koll än gruppchefen själv. Operatörerna i Personskyddet hade intagit sina positioner, information och instruktioner hade delats ut redan på högkvarteret till alla som deltog i dagens insats, det skottsäkra glaset var på plats, de tekniska skyddsåtgärderna var igångsatta, inställning av radioutrustningen, svepning under podiet och vapencheck.

Ändå kunde hon inte skaka av sig den obehagliga känslan som spökat i henne hela dagen. Det här var Järva särområde, en farligare plats för en svensk politiker gick inte att tänka sig. Det fanns så många olika grupperingar – gängen, islamistorganisationerna, Rörelsen. Men det var valår i år, många skulle strunta i att rösta om inte någon gav dem hopp. Dessutom hade Personskyddet förstärkt bevakningen med ytterligare sju prickskyttar på taken.

Fredrika tänkte göra sitt jobb extra bra i dag.

Fast det var inte sant, hon gjorde alltid sitt jobb extra bra. Det var sådan hon var.

Arthurs linnekavaj var för skrynklig för att uppfylla kraven på properhet, hans hår var rufsigt som vanligt och skorna dammiga. Han borde redan befinna sig uppe på sitt tak med siktet inställt och prickskyttegeväret redo.

»Jag vet att du också tycker att det är onödigt att hon ska tala just här«, väste han precis lagom tyst för att gruppchefen inte skulle höra. Fredrika nickade. Arthur kunde inte ha mer rätt. Sedan tillade han: »För i Paradis city finns ingen skugga på taken, de är bara platta och trista. Jag kommer rostas levande.«

Arthur var inte den enda humoristiska kollegan som kallade det här särområdet så: Paradis city. Järva var en inverterad form av folkhemstanken. Fast kanske menade kollegorna att det var en riktig *paradisstad* – för de kriminella – där det gick att härja fritt, där polisens kontroll var sämre än en lärarvikaries i en åttondeklass. Eller så tänkte de att det här området gjorde resten av Stockholm till ett paradis. De kriminella hölls borta, utanför, inlåsta. Problemet var bara att buset inte var ensamt – Järva var stort, det bodde många andra i särområdet: alla delade på konsekvenserna.

På en av skärmarna testades ansiktsigenkänningen en sista gång, den var riktad mot Fredrika själv. Det var skumt att se sitt eget fejs där. Hennes hakparti såg kantigare ut än vanligt, och då spände hon inte ens käkarna. Hon tyckte också att hon såg äldre ut än hon egentligen var, kanske var det kavajens fel, det allvarliga uttrycket över hennes smala läppar, eller så berodde det på att hon hade satt upp sitt mellanblonda hår i en tofs, så som reglementet föreskrev. Maximal tillåten friläng var hundrafemtio millimeter.

Så vreds FR-skannern ut mot publiken. Det var dags nu.

EBH tog säkra steg upp på podiet, klädd i grön dräkt, ett stort halssmycke i bärnsten och lagom höga klackar. Välklädd som vanligt, men inte snobbigt. För många var Eva Basarto Henriksson en hjältinna, en förebild, eller som det sas här inne: en batallah – en champion. Hon tog ingen skit och hon skämdes aldrig över att hon ville bli det här landets nästa ledare. Det här var upptakten till valet.

Basarto Henriksson tog tag i talarstolens kanter med båda händerna, plexiglaset framför henne glimmade i solen. Musiken tystnade. Applåderna tonade ut.

Hon andades in.

»*Vänner och Järvabor. Jag vill börja med att tacka alla som gjort denna sammankomst möjlig. Alla arrangörer och volontärer. Det är fantastiskt för mig att vara tillbaka här och det är underbart att se att ni är så många som har kommit hit, trots värmen.*«

Fredrika tittade ut över folkhavet. Där vajade palestinska och salafistiska flaggor och röda fanor med den gröna knutna näven på – Rörelsens symbol. Hon såg idolskyltar med bilder på Basarto Henriksson, imamer och klanöverhuvuden från Libanon och Tyskland.

Några fotografer hade fått tillstånd att stå längst fram vid kravallstaketen och smälla av sina blixtar.

Fredrika sökte efter anomalier. Arthur hade meddelat att han låg uppe på taket vid det här laget. »Det är varmt som i motsatsen till paradiset här«, konstaterade han i öronsnäckan.

Basarto Henrikssons fötter rörde sig bakom talarstolen, det såg ut som om hon tog små dansssteg, balett: första, andra, tredje positionen. Fredrika försökte föreställa sig ministern som balettflicka – det blev absurt. Ministern var fyrtiofem år gammal. Allt hon utstrålade var makt.

Det här påminde om när hon hållit tal på Göran Perssons plats för några månader sedan, med den skillnaden att åttavåningshusen låg obehagligt nära här och att upp emot femton procent av åhörarna bar niqab eller burka. De täckta ansiktena gjorde det svårt för distansskyddet att analysera vem som var vem.

Ministerns röst ekade. »*I dag är det vår nationaldag. En dag då vi firar Sverige. För mig är det personligt. Min far flydde hit från krig, oro och fattigdom. Han lärde mig att uppskatta det vi har gemensamt här.*« Hon gjorde en konstpaus. »*Vårt land är fantastiskt. Men det finns utmaningar. Vi kan inte låta kriminella kapa vår demokrati. Vi behöver skydda oss.*«

Fredrika hörde Arthurs röst. »Vad är det som händer?«

Han var alltid snabbast, hann hon tänka när hon en halv sekund senare förstod vad han syftat på. Längre bort ropade ett antal åhörare något.

Hon kunde inte höra vad de sa, men det lät som om de skrek. Basarto Henrikssons röst i högtalarsystemet överröstade dem. »*Vi måste bejaka det svenska. Men det svenska innebär i sig att bejaka olikhet.*«

Rösterna därborta höjdes – några tiotal personer, kanske femtio.

Fredrika satte fingret över sitt ena öra, det som vette mot högtalaren, blockerade ljudet. Hon hörde fortfarande inte vilka ord de skrek.

Kollegan Niemi stod på andra sidan talarstolen, stor och bred.

»Kan någon se vad det är som händer?« hörde Fredrika sin egen röst i öronsnäckan.

Arthur svarade. »Det är bara några som gormar. Inga avvikande rörelser i publiken. Det lägger sig nog.«

Basarto Henriksson gjorde en paus, rörde huvudet makligt från vänster till höger. Hon liknade en Tyrannosaurus rex som lyssnade efter något, som väntade på att hennes potentiella byte skulle lugna sig.

Men ingen lugnade sig.

Och nu hörde Fredrika vad de skrek därnere.

»*Fri-het!*« vrålade de. »FRIHET.«

Basarto Henriksson verkade inte bry sig, hon började bara tala långsammare.

»Avbryt«, ropade gruppchefen i öronsnäckan. »Det är för oroligt därnere, vi kan inte fortsätta.«

Fredrika nickade åt Niemi på andra sidan ministern.

Hon tog ett kliv fram och knackade Basarto Henriksson på axeln. Ministern vände sig inte ens om.

»*Vi måste skapa fler jobb. Men vi måste också hålla undan dem som begår brott. Vissa kanske känner att trevnadsdelaren förstärker problemen, att det blir svårare att arbeta utanför ...*«

Fredrika lutade sig närmare samtidigt som hon höll blicken fäst utåt. »Du måste tyvärr avsluta nu«, viskade hon.

Ministern skakade på huvudet och böjde sig i stället mot mikrofonen och drog efter andan, men så stannade hon upp. Ett föremål kom flygande genom luften, en sneaker. Fredrika försökte tränga sig in framför ministern, men det var för sent. Skon träffade Basarto Henriksson i huvudet, hon vacklade till, bärnstenshalsbandet slog mot hennes bröst.

Fredrika föste undan ministern och ställde sig framför henne, skyddade henne med sin egen kropp. »Är du okej?«

Basarto Henriksson nickade.

Fredrika, Niemi och en tredje kollega positionerade sig, det var dags att leda ner ministern från talarstolen. Fredrika gjorde sin kropp bred, Niemi gjorde likadant. Den tredje kollegan ställde sig vid scenens kant, hans instruktioner var att hela tiden ha blicken vänd ut mot torget.

»*Fri-het, Fri-het*«, skanderade fler och fler därnere.

Fredrika höll ner Basarto Henrikssons huvud.

»Jag vet inte vad du heter, men du är *för* nervös«, väste ministern. »Jag tänker inte visa rädsla.«

De stod så några sekunder, ett dansande triumvirat, Fredrika och Niemi med armarna runt ministern. Folkmassan vrålade.

Då ryckte Niemi till.

Fredrika tittade upp.

Kollegan höll sin hand över axeln. Han grimaserade illa.

Tystnad i Fredrikas huvud nu. Inga skrik. Inga rop.

Torget höll andan.

»Något träffade mig«, sa Niemi med ansträngd röst.

Blod sipprade igenom hans kavajaxel, precis vid skyddsvästens kant.

»Niemi är skjuten. Han är skadad«, ropade Fredrika till kollegorna.

Åhörarna hade också förstått – vrålet som rullade över torget var som hon tänkte sig att en tsunami lät.

Så såg hon: kravallstaketen svajade och föll. Det skulle inte kunna hända, men på något sätt hade de brutits upp på flera ställen.

Det var sjukt. Folkmassan vällde framåt, ett tjugotal personer var redan på väg att klättra upp på scenen. Fredrika förde in sin hand under kavajen. Björnklon, det gällde att spreta med fingrarna för att på enklast sätt kunna få fram pistolen snabbt.

Gruppchefen vrålade i örat: »Få bort henne därifrån, för fan, få bort henne.«

Niemi hade ont, han stod böjd, höll sig om axeln och andades hetsigt. Fredrika och den tredje kollegan tryckte ministern framför sig. Hundratals personer flödade upp på scenen nu, skrek och gapade.

»Backa«, vrålade Fredrika, men det var för sent.

Ingen flyttade på sig. Ingen stannade upp.

Armar försökte rycka i dem, människor försökte slita i ministern, händer fäktade, viftade.

EBH andades fort nu.

Fredrika omfamnade hennes rygg, tryckte på mot utgången. Kollegan på andra sidan gjorde samma sak. Niemi, däremot, hade halkat efter.

Allt hände för fort, någon slet i ministern, Fredrika sträckte sig för att hålla kvar henne, men Basarto Henrikssons arm vreds åt fel håll. Hon skulle snart vara tvungen att släppa, annars skulle ministern bryta axeln. Människor kom emellan dem, människor vrålade, människor drog i dem. Ett hav, en enorm amöba av kroppar. Fredrika tappade taget: Basarto Henriksson trycktes bort.

Det var för sent – ett kort ögonblick var det som om ministern svävade ovanpå folkmassan, ett stage dive, en stjärna som låg ovanpå sina fans. Sedan föll hon.

Fredrika knuffade ner någon, hon slog någon i ansiktet, sedan kastade hon sig efter.

»Hon drogs ner från scenen«, ropade hon.

Gruppchefen vrålade order: den skadade kollegan Niemi måste undsättas, Basarto Henriksson måste återhämtas.

En enhetlig kropp av människor. En fientlig organism.

Fredrika pressade sig framåt. Kollegorna med prickgevär hade placerats ut för att skydda ministern när hon höll talet, men inte för en sådan här situation, mitt i folkhavet. Fredrika slet upp sin P226:a. Hon såg ministern några meter längre bort, men det fanns ingen möjlighet att använda pistolen nu. Polisens föreskrifter och allmänna råd, FAP som de kallades, var strikta. *Användning av skjutvapen är i princip endast avsett för situationer där sådant våld måste användas som en yttersta utväg.*

Hon sänkte Sig Sauern. Kollegorna drev med henne ibland, kallade henne för FAP-Fia, men hon visste att en bra polis följer reglerna.

Gruppchefen ropade i örat. »Fredrika, ge verkanseld. Skjut för att komma framåt.«

Det såg ut som om Basarto Henriksson bars framåt av en våg. Bort från Fredrika, meter för meter.

Det var för mycket folk. Det var för trångt.

»Skjut«, skrek gruppchefen igen.

»Det går inte, det är för många allmänhet i skottfältet«, flåsade Fredrika.

Inga kollegor verkade vara på plats. Inga vanliga poliser heller.

Då såg hon ministern igen, nio, tio, tolv meter längre fram. Det var inte en slumpmässig rörelse, tre halvmaskerade män slet i henne, bar henne bortåt. Folk runtomkring verkade fortfarande inte förstå vad som hände. Men Fredrika förstod. Det här måste ha varit planerat.

»Hon förs bort av tre män«, skrek hon i radion.

»Följ efter«, vrålade gruppchefen.

Fredrika försökte se igenom folkmassan.

Så många som blockerade. En ung man med keps stod i vägen.

Han stirrade rakt in i hennes ögon, skrek något.

Hans ansikte exploderade.

Blod och hjärnsubstans på Fredrikas bröst.

Han föll ihop.

En röst i örat. »Träff.« Fredrika visste vem som pratade, det var en av prickskyttarna.

Gruppchefen vrålade igen. »Framåt nu då, Fredrika.«

Ett skott till. En kvinna i slöja segnade ner.

Ministern syntes ungefär tjugo meter bort.

En man med rakat huvud sköts i benet, han vek sig som en bruten tändsticka.

En kvinna i linne skrek till och duckade.

En man med skägg föll.

Fredrika pressade sig fram genom en väg av fallna kroppar. Skrikande, hukande människor.

Det här var sjukt, prickskyttarna måste sluta nu. Folkmassan hade varit upprörd, men nu var alla i panik, tumultet nådde en ny nivå. Vrede och skräck.

Men angriparna rörde sig snabbt, och nu kunde hon se varför: de höll också i vapen, mini-Uzis – folksamlingen öppnade sig för dem som Röda havet.

Ministern stretade emot, männen slet brutalt i henne, men nu gick det långsammare för dem än för Fredrika. De var femton meter framför henne. Folk kastade sig åt sidan, hon visste inte om det var av rädsla eller för att prickskyttarna verkligen fällde dem.

Fredrika höjde Sig Sauern i luften för andra gången.

Vid skottlossning mot person ska eftersträvas att endast för tillfället oskadliggöra honom. Verkanseld bör därför om möjligt i första hand riktas mot benen.

En bil körde fram, pressade sig igenom massorna, en liten Fiat. Männen slet upp dörrarna och vräkte in Basarto Henriksson i baksätet.

Fredrika pressade in sitt finger, men väntade med att krama avtryckaren.

Hon såg gråtande ungdomar. Män som blödde. Kvinnor som låg på marken.

Prickskyttarna försökte stoppa bilen, rikoschetter ven, kulor penetrerade bilen.

Det hjälpte inte. Bildörren slogs igen.

Fiaten startade.

Den körde slalom mellan folk, men hastigheten var inte hög än.

Fredrika sprang efter den, all energi i benen.

Gruppchefen skrek. »Skjut sönder däcken på biljäveln.«

Hon var den enda som skulle kunna pricka, som var tillräckligt nära. Hon måste få träffläge, få den att stanna. Fem meter nu.

Hon stannade, tog position, stadigt med benen. Höjde vapnet. Hon hade bilens ena däck perfekt i siktskåran, hon skulle få stopp på dem nu. Det borde inte vara några problem. Hon var elit.

Då träffade något hårt hennes huvud, en sten föll till marken bredvid henne, hon kände knäna vika sig. Hon fick inte ramla, hon hade ett uppdrag.

Världen snurrade, hon drog efter andan.

Pojken som stod några meter bort var kanske tio år. Han flinade, höjde handen – Fredrika såg ytterligare en sten – han var redo att sänka henne.

Hindra obehöriga. Hindra snutar. Hindra Sverige från att inkräkta på hans territorium.

FAP-Fia kallade de henne – en polis som valde att inte skjuta på grund av reglerna. Och när hon faktiskt skulle skjuta, föll hon.

Folkmassans mässande från torget var det sista hon hörde.

»FRI-HET.«

3

Det var gala – Shoken Awards – och Nova var nominerad till det finaste priset. Hon ville verkligen vinna.

Han som skulle dela ut det var tydligen någon som skrev. Ärligt talat – vad var det för jobb egentligen, att skriva? Hon kunde inte ens komma ihåg vad han hette, det stod helt still i huvudet trots att hon hade briefats tidigare.

»Han är journalist i botten«, mindes hon att Jonas hade förklarat när hon gnällt, »men har också skrivit böcker och gjort den där dokumentären om influencers i Kina, *Ayching Jynly* – Kärleksrytmen. *Love Rhythm* hette den på engelska. Det är nog därför Shoken vill ha honom.«

Nova hade faktiskt hört talas om dokumentären – kinesiska influencers var fortfarande giganter. Tydligen var den här journalisten, dokumentärfilmaren eller vad han nu var, både en av de mest lästa och mest seriösa i landet. Han hade vunnit utmärkelser för sina långa böcker och grävande reportage. Han var en djuping, eller med andra ord: hennes motsats.

Men det var Nova som var rätt inställd. Hon skulle ta hem det här. Hon tänkte alltid i kommersiella banor, entreprenöriella, kreativa cirklar. Hon var en true business woman, self made. Generation Z deluxe. Hon gick i bräschen för det nya kvinnoidealet, hon kontrollerade bilden av sig själv, hon tjänade pengar på att prata öppet om unga kvinnors utmaningar. Därute gick hon under namnet #Novalife, för det var vad hon var: en nova i folks liv.

Igen: en dokumentärfilmande journalist skulle dela ut det finaste priset på hela Shoken Awards – varför, liksom? Journalister var inga novor. Det var oentreprenöriellt att skriva för långa texter, mossigt på något typ förlegat patriarkalt sätt.

Samtidigt var likheten med henne själv uppenbar: att vara gammelinfluencer var också ute. Det var lika passé som att skriva böcker.

Journalisten höll kuvertet med sina långa fingrar. Strålkastarna var inte snälla, det skarpa ljuset accentuerade alla veck, som om han knep ihop ansiktet extra hårt. De borde ha sminkat honom annorlunda, eller sprutat något vettigt i hans panna.

Årets influencer hette priset. Shoken var vad Youtube hade varit förra decenniet, fast med ännu effektivare algoritmer för att hålla kvar tittarna, och ännu vassare dataanalyser för att trycka in reklamen i deras skallar.

Jonas höll diskret fram en lapp med en minnesnotering: *Simon Holmberg*. Det var så de brukade göra, gamla hederliga handskrivna tydliga pappersbitar för att Nova inte skulle glömma.

Journalisten var en dålig skådespelare. Han öppnade kuvertet onödigt långsamt. Dessutom hade han fula skor – sulan på dem var så tjock att de såg ut att vara från typ 10-talet.

»Nu ska vi se.« Han flinade och prasslade med kuvertet. Simon Holmberg var en tönt som inte förstod sig på Shokenprinciperna. Snitt-tonårshjärnan orkade inte koncentrera sig i evigheter, och det var allmänt känt att inget prat, ingen sekvens eller något beat, som Jonas envisades med att kalla det, fick vara längre än trettio sekunder – och när det gällde skrivande män i medelåldern var den tidsrymden definitivt halverad.

Äntligen vecklade han upp pappret där vinnarens namn skulle stå, men Novas blick fastnade på det som glimmade på hans handled. Simon Holmberg bar en fin klocka, en extremt fin, faktiskt.

Jonas filmade nu, det var viktigt att hon såg spänd och förväntansfull ut, men också stolt och säker på sig själv – hon hade övat på ansiktsuttrycket tidigare i dag. Hon öppnade ögonen så mycket hon kunde samtidigt som hon försökte få ett snett leende att spela nästan osynligt över läpparna.

»Och vinnaren är ...«, ropade Simon samtidigt som musiken stegrades i bakgrunden.

Novas ben darrade, hennes fot klapprade i golvet till en helt annan takt än musiken. Det skulle vara sjukt pinsamt om någon såg det.

Simon drog ut på det hela ännu mer, ville ha allas tystnad och uppmärksamhet. Sedan utropade han det alla väntade på: »Vinnaren är Nova – *Novalife*.«

Nova ställde sig upp, vrålade: »WOAH.«

Hon satte händerna för ansiktet, hon måste se tagen, glad, till och med rörd ut. Hon borde pressa fram en tår eller tre.

»Välkommen upp, *Nooova*«, ropade Simon.

Bredvid henne såg Jonas faktiskt glad ut på riktigt, hans ögon gnistrade som om någon lagt ett glammigt Shokenfilter på hans ansikte. Han var kanske inte så dålig ändå, Jonas.

Nova tog *långa* kliv upp på scenen – hoppades att annonsörerna såg hennes *långa* ben.

Hon greppade mikrofonen, väntade på att sorlet skulle lägga sig.

»Alltså, det här betyder så otroligt mycket för mig.« Hennes strålande tandrad skulle skina nu. »Men egentligen spelar det ingen roll vilka priser som delas ut. Det enda viktiga är att ni, varenda en av er, kan vara er själva.«

Det hon sa kändes faktiskt helrätt. »Ni är fria. Ni är smarta. Ni är starka«, ropade hon ut över åskådarna – gjorde segertecknet med fingrarna: »Tillsammans förändrar vi världen!«

Publiken vrålade av förtjusning: Novalife var äkta.

Djupa och genuina sanningsord kom ur hennes mun.

Strömmen av folk som kom fram för att gratta tog aldrig slut. Hon svettades.

Kindpuss. Kram. Blombukett. Kindpuss.

Hennes mage rumlade.

Fler kindpussar. Fler kramar. Fler falska leenden.

Jonas strålade fortfarande.

För varje kram och kindpuss rev illamåendet i henne. Hon ville fly, andas, kräkas.

Kindpuss – kram – kindpuss.

Till slut ropade konferenciern uppe på scenen att galan var över. Musiken började spela.

»Jag måste ta en paus«, flåsade Nova.

Toaletten var öde.

Hon sköljde ansiktet, låtsades att hon måste bättra på läppstiftet.

När som helst kunde någon storma in och vilja kindpussas igen. Hon försökte komma ihåg sin pt:s snack om mindfulness, om att få ner andetagen hela vägen till magen.

På handfaten stod några doftljus som luktade barr och kåda. Spegeln täckte hela väggen. Hon fingrade på sin puderburk, det stod YSL på locket, men i den fanns en specialtillverkad hålighet där hon förvarade sitt eget miniapotek.

Hon svalde två tabletter.

Båsen bakom henne var tomma, alla var därute nu: låtsades vara intresserade, positiva. Deltog för fullt i selfiefesten och bekräftelsekalaset.

Håret som hon varit så nöjd med såg torrt och spretigt ut. Hon saknade Fivel, som Jonas hade sagt upp. Den nya makeupartisten hade helt missat att framhäva hennes spetsiga haka. Hennes ögonfransar var specialgjorda i New York, men hängde redan slaka.

Dörren öppnades och han kom in – Jonas.

Lika töntig som alltid, men han var den han var. En gång i tiden hade han investerat i henne. Sådana hade spelets regler varit: antingen kunde du visa upp en fantastisk livsstil för att du var född rik eller för att du var gift med någon rik, kanske en fotbolls- eller hockeyspelare eller techmiljardär, eller så behövde du någon som injicerade pengar redan tidigt. Jonas kallade sig själv för affärsutvecklare och entreprenör. Sina stålar hade han tjänat på att sälja sin pappas tandläkarkliniker.

»Ska du inte tacka?« sa han.

»Vi gjorde det tillsammans«, sa hon. Det kändes som om hon hade ett hål i magen – effekten av tabletterna hade kickat in.

»Men det var jag som fick det att hända«, sa Jonas.

Nova bugade sig överdrivet djupt. »Tack för allt, Jonas. Men vad spelar det för roll?«

Han log fortfarande, men Nova visste att han innerst inne var lika orolig som hon, om inte oroligare – han hade investerat i ett dussin tjejer och killar som hon, de flesta var borta nu. Bara hon, Novalife, hade fortfarande ett namn.

»Det som spelar roll är att det är jag som har byggt dig. Och vi kämpar oss kvar trots den här *fjärde industriella revolutionen.*« Jonas tyckte om att ironisera över dem som kallade kopplingen mellan människa och maskin för en fjärde industriell revolution.

Nova tänkte varje dag på Brainyskiten: neurolinknätverket som kopplade folks telefoner och datorer direkt mot deras hjärnor. Synapser, neurokirurgi och elektrofysiologiska aktiviteter: hon förstod absolut inte tekniken, men tydligen var den ofarlig och ganska billig, i varje fall varianten med reklam. Så även om Jonas varit med och byggt upp henne så var problemet just nu att det inte fanns särskilt mycket att dela på. De spelade i fel liga, så att säga.

Jonas fick ju till och med själv hålla i kameran numera, eftersom de kickat resten av teamet.

»Det här är sista specialsatsningen jag gör på dig«, sa han.

Nova visste inte vad hon skulle säga. Hennes egen undflyende blick i spegeln kändes o-Novalife, hon som alltid brukade ha svar på tal.

Hon hade inte ens planerat för sin framgång. Som femtonåring hade hon mest legat hopkrupen i en ångestboll hemma på rummet: blyg i skolan, inte en av de populära tjejerna i kompisgänget, självkänslan i botten. »Social fobi«, hade hennes pappa kallat hennes tillstånd en gång när hon hellre sjukanmält sig än gått till skolan och hållit ett föredrag om Akropolis, men han hade fel – som vanligt – det handlade om att hon inte såg värdet i sig själv. Varför skulle någon vilja lyssna på henne? Att bli Novalife hade räddat henne.

Hon visste precis vad Jonas menade när han sa att detta var hans sista specialsatsning. Han hade gjort en deal för hennes skull, och det var inte vilken affär som helst – inte ens för Nova.

När hon började hade hon inte spelat. Då hade hon behövt sina inlägg och sina följare, videorna hade fyllt ett hål i henne, hon hade varit lika ärlig med följarna som hon skulle ha varit med sina bästisar – men det var länge sedan nu. Nu var *allt* hon gjorde spelat, och inte bara spelat som det brukade vara – inte ens assistent-Hedvig visste om den här senaste skiten.

Dörren öppnades. En av hennes konkurrenter stapplade in på klackar höga som champagneglas. Husseyn, hon var störst i Sverige, över tre och en halv miljoner följare på Shoken.

Kindpuss, kram, kindpuss igen. »Du är bäst Nova, grattis. Helt rätt att du blev Årets influencer, verkligen.«

Nova sneglade mot Jonas, tittade tillbaka på Husseyn. Smajlade, nickade, sken med ögonen. »Tack darling, jag känner mig stolt.«

Hon hoppades att inget syntes. Hon skämdes som en hund. Priset hon just tagit hem var en fejkseger. Jonas hade sett till att hon skulle vinna, det var en överenskommelse med Shoken.

Det var en vinst grundad på korruption och på något slags muta som hon inte ville veta något om.

Nova tittade på doftljusets fladdrande låga.

Hon undrade om det bara var i hennes öron det mullrade.

4

Mannen som satt mitt emot Emir garvade åt skämtet som han själv just dragit. Hans små, runda, ljusbruna glasögon gjorde att hans ansikte såg smalare ut än det egentligen var. Klädd i mörkblå kostym utan slips, med skjortans två översta knappar uppknäppta som vanligt. Mannen såg ut som en finansskojare eller någon amerikansk konstgallerist.

Han var advokat – Emirs offentliga försvarare, och det hade han också varit alla andra gånger som det behövts genom åren. Förutom Isak och mamma: advokat Payam Nikbin var nog den människa som Emir känt längst vid det här laget. Advokaten skämtade oavsett läge. Han undrade om Nikbin var en vän.

»Har du hört den här då?« flinade advokaten. »Får man blanda ihop juridik och sport?« Nikbin kunde inte hålla sig, han brast ut i ett gapskratt innan han svarade på sin egen gåta. »Ja, i *lag*idrott.«

Rummet saknade fönster. I taket hängde ett grått rör.

Déjà vu: sedan de privatiserat arresterna såg möbleringen i besöksrummen alltid exakt likadan ut var man än satt. Ett grönlackerat metallbord, två grönlackerade metallstolar – allt fastskruvat i golvet i samma vinklar. Brorsorna kallade det ibland för Fermobrummet – de hade brukat sno dyra utemöbler av det märket i villaområdena.

Emir hade ont överallt, snutjävlarna hade känt igenom honom när de gripit honom – och tagit chansen att få golva en före detta MMA-stjärna. Ändå var det inte blåmärkena och skrapsåren som var problemet, det var att han inte visste hur det gått för Isak. Emir måste få veta om kompisen levde. Det var för fan han som skjutit honom.

Han var idioternas idiot. Det var rätt att han fick sitta här.

»Isak är på Karolinska. De opererar honom«, sa Nikbin.

»Hamdullah.« Emir visste inte om han skulle skratta eller gråta.

»Din kula sköt sönder en del av hans tinningben.«

»Kommer han att överleva?«

Nikbin tog av sig glasögonen och harklade sig. »Jag vet inte.«

Tyngden som omslöt Emirs hjärta fick honom att tappa andan. Mörkret drog i honom. Betongen härinne skulle krossa hans huvud. Han borde ha lyssnat på Isak, kompisen hade inte velat följa med in till pokerspelarna.

»Och hur mår du?« undrade advokaten efter en stund.

»Jag hatar att sitta i cell. Och jag hatar snuten.«

»Det förstår jag. Men jag menar med njuren och allt.«

»Den har jag inte ens tänkt på. Men jag kommer att behöva dialys inom några dagar.«

»Det ser jag till att Polismyndigheten ordnar.«

»Men jag har inga pengar.«

»Jag vet att de tvingar dig att betala själv därute, men någon måtta får det vara. Bara för att de håller dig här har de inte rätt att döda dig. Så långt har det inte gått, än. Jag kommer att ordna en liten blodreningsfest för dig.«

Emir kunde inte låta bli att skratta till.

»Och hur är det med huvudet?« sa Nikbin.

»Jag fick ett anfall uppe på taket, men nu är det okej.«

»Du har haft otur.«

»Med huvudvärken?«

»Med allt.«

De satt tysta en stund.

»Varför körde de mig in till stan?«

»De kan inte använda arrestcellerna i Järva, det har ballat ur där.«

»Vad har hänt?«

»Kaos. Upplopp. Polisens prickskyttar löpte amok. Massa jävelskap.« Nikbin flinade. »Det blir fler ärenden för mig med sådant, så jag klagar inte.«

»Vad misstänker de mig för?«

»Försök till mord.«

»På Isak?«

»På polismännen«, sa Nikbin. »Dessutom misstänker de dig för hjälp till rymning. Du försinkade jakten på de andra misstänkta.«

Försinka – vilket ord. Polisen trodde att han låtit bli att hoppa för att han ville hjälpa Abu Gharib och hans mannar, att han stannat med pistolen för att han var modig. De kände honom inte. Samtidigt hade de rätt – om det inte varit för honom hade inte Abu Gharib kommit undan.

»Vi vet både du och jag vad som ligger i vågskålen för din del.« Advokat Nikbins ögon var bruna som ljus mjölkchoklad, de små vecken kring dem i kontrast till den släta pannan gjorde hans ålder svår att bestämma.

Ja, Emir visste. *Fyra domar och sedan livstid* – det gällde för SGI:er som begått brott i ett särområde. De kallade det för fyrslagstraff. En invånare i särområde som tre gånger begick brott med lägsta straff fängelse ett år, kunde klassas som SGI. Och begick man sedan ett fjärde brott i särområdet gav det livstids fängelse – oavsett hur grovt brottet var.

Han skulle få *livstids fängelse* för att ha hjälpt fyra shunos han inte ens kände, jättegangsters som antagligen ändå skulle gripas när som helst.

»Snutarna är horungar.«

Nikbin harklade sig. »Just nu förstår jag att du inte tycker att det är ett helt inadekvat sätt att uttrycka dig på.«

Han reste sig, lade handen på Emirs axel. »Deppa inte ihop nu, Lund. Du är en fighter.«

Emir tittade upp i taket. Ensam kvar.

Han borde ta av sig något klädesplagg och försöka fästa det i röret däruppe.

In och ut – det hade verkat så enkelt. Som han hade brukat vara i octagonen innan all skit hade börjat, när han varit på väg uppåt. In och ut: under sin karriär hade han hunnit vinna över tjugo matcher på domslut och nio på knockout. Hans specialitet var att resa sig i sista ronden, när motståndaren trodde att han var uträknad. Han hade till och med fått ett smeknamn: *Le Prince*. Emir »Prinsen« Lund – arvtagare till de svenska kungarna: *Mad Dog* och *The Mauler*.

Prinsen: de förutspådde honom en karriär i UFC, en stående svit på Fight Island i Abu Dhabi, specialkommentator på Kimura News, eget klädmärke och miljoner i prispengar. Till och med suedi-media hyllade honom. Tidningar med långa namn gjorde reportage om hans väg mot tronen.

Prinsen: en dag skulle han ta över kungakronan.

Två minuter och sjutton sekunder in i sista matchen hade allt tagit slut – men det var en annan historia. Emir var förbi den.

Fast egentligen inte. De hade gett skiten ett fint namn: kronisk njursvikt. Restprodukter och vatten stannade kvar, njurarna klarade inte av sitt jobb. Alla doktorer som han träffat var överens om hur han fått sjukdomen: trubbigt våld mot sidorna av bålen – men bara Emir själv var säker på i vilken fight det hänt. Sista matchen: hans motståndare hade matat trettiotre stenhårda. Emir hade inte ens skyddat sig.

Punkt slut, kunde man tro, men oflaxen var inte klar: sporten hade satt fler spår. Huvudvärken som attackerat uppe på taket var galet svår. Vissa av läkarna kallade den för långvarig hjärntrötthet. Andra sa att de inte visste varför den var så aggressiv, men att *the brain pain* var det han fick betala för åren i octagonen. Hans kognitiva pris. Emir själv kallade den för en skitgrej. Han fick den att försvinna med hjälp av piller och weed.

Dessutom pissade Sverige på honom. När de klassat honom som SGI hade de kastat ut honom ur systemet. *Din allmänna sjukförsäkring har upphört att gälla*, hade det stått i pissmejlet från Försäkringskassan. Från den dagen fick han betala all vård ur egen ficka.

Han borde sluta älta sin fighter fuckup.

Men han hade haft allt. MMA:n, Hayat, ett liv.

Och så nu det här. *Fyra domar och sedan livstid.*

Han tog av sig mjukisbyxorna, kastade upp dem mot röret.

Ett försök – tio försök.

Nu hängde de där. Han ställde sig på tå, petade på byxbenen tills de dinglade ner på var sin sida. Han knöt ihop dem med varandra.

Nu skulle han kanske kunna knyta ett av dem runt sin hals.

Avsluta den här skiten.

Det fanns inget kvar att leva för.

Nej. Han ljög för sig själv. Det fanns visst något.

Hans största misstag någonsin var också det bästa han gjort.

5

Tygpåsen slets av, Fredrika kunde inte sluta blinka. Hennes händer var stasade, de hade varit bakbundna sedan hon vaknat upp med påsen över huvudet för några timmar sedan.

Framför henne stod någon låtsasterrorist, en person i vanliga kläder: grå T-shirt och jeans, men med ansiktet täckt av en keffiyeh. Bara ett par mörka ögon syntes i springan – små svarta prickar, utan liv i sig.

»Vem är du?« frågade hon.

Ett enkelt rum: jalusier var neddragna för fönstren, stora mattor låg på golvet och en enorm lampa med konstiga trådar hängde i taket. Längs ena väggen stod en grön soffa med filtar.

Mannen i sjalen svarade inte. Vid andra väggen hängde ett glittrigt draperi, som om solen behövde reflekteras mitt i lägenheten. Sjalmannen gestikulerade åt henne att sätta sig på en stol framför draperiet, själv satte han sig i soffan bakom henne.

Tystnaden var tung som en Range Rover.

Det värkte i huvudet efter stenen som träffat henne, men pulsen var lugn, magen kändes cool. Hon var van vid stressituationer, och även om det här var en ny situation – hon hade aldrig varit tillfångatagen förut – så visste hon vad hon måste göra. Fortsätta hålla sig lugn, inte svara på frågor, samla information.

Hon hade jagat bilen med ministern och sedan hade någon skitunge slängt först en och sedan en till sten i huvudet på henne. De måste ha hittat henne och släpat iväg henne innan hennes kollegor förstått vad som hänt. Prickskyttarna hade agerat vansinnigt och vreden i folkmassan hade skruvats upp till galenskap. Men en annan, ännu värre, tanke borrade sig in i huvudet. Om hon hade använt sitt vapen kanske skotten från taken aldrig hade behövts. Om hon lytt order hade ministern kanske inte förts bort.

Fortsätt vara lugn nu, tänkte hon. Och framför allt uppmärksam. Samtidigt dök en helt ny oro upp: vem skulle ta hand om Taco om hon blev kvar här? Hennes schäfer var på hunddagis på Gärdet. Någon måste hämta honom.

Efter en stund hördes en dov röst bakom draperiet. »Stick in din hand.«

Mannen bakom draperiet pratade antagligen genom en röstförvrängare.

Fredrika rörde sig inte.

Sjalmannen i soffan reste på sig, Fredrika såg en kniv glittra till, buntbanden som bojat henne föll till golvet som svarta maskar. Det stack i fingrarna när blodet återvände.

»Du hörde. Stoppa in handen.«

En rörelse i draperiet – det sköts åt sidan några centimeter. Om de ville skada henne hade de kunnat göra det för länge sedan. Samtidigt borde Fredrika ta kontroll över situationen på något sätt. Hon visste att hon var fyrkantig som tänkte så, men vad annat kunde hon göra – hon var den hon var, hon måste släppa sin hund ur tankarna. Trots det sträckte hon långsamt fram handen och förde in den genom draperiet.

Någon tog tag i henne. Inte hårt, inget vasst, det var bara någon som rörde vid henne, som om personen på andra sidan ville känna på kvaliteten på hennes hud.

»Du jobbar på Säkerhetspolisens personskyddsenhet, eller hur?«
»Ingen kommentar.«
»Hur länge har du varit där?«

»Jag tänker inte svara på några frågor.«

»Det är inte du som styr det här samtalet.«

Fredrika drog efter andan.

»Du var tidigare på Särområdespolisen, inte sant?«

Fredrika tänkte inte svara.

Ett annat tonläge: »Bjud henne på något att dricka, hon verkar så butter. Hon kan inte ha haft en lätt eftermiddag.«

Fredrika andades ut. »Jag vill inte ha något.«

Det värkte i huvudet.

Sjalmannen reste ändå på sig och gick bort till ett kylskåp som stod bredvid fönstren. »Dricker du öl eller är du alkoholfri?«

Fredrika svarade inte. Hon tänkte inte begå några fler misstag nu.

Sjalmannen öppnade en Red Bull, hällde upp den i ett glas som han ställde fram. Fredrika drog tillbaka sin hand, en del av draperiet puffades undan och hon hann skymta en person dold bakom en rånarluva därbakom. Men inga handskar: Fredrika såg bara händer: med svart lack på alla naglar.

»Red Bull. Red *pill*«, sa rösten bakom skynket. »Vet du vad ett Red pill är? Det kommer från en gammal film, som så mycket annat bra. *Matrix*. Människorna där får inte uppleva den verkliga världen utan hålls i ett slags mental fångenskap. De ser inte sanningen, om du förstår vad jag menar. För du vet, i grund och botten består vårt problem av att inte tillräckligt många människor har vaknat. Om fler skulle få sig ett Red pill skulle kampen kunna ske genom massorganisering i stället för genom en stadsgerilla. Men vi är inte där än.«

Det var ingen idé att argumentera med en sådan här människa, en person som inte respekterade någonting, allra minst Polismyndigheten.

»Jag antar att du räknat ut vem jag är?«

Det här kunde vara vilket som helst av gängen i Järva, eller någon annan gruppering.

»Jag är A«, sa personen.

Fredrika kände hur något rörde sig i henne. Hon tvingade sig att hålla tyst. Tänka.

A var vad befälhavaren över Rörelsens militära gren kallade sig – den mest jagade personen i Sverige just nu, och den mest omtalade. Kanske den mäktigaste också, beroende på hur man räknade. Framför allt: A var en person som varje polis hade en skyldighet att gripa.

Fredrika mindes hur hon vaknat mitt i natten för fem år sedan. En pokal från en av hennes sjukampstävlingar hade rasat i golvet – hon trodde att Stockholm drabbats av sin första jordbävning. I själva verket var det Rörelsens premiärdåd: explosionen på SAS huvudkontor hade hörts ända från Frösundavik, mer än 20 kilometer bort. Organisationen var okänd då, men videon som lagts ut samma dag blev viral snabbare än en Husseyntweet: »Vi kommer att slå till mot allt som påskyndar kollapsen. Scandinavian Airlines är bara början.«

I dag visste alla betydligt mer. De senaste åren hade Rörelsen tagit på sig en mängd sprängattentat mot industrier som utnyttjade fossila bränslen eller bolag som sysslade med avancerade skatteupplägg. De hade utfört hundratals hackerattacker mot myndigheter och företag, bränt upp styrelseledamöters sommarställen, saboterat flygplan och ockuperat revisionsbyråers kontor, de hade kidnappat barn till politiker och vd:ar med krav på nya miljöskyddslagar och rättvisa skatteinbetalningar. Vid flera tillfällen hade människor omkommit. Rörelsen själv kallade dödsfallen för *indirekta skador*: »Precis som under andra stora förändringsrörelser kommer enskilda att drabbas«, kommunicerade de. »Men det är inte vårt syfte. Vi är en rörelse som organiserar motstånd, och motstånd skapar förändring.«

Fredrika hade deltagit i flera specialutbildningar om Rörelsen, hon kände till det mesta som Polismyndigheten tyckte var värt att veta. Terrororganisationen pratade fortfarande om materiella mål, men de hade sedan länge tappat greppet.

Hon kunde inte låta bli att bryta tystnaden: »Var är inrikesministern?«

Draperiet var stilla.

Efter några sekunder hörde hon A:s märkliga röst igen. »Ni besköt oskyldiga människor på torget.«

Fredrika tänkte inte låta sig provoceras. »Ni kommer att gripas«, sa hon. »Och ni ska släppa mig.«

A nonchalerade henne. »Vi måste förhöra poliser, särskilt från Säkerhetspolisen, det förstår du säkert. Samhället lider ju av en sjukdom, ett repressionsvirus som vi bekämpar. Massakern på torget var oförlåtlig. Dessutom måste jag veta hur mycket du vet om det som hände med Eva Basarto Henriksson, för vår säkerhets skull.«

»Släpp mig.«

A skrattade hest. »Injicera.«

Fredrika hade helt missat hur nära sjalmannen stod henne.

Nu såg hon att han höll en spruta i handen.

Hennes handleder var buntade igen. Ändå försökte hon sparka idioten, skalla honom, rygga undan, men kanylen hade redan pressats in i hennes överarm.

»Ni är gripna«, sa hon igen.

Meningslöst. Huvudet snurrade, hon satte sig ner på golvet.

Andas lugnt. »Ni är ...«, försökte hon, mer kom inte ut.

På något sätt kände hon sig avslappnad. Hon var påverkad, så klart. Hon måste stå emot det här.

Allt var tyst, men nedifrån gatan, genom jalusierna, hördes avlägsna skrik.

Hon. Måste. Stå. Emot. Hon hade ingen aning om vad hon skulle säga eller avslöja om hon inte kunde kontrollera sig själv.

Hon tänkte på Taco. Hon såg andra hundar dansa för ögonen. Hon såg bilder från kaoset på torget. Den unga mannen vars ansikte skjutits sönder rakt framför henne. Ändå var hon avslappnad. Det var som om Taco öppnade munnen och talade till henne. »Du kan prata nu. Jag vill höra din röst.«

Stå. Emot.

Hon ville bara vara en bra polis – den bästa. Om hon föll skulle hon vara förlorad. Människor uppskattade henne för hennes styrka.

Stå. Emot.

Faktiskt så kändes det skönt. Hennes ansvar var flytande, det var inte hennes längre. Det var så här det kändes alltså, att inte vara en FAP-Fia.

Hon hörde sjalmannens röst. »*Är hon redo nu?*«
»*Se på hennes pupiller.*«
»*Testa hennes puls.*«
Stå. Emot.
»*Hon kommer nog att svara på det mesta, det gör de alltid. Hon är helt borta nu.*«
»*... säkra på att de har en infektion.*«
Rösterna lät som om hon befann sig under vatten.
»*De finns så många ...*«
Det gick inte längre.
»*Det finns en mullvad ...*«
Inte längre.

6

Efterfesten var galet bra: rätt folk, rätt dj, rätt stämning. Fast den verkliga anledningen var puderdosans hemliga fack – Nova hade tagit så många piller att hon tappat räkningen, ändå var miniapoteket fortfarande nästan fullt.

Det var sent nu. Åttio procent av C-kändisarna, journalisterna, branschfolket och hangaroundsen hade åkt hem. Men Nova och de riktiga festisarna hade dragit vidare hit, till våningen på Grev Turegatan. Hon visste inte ens vem ägaren var, men den var stor och det verkade inte finnas några grannar som brydde sig om att dj:n vred upp volymen till arenanivå.

»Novalife?«
Hon vände sig om.
Journalisttönten – han som delat ut själva priset – stod onödigt nära henne. Han luktade Dior och öl.
»Hur känns det?«
»Vad menar du?«

»Hur är det att vara influencer?«

»Jag tackar alla mina följare.«

»Men hur känns det *i dig*?«

Simon eller vad han nu hette, böjde sig fram. Hans mun snuddade nästan vid hennes öra. Han luktade inte bara parfym och IPA, det var något annat också, en mustig lukt.

»Skulle jag kunna få intervjua dig?« sa han.

Nova höll på att spotta ut tabletten hon precis lagt på tungan. Försökte han ragga, eller kände han på något sätt till att Shokenvinsten bara var fejk?

»Nu tror jag att du har missförstått något«, sa hon högt.

Simons ögon fladdrade till, en kort stund såg han förvirrad ut. »Jag håller på med en bok om influencerns epok. Jag har redan intervjuat några.«

Kanske var det här inte ett taffligt försök att ragga på henne. Fast hon hade ändå ingen lust att boka någon intervju nu, sådant fick Hedvig ta hand om senare.

»Du verkar berusad«, sa hon.

»Kanske lite.«

Nova tänkte nonchalera den här tönten.

Då lade hon märke till hans armbandsur igen. Hon hade inte haft en aning om att det gick att tjäna så bra med pengar på något så gammaldags som att skriva böcker, göra reportage för tidningar och kvasidjupa filmer, men det var klart – vissa dokumentärserier var nästan lika populära som Brainy nuförtiden. Men ändå: Simon bar en *Patek Philippe Grand Complications*. Hon visste precis vad det var för modell, trots det skiftande ljuset på dansgolvet: evighetskalender med månfaser, kronograf och 24-timmarsvisning. Om den var äkta var den helt i tjugofyra karats guld. Simon var uppenbarligen inte bara en skrivande tönt, han var också en tönt med en löjligt dyr klocka.

Något började röra sig i hennes huvud.

»Du«, sa hon och fäste blicken i hans ljusblå ögon. »Vill du dansa?«

Folk festade sällan på riktigt nuförtiden, de ville inte leva ut, nervösa för pinsamheter, rädda att framstå som för engagerade: alla runtomkring var potentiella paparazzi, det spelade ingen roll att vakterna samlade in folks mobiltelefoner. Men Nova sket i sådant i kväll. Jonas och Hedvig hade gått hem. Det var inte många här som hon kände igen alls, faktiskt. Men hon hade tillräckligt med piller i puderburken för att klara av flera veckor on a high, och hon var kvällens vinnare. Hennes idé krävde bara fingerfärdighet.

Dj:n levererade, rätt energi på golvet. Byggde upp låtarna en efter en, klimax, crescendo, för att sedan gå tillbaka till lugnare hits. Rushen kom som i vågor, i cykler, och i det blinkade ljuset från stroboskopet fick Nova nästan en uppenbarelse, men hon släppte inte Simon ur sikte. Journalistförfattaren studsade upp och ner som om han var på barnkalas på Stockholm Bounce, vertikal vit mans dansteknik, ett smajl brett som Moodgallerian över ansiktet.

Hon hade antagligen pillat ner tillräckligt med preparat i hans drinkar för att hans topphumör skulle hålla i sig i dagar.

Det var dags för nästa steg.

Hon dansade närmare honom, lät sin högra hand smeka honom från axeln och ner längs armen. Försiktigt, bara en kittling, inget mer än så. Han stirrade på henne, han såg ut som en tonåring på sin första fylla, uppfylld av livets vidunderliga härlighet.

Hon tog honom i ett tangogrepp, han kändes märkligt lätt i kroppen. Han böjde sitt huvud nära henne.

»Du är riktigt bra på att dansa«, sa han genom musiken.

Det var väl i alla fall ett taffligt försök?

Hon släppte taget om honom. De tittade på varandra.

»Jag måste gå hem nu«, sa hon högt. »Det är för sent. God natt.«

Simon mumlade något, hans ansikte var rött som hennes nagellack fast han egentligen inte hade någon anledning att skämmas – det var ju hon som dragit i gång det hela.

Nova kramade och kindpussade sig fram till hallen.

Hon tog emot några sista gratulationer. Sedan öppnade hon ytterdörren och stapplade ut.

Det var fortfarande varmt. Himlen var ljuslila, staden var tom, hon väntade på taxin. Stockholms siluett var en taggig sak, staden hade växt på höjden. Sverige var rätt bra ändå, även om många idioter därute föredrog att bli lurade rätt in i pannloben i stället för av en hyfsat snygg influencer som hon.

Hon stoppade ner handen i handväskan, slöt den om föremålet som låg där, men lät bli att ta upp det. Den var värd minst hundratusen euro: *Grand Complications*. Simon Holmbergs klocka. Han hade varit alldeles för berusad för att märka något.

En polisbil rullade långsamt längs gatan. Plötsligt körde den upp på trottoaren och stannade några meter framför henne.

Polismannen som klev ur kom emot henne i alldeles för hög fart. Nova fick dåliga vibbar direkt.

»Nova?«

»Yes, har det hänt något?«

»Kan jag få titta i din väska?«

Nova lade handen över dragkedjan. »Varför då?«

»För att jag säger det.«

»Du har ingen rätt att bara komma här och ...«

Polismannen tog ett steg närmare henne. »Vill du följa med till stationen?«

Hon kunde verkligen inte bli gripen. Tänk om någon kom ut och såg det hända?

Polisjäveln grep tag i väskan och drog till hårt. Hade han röntgenblick, eller? Axelremmen slets av med ett vinande ljud.

Han öppnade dragkedjan, därnere låg Patek Philippen.

På himlen syntes spröda avlånga moln som påminde om flygplansrök som tunnats ut. Nova väntade på att den här jäveln skulle ta upp klockan och börja ställa frågor. Men det gjorde han inte. I stället höll han upp hennes puderburk.

Det var ännu värre.

Han skakade på den, vred av locket.

FAN. Hon måste stoppa honom, även om det hemliga facket inte borde synas. »Det där är bara mitt smink«, försökte hon.

Men polisen fingrade redan på burkens botten.

Det var inga småmängder hon hade där.

Hon kände hur andningen höll på att bli okontrollerbar. Paniken pockade på insidan av pannan.

Hon kunde absolut inte sitta inlåst – hon led kanske inte av klaustrofobi, men hon skulle gå under om hon blev instängd i en cell. Plus: om man var borta mer än några dagar i hennes gebit var man död – följarna orkade inte vänta.

Polisjäveln öppnade det hemliga facket, det var som om han vetat om att det fanns.

Han räknade tabletterna, sedan hällde han över allihop i en liten zippåse.

»Jag får det till tjugotre piller«, sa han.

»Jag har ingen aning vad det där är för något«, sa hon.

»Det har ett straffvärde på tre månader.«

»Men jag vet inte hur de hamnat där.«

Han fnös. »Snacka inte skit, är du snäll.«

»Det är inte min burk.«

»Det är din handväska och din puderburk. Ditt dna och dina fingeravtryck kommer att finnas på den, även i det dolda lilla facket.«

Han öppnade bildörren och lade zippåsen på passagerarsätet, sedan vände han sig mot henne. »Presumtionen för innehav av den här typen av preparat är fängelse, även om du tidigare är ostraffad.«

Nova stönade. »Men herregud. Kan du inte vara lite schyst? Jag vann ett pris i går kväll, Shoken Awards.«

Solen tvekade om den skulle gå upp över hustaken. Snuten blängde på henne, det fanns ingen barmhärtighet i de gråa ögonen. Han var en Kejsar Palpatine, en Tengil, en Lord Tywin Lannister. Ändå sa han: »Jag känner igen dig, jag vet vem du är.«

Hoppet växte i henne.

»Jag kan vara snäll«, sa han.

Nova var nära att kasta sig fram och kyssa honom på munnen.

Polismannens leende var skumt, det var bara ena mungipan som pekade uppåt. »Jag kan faktiskt tänka mig att glömma det här. Men det kostar.«

»Hur mycket? Säg bara hur mycket.«

Snuten smackade med läpparna. Han verkade bolla summor i huvudet, smajlade sitt skumma smajl.

»Två«, sa han. »Jag vill ha två miljoner kronor.«

7

Emir var inte i en cell. Han var på ett sjukhus. Faktiskt: samma ställe som Isak. Polismyndigheten bjöd på dialys – det hade Nikbin tvingat dem till.

Väggarna var lila och sängen var skön. Dialysmaskinen såg ut som en tvättmaskin på hjul. Emir var van. Den pirrande känslan i armen, tröttheten som efter några timmar brukade ersättas av energi – reningskraft. Doktorerna hade förklarat för honom hundra gånger, men han mindes ändå bara en tiondel. Dialysen renade blodet från slaggskit, separerade små mammaknullarmolekyler från varandra, hjälpte hans klena njurar att klara sig. Göra det de hade brukat klara av själva – *före matchen*.

De två slangarna som löpte in i hans underarm vibrerade lätt. Fisteln var täckt av bandage. En artär hade kopplats samman med en ven som på grund av flödet och det förhöjda trycket hade växt. Efter några veckor hade den blivit grov som plastslangen de matade in i honom. De sa att det var en ingång som kunde användas om och om igen. *Fistel* liksom, vilket ord – det lät perverst på något sätt.

Det var natt. Antagligen enklare att låta honom vara här när aktiviteten på sjukhuset var låg. Om några minuter skulle han vara klar, dialysmaskinens display var tydlig. Men för honom räckte det nu.

Han böjde sig fram, rev bort bandaget och slet ut slangarna ur armen.

Han tänkte inte ställa upp på deras regler. Han var inte gjord för att leva resten av sitt liv på kåken. Han tänkte aldrig släppa det som han behövdes för därute, hans pärla. Plus: han skulle hjälpa Isak härifrån.

Han reste sig ur sängen.

Fötterna kändes som påsar fyllda med sand, hans muskler lydde honom inte till hundra procent. Ändå mådde han bättre än före behandlingen.

Golvet var kallt. De hade inte gett honom några tofflor.

Han slet upp dörren. Väntade sig att stirra på snutarna eller häktesvakterna utanför. Han tänkte vara snabbare än de den här gången.

Men faktiskt: korridoren var tom.

Abbou.

De trodde väl aldrig att någon skulle avbryta sin egen bloddialys.

De kände inte honom.

De breda automatiska glasdörrarna öppnades. Några enstaka besökare klev in på sjukhuset som om det var en populär plats i stan i natt. Emir letade efter anvisningar eller skyltar till intensiven. Där Isak borde ligga.

Han vek av åt vänster. Golvet var grått och ännu kallare här än på nefrologen.

Han småsprang längs en bred korridor.

Det hängde skyltar i taket, ljuset var skarpt.

En anhållen barfota man på rymmen: tur att det var nästan tomt på folk.

Korridoren fortsatte. Det här sjukhuset var en egen värld, större än han trott.

Han flåsade.

Han sprang förbi fönster som gick från golv till tak – det kunde inte ha varit billigt att bygga det här stället, hann han av någon anledning tänka.

Det ljusnade utanför.

Han tog trappor nedåt. Flåsade ännu mer.

Musklerna värkte – det han utsatts för när de gripit honom lindrades inte av dialys.

IVA – Intensivvårdsavdelning – stod det på en skylt.

Han slet upp dörren. Väggarna var ljusgröna. Tre sköterskor i sjukhuskläder och munskydd stod och småpratade i korridoren.

Emir tvingade sig att gå lugnt. Han öppnade en dörr: en man kopplad till maskiner, dropp, syrgasmask. En doktor skrek åt honom att stänga dörren.

Han öppnade nästa dörr: en operation, gröna skydd, skalpeller, starka ljus.

En sjuksyster i korridoren frågade vad han gjorde där. »Det här är en intensivvårdsavdelning, besökare är inte tillåtna.«

Han öppnade nästa dörr.

Därinne låg Isak. Slangar kopplade till ena armen, ett bandage över huvudet. Han såg död ut. Men en apparat blinkade rytmiskt bredvid sängen, hans puls. Han sov, eller så var han i koma.

Han såg liten ut, Isak, svag. Ansiktet tärt på något sätt, spetsigt, som på en fågelunge.

»Bror«, viskade Emir. Han böjde sig fram. »Kan du höra mig?«

På rullbordet bredvid sängen stod en bukett röda blommor i en vas.

Isak låg stilla.

Tusen minnen på samma gång.

Emir höjde rösten en aning. »Kompis, vakna. Vi måste härifrån.«

Isak riskerade kanske också fyrslagstraff, precis som han: livstid.

Kompisen slog upp ögonen: ljusbruna, runda, fina.

»Emir?«

»Hamdullah.«

Ett svagt leende. »Vad gör du här?«

»Orkar du resa på dig?«

»Nej, jag får dropp och skit.«

»Förlåt att jag sköt«, sa Emir.

Isak kämpade med orken. »Nej, förlåt mig.«

Dörren slogs upp. Två personer kom in. Snutar. Låtsasmänniskor. Riktiga mammaknullare.

Emir sträckte på sig. Ingen tid att få med Isak. Inte ens tid för kompissnack.

Han tog sats.

Tacklade den första. Undvek den andra.

Kastade sig ut i korridoren.

Nedför trappor.

Genom andra korridorer.

Han flåsade igen.

Sjukhuset var verkligen ett skrytbygge: fönstren de fetaste han sett.

Han slet upp en grön fåtölj från en liten töntig möbelgrupp. Slängde den mot fönstret.

Inget hände.

Han tog upp fåtöljen och kastade möbeln igen. En gubbe i turban och läkarrock skrek i bakgrunden.

Sprickor spred sig som ett spindelnät över rutan.

En tredje gång. Turbandoktorn försökte stoppa honom, men Emir hann slänga iväg fåtöljen.

Rutan exploderade: glassplitter regnade, skärvor överallt.

Fönstret var nere: han klev ut.

Grisarna vrålade i bakgrunden.

Det var skit samma: Emir var på utsidan. Han sprang snabbare nu, asfalten sval och rivig – ett rus for genom hans kropp. En extra kraft.

Shit, det kändes nästan som när han var Prinsen. Som om han var på match igen.

Han måste hitta en bil. Han rusade över den mörka parkeringen.

En Polestar var på väg ut från en parkeringsruta.

Aina vrålade bakom honom.

Han hade misslyckats uppe på taket. Han hade varit för feg.

Han klev ut rakt framför bilen. Kvinnan som körde såg ut som om hon sett typ Tayyip Erdoğan eller något annat spöke.

»Ut«, skrek Emir.

Ögonen vidöppna: kvinnan paralyserad.

Han slet upp bildörren.

Hon makade sig snabbt undan, inåt i bilen.

Han hoppade in. Slog igen dörren.

Stirrade på instrumentbrädan.

Eller snarare: den stora platta skärmen – den här bilen skulle köra sig själv, var det tänkt, medan man spelade tevespel eller kollade på film.

Det fanns inte ens någon ratt.

Emir hade blivit av med körkortet när han SGI-markerades, han hade inte kört bil på flera år.

Och det här fordonet: var det ens en bil?

En stor display. En rullande dator.

Bildörren slets upp.

En av grisarna stod där med sin Glock i handen – tryckte upp den i Emirs fejs.

»Det är över nu«, sa snuten.

Hans känsla hade varit helt fel: det här var verkligen inte som en match.

Han ville inte dö. Det skulle vara oansvarigt.

8

De trädde på Fredrika tyghuvan igen. Tankarna var lika luddiga som insidan, dimmiga, förvirrade. De ledde henne någonstans, men hon kunde inte gå rakt. Ändå var hon lugn och avslappnad.

De placerade henne i en bil, det kände hon. De körde en kortare bit, föste ut henne. Hon svajade.

De ledde henne några hundra meter igen. Hon kände gruset knastra under fötterna. Det var knäpptyst.

Hon försökte fokusera, men tankarna betedde sig som badskum i ett badkar. Så fort hon försökte greppa dem upplöstes de i ingenting.

Hon stoppades.

Hon hörde sjalmannens röst. »Rörelsen är tacksam för informationen du lämnat.«

Hon slet i buntbanden. Hennes skalle var på väg tillbaka nu, men det terroristen just sagt fick henne att må så illa att hon ville kräkas i huvan.

»Släpp mig«, mumlade hon.

»Ställ dig på knä.«

Hon spjärnade emot så gott hon kunde, men de var fler, starkare. Hon kände något svalt och hårt pressas mot bakhuvudet.

De skulle skjuta henne. Hon måste hålla ihop nu. Hon var drogad, bakbunden med en huva över huvudet. Men hon tänkte också vara polis.

»Vi lämnar inga vittnen«, sa sjalmannen. »Har du några sista ord?«

Hjärnan var skarp nu, klar som kristall. Det var för tidigt att dö. Hon hade inte lyckats med allt hon ville lyckas med än.

»Ni kommer aldrig undan med det här«, sa hon tydligt.

Hon darrade.

Det omisskännliga klickljudet av handeldvapen som osäkrades hördes tydligt.

Det var slut nu.

Hon ville krypa ihop som en boll men vågade inte. Hon såg mamma och pappa framför sig, och resten av sin familj. Hon tänkte på tester hon klarat, på Taco.

Tystnad.

Varför hade hon blivit polis egentligen? Det fanns så många klyschiga svar: hjälpa andra, göra skillnad. Men de hade aldrig varit hennes främsta skäl. Hon hade blivit polis för att få stimulans. För att hon tyckte om tydlighet och regler, men också action och att bli sporrad. Och nu skulle det sluta så här.

Hon väntade på smällen. På mikrosekunden då allt skulle vara över.

Hon undrade vad hon skulle känna.

Hon blundade fast hon ändå inte såg någonting.

Efter några minuter vågade hon prata. »Hallå?«

Inget svar.

Hon var stel i kroppen, hade ont i ryggen, preparatet som de tryckt i henne började definitivt släppa, tankarna dunkade sönder hjärnan.

Hon lirkade av sig huvan genom att dra huvudet mot marken.

Hon ställde sig upp. Hon stod ensam bakom några buskage. Längre bort såg hon en väg, och när hon vände sig om såg hon trevnadsdelaren torna upp sig. Hon var på utsidan.

Det här var en markering – en förnedringsuppvisning. Rörelsen kunde visa grymhet. Rörelsen kunde visa nåd. Rörelsen kunde göra vad den ville med en polis.

Skenavrättning.

Hon hade haft tur att A valt det goda alternativet.

Hon gick mot vägen.

Hon stoppade en förbipasserande bil, bad om hjälp att få upp buntbanden och att få låna en telefon.

Den första hon ringde var Sara, skötaren på hunddagiset.

»Taco är hemma hos mig«, sa Sara sömndrucket. »Dig gick det ju inte att få tag på.«

Dag två

7 juni

9

Det föll små flagor på golvet när Novas affärspartner kliade sig på kinden,

»Jaha, då är vi samlade«, sa han. »Och jag måste fråga: vad är det som är så bråttom?«

Jonas hade kommit hem till henne i villan direkt, vilket i och för sig var schyst. Å andra sidan hade hennes meddelande varit tydligt: *Det gäller mitt livs största kris, på riktigt för en gångs skull.*

Tankarna skar i huvudet som en för vass kajal. Hon hade funderat på att anmäla snutjäveln, eller ta hjälp av sin familj, men då skulle hon ju själv åka dit för pillren och det var just det hon inte pallade. *Särskilt* inte i förhållande till familjen.

»Jag blev uppringd av Skatteverket«, sa hon.

»Jaha.«

Hedvig antecknade fast ingen bett henne.

»Tydligen vill de skönstaxera mig.«

»Ringde de för att säga det? Skickade de inte ett mejl? Eller meddelade i appen eller något?«

Nova suckade. »Nej. De ringde. Jag pratade med ansvarig handläggare själv.«

»Fy fan«, stönade Jonas. »Jag hatar Skatteverket. De är ondskan på jorden. Hur mycket ville de ha?«

»Två miljoner kronor.«

Han tystnade.

Hedvigs ansikte blev vitt som skrivarpapper.

»När kan vi betala?« frågade Nova efter några sekunder.

Jonas lade huvudet på sned. Han såg också blek ut. »En sådan summa kan *du* inte betala.«

»Jag måste betala. Det måste väl ha hänt något positivt med siffrorna efter priset i går?«

»Tyvärr hände i princip ingenting med siffrorna.« Jonas betonade varje stavelse, som en tönt.

Det kunde ju inte stämma, det han sa – hade verkligen inte Shokenpriset gett henne *några* fler följare? Det måste innebära nya samarbeten, nya reklamuppdrag – varför hade de annars betalat för det?

Hedvig såg ner i bordet.

Jonas suckade. »Knappt någon verkar bry sig om det priset längre, intresset har rasat drastiskt bara från förra året, och då var det redan tjugo procent lägre än året före. Så tyvärr. Du hade absolut inte ekonomin att betala den där skatteskulden innan, och du har det inte nu heller. Du måste överklaga.«

Nova försökte verkligen förstå sin egen ekonomi, men Jonas såg alltid till att trycka till henne. Det var en av hans härskartekniker, men hon kände i vart fall till den.

»Men vi har ju parfymen som vi ska lansera. Och shootet för Zoroast i morgon. Kan jag inte låna pengar?«

»Av vem då, hade du tänkt dig?«

Nova hade inget svar på den frågan, hon hade trott att hon skulle vara tillräckligt viktig för honom. Hon hade gjort allt för Novalife de senaste åren.

Jonas blängde. »Bilhyran, klädkontot, makeup, manikyristen, resebyrån, Shokenanalytikerna, pr-folket. Vi har faktiskt vissa obetalda skulder som är mer än sju månader gamla. Inget är som det en gång var. Folk vill tydligen bara ha sina upplevelser direkt in i amygdalan, pannloben och sin *ventrala tegmentum* eller vad fan den heter. Så nej, det finns inga pengar att betala med. Du måste överklaga, vad än Skatteverket säger.«

Hon skruvade på sig, funderade på att berätta sanningen – att en galen snut utpressade henne. Hon hade till och med hittat på ett namn på honom: Guzmán – han betedde sig ju som en knarkboss.

»Lilla Nova, du har inga pengar. Hur tydlig behöver jag vara?«

»Jonas lilla, du kan sluta lägga till *lilla* före mitt namn. Jag tänker betala deras satans skattekrav och sedan får vi se vad som händer.«

Hon såg sig omkring efter ett uns av stöd. Hedvig tycktes studera väggens gråa lyxfärg med ett aldrig tidigare visat intresse. Inte undra på, Nova hade just levererat ett underförstått hot om att göra henne arbetslös.

Jävla alla jävlar som var så jävla oföretagsamma.

10

Förhörsrummet hade tjocka, randiga gardiner som var fördragna fast det inte fanns några fönster bakom. Stolarna hade både mjuk sits och mjuk rygg och en vas med plastblommor stod på bordet. På väggen hängde till och med ett inramat flygfotografi över Stockholm.

Det här stället såg inte ut som alla andra, det måste ha blivit kvar efter att privatiseringsbajset spritt sig som ett virus.

De hade vallat honom genom korridorer, kulvertar, in i hissar, ner i djupet och dumpat honom här.

Emir fattade inte var han var någonstans, eller varför.

Dörren öppnades och advokat Payam Nikbin kom in. »Hej, min vän.«

Emir sträckte fram händerna, handbojorna rasslade.

»Du är lite galen, tror jag minsann«, sa advokaten.

»De tänker ge mig livstid. Jag förlorade inget på att försöka.«

Nikbin flinade.

»Om de vill hålla förhör får de låsa upp mig«, sa Emir.

»Du vet, när jag började som advokat för tjugo år sedan såg man knappt handfängsel«, sa Nikbin. »I dag använder de ju fotfängsel på minsta lilla snattare, i alla fall om vederbörande kommer från ett särområde. Ur led är tiden, säger jag, men ingen lyssnar ju på AC/DC heller längre, kanske hänger det ihop på något sätt jag inte fattar. Hårdrockens fall och polisstatens brutala uppgång.«

Emir förstod inte alltid sin advokats humor.

»Du inser väl att vi sitter i Säkerhetspolisens lokaler?« sa Nikbin. »Vi är under marknivå. Jag brukar kalla den här platsen för mysgrottan.«

»Skojar du? Är det för att jag stack från sjukhuset?«

»Det är för att hos Säpo är de duktiga på att förhöra folk, de kommer att försöka skapa en mysig stämning, förstår du, bjuda på kaffe och så. Kanske till och med sticka till dig ett mariekex. De vet, man får aldrig ut något genom att skälla och hota. En gång hade jag en klient som älskade extra stark sås till kebaben, han var misstänkt för terrorbrott. Vet du vad Säpo gjorde?«

Emir skakade på huvudet.

»Mitt i förhöret kom de in med lunch, trivsamt, kan man tycka. Men på kebaben låg extra stark sås. Säpo gjorde sin poäng på ett elegant sätt. De hade haft koll på honom i åratal.«

»Men vad är det frågan om, varför ska Säpo förhöra mig? Jag är ingen terrorist.«

»Det får vi väl snart höra. Men samma regler gäller här som hos vanliga polisen. Du behöver inte svara på frågor om du inte vill. Enda skillnaden här är att vem som än förhör dig så kommer vederbörande att presentera sig som Karin eller Anders, de heter alltid så, för att behålla sin anonymitet. Detta är ju *hemliga* polisen.«

Emir lutade sig tillbaka. Väntade.

Det spelade ingen roll vilken sorts poliser de var.

De fick inte titta på varandra, de fick inte fnissa, de fick inte säga någonting, bara sitta på stolarna som väktarna hade ställt upp, och stirra in i väggen.

Rummet såg lika halvfärdigt ut som resten av köpcentrumet, väggarna i betong var fortfarande fuktiga. I en hög på det skitiga golvet låg bröden, chipspåsarna och godiset som han och Isak hade snattat. Där låg också Emirs telefon som han fått av mamma förra året. De två väktarna stod framför dem: ansiktena stela som plåt.

Den största hade skumma tatueringar på armarna, de såg ut att vara gjorda av barn, och handskar med förstärkta knogar. »Töm era fickor en gång till«, *sa han med hård röst.*

Hans kläder var mörkgröna och militärkängorna var svarta.

»Vi har inget mer«, *sa Emir.*

»DU HÅLLER KÄFT«, skrek väktaren och tog ett kliv fram mot honom. Emir trodde att han skulle få en smäll, men väktaren stannade där, med sitt ansikte en decimeter från hans.

Den andra väktarens mun rörde sig knappt när han pratade. »De fattar tydligen inte vad vi säger.«

»Nä, precis. Då gör vi så här då. Ni ställer er upp.«

De hade redan fått ta av sig skorna. Golvet var kallt under fötterna.

»Ta av er tröjorna.«

Emir hade aldrig tagits för snatteri förut, men Isak hade berättat om hur jävliga väktare kunde vara. Ändå kunde han inte fatta varför de skulle ta av sig tröjorna.

»Ta av er byxorna också«, sa väktaren.

Emir tog av sig sina mjukisbyxor. Isak gjorde likadant. Det var verkligen kallt härinne.

»Ta av er kalsongerna«, sa väktargalningen.

»Glöm det«, sa Isak.

Väktaren böjde sig fram och satte sitt ansikte rakt framför hans. Sedan skrek han rakt i kompisens fejs: »DU SKA GÖRA SOM JAG SÄGER.« Spottet träffade till och med Emir.

Han sneglade på kompisen, skulle de fnittra eller jiddra?

Men Isak var stel i ansiktet på ett annat sätt än förut. Blank i ögonen.

Det hettade i huvudet, dunkade. Ändå lyfte Emir på ena benet och drog ner kalsongerna.

Isak stod där en stund, helt stilla, men väktaren pekade på honom. »Vad väntar du på?«

Nu stod de nakna här, som några facking Guantánamofångar. Emir höll händerna över kuken.

Väktarjäveln ställde sig bredbent framför dem, händerna i sidan, hans nycklar, batonger, pepparsprejer och all annan skit rasslade i bältet. »Ni är som råttor, vet ni det?«

Den andra väktaren nickade, som om han just hört årets smartaste grej.

»Ni tror att ni kan göra som ni vill. Men jag ska berätta en grej för er. Jag har träffat sådana som er förut. Jag griper sådana som er varje dag. *Många är rädda för sådana som er, men inte jag, för jag känner till er typ. Jag vet att ni är värdelösa små kryp, ni har inga föräldrar som bryr sig. Ni snor och beter er som grisar, ni tror att ni äger torget därute, men ni knarkar och skjuter varandra. Och sedan gnäller ni på att allt är samhällets fel.«*

Emir tittade på en prick på väggen, det enda fästet han hade. Det var så kallt härinne.

Väktargalningen sköt ut sin batong. »*Ni har själva bränt alla möjligheter. Ni hör inte hemma här. Förstår ni inte det?*«

Han rörde sig runt dem som en facking hyena, tänderna syntes, huvudet framskjutet.

»*Vad ska vi göra med er?*«

Inte ens hans kollega svarade.

Emir huttrade, hans hud var knottrig.

Väktaren böjde sig ner och tog upp Emirs mobiltelefon. »*Den här är säkert också snodd. Så den tar jag hand om.*«

I tystnaden frös han ännu mer.

Emir ville säga något, för den här väktaren fick inte göra så här, det kunde bara inte vara rätt. »*Du...*«, *började han,* »*du får inte ta den.*«

Väktargrisen tryckte fram batongen mot hans kuk. Emir vågade inte titta ner, han kände bara spetsen mot sin pung.

»*Jag tror att jag ska göra så att du aldrig kan få barn*«, *sa väktaren.* »*Så att du aldrig kan sprida dina smutsiga gener.*«

Ett rapp och smärtan skulle vara det värsta han varit med om, ett rapp och han skulle antagligen inte ha någon kuk längre.

Den fuktiga kylan i rummet. Emir hackade tänder. Försökte hålla tillbaka tårarna.

Försökte hålla tillbaka hatet.

Nikbin bröt tystnaden. »Jag undrar när de tänker dyka upp. Jag har inte hela dagen på mig.«

»Inte jag heller«, sa Emir.

Advokaten garvade. Blinkade. Dunkade honom i ryggen. »Så ska det låta. Vad som än händer, Emir, så måste vi hålla modet uppe.«

Emir sneglade på Nikbin, han hade hört något i advokatens röst som han aldrig hört förut.
Något som skrämde skiten ur honom.
Oro.

11

Samordningsmöte. Planeringsmöte. Utredningsmöte.

Det fanns säkert många ord på den här sammankomsten, men bara ett var en adekvat benämning på vad det egentligen handlade om: krishantering.

Cheferna runt bordet var alla flera nivåer över Fredrika i befälsordningen. Hon var ingenting i jämförelse med dem, hon borde inte ens vara här. Men det var polismästare Herman Murell, hennes tidigare chef, som var utsedd till förundersökningsledare i den här utredningen. Och han ville ha henne här.

De väntade alla på honom nu, så att mötet skulle kunna börja.

De vanliga tidningarna spekulerade i att det rörde sig om en attack från främmande makt, kanske till och med understödd av vissa element inom polisen. Alternativmedia påstod att landet till slut hade hamnat i inbördeskrig: *muslimerna anfaller – nu tar de över*. Rysk trollmedia skrek ut sin illa dolda skadeglädje: staten borde ha tagit hand om dem tidigare – underförstått: det var alltid enklare för regimen att giftmörda sina motståndare. New York Times, Washington Post och The Boston Globe lade pannorna i djupa veck: *Sverige imploderar. Igen.* Då hade Fredrika inte ens orkat titta på Shoken, Twitter, Brainy och de andra plattformarna.

Utanför polishuset på Kungsholmen demonstrerade hundratals människor i två läger. Ena halvan krävde kraftinsatser för att hitta ministern, eller att särområdet skulle flygbombas: *jämna Järva med marken* – gör en parkeringsplats av skiten. Andra halvan skrek om fascism och strukturell rasism. Krävde att Polismyndigheten skulle stängas igen och att särområdesinvånare skulle kvoteras in till minst femtio procent av lägenheterna på Östermalm.

Snabba oppositionspolitiker körde webbsända tal till folket eftersom deras sociala mediakonton blockerats: eldade på. Med striktare lagstiftning skulle vi ha kunnat utvisa dem för länge sedan. Statsministern måste ta sitt ansvar. Statsministern måste gå. Eller tvärtom: den kidnappade inrikesministern måste kliva ner – det är hon själv som är ytterst ansvarig för massakern på Järva torg. Hur nu en bortförd minister skulle kunna avgå.

Statsministern hade hållit en famlande pressträff för någon timme sedan – hon hade sett så uppenbart vilsen ut. Alla visste också att koalitionsregeringen, som hon ledde och som Basarto Henriksson ingick i, varit nära att falla samman under flera månader nu. Högerextremisterna, islamisterna och miljökämparna hade förstått vikten av allianser, och de tjänade på osäkerhet och kaos.

Riksdagsvalet låg mindre än tre månader bort. Polisens skott på torget hade tagit tre människors liv och skadat över femton, varav fyra tonåringar. Inrikesministern var spårlöst försvunnen. Särområdet brann.

Krismöte. Cheferna runt bordet var inte bara stressade – de var pressade. Fredrika visste att statsrådsberedningen bönade och bad, skrek och hotade i oändliga samtal.

Misslyckades de skulle flera av dem antagligen mista sina jobb.

Misslyckades de skulle kanske hela Sverige hamna i ännu värre kaos.

Herman Murell klev in. Han var klädd i kostym och slips för ovanlighetens skull, och hans ögonbryn såg inte lika buskiga ut som de brukade.

Murell hade inte bara varit hennes chef när hon jobbade hos Särområdespolisen, han hade även varit hennes så kallade mentor.

»Jag vill att du är med på morgonmötet«, hade han sagt med sin mörka, välkänt sönderrökta röst när han väckt henne på hennes privata telefon.

»Men jag ska läkarundersökas.«

»Det vet jag, men det får ske efter mötet. Jag vill att du håller i en del av dragningen.«

Oj.

»Du såg gärningsmännen«, fortsatte Murell, »både på torget och hos Rörelsen. Och du är en av de bästa jag vet på att peka ut folk.«

Hon visste vad han syftade på, det han sa var fräckt.

»Jag vet att jag kan lita på dig«, sa han. »Kom in till Polhemsgatan nu.«

Fredrika var redan där. Hon hade tillbringat den tidiga morgonen med att försöka sova på en av vilrummets soffor.

Det hade gått sådär. Rörelsen hade ändå skenavrättat henne och bilderna från massakern på torget hade spelats upp om och om igen i hennes huvud.

Hon ville träna för att glömma. I dag var hennes löpdag, men hon skulle inte hinna med, inte ens ett snabbpass nere i gymmet.

Hon lade handen på ovansidan av låret och spände till. Hårdheten överraskade henne nästan, som om hon undermedvetet trott att timmarna i fångenskap skulle ha förstört hennes fysik.

Det ellipsformade bordet var en kopia av något skandinaviskt designbord: träet var ljust, som vanligt på svenska myndigheter – antagligen björk.

Höga chefer och seniora analytiker på rad.

Herman Murell satte sig långsamt ner. Vid andra ändan av bordet satt Danielle Svensson, chef över Kontraterrorism på Säpo, och i förlängningen Fredrikas högsta överordnade just nu – hon tog över utredningsansvaret när incidenter av det här slaget drabbade operatörer inom Personskyddet.

Fredrika hade aldrig sett Pierre Frimanson i verkligheten, Säpos generaldirektör, men hon kände ändå igen honom – alla visste hur han såg ut. Han var helt flintskallig, saknade till och med ögonbryn. Han hade en åkomma som hette alopeci – den var inte farlig, men man tappade alla sina hårstrån, till och med ögonfransarna, och många trodde att man genomgick cellgiftsbehandling eller någon annan hård kur.

Bredvid Frimanson satt chefen för Författningsskyddet, som var nästan lika ung som Fredrika. Hon var ett stjärnskott i chefshierarkin – men såg tio år äldre ut med sin skrynkliga panna.

Nästa på rad var direktören på nationella operativa avdelningen, NOA, han hade ett förflutet inom Insatsstyrkan – dit Fredrika själv drömde om att komma. Hans underarmar var fortfarande så muskulösa att klockan på hans handled såg ut som ett armband för ett barn.

Dessutom satt generaldirektören för FRA i mitten på ena långsidan.

Shit.

Fredrika hade aldrig hört talas om att så många chefer från olika delar av Sveriges Polismyndighet samlats i ett och samma rum.

Hennes mage kändes som en hård kula. Hon hade inte fått mycket tid att sätta sig in i läget och förbereda sin dragning, än mindre att debriefa kring vad hon utsatts för i går kväll och i natt. Allt kändes fortfarande oklart. Var hon ens ren från skiten de injicerat i henne?

»Då sätter vi i gång«, sa Murell med medvetet låg röst, han ville spänna allas öron lite extra. »Som ni ser har vi Fredrika Falck från Säpo med oss också. Jag känner Fredrika väl, hon var tidigare hos oss på S-polisen, men har nu varit på Personskyddet i tre år. Fredrika var på torget och är den enda hos oss som såg gärningsmännen, de som förde bort Basarto Henriksson. Hon hölls också senare av Rörelsen. Hon ska sammanfatta utredningsläget för oss.«

Han sa inget om att samma organisation också fått henne att tro att hon skulle dö i natt.

Murells glasögon satt lika långt ner på näsan som de brukade göra, och hans röst lät som vanligt, en mullrande bas – i alla fall nästan. Fredrika kunde höra en antydan till något annat i den. Herman Murell var en legendar inom polisen, och hade genom åren ansvarat för flera uppmärksammade insatser i särområdena – men hon hade andra erfarenheter av hans ledarskap också. Svårare.

Murell var ingen som blev stressad i onödan – men just nu var det uppenbart att han var jävligt spänd.

Valår. *Krutdurk.* Kris.

Fredrika svalde sitt djupa andetag. Håll ihop nu.

»Analysen av våra FR-kameror visar att flera individer som är kopplade till Rörelsen befann sig i närheten av scenen då talet hölls«, sa hon. »Det var även personer från Rörelsen som demolerade kravallstaketet. Vi kan se att batteridrivna vinkelslipar användes. Vi bedömer att Rörelsen har kapaciteten och de är kända för just kidnappningar som de anser ger politisk hävstångseffekt. Däremot har inget pressmeddelande eller någon video lagts ut, det har inte heller ställts något ultimatum eller krav än, vilket annars är brukligt vid Rörelsens aktioner.«

Hon gjorde en paus. Alla såg ut att tänka samma sak – det var ingen idé att komma med något krav om ministern ändå inte levde.

»Har någon av männen som förde bort henne kunnat identifieras?« frågade Danielle Svensson.

Fredrika skakade på huvudet. »Face Recognition-kamerorna fungerar dåligt när någon är i snabb rörelse. Och de var delvis maskerade, munskydd över nedre delen av ansiktet. Men Rörelsen har tidigare uttalat flera hot mot ministern.«

De visste alla varför: EBH hade *inte* röstat emot särområdeslagen och beslutet om att uppföra trevnadsdelare. Rörelsen såg henne som en medlöpare.

Fredrika klickade upp en text som kom upp på en av väggskärmarna.

»Här ser ni en sammanställning av information kring Rörelsens ideologi.«

RPI – *Rörelsens Political Impact. Vår politiska grens hemsida*, stod det högst upp.

»Ni känner alla till deras så kallade Åtta krav, Rörelsens manifest.«

Hon lät cheferna skumläsa.

Rörelsen är en stadsgerilla i Carlos Marighellas anda. Våra politiska mål är klara och legitima. Vi är den vanliga människans vän. Vi är bara inriktade på storbolag, klimatförrädare och de politiker som vägrar arbeta för en bättre värld.

Ventilationsrören i taket susade i bakgrunden. Fredrika såg hur Murell ljudade de sista orden för sig själv: ... *bara inriktade på ... politiker som vägrar arbeta för en bättre värld.*

»Vem är egentligen Carlos Marighella?« frågade Danielle Svensson.

»Du menar: vem han *var*«, sa Fredrika. »Han var en brasiliansk revolutionär. Det var han som uppfann begreppet stadsgerilla.«

»Stadsgerilla?«

»Det är vad Rörelsen själv kallar sin militära organisation. De kallar sällan sig själva för terrorister. Det är samma sak som att folk på Östermalm som är födda med pengar aldrig kallar sig själva för överklass.«

Endast Herman Murell skrattade – fast det mer lät som en hostattack. »Tack«, sa han till slut. »Frågor?«

Det fanns frågor, de ville veta mer om de Rörelsemedlemmar som hade identifierats, om skottet som träffat Niemi, om bilen som fört bort ministern, och så vidare.

Fredrika slappnade av. Hon hade svar på de flesta av deras frågor.

De här cheferna var inte så farliga som hon trott, även om de var tyngda av stundens allvar.

»Då ska vi gå vidare till nästa punkt«, sa Murell. »Och den ska jag själv föredra. Det gäller situationen i Järva särområde. Vi är alltså relativt säkra på att ministern, död eller levande, är kvar därinne.«

Danielle Svensson lutade sig fram. Hon kallades ibland för Hjärnan Svensson av Fredrikas kollegor, hon var en erkänt smart och strategisk person. »Bör vi inte gå rakt på sak i stället?« sa hon.

»Och vad menar du med rakt på sak«, frågade Murell.

»Vi har redan beslutat om allomfattande åtgärder. Men vi är väl överens om att det inte räcker?«

Ventilationen susade ännu högre från taket.

Allomfattande åtgärder: Särområdespolisen kunde temporärt införa specialregleringar för husrannsakningar, visitationer och andra tvångsåtgärder. Inga misstankar behövdes, polisen kunde gripa vem de ville.

Murell kommenterade inte Svenssons utspel. Pierre Frimanson sa heller ingenting.

»Områdets in- och utfarter fungerar inte«, fortsatte Murell. »Den ena är sönderspängd och den andra är barrikaderad med antändningsbart material. Det är kaos därinne. Bilar brinner, butiker, elskåp, allt attackeras. Till och med sjukhuset, skolor och daghem har angripits. Vi har fått in rapporter om hundratals sexuella överfall. Framkomligheten för räddningspersonal är i princip obefintlig. Upploppsmakarna har byggt väghinder på ett stort antal platser. Fler än tiotusen personer estimeras vara involverade i grov skadegörelse, upplopp med mera. Vi vet inte i nuläget om detta är organiserat av Rörelsen, något av gängen, jihadisterna, eller om det sker helt spontant. Intresselinjer dras om med så pass hög hastighet i Järva att utvecklingen är svår att följa. Uppriktigt sagt vet vi inte ens om någon organisation *de facto* kontrollerar sin del. Och kom ihåg: det finns fler än tjugotusen eldvapen därinne. På vissa gator ligger det döda kroppar kvar.«

Och på torget ligger döda människor som *vi* sköt, tänkte Fredrika.

»Dessutom«, sa Murell, »så har vi utrymt polisstationen.«

Fredrika hann uppfatta att några av chefskollegorna flämtade till. Det här hade inte Murell berättat om innan.

»Har ni utrymt polisstationen?« upprepade Danielle Svensson.

Murell nickade, hans glasögon höll på att trilla av näsan. »Ja, tyvärr. Den blev attackerad, inte bara beskjuten och angripen med molotovcocktails, utan någon placerade också någon form av gasbehållare vid ventilationssystemets insug på taket. Flera polismän svävar mellan liv och död. Kraftiga andningsproblem. Vi befarar att det rör sig om sarin. All personal flögs ut med helikopter tidigare i morse.«

Syret hade försvunnit ur rummet.

Flyga ut personalen – det var det sjukaste Fredrika hört. Samtidigt var hon glad att utfarterna var stängda – om de attackerade med sarin måste de hållas borta från resten av Stockholm.

Murell rosslade till. »Det går alltså inte att komma in med större enheter just nu. De olyckliga skjutningarna på torget har gjort folk därinne inte bara besvikna, utan helt galna. Faktum är att vi i nuläget bedömer det som omöjligt att över huvud taget gå in med flermannastyrkor. Landsättning med helikopter skulle i och för sig fungera, men det kommer att väcka alltför stor uppmärksamhet och uppfattas som provocerande. Det här handlar om en balansgång: vi måste hitta EBH, men vi vill inte förvärra läget i området. Vi vet att upploppen kan urarta ännu mer, de kan explodera på ett sätt som kan bli farligt för hela Stockholm, hela Sverige.«

Ventilationen brusade högt.

»Vi har några mannar från särområdespolisens piket kvar«, fortsatte Murell, »men de kan inte agera öppet. Polishatet är enormt därinne nu. Dessutom finns en risk att kidnapparna kommer att agera förhastat och göra något med EBH som vi verkligen inte vill.« Han såg sig omkring. »Om de inte redan har gjort det, vill säga.«

Cheferna vred på sig. Stirrade i väggen.

Alla utom Svensson. Hennes röst var gäll. »Det här är inte acceptabelt.«

Chefen över kontraterrorism tittade sig omkring, lät blicken vila på var och en av sina kollegor, stannade extra länge på sin egen chef, Frimanson. »Vi viker ner oss när vi borde handla med kraft.«

»Vi handlar med kraft«, sa Murell.

»Men vi kan ju inte komma in.«

»Det är korrekt.«

»Så allomfattande åtgärder blir meningslösa.«

Tystnad igen.

Svensson – Fredrikas chef – hade onekligen en poäng.

»Jag har ett förslag«, sa Svensson.

Allas blickar var intensiva.

»Jag har varit i kontakt med Försvarsmakten nu på morgonen. Rent tekniskt skulle vi kunna bestycka våra C3-drönare.«

»Och vad ska vi med dem till?« Murells röst var ännu skrovligare än tidigare.

Svensson tog sats. »Vi tar ut Rörelsens medlemmar en efter en om de inte släpper EBH.«

Blickarna på Svensson var inte längre intensiva: de var chockade. Men Frimanson nickade: Säpos högsta chef samtyckte. Men konstaterade torrt: »Fast vi vet knappt vilka de är. Det blir gissningar.«

Tystnad.

»Vi gör det inofficiellt, naturligtvis«, sa Svensson. »Men formellt är det en del av kontraterroristskyddet.«

Hjärnor som arbetade. Smarta hjärnor, strategiskt vana hjärnor.

Murells röst var så grov när han talade igen att det var svårt att höra vad han sa.

»Särområdet ligger inom Särområdespolisens behörighet.«

»Herman«, suckade Svensson. »Vad har du tänkt säga på presskonferensen? Att du beslutat om en allomfattande åtgärd, men att ingen polis kommer in? Att du har flugit ut alla som skulle kunna ha sökt efter ministern?«

Kris. Valår.

Okonventionella metoder.

Två chefsblickar låsta i varandra.

Direktören på NOA skruvade på sig.

Chefen för Författningsskyddet tittade ner i bordet.

Pierre Frimanson såg ut som om han ville kräkas – vad fan, han var Svenssons chef, han måste säga något nu.

Svenssons ögon var rödkantade – hade hon gråtit före det här mötet? Fast, tänkte Fredrika sedan, de kanske alltid var röda. Danielle Svenssons extremt ljusa hy och hår gjorde att varje liten färgskiftning stack ut.

»Det räcker nu«, sa Murell. »Jag har redan förklarat vem som fattar polisiära beslut på marken i särområdet, eller i luften för den delen. Det är inte Säkerhetspolisen. Det är jag.«

Ventilationen brummade högt, nästan vrålade.

Alla väntade på vad Frimanson skulle säga – men Säpos högsta chef var tyst.

Då vände sig Danielle Svensson plötsligt mot Fredrika. »Då vill jag be Fredrika Falck ge sin version av vad som hände i går och i natt.«

Vad höll Svensson på med? Ett förhör var inget som hörde hemma här, inte inför alla chefer.

»Jag har skrivit en rapport«, sa Fredrika.

Svensson smackade med munnen. »Ja, men jag vill ställa några frågor till dig. Vänligen redogör för vad som hände.«

Murell invände inte, ingen annan heller.

Det var bara att börja berätta.

Svenssons ögon var vassa som fiskekrokar när Fredrika tystnat.

»Nu tar vi det här lugnt och sansat«, sa Murell.

»Hur kom du ut ur området i natt?« sa Svensson.

»Jag vet inte, tyvärr. Jag var inte klar i huvudet när det hände.«

»Men det var väl inte genom någon av de officiella utfarterna?«

»Det tror jag inte. Jag hörde inga röster eller andra ljud som skulle tala för det, vad jag kan minnas«, sa Fredrika.

»Kan du berätta något mer om vilka frågor personen som kallade sig A ställde till dig?«

»Som jag sa så minns jag tyvärr inte. De gav mig en spruta. Däremot minns jag att de nämnde orden *infektion* och *mullvad*. Men allt det där har jag skrivit om i min rapport.«

»Infektion och mullvad? Hur sas de orden?«

»Det vet jag tyvärr inte, jag var alltför omtöcknad.«

»Om du inte minns mer av frågorna du fick«, fortsatte Svensson, »så undrar jag om du minns några av dina svar. Gör du det?«

»Jag kan inte återge några detaljer om det.«

»Är du helt säker?«

Fredrika tittade upp och mötte sin chefs blick – trodde Svensson att hon ljög?

»Jag kan tyvärr inte med säkerhet minnas en enda fullständig fråga som de ställde, och inte ett enda av mina svar.«

Hon kände sig som den största idioten i polishistorien.

»Då släpper vi det just nu. Då vill jag att du går igenom skeendet igen, från och med att tumultet började, tack.«

Fredrika repeterade allt. Några av cheferna förde anteckningar. Det var så pinsamt. Hon sneglade mot Murell, men han gjorde ingen ansats att stoppa det här. Ingen frågade om skenavrättningen.

»Varför osäkrade du inte ditt vapen redan uppe på podiet när en sko träffade ministern?« frågade Svensson.

»Jag tänkte på sjuttonde paragrafen, fjärde stycket: *Med hänsyn till risken för vådaskott får avtryckarfingret läggas an mot avtryckaren och hanen på pistolen hållas spänd först när skottlossning bedöms vara omedelbart förestående.*«

»Du kan dina regler, hör jag. Men du bedömde inte att du skulle behöva avlossa ditt vapen redan när din kollega, Niemi, blev skjuten?«

»Jag gjorde inte den analysen.«

Svensson behandlade henne som om hon var den kriminella.

»Du såg att kravallstaketet var trasigt, eller hur?«

»Ja.«

»Så när människor lyckades forcera staketet, osäkrade du ditt vapen då?«

»Nej, jag tänkte att jag måste få Basarto Henriksson till den väntande säkerhetsbilen på baksidan.«

»När folkmassan vällde upp på scenen, osäkrade du då ditt vapen?«

»Nej, jag insåg inte omfattningen först.«

»Men du hade ju sett att kravallstaketet fallit.«

»Ja, men jag hann inte.«

»Du hann inte?«

»Allt gick så fort och jag fokuserade på att föra ministern bakåt.«

»Men du tappade greppet om Basarto Henriksson, eller hur?«

»Ja, tyvärr, hon slets ifrån oss, det var för mycket folk och Niemi var skadad.«

»Osäkrade du ditt vapen?«

»Nej, jag försökte ta mig till henne, jag hoppade ner från scenen.«

»Osäkrade du ditt vapen då?«

Fredrika drog efter andan. »Jag gjorde bedömningen enligt nittonde paragrafen i de allmänna råden och i enlighet med 1969 års lag att en alltför stor allmänhet befann sig i skottfältet.«

»Tänkte du verkligen så?«

»Ja, eller vad menar du?«

»Började du analysera lagar och förordningar i det läge du befann dig i?«

Fredrika tystnade, det kändes som om Hjärnan Svensson hade lurat henne. Alla runt bordet blängde.

»Reglerna är viktiga. Anser inte du det?«

Hon insåg att hon begått ytterligare ett misstag.

Svensson tittade henne i ögonen. »Här är det vi som ställer frågorna, eller hur?«

»Självklart.«

»Bra. Du hamnar nedanför, på marken?«

»Det är korrekt.«

»Du försöker ta dig fram till ministern, inte sant?«

»Ja.«

»Och det är då du höjer ditt tjänstevapen?«

»Ja.«

»Och vad ger din gruppchef för order?«

»Han gav många olika order, det var en kaotisk situation.«

Svensson gjorde en kort paus innan hon fortsatte. »Ja, men du förstår nog vilken order jag pratar om. Sa han till dig att du skulle använda ditt tjänstevapen eller inte?«

»Han sa att jag skulle ge verkanseld.«

»Men det gjorde du inte.«

»Nej. Det gick inte.«

»Varför?«

»Jag gjorde samma bedömning som tidigare.«

»Kom du fram till ministern?«

»Nej.«

»Men om du hade skjutit hade du väl kommit fram till henne och kunnat agera, inte sant?«

Tystnad.

Blickar.

Fredrika svalde, hon var på väg utför ett stup utan att kunna stanna.

»Men du kom framåt till slut, eller hur?«

»Ja.«

»Och det var för att våra prickskyttar besköt allmänheten som blockerade din väg. Stämmer inte det?«

Detta var definitivt en fälla.

»De valde att skjuta.«

Svenssons röst gick upp en oktav, skarp. »Nej, de var *tvungna* att skjuta. Eftersom *du* inte lydde order. Eftersom *du* inte sköt. Eller hur?«

Huvudet höll på att explodera. Svenssons blick skar i henne.

De klandrade henne. Inte bara för ministerns försvinnande, utan för allt som hände nu, upploppet på torget, kravallerna.

»Jag ställde en fråga«, upprepade Svensson.

»Jag tror kanske inte att det finns något riktigt bra svar på dina frågor, Danielle«, avbröt Murell.

Svenssons ansikte blev ännu rödare än det redan var – hon sneglade mot Frimanson, men högsta Säpochefen fortsatte att vara tyst.

»Är det någon annan som vill ställa några frågor till Fredrika?« sa Herman Murell.

Alla började samla ihop sina saker. Mötet hade avslutats.

Hon kände sig som en urvriden trasa, samtidigt ville hon ge Danielle Svensson en fet smäll. Det var så förnedrande alltihop. Den där typen av förhör skulle skötas av avdelningen för särskilda utredningar, SU, och absolut inte inför massa chefer.

Hon måste hem och sova, borra in sitt ansikte i Tacos päls, glömma den här skiten. De skulle starta en internutredning mot henne, det var hon säker på nu.

Samtidigt hade hon ett ansvar – Eva Basarto Henriksson hade varit hennes att försvara. Man lämnar inte sitt skyddsobjekt i sticket.

Murell tittade i sin telefon och började hosta.

Frimanson slog ihop sin dator.

Svensson ställde sig upp, ryckig i rörelserna.

»Vänta ett ögonblick«, sa Murell.

Han fortsatte hosta.

Alla stannade upp, väntade på att han skulle bli klar.

Murell harklade sig. »Jag har en idé.«

Ventilationen var plötsligt tyst.

»Varför kommer det här först nu?« undrade Svensson.

Herman Murell log. »För att det är först nu jag fått besked om att vi har en person på plats. Och ...« Han avbröt sig själv med nya hostningar. »För att det innefattar användandet av *okonventionella metoder*.«

Danielle Svensson snörpte så mycket på munnen att hennes läppar inte syntes.

»En sak till«, sa Murell och tittade på Fredrika. »Jag undrar om du, Fredrika, kan ta hand om den här nya idén. Under översyn av Svensson.«

12

Det stod Fendi på garderobens läderhandtag. Nova hade pimpat sitt hem med element från Givenchy, lampor från Kenzo och parkettgolv med Diormonogram i tiljorna. Följarna hade älskat när LVMH-inredningen kom upp – hon hade fått fler än tvåhundratusen kommentarer, de var besatta av galenskap.

En gång i tiden hade hon bara tyckt att hon var duktig på en enda sak: att sminka sig. Det var så det hade börjat: hon sminkade sig framför sin telefon, filmade vad hon gjorde, granskade videorna efteråt i sängen – försökte förstå vad hon kunde göra bättre, hur hon kunde vara tydligare.

En dag lade hon ut en sminkvideo på nätet. Hon fick inte särskilt många views och bara fyra kommentarer – men de fyra kommentarerna var som glada hälsningar på skolgården, som korta förtroliga textmeddelanden från ens bästa vän, som smekningar över kinden av en snäll kille.

Från den dagen ville hon ha mer. Hon började leva genom sina följare. De var hennes vänner, de gjorde henne till någon. Framför kameran var hon inte den tysta, pinsamma, ensamma. Framför kameran var hon Novalife.

I början hade hon läst alla kommentarer, och dessutom svarat, pratat direkt till följarna i sina videor. Ångesten försvann när hon stod framför kameran, hon behövde inte ta huvudvärkstabletterna, hon gick till och med till skolan och höll sina föredrag med en styrka hon inte trott fanns i henne.

De första åren hade det varit enkelt, spontant. Hon älskade följarna, och följarna älskade henne. Nova hade vuxit av sig själv och med hjälp av Jonas. Hon hade inte bara varit den galna, utan också den ärliga – den äkta, den genuina. Men konkurrensen från alla andra och från Brainy hade ökat. De senaste åren hade hon gått längre, pressat gränserna. Hon hade blixtbantat tills hon blivit tvungen att läggas in på rehab, haft sex på massa olika sätt, genomgått två aborter, mobbat tiotals B- och C-kändisar, dejtat massa idioter som såg bra ut på Shoken både framifrån och i profil, hängt ut sina föräldrar, skrikgråtit och gått in i en psykos, pratat nära genuint privat direkt om sig själv med följarna, hånat dussintals andra influencer så att vissa försökt ta livet av sig, bytt namn, supit sig så full att hon fått åka till akuten och magpumpas, bytt tillbaka sitt namn, ätit så mycket choklad att hon gått upp tjugo procent i vikt. Allt hade filmats – till och med aborterna – och allt hade lagts ut i hennes kanaler. Dessutom hade Jonas kommit på smarta sätt att hantera skatten så att hon kunde få massor av saker gratis, föremål, renoveringar, resor, utan att hon behövde betala en krona till staten och, kanske viktigare; han hade fixat hundratusentals fejkföljare som såg så äkta ut att hon nästan ville börja följa dem själv.

Vad hade hon nu?

I varje fall inte två miljoner kronor.

Hon ville spy upp sig själv: för att se om det fanns något i henne över huvud taget. För att se om hon verkligen var en riktig människa eller bara en idiot. Tre, fyra piller skulle ha räckt för att täcka kvällens behov – hon hade haft tjugotre.

Men kanske fanns det en utväg. Hon öppnade garderoben och satte ena ögat tre decimeter från kassaskåpet som stod därinne. Det klickade till när det kände igen henne – Döttling: säkrast i världen.

Hon hade sagt till teamet att hennes försäkringsbolag krävde att hon låste in sina smycken på ett säkert sätt. Och i Döttlingskåpet – ej sponsrat av någon – fanns hennes hemliga grejer: Rolex, Audemars Piguet och de andra klockorna, och dessutom några länkar från Tiffany och Cartier. Hon hade tagit allt själv, hon var duktig på att lura de rika idioterna. Det var hennes eget gerillakrig mot konsumtionssamhället. Hennes motståndsrörelse mot de strukturer hon själv var en galjonsfigur för.

Precis då ringde det.

Guzmáns röst. »Bara så du vet, jag vill ha betalt senast i morgon.«

Han var sjuk i huvudet på riktigt. »Det är omöjligt.«

»Inget är väl omöjligt för dig?«

Nova klickade bort. Hon kunde inte fatta att snutjäveln gripit henne just när han gjort det, det var som om han vetat vad han letade efter. Som om någon på Shoken Awards eller efterfesten tjallat på henne. Hade Jonas sett något? Eller Simon Holmberg?

Hon borde ta reda på vad Guzmán hette på riktigt, men hur skulle hon göra det?

Hon tog upp Patek Philippe-klockan ur handväskan och lade in den i kassaskåpet. Den var det mest värdefulla objekt hon någonsin kommit över. Det var otroligt att Guzmán inte reagerat på klockan, fast han hade väl trott att den var hennes. Armbandsur var inte olagliga i sig.

Armbandsur gick att sälja.

13

Dörren öppnades: två kvinnor steg in. Raka i hållningen, bestämda i stegen. Äkta snutar.

Den ena var uppenbart vältränad och hade mellanblont uppsatt hår – en hästsvans så stram att den drog i ögonen på henne. Hon presenterade sig som Fredrika.

Den andra hade kritvitt hår och en grå dräkt som såg tio gånger billigare ut än Nikbins kostym – hon räckte inte fram handen. »Danielle Svensson, chef vid Kontraterrorism, Säkerhetspolisen«, konstaterade hon bara om sig själv. Emir fick känslan av att det faktiskt var vad de hette på riktigt, även om han såg i ögonvrån att det drog i Nikbins mungipa.

Advokaten visslade till. »Vi har finbesök, ser jag. Danielle, kommer du ihåg när vi satt i Globenmålet? Alltså jag blev så pissnödig under ditt sakkunnigförhör att jag inte kunde lyssna på vad du sa, så sedan när det var min tur att korsförhöra dig hade jag inga frågor, skönt va?«

Ingen av grisarna garvade.

Snutchefen gestikulerade att de skulle sätta sig ner.

»Innan vi börjar«, sa Nikbin, nu med allvarlig röst, »skulle jag vilja be er att låsa upp min klients handfängsel. Jag vet att han var ute på en liten springtur i natt, men han lider, som ni väl känner till, trots allt av njursvikt. Och om han skulle få för sig att ge sig av igen så finns det ändå ingenstans att gömma sig härnere. Det är inte roligt att leka kurragömma i mysgrottan.«

Ansiktena på andra sidan: fortfarande stela som fryst amfetaminpasta.

Ändå böjde sig snuten som presenterat sig som Fredrika fram och låste upp Emirs bojor. Han motstod reflexen att kasta sig över de här grisjävlarna: krossa deras näsor, slå in deras pannor. Göra *baba ganoush* av deras fåniga vita ansikten.

»Känner du till vad som hände i går i Järva?«

Emir spottade på bordet. »Jag snackar inte med er.«

»Jag förstår din ilska och frustration«, sa Fredrika-snuten med låtsassnäll röst. »Men såvitt jag förstår höll du själv i vapnet.«

Emir mötte hennes ögon.

Snuten fortsatte. »Det som hände var att upplopp och kravaller startade, de mest omfattande vi har varit med om. Läget är mycket kaotiskt nu.«

Han fortsatte stirra, samtidigt kände han huvudvärken komma krypande.

»Och du kommer från Järva, eller hur?«

Emir andades genom näsan.

»Jag märker att du inte vill prata. Men då kan jag upplysa dig om att det som också inträffade var att Sveriges inrikesminister blev kidnappad. Inne i ditt särområde.«

Tystnad i rummet. Snutchefen satt snett bakom Fredrika och stirrade – rödaktiga ögon.

Det här hade inte med Emir att göra. Grisarna måste ha misstagit honom för någon annan, de var snurriga av värmen. Ändå högg något till i honom: en minister kidnappad i hans område – det var dålig karma.

Fredrika-snuten snackade på: om ett tal på Järva torg som avbrutits, hur hennes kollega skjutits, hur ministern förts bort i folkmassan, hur skott avlossats av poliser, att ingen riktigt visste vad som hade hänt därefter.

När hon var färdig böjde hon sig fram över bordet. Hennes panna var bara några centimeter från Emirs ansikte. »Vad är din uppfattning om Eva Basarto Henriksson?«

»Varför frågar du?« Emir ångrade direkt att han sagt något.

»Jag kommer till det. Svara bara på min fråga, är du snäll.«

»Jag skiter i politik.«

Snuten lutade sig bakåt igen. »Det förstår jag. Det är det nog fler än du som gör.«

Det var något som var fel här. Emir kunde se det på sättet de här snutarna rörde sig, han kände lukten av de här griskvinnornas nervositet. De ville någonting.

Advokat Nikbin avbröt. »Är detta ett förhör, eller vad håller ni på med egentligen?«

En kort stund trodde Emir att snuten eller hennes chef skulle fräsa något, men i stället svarade Fredrika med lugn röst. »Nej, vi vill bara föra ett vanligt samtal med din klient.« Sedan vände hon sig direkt till Emir igen. »Är det okej för dig?«

Emir tittade på Nikbin, som själv glodde på snutchefen. »Det finns inget som heter *vanligt samtal* mellan en polis och en misstänkt«, sa han. »Det finns ingen juridisk figur i svensk rätt som täcker en sådan situation. Antingen är detta ett förhör och då ska vi följa reglerna, ni ska delge misstanken, allt ska protokollföras, spelas in och så vidare, eller så är det här ingenting, och då vill jag veta vad min huvudman gör här.«

»Vi hade inte ens behövt bjuda in dig hit, Payam. Men vi gjorde det av artighet mot din klient«, sa Fredrika.

Nikbin reste på sig och gestikulerade åt Emir. »I så fall är det dags för min huvudman att gå tillbaka till sin arrestcell nu.«

Då ställde sig snutchefen upp. Tog ett kliv fram. Hennes händer darrade – som på en facking tablettmissbrukare.

»Nej, vänta.«

Det blixtrade till i huvudet – värkskiten fick bara inte komma nu. Ändå: Nikbin måste känna lukten av samma sak som Emir, för han spelade spelet ännu tuffare än han brukade.

»Okej, vi hör vad ni har att säga«, sa advokaten. »Men andas ni ens något om någon gärning så avbryter vi och gör det här på det vanliga sättet.«

Den mjuka stolsdynan pyste ihop en aning. Emir lutade sig tillbaka.

»Tack«, sa snutchefen, uppenbart lättad.

Fredrika lutade sig fram mot Emir igen. »Ingen har hört av sig, inget ultimatum eller krav har kommit än, men ingen kropp har heller påträffats. Så vi utgår ifrån att ministern lever. Det hela är så klart en tragedi för Eva Basarto Henriksson som människa. Hon har en familj, förstår du, hon har barn. Ska deras mamma vara kidnappad? Ska de förlora henne?«

»Vad vill ni egentligen?«

»Så här är det«, sa Fredrika. »Vi vill att du, Emir, tar dig in i Järva särområde och tar reda på var Sveriges inrikesminister Eva Basarto Henriksson befinner sig.«

Nikbin stirrade så hårt på snuten att det såg ut som om hans ögon skulle tryckas ur sina hålor. »Jag har aldrig hört något liknande«, började han.

»Advokaten kan vänta med sina synpunkter«, avbröt Fredrika utan att ens titta åt Nikbins håll. »Om du, Emir, lyckas, så blir det inget åtal, ingen rättegång. Vi lägger ner utredningen mot dig. Du slipper livstids fängelse. Förstår du? Om du hjälper oss att hitta inrikesministern, så blir du en fri man.«

Emir förstod.

Huvudvärken tog en annan väg genom hans huvud, som om hjärnan hoppade till. »Ni gjorde så att jag sköt Isak ...«

»Det här är ingen jävla lek«, avbröt Fredrika. »Det var inte vårt fel att du sköt din vän. Men en svensk ministers liv står på spel. Vi vill ha ditt svar inom en timme.«

Snutarna reste sig, sköt in stolarna.

Men så vände sig snutchefen om. Hennes billiga dräkt frasade. »En sak till«, sa hon.

»Vadå?«

»Om du hjälper oss, så hjälper vi din vän Isak. Annars vet man aldrig vad som händer med honom.«

Det var det mest skruvade hotet Emir hade hört.

Snutkvinnan med hästsvansen såg ut som om hon rodnade.

14

Fredrika satt i ett rum längre bort i korridoren. Danielle Svensson hade gått därifrån: hon hade »inte tid att vänta på idiotens svar«, som hon sagt.

Egentligen borde Fredrika gå hem, duscha och byta om. Hon

bodde i närheten, här på Kungsholmen, av en anledning. Jobbet var hennes allt. Men nu fanns inte tid.

Allt det här var Herman Murells idé, och även om Svensson inte sagt någonting högt så var det tydligt att hon var motståndare både till metoden som sådan och till att Fredrika lett samtalet med Emir och hans advokat.

Men idén hade varit att om Emir Lund tackade ja skulle Fredrika ta mötet eftersom hon skulle kunna återge vad hon visste om gärningsmännen och om Rörelsen. »Och för att jag litar till hundra procent på dig«, tillade Murell.

Just nu var det han som ledde utredningen, så Svensson fick rätta sig. Precis som Fredrika hade rättat sig efter Murell en gång i tiden.

Hon mindes. Hon kallade händelsen för Ian-incidenten.

Ian och hon hade tillhört samma årskull på PHS. Han hade varit en seriös student, hon visste att han hade gått ut med nästan lika höga betyg som hon och nästintill perfekta testresultat. Under studierna hade de umgåtts en del, ingått i samma kompisgäng med blivande poliser. Men det var när de börjat i samma enhet hos Särområdespolisen som saker och ting hade förändrats, även om hon inte trodde att Ian själv såg det så.

Det hade först märkts i hur han pratade. De syriska migranterna blev de »så kallade flyktingarna«, förorterna kallades för »djungeln« och de romska tiggarna benämnde Ian oftast som »de där smådjuren«. Vissa av kollegorna skrattade, men de flesta sa ingenting.

De hade genomgått många kurser i värdegrundsarbete och så vidare och Fredrika tyckte inte om när kollegor pratade så – det riskerade att sänka förtroendet för hela poliskåren. Men så länge det inte övergick i handling kunde hon inte göra något åt det.

Men Ian hade inte hållit tyst. Hans uttalanden – när bara svensksvenska kollegor var närvarande – blev allt grövre. Det hette att de måste ta hand om »babbarna«, att polishundarna inte tyckte om »afrikakött« eller att han undrade när »Sorosfolket« skulle sälja hyreshusen. Han gjorde inget, bara uttryckte sig olämpligt. Fredrika höll tyst.

Fram till incidenten.

Hon och Ian hade via larmcentralen kallats till en lägenhet i Järva, en granne hade ringt in en misstänkt hustrumisshandel. »En fruboxare«, som Ian sa, »säkert från något MENA-land.« Skrik och dunk genom väggarna, gråt och svordomar, barn som bönade och bad på sitt hemspråk.

När de anlände kunde de konstatera att den misstänkte gärningsmannen var uppenbart påverkad av något, men i övrigt lugn. Han stod ensam i familjens vardagsrum, hans hustru och barn befann sig hos en granne. Det var Fredrikas och Ians skyldighet att hålla 23:8-förhör på plats med både mannen och hans fru. Fredrika gick in till grannen. Ian skulle vara kvar och hålla förhöret med den misstänkte.

Tio minuter senare var Fredrikas förhör klart, frun hade inte varit särskilt talför, faktum var att hon inte ville vidgå några våldsamheter över huvud taget. När Fredrika klev tillbaka in i lägenheten var läget förändrat.

Ian hängde över mannen, ena knäet högt upp på hans rygg, över nacken. Det var ett så kallat Osmo Vallo-grepp. Det var uttryckligen förbjudet enligt polisens riktlinjer, efter ett rättsfall för många år sedan – ingen ville ha en George Floyd-skandal på halsen. Ian visste om det, det gjorde alla poliser. Ändå avbröt han inte när Fredrika kom in.

Mannens händer var bojade bakom hans rygg.

»Vad händer?«

»Det ser du väl?« sa Ian.

Hon såg hur han pressade ner sitt knä ytterligare. Mannen rosslade.

»Gå bort från honom.«

Ian sneglade på henne. Mannen väste något.

Fredrika tog ett kliv in. »Jag sa: Gå bort.«

Ian fnös. Sekunderna gick. Mannen kippade efter andan.

Fredrika tog ett kliv till.

Ian klev av mannen.

Fredrika anmälde honom för tjänstefel nästa dag.

Inte många timmar senare ringde Herman Murell henne. »Vi behöver prata om din anmälan«, sa han. »Omedelbart.«

Fredrika hade läst på om Emir Lund.

Hans BRU, belastningsregisterutdrag, visade på sammanlagt elva domar, tre för grova brott och åtta för mindre allvarliga grejer, och det mesta som fanns i andra register på honom skulle kunna vara hämtat från vilken förortskille som helst som valt fel väg i livet. Orosanmälningarna och socialutredningarna, de mångdubbelt fler misstankar som aldrig lett till åtal eller lagföring, beslagen av dyrbara klockor och designerkläder trots nolltaxeringen, missbrukssignalerna och de sociala banden till andra unga män i precis samma situation. Men det fanns en sak som stack ut: Emir Lund hade under några år varit en av Sveriges mest framgångsrika MMA-stjärnor i sin viktklass, helt utan förluster och med nio knockoutsegrar. Den sista matchen han gått var mot en Yuri »Djuret« Donetsk, och den hade han förlorat. Därefter hade han slutat tävla och verkade ha försvunnit från sporten, dessutom tycktes han ha återgått till sitt gamla liv: han misshandlade någon och dömdes till ett år i fängelse, han dök upp i ASP:n och misstankeregistren igen, han verkade livnära sig som indrivare, utpressare, rånare. Han klassades som SGI. Fredrika undrade vad som hänt där, i den sista fighten han gått. Varför hade en enda förlust fått honom att sluta helt? Varför hade en enda förlust fått Emir Lund att återgå till kriminaliteten?

Han kom från Järva. Hade levt sitt liv i Järva.

Det hängde så klart ihop. Men var det självklart?

Varenda polis visste hur de här särområdena hade vuxit fram: gängvåldet, skjutningarna och sprängningarna. Parallellsamhället, klanväldet, tystnadskulturen: staten som till slut hade reagerat.

Den första lagförändring som märkts på allvar var de särskilda straff- och visitationszoner som införts, de byggde på ett straffrättsligt begrepp *förankrat i geografin*, och hade tillämpats i många år i till exempel Danmark. Det handlade om att inte acceptera att segregation måste innebära utsatthet för våld och brott. Så vissa gärningar bestraffades dubbelt så hårt om de begicks i vissa områden. De som var laglydiga var tacksamma – de ville mer än några andra kunna gå på sina gator utan att vara rädda. Men våldet hade inte minskat, tvärtom: första året efter att de nya zonerna infördes begicks mer än fyrahundra våldsbrott medelst eldvapen i Stockholms förorter. Oskyldiga drabbades: tonåringar som rastade hundar, mammor som rullade vagnar, barn som lekte i sandlådor. När Fredrika kommit ut på gatorna som färdig polis hade skjutningarna och den öppna narkotikahandeln nått samma nivåer per capita som i södra Los Angeles och granatattackerna och explosionerna var vanligare än i Tillaberi. Och framför allt – skiten spred sig utanför områdena: förnedringsrånen mot ungdomar längs tunnelbanenätet, klockstölderna mot överklassmännen på Östermalm, tortyrkidnappningarna i skogarna runt Järfälla, skjutningarna i köpcentrumen på Lidingö. Listan på våldsbrott som utfördes av män hemmahörande i områdena tog aldrig slut.

Polisen gick på knäna – ingen visste vad som skulle göras för att få stopp på skiten, men för Fredrika och hennes kollegor var det solklart att det behövdes ännu hårdare tag.

Så hade särområdeslagen kommit till, först som en interimistisk krislösning, senare blev den permanent. Inom två år fanns i Sverige över trettio områden som klassades som *sär*. Man hämtade inspiration från hur olika regioner med kort varsel hanterat viruskrisen. I Stockholm rörde det sig om Husby, Alby, Fittja, Malmvägen, Hallunda och Tensta/Rinkeby – det sistnämnda fick namnet Järva särområde.

Tillstånd gavs att identitets- och säkerhetskontrollera invånarna i särområdena när de färdades in och ut, söka efter vapen och knark. Tillstånd gavs att använda elpistoler, drönarövervakning och att registrera gäng- och klantillhörighet. Men våldet ökade ändå.

Politikerna var lamslagna, polisen för klen, väljarna galna av vrede – det dröjde bara några år tills riksdagen beslutade att det omkringliggande samhället behövde ytterligare skydd. Individuella rättigheter kunde inte alltid stå över den kollektiva tryggheten. De territoriella gränserna var tydliga: trevnadsdelarna som byggdes var bara en fysisk manifestation av något som redan existerade.

Problemen kanske inte löstes, men de kapslades i vart fall in, i väntan på bättre alternativ.

Men nu hade polisen skjutit oskyldiga på torget och samtidigt övergivit sina positioner härinne, ett dubbelt nederlag. Fredrika kunde inte tro att det var sant. De måste väl skicka in *fler* poliser, visa att de kunde skydda folk därinne, göra jobbet som de var satta att utföra – inte fly som rädda kaniner? Annars var den slutliga kapitulationen här.

Det knackade på dörren. Danielle Svensson kom in.

»Jag har fått besked från advokatäcklet att Lund är villig att prata igen.«

»Då hoppas vi på positivt besked.«

Svensson log inte. »Du får ta det med honom. Jag har inte tid.«

Fredrika kände stresspåslaget som ett slag i magen. Gjorde Danielle Svensson det här med flit? Hon hade redan meddelat att Fredrikas ärende skulle internutredas. Men skuldbeläggandet var ännu värre: *din vekhet är anledningen till allt som händer nu.*

Fredrika – som alltid följde reglerna dubbelt så hårt som alla andra.

Hon – som bara ville vara en så bra polis som möjligt.

Hon skulle inte bara förlora jobbet och åtalas om de kom fram till att hon begått grova fel på torget, de skulle säga att hela Sveriges fall var hennes fel. För att hon inte skött.

Och kanske hade Svensson rätt.

Kanske var Fredrika en vekling. Hon gillade inte det här med Emir Lund, även om hennes chefer varit tydliga med vilket ultimatum hon skulle ge honom. Hon gillade ännu mindre att Svensson hotat med att inte ge erforderlig vård till hans kamrat, Isak.

Okonventionella metoder behövdes tydligen – men kanske var Fredrika för svag.

Nej. Hon skulle bli elitpolis, det var bara att bita ihop.

Hon tänkte inte vara för svag för någonting.

Trots att Emir Lund var mager syntes det att han en gång i tiden varit en vältränad fighter. Det var något med hur han rörde sig: långsamt, utan brådska, som om han litade på sina muskler och sin kropp. Han var inte ohärlig, inte oattraktiv, långt därifrån – fast vid den tanken skämdes hon direkt. Hon fick inte se på en kriminell SGI-klassad fåne på det sättet, även om det var typiskt henne, så förenklat. Hon måste vara stenhård nu.

Hon satte sig ner mitt emot honom. Emir tittade ner i bordet.

Advokaten såg stel ut.

»Du vet att Emir dör inom fem dygn om han inte får erforderlig vård«, sa han.

Svensson hade precis instruerat henne. Fredrika ansträngde sig för att låta saklig. »Vi känner till det, och vi nämnde inte den viktigaste premissen för det här uppdraget. För att din huvudman inte ska se det som en chans att avvika så kommer vi, om han tackar ja, att stänga av Emir Lund från alla dialysinstitutioner i hela Sverige, både hemodialys och peritonealdialys, fram till dess att han klarat av det han ska.«

Advokaten satt blickstilla, ögonen mörka.

Det här ultimatumet var galet, men Svensson hade varit tydlig. Dessutom fick advokaten skylla sig själv: det var säkert han som pressat fram situationen, gett sin klient utsiktslösa förhoppningar.

Det skulle bli alldeles för farligt för Lund.

»Ett sådant villkor går vi absolut inte med på«, sa Payam Nikbin.

Fredrika sköt ut stolen och ställde sig upp. Spelade spelet. »Vi har inget mer att diskutera i så fall.«

Då böjde sig Emir Lund fram bredvid sin advokat. Lyfte blicken. »Jag tackar ja«, sa han. »Jag går med på att försöka hitta er minister.«

Han var uppenbarligen galen.

Fredrika nickade ändå. »Bra. Och du vet hur du ska ta dig in.«

Emirs ögon var ännu mörkare än advokatens. »Varför tror du det?«

»Jag har läst dina register.«

Emir strök med tungan över tandköttet.

»Det finns tunnlar, men särområdespolisen spränger dem när de hittar öppningarna. Jag går inte ner i en sådan tunnel ensam, inte utan bevakning.«

Fredrika sa: »Jag kan se till så att inget händer. Bara du visar oss var den ligger. Du kan lita på mig.«

Emir stirrade på henne. Hon hade aldrig sett någon se ut att lita mindre på någon.

15

Paniken kröp som en orm i kroppen – Guzmáns hets. Nova måste fixa det här nu, hur *weird* det än var.

Hon småsprang över Norrmalmstorg. Hon sket i de nyfikna blickarna när hon svischade förbi, de fick tro vad de ville: att hon höll på att missa en buss, att hon var jagad av någon, att hon var extremt bajsnödig.

Någon hade lyckats spreja en graffitimålning på Hotel Nobels fasad. *Golare faller. RPI*, stod det med enorma bokstäver. Nova visste vad det handlade om. RPI – Rörelsens Political Impact – var en gren inom en av alla terrorgrupper som fanns nuförtiden. I taxin på väg hit hade hon faktiskt tittat på ett klipp om de så kallade *Åtta kraven*, Rörelsens stridsförklaring. I vanliga fall var hon inte intresserad av sådant, men nu, med kidnappningen av Eva Basarto Henriksson och krigstillståndet i Järva särområde, hade hon inte kunnat slita blicken från skärmen.

Hon sneglade ner i sin telefon. Texten rullade fortfarande.

Det råder nödläge för klimatet och jordens arter. Våra samhällen har slitits itu av rövarkapitalism. Ojämlikheten är den största i människans historia. Det finns inte tid att vänta på att byråkratin, den påstått fria marknaden eller demokratin skall lösa detta. Genom sin oförmåga att fatta modiga beslut utsätter politikerna oss alla för fara. Det är därför både vår rätt och vår skyldighet att göra motstånd. Dessa är Rörelsens krav:

Klimatutsläppen måste bli netto-noll.
Alla privatiseringar skall tas tillbaka.
Höj skatterna kraftigt för de rikaste, storföretagen och företag som inte följer miljöpolicys. Fastighetsskatt, arvsskatt och förmögenhetsskatt skall återinföras.
Upphör att handla med nationer som inte skrivit på eller inte följer Amsterdamavtalet.
Förbjud bemanningsföretag.
Bygg ett nytt miljonprogram: Förstatliga de stora byggherrarna och fastighetsägarna.
Förbjud klimatförnekelse: Inför fängelsestraff för den som förnekar vetenskapligt belagda slutsatser.
Riv trevnadsdelarna: De mest utsatta områdena har blivit fängelser. Murarna skall rivas.

Hon tittade upp. Klockbutiken låg framför henne.

Handväskan kändes tung, det måste vara vetskapen som tyngde: känslan av att bära runt på den här klockan påminde henne om första gången hon som barn lånat pappas kreditkort för att springa ner till kaféet på andra sidan gatan och köpa en Magnum Rubyglass.

Rörelsen är en stadsgerilla, stod det på skärmen när hon släckte ner den.

Allt i det inre rummet var i läder. Skrivbordsunderlägget, dynorna i fåtöljerna, klocklådorna och lampans skärm. Till och med tapeterna såg ut att vara gjorda av ljusbrunt skinn. Elegansen var uppenbar, fast å andra sidan: ungefär så här såg det alltid ut i den här typen av butiker, det spelade ingen roll om de sålde klockor, smycken eller lyxyachter. Allt var konceptualiserat, allt följde en ram och en okreativ modell. Ungefär som en ordinär influencer.

Kristoffer kom in, ledigt klädd i linnekavaj och loafers utan strumpor. Det var han som ägde den här butiken. Nova hade träffat honom några gånger, på rödamattanevents.

»Nova«, sa Kristoffer och kindpussade henne. »Vad kul att ses.« Handväskan kändes som om den vägde ett ton. »Jag är här för en väns räkning«, sa hon.

»Nämen vad trevligt.«

»Min vän behöver få veta om ni kan värdera en klocka.«

Kristoffer log brett. »Det är vår expertis.«

»Tack, det är ett ganska exklusivt ur«, sa Nova och satte sig ner. »Det är en känslig situation och jag vill inte att det kommer ut att jag har varit här med det.«

Kristoffer log om möjligt ännu bredare, det såg ut som om han hade opererat in extra tänder i munnen. »Kundernas integritet är viktig för oss.«

Nova lade upp tygpåsen på skrivbordet. Kristoffer satte på sig ett par vita tunna tyghandskar och plockade ut armbandsuret. *Patek Philippe Grand Complications*. Han såg helt neutral ut.

Nova hade tagit med sig några av de andra klockorna som hon brukade förvara hemma också – men dem behöll hon i väskan.

Händerna knäppta i knäet, lugn nu, lugn. Hennes problem skulle vara över bara hon fick rätt värdering på de här uren.

Kristoffer vände på klockan, vred fram lampan, tog fram en lupp som han klämde fast i ögat, men efter några sekunder lade han ner den igen.

»Var har du fått den här ifrån?« sa han.

»Från en vän, sa jag ju.«

Kristoffer tog av sig handskarna. »Det är ett fint ur.«

Nova fingrade i handväskan efter påsen där hon hade de andra klockorna. »Vad kan min vän få för det?«

Kristoffer tittade förstulet på henne, hon undrade om han misstänkte något.

»Jag skulle kunna köpa det för åttahundratusen.«

Hjärtat tog ett glädjeskutt. Hon hade fler klockor, kanske skulle det räcka.

»Men bara om du har boxen och det tillhörande certifikatet«, tillade han.

Nova kvävde en fnysning – det var omöjligt.

»Förresten, vad kul att du vann Shoken Awards...«, började Kristoffer-tönten.

Nova var redan på väg ut.

Klockhandlaren fick prata med hennes rygg i stället.

Hon stod på gatan utanför, tittade sig omkring och undrade om folk kände igen henne. Om de kunde se på hennes kroppsrörelser, hållning och fladdriga blick att hon inte hade en aning om vad hon skulle göra nu. Det fanns bara en person som kunde hjälpa henne.

»Hej«, sa pappa med oväntat glad röst, med tanke på att de inte pratat på över tre månader. Han hade blivit förbannad över ett av hennes tala-ut-inslag, där Nova och filmteamet dykt upp hemma hos honom och mamma vid tre olika tillfällen och ställt honom till svars för allt jävla förminskande han sysslat med när hon växte upp.

»Jag tänkte just på att det var länge sedan vi pratade«, sa han på sitt typiska låtsas-som-om-det-regnar-vis. Han nämnde inte ens priset som Nova vunnit, fast kanske visste han inte om det.

»Jag skulle behöva fråga dig om en sak«, sa hon.

Pappa skrattade till. »Ja, lägenheten i Palma är ledig.«

»Nej, det är en annan grej. Jag har fått problem.«

»Det låter inte bra.«

»Skatteverket vill ha två miljoner kronor av mig.«

Nova hörde hans andetag i hörluren, så tydliga och klara att det var som om han faktiskt satt inne i hennes öra och pustade.

Hon sa: »Jag undrar om jag kan få låna.«

»Men du måste ju bestrida det där kravet. Det tar minst ett år i så fall innan slutligt beslut kommer.«

»Men jag har andra skulder också. Och Jonas vill inte betala advokatkostnader för att bråka med Skatteverket, så han tänker inte vänta. Han vill att jag betalar, annars kommer han att försätta mig i personlig konkurs.«

»Vad fräck han är.«

Nova väntade på att han skulle säga något mer, men inget kom.

»Så kan du och mamma låna ut till mig?«

Pappa andades högljutt i hennes öra igen, det var jävligt irriterande.

»Jag sa till dig att all den där dolda reklamen, de där samarbetena som ni kallar dem, skulle betraktas som intäkter. Jag sa det till dig redan för många år sedan, kommer du inte ihåg det?«

»Jo, men vi trodde att vi hade hittat en bra metod.«

»Nova, du måste växa upp. *If it sounds too good to be true, then it probably is.* Jag tycker att ni tummade för mycket på moralen.«

»Du sa det där med moralen då också, jag vet. Men snälla.«

»Moral är viktigt. Du är tjugotvå år gammal. Jag och mamma kan inte hjälpa dig ur det här ...«

Han skulle inte prata om moral.

Pappa hade ursprungligen jobbat som chefsarkitekt på ett fastighetsbolag som renoverat miljonprogrammets betongbyggnader för att kunna tokhöja hyrorna. Men när särområdeslagen kommit till hade han bytt business.

»Du byggde de där trevnadsdelarna. Du har tjänat miljoner på att mura in folk. Har du moral?«

»Men du vill ju låna de pengarna av mig? Vem är det som saknar moral i så fall?«

Han var bara för mycket. Han fattade ingenting.

Nova klickade bort samtalet.

Hon stod mitt på Norrmalmstorg. Ensammast i Stockholm. Att åka dit för några piller var väl inte hela världen. Det var tanken på fängelsecellen som gjorde henne panikslagen – bortglömd, fattig, med klaustrofobin pressande mot tinningarna.

Hon darrade redan.

16

Snart skulle den mörkaste stunden på dygnet infalla. Av säkerhetsskäl hade grisarna velat vänta till nu – sa de i alla fall. De ljög på något sätt han inte förstod, för så här års var det halvljust även på natten i det här landet.

Emir satt i en civilbil i ett garage och undrade om han var en idiot. Han väntade på polisen som skulle följa med honom till muren. Han borde öppna dörren och bara gitt härifrån. Fanns bara ett problem: han var bojad.

»Varför tackade du ja?« hade Payam Nikbin undrat när de suttit i enrum efter mötet med snutarna.

»De hotade att inte hjälpa Isak.«

Advokaten tystnade.

»Det enda jag inte fattar är varför de vill ha just mig«, sa Emir.

»Det tror jag att du kan räkna ut själv.«

Emir tittade ner på fisteln som löpte några millimeter under huden längs underarmen, tjock som ett lillfinger. »För att jag behöver dialys?«

»Precis.« Payam Nikbin blåste ut luft genom näsborrarna på ett besviket sätt. »Livstids fängelse är en bra hållhake. Hota med en väns hälsa är också starkt. Men njursvikt är ännu bättre. Jag tänker i så fall kräva att de avmarkerar dig som SGI också, så att du kan få gratis dialys igen. Men du förstår att vi inte kommer att få en skriftlig benådning förrän du är klar?«

Emir nickade.

»Och du ska vara glad att de inte känner till din andra lilla hemlighet.«

Emir hade inte vetat att Nikbin visste.

Snuten med hästsvansen satte sig i förarsätet: Fredrika. Hon startade bilen under tystnad.

Bredvid Emir därbak satt någon muskelsnut som han inte visste namnet på.

Fredrika verkade inte bara ogilla honom – hon betedde sig som om hon kände *hat*. Som om det var *han* som kidnappat ministern eller satt området i brand. När hon kommit med förslaget i förhörsrummet hade hon vänt bort sitt hårda ansikte från honom, ungefär som om hon inte ville ha något svar. Ja, han såg att hon var snygg: rak, lagom stor näsa, genomträngande ljusa ögon. Men det var en näsa som uppenbarligen aldrig blivit krossad, det var ögon som aldrig sett riktig skit.

Snutar var alltid så säkra på sin sak – de visste tydligen hur allt låg till. Fast kanske var det just det som var grejen med puckon som hade batong – de var dumma för att de inte förstod att de var dumma.

Han upprepade sanningen för sig själv. Puckon med batong hade förnedrat honom och hans polare redan innan de blivit tonåringar. Puckon med batong hade pissat på honom fler gånger än han kunde komma ihåg.

Emirs vendetta mot puckon med batong var livslång. Fast just det här puckot med batong hade gett honom en chans.

Muskelsnuten låste upp honom och de klev ut.

Gräset glittrade i ljuset från bilens strålkastare. Det här var kolonilottsområdet, han hade varit här som barn. Längre bort i dunklet skymtade stugorna och odlingarna, han mindes: han och Isak hade rökt där för första gången – han undrade om barn från villaområdet vågade sig så här långt nuförtiden.

Isak alltså: kompisen måste överleva. Han måste gå fri. Isak hade ju haft det på känn: att pokerspelarna inte var värda det. Han hade varnat, han hade vägrat hänga på in.

Femtio meter bort tornade muren upp sig: sju meter hög, betong med rörelsesensorer och övervakningskameror. Emir visste att muren gick minst lika många meter ner i marken som den höjde sig över den, det var därför tunnlar inte var så vanliga som många trodde. Och hittade särområdespolisen tunnlar schaktade de igen dem. Fast när skitnivån stigit så högt som den gjort nu, när ovanligt många försökte ta sig ut ur särområdet illegalt, använde de dynamit. Det var ju därför sur-snuten var med.

Värmen kändes ännu tydligare nu när solen gått ner. Emir skulle kunna springa. Grisarna var säkert beväpnade, men de skulle ha svårare att träffa honom i halvmörkret. Han skulle kunna gömma sig.

En sak var i alla fall säker: han tänkte fan inte hjälpa dem att hitta någon minister. Han hade tackat ja – men hade ingen plan på att fullfölja deras lilla uppdrag på riktigt. När det kom till dialysen så kände Emir en läkare som brukade hjälpa honom på nefrologiska avdelningen på sjukhuset därinne. Han skulle muta doktorn, eller hota honom om det behövdes. Det sistnämnda var ändå hans expertområde.

Nikbin fick på något sätt se till att snutarna inte skadade Isak.

Muskelsnuten stod några meter bakom dem. Fredrika tände sin ficklampa. »Nu ska du få visa oss din intrångsgång.«

Intrångsgång, det var vad tunnlarna kallades officiellt.

Emir började gå. »Du vet att det bor mer än tvåhundratusen människor därinne, och att tunnlarna behövs för att SGI-klassade, papperslösa och alla andra som vägrar köpa den här förnedringen, ska kunna få tag på mediciner och skaffa jobb utanför.«

»Medicin finns på apoteken. Och det bor inte tvåhundratusen personer i Järva«, svarade snutkvinnan. »Enligt statistiken finns det nittiotusen invånare där.«

Ficklampans sken träffade graffitin på muren: den var vacker, även om Emir inte kunde läsa vad det stod, de feta bokstäverna var alltför snirkliga.

»Ja, men du vet«, sa han. »Ni lyckas ju knappt med en enda utvisning nuförtiden. I vilken del av Stockholm tror du alla som egentligen har fått order om att lämna landet gömmer sig? Inte i innerstan i alla fall.«

Deras steg frasade i det höga gräset.

Det hördes ljud någonstans ifrån, kanske kom det från andra sidan muren.

Snutjäveln tittade rakt fram.

Emir fortsatte: »Vissa säger att tunnlarna behövs som en ventil för att lätta på trycket.«

Polisbitchen suckade tillgjort. »Det finns så mycket åsikter hit och dit. Men du vet att det finns in- och utfarter för vanliga människor, och ingen, förutom vissa SGI:er, är förbjuden att lämna ett särområde. Dessutom är det sådana som ni som har skapat den här situationen.«

Emir stannade upp. »Vad menar du med det? Har *jag* skapat det här bara för att *ni* har SGI-klassat mig?«

Ljuden blev starkare, det lät som om någon ropade längre bort. Emir stod stilla.

»Vi är inte här för att diskutera kriminalpolitik«, sa Fredrika. »Rör på dig.«

Några minuter senare var de framme. Emir visste att det var rätt position, dels mindes han den här ingången, dels hade han fått sitta med Google Maps i cellen och kontrollera kartor som värsta CIA-agenten.

Han kände igen stenbumlingarna som var lika höga som han, men runda i formen. Isak brukade snacka om att de hade legat här sedan istiden, fast ärligt: vad visste Isak om istiden?

De klev fram. »Här någonstans ligger den«, sa han.

Pinnarna, skräpet och jorden som brukade dölja öppningen var borttagna, den breda luckan syntes tydligt. Kanske hade någon använt den för att ta samma väg som han skulle ta nu. Fast mer troligt var att någon bara inte hunnit lägga tillbaka kamouflaget när de flytt ut.

Muskelsnuten stod längre bort, han syntes knappt i mörkret. Fredrika lyfte på metalluckan och lyste ner, en trästege med sju, åtta steg syntes i öppningen.

»Du väntar här och ser till att inga S-poliser spränger skiten över mitt huvud, eller hur?« sa Emir. »Det är ingen täckning därnere, så du kommer inte att kunna ringa mig.«

»Hur lång tid tar det för dig att komma ut på andra sidan?«

Han spände åt remmarna på ryggsäcken som snutarna gett honom och satte foten på första steget. »Ungefär tio minuter. Om jag inte minns fel är den riktigt smal på vissa ställen. Jag ringer dig när jag kommit upp.«

»Du har inte mitt telefonnummer.«

»Vad är det då?«

»Skriv in det i din mobiltelefon.«

»Säg det bara, jag kommer ihåg.«

Snutbitchen rabblade ett nummer.

Han klev ner mot mörkret.

Hon sa inte ens lycka till.

17

Det här var ännu en så kallad tropisk natt, när temperaturen inte sjönk under tjugo grader någon gång. Ovanliga i Sverige när Fredrika varit liten – nuförtiden fullt normala från maj till oktober. Ibland blev hon sorgsen när hon tänkte på barndomens vita vintrar, skridskoturerna med pappa, pulkaåkningen med mamma. Något viktigt för det här landets själ hade kanske gått förlorat, snön skulle aldrig komma tillbaka i Stockholm.

Hon undrade hur länge hon var tvungen att vänta här. Hennes kollega hade gått tillbaka till bilen. De ville inte dra uppmärksamhet till sig genom att vara fler än nödvändigt här.

Fredrika struntade egentligen i den där kriminella galningen, Emir. Fast hon visste att hon ljög för sig själv – hennes skyddsobjekt var fortfarande borta. Hon hade en skyldighet att göra sitt yttersta för att få ministern tillbaka.

Hon var desto mer förvånad över att hon brytt sig om att svara på hans svammel om tunnlarna. Hon hade varit i yttre tjänst tillräckligt många år för att kunna hantera provokationer, aldrig ge svar på tal, aldrig ta åt sig, bara köra stenansikte. Kanske berodde det på stressen, och på att anledningen till att hon ens var här var idiotens envishet – han hade vägrat att använda tunneln med mindre än att någon såg till att han var säker.

Det stämde att S-polisen patrullerade trevnadsdelaren och demolerade tunnlar om de hittade intrångsgångar. Det fick inte ske i kväll.

Efter samtalet med Emir i förhörsrummet hade Fredrika väntat på att det skulle mörkna. Under tiden hade hon undersökts av två olika läkarteam, åkt till Karolinska med en blombukett till den skjutna kollegan Niemi och därefter tagit en dusch på kontoret. Hon hade bytt om till ett par träningsbyxor och lånat en T-shirt av en kollega: Nike – push the limits. Hon hade till och med fixat sig där framför den breda spegeln i omklädningsrummet. Släppt ut håret, fyllt i sina smala ögonbryn, studerat sina raka tänder. Hon hade väntat på Murells eller Svenssons order.

Han hade onekligen sitt eget sätt, Murell. Hon mindes när hon varit ensam i hans tjänsterum den där gången när hon anmält sin kollega, Ian. Hon hade arbetat i två och ett halvt år på Särområdespolisen då men aldrig träffat sin högsta chef i enrum.

»Du gick ut Polishögskolan med högsta betyg, eller hur?« *var det första han frågade henne. Hon nickade.*

»Flera av lärarna skrev särskilda vitsord om dig?«
Hon nickade igen.

»Dina testresultat när du sökte in hit var de bästa jag har sett.«
»Verkligen?«

Nu var det han som nickade. »Och jag hör idel hurrarop från dina befäl, du gör ett bra jobb. Vem vet, du kanske kan bli polisinspektör nästa år.«

»Så fort?«

»Ja, om du fortsätter på det här spåret.« *Murells mörka röst lät som en dovt mullrande torktumlare.*

Fredrika försökte le. Ändå anade hon vad det här mötet egentligen gällde.

»Men du vill egentligen till Nationella insatsstyrkan, stämmer det?« fortsatte Murell.

Hon visste inte vad hon skulle svara, även om han hade rätt.

»Det finns en stol«, sa han.

Fredrika insåg att hon inte ens satt sig ner, så nervös var hon.

Murell satte ihop händerna. »Så här ligger det till«, sa han. »Vi har alla ett uppdrag här, som poliser. Eller hur?«

Hon visste inte för vilken gång i ordningen hon nickade.

»Men polisyrket är komplicerat. Vi ska motverka brott och till vår hjälp får vi ta till våld. Polismyndigheten har tillerkänts våldsmonopol av samhället. Men våld är ju i sig självt något icke önskvärt. Så här finns en intressekonflikt, inte sant?«

Hon struntade faktiskt i att nicka den här gången.

Murell satt helt stilla. »Ibland går vissa poliser över gränsen, men om det kom till allmänhetens kännedom varje gång det hände skulle vårt rykte förstöras. Jag pratar inte om kåranda, eller kollegialitet. Jag pratar om förtroendet för oss som institution. För att vi ska kunna göra vårt jobb bra, behöver medborgarna känna att de litar på oss. Förstår du vad jag försöker säga?«

Fredrika förstod mycket väl, men hon visste inte vad hon skulle svara. Hon höll med Murell – hon trodde också på att Polismyndigheten behövde stärka sitt förtroende, särskilt bland folk i områdena. Men hon ansåg samtidigt att poliser måste följa reglerna, precis som alla andra. Hon ville i vart fall följa dem – hon ville vara en god polis.

Murell dolde en hostning bakom handen, hans stora ögonbryn guppade. »Det Ian gjorde var fel och vi kommer att ha ögonen på honom framgent. Men vi behöver inte förstöra polisens möjligheter i det här samhället ytterligare. Jag är säker på att du håller med.«

Fredrika höll med. Fredrika höll inte med.

Ändå lydde hon – nästa dag återkallade hon sin anmälan. Hon fick fylla i en ny rapport, den misstänkte hade varit hotfull och hon hade varit så skärrad att hon misstagit sig. Hon hade uppfattat att en kudde som fallit ur soffan var Ians andra knä.

Murell informerade henne om att eftersom hennes återkallande skett så snabbt skulle den första anmälan inte ens registreras. Ärendet var ur världen. Polismyndighetens heder var räddad, för den här gången.

Det luktade försommarblommor. Hon uppfattade ett traktorliknande ljud – det var inte ofta man hörde en dieselmotor som den här nuförtiden, men hon kände ändå tydligt igen det. Hennes pappa hade haft många bilar med gammaldags motorer förr. Frågan var om bilen i fråga var på väg mot henne.

Trafiken häromkring var begränsad, alla småvägar borttagna.

Nu såg hon strålkastarljuset: en svart Land Rover närmade sig. Bilen var pimpad som någon knäpp safaribil, men hon förstod direkt vilka som körde den.

Ljusen bländade henne. Bilen stannade. Hon satte handen för ögonen, försökte skärma av. »Ni kan stänga av strålkastarna«, sa hon.

Hon kunde skymta deras hårt snörda militärkängor.

»Håll dina händer framför kroppen så att vi kan se dem«, sa en kvinnoröst.

Fredrika var klädd i civila kläder, fortfarande ingen kavaj – det var för varmt för det. Kanske var hennes vardagliga utseende ett misstag. Hon talade lugnt.

»Vänligen stäng av er motor, vinkla ner era ficklampor. Jag är också polis.«

Personen som tilltalat henne vred undan ljuset, bilmotorn tystnade. Fredrika kände igen den förstärkta uniformen och såg strecken på axelklaffarna. Det var en gruppchef med särskild tjänsteställning som stod framför henne. Siffrorna 2525 på den lilla taggen på bröstet berättade att befälet var från en specialenhet inom Särområdespolisen. Fredrika hade jobbat under det här befälet för flera år sedan: Sam. Men Sam gav inte sken av att känna igen henne.

»Vad gör du här?« Undertonen i rösten pyrde av misstycke, hakan i vädret. Och Sams haka var verkligen gigantisk, käkpartiet så kraftigt att det såg ut att vara ikonopererat för att efterlikna stjärntanten Angelina Jolie. Sam var icke-binär – vilket kanske hade kunnat vara ett problem bland machogalningarna i Särområdespolisen – om det inte varit för att Sam var brutalast av dem alla.

»Jag kan tyvärr inte delge dig något om mina förehavanden«, sa Fredrika.

»Du vet att det råder rött läge i området?«

Fredrika nickade. Sam var uppenbarligen inte inne på att visa för de andra att de kände varandra sedan tidigare.

»Det är farligt för alla att vara här.«

»Det vet jag, men jag har mina skäl, Sam.«

Ingen av de andra poliserna som klivit fram verkade reagera på att Fredrika använt gruppchefens förnamn. Två av dem gick tillbaka till bilen och lyfte ut någonting ur bakluckan. Det såg ut som en låda i metall. De hjälptes åt att bära föremålet mot tunnelns öppning.

»Vad ska ni göra?« undrade Fredrika.

»Det ser du väl?«

Lådan lyftes ner i tunneln.

De skulle spränga intrångsgången.

Om Emir inte hann ut i tid skulle han begravas därinne.

18

Jonas var en idiot och en tönt. Urhandlaren var en idiot och en tönt. Men hennes pappa var den största idioten och tönten av alla. Hon borde ringa mamma och gnälla, men mamma skulle inte heller vara på hennes sida – inte efter alla kritiska inlägg om sin uppväxt som Nova gjort på sista tiden.

Fy fan, det var skamligt att någon miljon eller två riskerade att sänka henne – i synnerhet med tanke på att pappa blivit svinrik på sina affärer.

Det måste finnas något sätt att få in lite snabba cash.

Samtidigt hade Guzmán hört av sig igen. Nu ville den jäveln ses, fast han hade gett henne till i morgon att fixa fram pengarna. Hon var säker på att han bara ville stressa henne ännu mer.

Taxin körde över Skeppsbron, klockan var mycket.

Nova tryckte ner fönstret som om hon befann sig i något annat land, vilket det faktiskt kändes som om de gjorde. Norra strandens bebyggelse skymtade som en helt ny stad bortom Stadsgården, fasaderna upplysta på parisiskt sätt. Nya fastigheter poppade upp som svampar, men den verkliga staden växte egentligen aldrig, för den fanns här – de fysiska barriärerna och vattnet mellan öarna gjorde att alla ändå visste vem som var innanför och vem som var utanför. De yttre områdena bidrog inte med något, inga eftertraktade butiker eller restauranger, inga nattklubbar eller biografer, inga punkter där människor ville befinna sig. De yttre områdena parasiterade på Stockholm – de var inte en del av staden.

»Jag tror den där ministern hade kunnat hjälpa till«, sa taxichauffören plötsligt.

»Menar du den kidnappade?«

»Ja.«

»Jag har ingen aning om vad du pratar om.« Nova vände sig ut mot gatan, hon hade ingen lust att prata.

Men chauffören verkade inte klar. »Hon är faktiskt populär bland många. Vänstern har aldrig kunnat avfärda henne. Hon är dotter till en chilensk invandrare, hon är kvinna, hon har ett gediget track record av att ha kämpat för miljön, du vet: bilförbud i innerstan, skattepåslagen på miljöfientliga business, punktskatterna på kött och ost.«

Nova tittade ut genom det öppna fönstret igen. Den ljumma vinden fick det att kännas som om hennes huvud befann sig i ett separat utrymme, skilt från resten av hennes kropp.

»Och skogsplanteringarna i norr – två miljarder snabbväxande tallar som binder koldioxid i hela Norden«, fortsatte chauffören. »Men högern har heller aldrig kunnat förklara bort henne. Hon har drivit på för hårdare straff och så där, och framför allt röstade hon *inte* emot trevnadsdelarna. EBH krossar i de direktsända debatterna, har du sett henne där någon gång?«

»Nej.«

»Du borde kolla. Hon dompterar medierna. Hon är en inverterad Trump – hon vet hur hon ska få uppmärksamhet, men utan the dark side. Sverige har blivit så extremt. Jag tror att Eva Basarto Henriksson är det största hoppet för att lyckas hålla ihop hela skiten. Hon är demokratins sista stjärna. En supernova.«

»Tack, du kan stanna här.« Nova tänkte inte kommentera chaufförens sista ord.

Hon klev ut.

Nova visste ingenting om Guzmán, mer än att han var en korrumperad och mutbar polis. Hon hade inte ens trott att sådana fanns i Sverige, men taxichaffisen kanske hade rätt. Sverige var extremt numera.

I extrema situationer måste man vara kreativ.

Hon hade en idé. Hon hade fortfarande klockorna i handväskan.

19

Den som inte har upplevt riktigt mörker vet inte vad det är. Man tror att ögonen vänjer sig efter en stund, att det kommer att gå att urskilja föremål efter några minuter. Men en gång hade Emir varit i en sådan här tunnel när hans ficklampa inte fungerat och batteriet på hans telefon hade dött. Riktigt mörker var fysiskt, det hade omsvept honom som svart bomull, med den skillnaden att han inte känt sig skyddad som av något mjukt. Men nu skulle han inte behöva hamna där. Han hade en pannlampa spänd runt huvudet, en extra ficklampa i ryggsäcken, plus en vanlig telefon i handen.

Det var skönt att slippa bittersnuten.

Framför allt: så facking najs att slippa arrestcellen.

Han var fri nu, de hade gett honom en gratis dialys och ryggsäcken var full med mediciner, Resonium och annat så att njurarna skulle kunna klara sig några extra dagar – de kunde knulla sig själva.

Tunnelns leriga väggar var fuktiga, det droppade från taket på flera ställen. Pannlampans sken var vitt, vissa stenar glimrade som om de var invirade i aluminiumfolie. Takreglarna i trä såg ut som om de var från medeltiden, fast de antagligen var från sommaren för tre år sedan. När den här tunneln först byggts hade fler än sjuhundra SGI:er och papperslösa flytt från Järva under loppet av fem veckor innan den hade pluggats igen, det var vad han hade hört i alla fall. De flesta infångades till slut och utvisades eller återfördes till området, men några hade aldrig återfunnits. De kallades för avhoppare, som om de hoppat av från någon sekt eller terrororganisation. Dessutom öppnades tunnlarna igen fortare än S-polisen hann säga intrångsgång.

Grusets knastrande förstärktes härnere, studsade mellan väggarna för varje steg han tog. Tunneln var ungefär sexhundra meter lång, men på många ställen var han tvungen att huka sig och om han mindes rätt skulle han behöva gå ner på knä en gång – i den bästa av världar hade de byggt om just det partiet, uppgraderat tunneln, lyxat till den.

Han hörde ett ljud.

Hade snutbitchen missat särområdespolisen? Eller hade hon svikit honom med flit, skitit i deras överenskommelse? Det skulle inte förvåna honom, kanske var de på väg ner nu.

Det var helt klart röster som hördes, men de kom från andra hållet, från särområdessidan. Emir stannade, det här var en av de tajta delarna, hans axlar nuddade väggen. Han var betydligt smalare än förr, men kanske var han ändå fortfarande för bred för tunnelpassager.

Han öppnade ryggsäcken, rafsade bland utrustningen som snuten skickat med honom: telefoner, sladdar med mikrofoner, medicinburkar, ficklampor och ouncemynt – guldvalutan som fungerade bäst härinne. Han plockade upp pepparsprejen. Inga grisar skulle få hindra honom från att nå andra sidan.

Ljuden kom närmare. Nu hörde han: någon viskade. Så kunde han urskilja det tydligare, det var ett barn, en unge som inte kunde sänka rösten tillräckligt. Han såg en ljuskägla längre bort i tunneln. Och sedan skymtade han gestalterna i motljuset från deras ficklampa:

två vuxna och ett barn. De lyste på honom nu, stod helt stilla. Ett skumt ljud: som ett klickande vapen i ett tevespel.

»Vart ska ni?« väste Emir, hans röst lät onödigt stark.

Familjen hukade sig närmare. Pappan kom först, och nu såg han ytterligare ett barn, han hade inte sett den lilla i mammans armar först. De var smutsiga, som om de gnidit sig mot tunnelns väggar.

Sedan såg han bakom dem: ännu fler, ansikten, vuxna och barn. Shit, det var hur många familjer som helst.

»Det är galet däruppe«, sa pappan. Han var stor, med en mage som spände under den skitiga T-shirten. Fetma är ett underklassproblem, hade Hayat brukat säga.

»Snälla släpp förbi oss«, sa pappan. »Vi är åtta familjer.«

Emir tittade på pojken som höll sin pappa i handen och insåg var det konstiga ljudet kom ifrån: det var grabben som grät. Men han ville inte behöva gå bakåt till en bredare passage för att vänta på att familjerna skulle tränga sig förbi. »Ni får backa«, sa han.

Det såg ut som om pojken hade feber, ögonen var blanka. Pappan sänkte ficklampan. »Sjukhuset fungerar inte som det ska däruppe och min son är sjuk.«

»Vad ska jag göra åt det?«

»Vi kommer att skynda oss förbi dig om du backar.«

Emir såg pojkens panna glänsa i dunklet. Kanske kunde han vända om ändå – gå tillbaka några meter i tunneln. Han nickade mot den smutsiga mannen.

»Du borde inte heller gå upp«, sa pappan när han trängde sig förbi. »Det är verkligen inte bra där.«

20

Särområdespolisen hade all rätt att demolera intrångsgången, det faktum att Emir använt tunneln tidigare talade sitt eget språk – de här gångarna var olagliga och de borde pluggas igen. Men de följde också lagen: Emir var sanktionerad av både Säpo och S-polisen. Det var bara det att operationen var en CO – en *Covert Operation* – det hade både Svensson och Murell varit tydliga med. Fredrika fick inte avslöja någonting.

Poliserna stod vid den öppna luckan. Sam basunerade ut order med sin ljusa röst: »Aptera.«

Samtidigt darrade Fredrikas telefon till, det var ett meddelande: *Det är andra människor inne i tunneln, så stå kvar en stund.* Hon utgick från att det betydde att Emir själv var ute, men tydligen hade han stött på människor därinne. Hon klev fram mot tunnelns öppning. I ljuset från den uppställda strålkastaren kunde hon tydligt se en av polismännen jobba med sprängladdningen nedanför stegen.

Hon knackade Sam på axeln. »Det kan vara folk därnere.«

»Vi har värmeskannat tunneln, vi såg ingen.«

»Ni måste ändå vänta.«

Befälet vände sig om mot henne, käken var verkligen gigantisk, som en grävskopa, om det började regna skulle Sam drunkna.

»Är det du eller jag som ger order här?«

»Vi är på samma sida. Självklart är det du som ger order till din grupp. Men det är antagligen människor i intrångsgången, er skanning måste vara fel. Det är stor risk att de omkommer om tunneln rasar.«

Sam såg stor ut i det skarpa ljuset från strålkastaren.

»Hur vet du det?«

»Jag fick just ett meddelande om att det kan vara så.«

»Från vem?«

»Det kan jag inte gå in på.«

Sam suckade. »Och om det är personer i gången, är de lagliga i så fall?«

»Bara gärningar är kriminaliserade, inte människor«, sa Fredrika.

Befälet satte händerna i sidorna, klev ännu närmare tunnelöppningen och lutade sig mot polismannen därnere. »Sätt i gång.«

Fredrika kunde inte slita blicken från polismannen som apterade tändsatsen nere i tunnelöppningen. Stora delar av de här gångarna rasade vid explosionerna, det var väl känt. Om några sekunder skulle hela skiten flyga i luften, oavsett om det fanns människor därnere som skulle begravas levande eller inte.

Det här var fel. Å andra sidan låg det inom Sams behörighet att fatta beslut som rörde trevnadsdelare, särområdet *och* intrångsgångar. Och, tänkte Fredrika, hon borde inte ens fundera så här, hennes FAP-Fia-neuros hade bara förstört för henne hittills. Det enda som räknades var vad som var bäst ur polissynpunkt just nu.

»Alla ställer sig bakom mig«, ropade Sam så fort polismannen stängt luckan och räckt över fjärrutlösaren. Han gestikulerade längs en imaginär gräns.

Sam sa: »Vi detonerar om sextio sekunder.«

Fredrika höjde rösten. »Du måste avbryta och skicka ner någon som genomsöker tunneln först.«

Sam vände sig inte ens mot henne.

»Jag ger order här, och jag gav just en order om att vi ska spränga.«

Fredrikas hjärta dunkade till.

Sam stod bredvid henne och andades lugnt.

»Trettio sekunder till detonation«, ropade befälet och höjde handen med fjärrutlösaren.

Fredrikas hjärta bankade snabbare.

»Tjugo sekunder till detonation«, sa Sam med tydlig röst.

Fredrika tog två steg fram. »Avbryt«, ropade hon.

Ingen reagerade.

»Ni ska avbryta«, skrek hon igen, tog två kliv till förbi Sam, mot tunnelns lucka. »Det är en order.«

Sam rörde sig bakom henne, några av mannarna skrek något. Fredrika såg allt som i slow motion, hennes egna ord verkade fastklistrade i munnen. »Stoppa sprängladdningen«, ropade hon igen och kastade sig mot tunnelöppningen. Hon måste varna dem som kanske befann sig därnere.

Sam försökte slita tag i henne. »Herregud, vad gör du?«

En varningssignal ljöd, ett pip för varje sekund.

Tio.

Nio.

Fredrika slet sig loss, rusade framåt.
Åtta.
Sju.
Hon stod vid tunnelöppningen. Böjde sig fram och slet upp luckan.
Sex.
Fem.
Fyra.
Hon vrålade ner. »Om ni hör mig, måste ni backa.«
Tre.
Två.
Sedan smällde det.

21

Trots att det var dunkelt ute hade Nova satt på sig ett par solglasögon. Svampen var upplyst med ledlampor – Stureplans riktmärke nummer ett såg numera ut som ett ufo från någon gammal film.

Hon kunde inte förstå varför Guzmán föreslagit att de skulle träffas just här. Borde de inte ses under en mörk bro, eller i något skogsparti någonstans?

Saudierna hade blivit klara med Sturegallerians renovering förrförra året. Chedi Café låg på mezzaninvåningen i gallerian och släppte bara in dig om du kunde bevisa att du var någon att räkna med. Få huvuden vändes när Nova klev in i lokalen, folk var antingen vana, artiga, eller så kände de inte igen henne i solglasögon.

Hon satte sig vid bordet som anvisats henne och beställde en kaffe. Guzmán var inte där än.

Vem var han egentligen? Hon visste inte ens vad han hette på riktigt. Hon borde i alla fall ha noterat registreringsnumret på polisbilen när han stoppade henne.

Det skulle bli så skönt när det här var över. Pateken och de andra klockorna låg fortfarande i tygpåsen i väskan. Hennes idé var inte dålig – hon skulle erbjuda honom klockorna direkt. Hon kunde till och med tänka sig att pruta på värdet, givet att han tog emot dem utan kvitto och allt. Ändå undrade hon vad den där galna polisen egentligen ville.

Det låg en oljig hinna på kaffet som ställdes fram. Fast kanske var det bara en av de nyare trenderna: *Retinol oil coffee* eller omega-3-kaffe. Hon tänkte på sin pappa igen, hur han försökte följa med i utvecklingen men stannat vid ungefär samma tidpunkt som när de döpt om Sergels torg till Greta Thunbergs torg och börjat odla vin i Upplands Väsby.

En hand på hennes axel: hon kände direkt igen rösten. »Trevligt att träffas igen, på en mer avslappnad plats.«

Det fanns inget avslappnat med Chedi Café, men det förstod väl inte den här kuken.

Guzmán slog sig ner mitt emot henne, civilklädd i dag. Svart skjorta, mörkgrå blick.

Han böjde sig fram. »Har du mina två med dig?«

Nova böjde sig också fram, hon talade med låg röst. »Du gav mig till i morgon. Var det därför du ville ses, för att pressa mig ännu mer?

»Ja, delvis.«

Det var dags nu. Hennes idé måste fungera.

»Jag har väldigt värdefulla varor med mig«, sa hon. »Och jag har ett förslag. Du får dem i stället. De är värda betydligt mer än två miljoner kronor.«

»Men du är skyldig mig två mill i cash.«

»Jag är inte skyldig dig någonting.« Alltihop var ju bara skitsnack.

Guzmán lutade sig bakåt. »Vill du hellre bli anmäld?«

Om hon bara hade vetat vad den här snuten hette på riktigt skulle *hon* fan ha anmält honom och sedan tagit sitt straff. Nova tvingade sig att andas lugnt. »Det är klockor och jag har låtit värdera dem, de är värda mer än vad du vill ha.«

»Aha.«

»Är du intresserad?«

Guzmáns ögon såg ut som på en haj.

»Jag är inte intresserad.«

Nova mådde illa.

»Reglerna har ändrats«, sa Guzmán.

Hon ville bara slå den här snubben på käften, hon ville slå sin pappa hårt, hon ville misshandla Jonas. Alla var egoistiska töntar – och det här var a waste of time.

»Jag har förstått att du ska fotograferas i morgon«, sa han.

»Det har du inte med att göra.«

Plötsligt gick Guzmán runt bordet och satte sig bredvid henne, som en pojkvän eller något. Han lutade sig fram mot Novas öra, hon kände fukten från hans andedräkt. »Du ska fotograferas i William Agneröds spektakulära hus.«

Hon drog sig undan. »Vad spelar det för roll?«

Hur kunde Guzmán veta det? Sedan slog det henne att hon själv gjort flera inlägg om att hon skulle på den där grejen: fotograferingen för Zoroast.

Jonas hade berättat att *location* skulle vara en villa i skärgården som var så spektakulär att man inte ens kunde tro att den låg i Sverige. Ägaren var William Agneröd – och *alla* visste vem William Agneröd var. Han var en extremförmögen supermänniska.

Guzmán flyttade sig ännu närmare. Tryckte sin mun mot hennes öra. »Om du hjälper mig med en grej hos Agneröd, så glömmer jag din skuld.«

»Vadå för grej?«

»Du är ju en mästertjuv, eller hur?«

»Lägg av.«

»För du har väl inte kvitto på de där klockorna som du vill sälja?«

Den här mannen kunde inte vara polis. Eller så var han den sjukaste, mest omoraliska snut som någonsin vandrat på Stockholms gator.

»Jag vill att du ska stjäla en sak i morgon, i Agneröds hus«, sa han.

22

Dörren var lätt att öppna, och den kändes vek. Om han skulle sparka till den skulle den falla ihop. Ändå hade den varit den hemliga ingången till ett tunnelsystem som antagligen använts av tusentals personer genom åren.

Emir klev ut i källarförrådskorridoren och ut på gatan.

Inte en enda lyktstolpe fungerade.

Han kände lukten av brända bildäck.

Han hörde smatter av automateld.

Välkommen till Paradis city.

Han hade skickat ett meddelande till Fredrika: att hon borde hålla koll på tunneln en liten stund till. Men hon hade inte brytt sig om att svara – en äkta snutfitta.

Detta var södra delen av området och Emir borde egentligen inte vara här, även om han inte ingick i något nätverk så kunde folk känna igen honom.

För några timmar sedan hade han suttit i en FTP-klottrad cell som luktade piss och desperation. Nu var han inte bara på fri fot – han var hemma igen, i sin egen terräng.

Längre bort såg han en bil vars sätesklädsel glödde. Det var ont om bilar härinne, och de som ändå hade råd fick sällan någon helförsäkring. Så antingen registrerades bilen på en bulvan eller så stod den i ett övervakat garage och användes bara för resor utanför området.

Han tog av sig sina sneakers. Började undersöka dem. Snutarna trodde att han var dum i huvudet, att han inte visste att de fäst en spårare någonstans.

Efter några sekunder fattade han: han lyfte på innersulan och kände sökaren med fingrarna, den var mjuk och extremt liten – som ett riskorn. Han slängde den på trottoaren. Han plockade upp mobiltelefonen och sladdhärvan ur ryggsäcken, radiosändaren som satt insydd i väskans innerficka slet han ut.

Han slängde skiten på marken.

Snutarna fick väl tro att han bara stannade på samma plats oväntat länge.

Orörlig. Oengagerad.

Hallen var mörk – här luktade det av mammas parfym. Hennes sandaler och billiga Nikeskor stod uppradade på skohyllan som vanligt.

Han tittade sig i spegeln: han såg ut som skit, vilket i och för sig var en korrekt beskrivning av hur han kände sig.

Till höger låg köket, skinande rent. Mamma hade många svaga sidor, men städning var inte en av dem.

Dörrmattan hade hasat sig in mot hallen, precis som den gjort när han var liten och den användes som surfbräda: han brukade ta sats och glida på den flera meter. En gång hade han kraschat in i spegeln, sprickorna syntes fortfarande.

Han gläntade på dörren till sitt eget gamla rum. Mamma sov där nuförtiden. Han hörde ljudet redan innan han såg henne: hon snarkade. Som alltid i sin trygga position – inte hopkrupen i fosterställning, inte på mage med händerna under kudden, inte på sidan med ena benet uppdraget. Mamma sov alltid på rygg, som om hon väntade på att ta emot världen, som om inget kunde skada henne. Som en kung.

Och numera hade hon dessutom en egen säng. Det hade inte alltid varit så.

Det skulle bli knas när mamma kom hem. Ändå satt han i soffan och väntade. Spelade på sin telefon, tittade upp då och då och lyssnade efter hennes steg i trapphuset.

Deras vardagsrum var verkligen värdelöst: soffan var mammas säng på nätterna, teven var pytteliten och de hade inget Playstation.

Mamma jobbade som lokalvårdare, som hon sa – det var egentligen ett annat ord för städare. Några gånger när han var ännu yngre hade han fått följa med henne till jobbet, hon städade på två daghem i området och på sjukhuset. Han hade inte fått springa i de långa korridorerna där det fanns patienter, men däremot längre ner, i kulvertarna, där förråden, omklädningsrummen och kontoren låg. Där låg städarnas eget rum också. Där fanns inget annat än tre soffor och en kaffeapparat, men städkvinnorna skrattade hela tiden och kallade honom för sötnos på typ sjutton olika språk.

Mammas dagar var inte långa, det visste han eftersom hon också börjat någon kurs som hon pratade om ibland: »Statsvetenskap på distans, älskling.« Ungefär där brukade han zooma ut, han orkade inte med konstiga ord och babbel.

De var fattiga, det hade han vetat länge, fast mamma inte använde det ordet. Dessutom var alla fattiga här. Det räckte med att kolla på vissa av de andra kidsen i skolan, eller åka till Mall of Scandinavia och se alla dregla över grejerna som han och polarna sedan snattade i butikerna. En hundring i månadspeng, det var allt han fick, och alla kläder köpte mamma second hand. Allt Emir ägde var gammalt och slitet, eller snott. Han undrade om det hade varit annorlunda om hans pappa levt. Om han skulle ha hängt mindre på torget då.

»Din morsa är en krigare«, brukade Isak säga, och han hade rätt. Hon hade uppfostrat honom ensam, och Emir kunde inte komma på en enda gång när hon klagat. Samtidigt fick han känslan av att hon skulle ha haft mer att ge i Kurdistan än här. En gång hade han frågat henne om de inte skulle flytta från Järva, mamma var ju så lack på allt som hände här. Hon skakade på huvudet: »Jag är inte tillräckligt bra på svenska för att passa in någon annanstans«, sa hon, utan att sucka eller gnälla – det var bara så världen var.

Längst ut på soffbordet vinglade en bok som hon läste: Engelska kunde hon i alla fall bra.

Han hörde låset rassla.

De vanliga ljuden från hallen.

Hon stod i dörröppningen. Stirrade på honom.

»De ringde från skolan i dag.«

Emir tittade ner i bordet.

»Vi kan inte ha det så här. Du måste börja gå dit«, fortsatte hon. »Och inga bråk, inget tjafs, och tvätta ansiktet varje morgon. Har du förstått?«

»Jag skiter i dem.«

Mamma tog tag i hans axel. »Nej, Emir. Du måste lugna dig, hêsha. Skolan är viktig. Du ska vara som en peshmerga, eller hur? Stark.«

»Du går i skolan, mamma, eller hur?«

»Det kan man säga att jag gör. På internet.«

»Och vad har du fått för jobb då?«

Det såg ut som om osynliga krokar drog mammas mungipor nedåt.

»Är du oförskämd?«

Emir flög upp, boken som låg på bordet åkte i golvet. »De jävlas bara med oss. Vad ska jag med skola till?«

»Gå in på ditt rum«, sa mamma, och plockade upp boken. »Och stanna där.«

Han visste inte ens vad han gjorde här, mer än att han behövde prata med mamma, han behövde hennes hjälp.

Fast just nu, i några timmar, kunde han få låtsas att ingenting förändrats. Låta henne sova vidare. Låtsas att inget livstidsstraff hängde över honom. Att hans vän inte svävade mellan liv och död. Att de inte tagit bort hans dialysmöjligheter. Att han var en fullt frisk shuno i sina bästa år som fortfarande tävlade på elitnivå, hade kvar Hayat, tjänade sitt eget levebröd på lagligt sätt och kunde röra sig ut och in ur det här skitområdet som han själv ville.

Vardagsrummet var likadant möblerat som när han bodde här, men där teven hade suttit fanns nu en inramad plansch med en kartbild över Kurdistan. Ett stort fotografi hängde på väggen: pappa i badbyxor vid en bassäng, Emir visste inte var det var taget, men det var som att stirra rakt på sig själv.

Han satte sig i soffan.

Han undrade vad snuten skulle göra när de upptäckte att han slängt spåraren och telefonen och att de inte kunde ha koll på honom.

Han hade aldrig känt sig så trött i hela sitt liv.

Han lutade huvudet bakåt, lade upp benen.

När sömnen tog honom var det som om han kände en liten varm barnkropp bredvid sig i soffan.

23

Sam hade stått böjd över henne, grön i ansiktet.

»Snälla, gå bort från mig om du ska spy«, sa Fredrika.

Hon kravlade sig upp på alla fyra. Hon kunde röra sig, hon kunde tänka – om än med viss svårighet. Tjutet i öronen var kvar, som alarmtonen på pappas och mammas robotdammsugare när hon var barn. Så fort en dammtuss fastnade snett tjöt den med ett ihållande pip som hördes ända ner på gatan.

»En ambulans är på väg«, sa Sam, ansiktsuttrycket förändrat, skärrat och med uppspärrade ögon.

Fredrika borstade av sig, reste på sig och började gå bort i den ljusa sommarnatten. Tunnelöppningen såg ut som en krater.

Sam klev ifatt henne. Käkarna i oavbruten rörelse, en idisslare.

»Det här kan få konsekvenser för oss båda, det förstår du.«

Hon förstod. Om civila omkommit i intrångsgången var det en katastrof som skulle drabba Sam. Samtidigt hade Fredrika försökt stoppa en behörig polisinsats. Beroende på utgången var det en av dem som skulle åka ut, fast Fredrika var kanske redan på väg ut. Hon kunde inte känna någon större medkänsla med det här befälet.

Då hördes en duns. Fredrika tittade ner. I dunklet längre bort syntes en plastpåse i gräset.

»Stå still«, sa Sam med tydlig röst. »De skickar ofta saker över murarna när de hör oss jobba här. Det kan vara exkrementer eller sopor. Men det kan också vara syra eller en IEF.«

Improviserade explosiva föremål.

Fredrika backade några steg. Hon tänkte på gasattacken mot polishuset därinne.

Sam ropade på en av sina män, samma polis som apterat sprängladdningen i tunnelöppningen.

Polismannen lyste på påsen, den var hopknuten. M:t i Maxxix-logotypen syntes – den största matbutiken därinne.

»Det är inte något stort föremål i den. De måste ha skjutit över den med något slags slangbella eller katapult.«

De stod ungefär trettio meter från trevnadsdelaren.

»De hörde oss när vi sprängde, de vet att det är vi som är här, särområdespolisen«, sa Sam.

Polismannen gick närmare påsen. Han fällde ut sin batong, petade försiktigt på den.

»Ska jag undersöka den?«

Sam nickade »Men använd skyddsmask och tekniska handskar.«

Fem minuter senare kom polismannen fram med den öppnade påsen i händerna.

Sam tittade ner först.

Polismannen lyste med sin ficklampa.

Det enda Fredrika kunde se var en papperstuss, vinröd.

Nu böjde sig Sam fram, tog upp tussen, vecklade långsamt upp det kladdiga hushållspappret.

Fredrika kände hur det rörde sig i magen. Hon lutade sig fram för att se bättre.

Föremålet såg blodigt ut.

»Ser du vad det är?« sa Sam.

Det var avlångt, tre fyra centimeter, som en smal del av en varmkorv. Fredrika förstod inte.

Hon var bara trött nu – kunde knappt fokusera.

Något såg ut som en nagel.

Då insåg hon. Det var ett finger, ett kapat finger.

Sam höll upp en papperslapp.

»Den här låg också där.«

Ni får tillbaka henne om vi får 15 miljoner i ounce senast klockan 24.00. Annars blir det ännu värre. Fingret är bara början.

Dag tre

8 juni

24

Om det inte varit för vem huset tillhörde skulle hon aldrig ha gått med på att stiga upp så här tidigt. Fast nu fanns det ytterligare en anledning, nu var hon tvungen. Hon hade vaknat till en gång i kvarten och bara tänkt på grejen som Guzmán bett henne om. Hon undrade om miljardären själv skulle vara hemma under fotograferingen. Hon undrade ännu mer hur hon skulle lyckas.

Nova låg kvar i sängen och samlade kraft.

När hon kommit hem i natt hade hon googlat runt på William Agneröd. Det mesta hon läste kände hon redan till – snubben var den kanske mest omskrivna trettioåringen sedan Gigi Hadid.

Miljardärerna – de nya hyllade superkändisarna.

Som tjugotreåring hade William Agneröd börjat utveckla något slags algoritm för Brainy, långt innan den där grejen ens var stor. Nova förstod inte tekniken, och hon brydde sig inte heller, det som var intressant var Agneröds och hans företags resa. Kwelch, hette det. På mindre än fem år hade det växt från några servrar i hans enrummare i Solna till världens viktigaste Brainyleverantör. Kwelch omsatte mer än Apple och Netflix tillsammans och efter att kineserna gått in värderades det till över tvåhundra miljarder dollar. Ingen visste exakt hur stor andel Agneröd ägde, men att han var en av de absolut rikaste i Europa stod klart.

William Agneröd ägde näst mest mark i England efter det brittiska kungahuset, han ägde fyra öar i Karibien och halva Fårö. Han hade firat sin trettioårsdag genom att flyga med Elon och sina tjugo närmaste vänner med Spacex till månen, kliva av, dricka champagne genom sugrör, sjunga jamåhanleva i mikrofoner, och åka hem igen. Agneröd hade köpt AIK Fotboll och LA Lakers, han ägde Larry Ellisons gamla yacht, Roman Abramovitjs förra våning i Kensington och hade budat över Jeff Bezos på en villa i

The Hamptons. Agneröd hade dejtat Billie Eilish och norska kronprinsessan Ingrid Alexandra, han var antagligen både Sveriges och världens mest eftertraktade ungkarl just nu.

Satan – hans hus skulle väl ha högre bevakning än statsministerns.

»God morgon, alla mina älsklingar«, log hon falskt mot kameran. Det var alldeles för tidigt för att jobba, men Nova var tvungen att göra den här videon. »Nu ska jag äta lite underbar frukost«, nästan sjöng hon med ljus entusiastisk röst. »Nu börjar en ny dag med min favoritmüsli.« Det skarpa ljuset från fotolamporna skar i ögonen – men enligt avtalet måste det se ut som om hon alltid åt den här äckelmüslin badande i solljus. Hon hade aldrig varit så osugen på ett samarbete som det här, så osugen på att le och kvittra.

»Jonas, du vet vad jag vill ha«, kvittrade hon och blinkade mot kameran. Både han och Hedvig var ofta med i bild, följarna gillade att se Nova *interagera* med andra, som Jonas kallade det.

»Nej, jag vet inte vad du vill ha.«

Nova sköt fram underkäken. Han var så korkad ibland.

»Du vet visst«, sa hon.

»Färskpressad juice?«

Nova reste på sig och gick fram till kylen och öppnade den. *Det tänkande kylskåpet* kallade tillverkaren det, men om man inte ställde varorna med etiketten riktad åt exakt rätt håll fattade det ingenting. Senast hade det beställt sex liter japansk soja, fast det var bubbelvattnet som varit slut.

Nova ville inte ha vanlig mjölk till äckelmüslin – ingen normal människa drack *vanlig* mjölk längre.

Kokosmjölk – men det fanns ingen kokosmjölk i kylen. Ingen havre- eller rismjölk heller. Faktum var att det inte fanns någon mjölkfri mjölk alls, det fanns inte ens laktosfri.

»Jonas«, sa hon och hörde hur hennes röst påminde om mammas. »Varför slarvar du?«

Hon kunde se hur Hedvig ryckte till bakom kameran. Det här fanns inte med i manus, men Nova var jävligt irriterad nu.

»Jag har inte slarvat.« Jonas tittade också in i den onödigt överfulla kylen, han visste att Hedvig filmade hela tiden.

»Du har slarvat. För du vet att jag vill ha kokosmjölk varje morgon, men du har inte sett till att det beställts.« Nova fick inte klaga på kylskåpets egen så kallade intelligens.

»Men kylen ska väl känna efter själv vad som saknas?«

Hon borde sluta nu. Hon visste inte exakt vad som skulle hända, ändå kunde hon inte hålla sig, hon var för trött för att stå emot.

»Du har slarvat, så är det bara.«

»Vi kanske ska bryta nu. Sluta sända, Hedvig«, sa Jonas.

»Nej«, sa Nova. »Erkänn bara att du slarvade, så kan vi prata om något annat sedan.«

»Men kylen ska ju beställa ...«

Han fick INTE nämna hennes sponsorer i negativa ordalag, det visste ju han om någon. Nova slog igen kylskåpets dörr. »Skyller du ifrån dig på en apparat?«

»Nu bryter vi.« Jonas tittade desperat mot Hedvig

Nova log inte mot kameran längre. »Jonas, säg att du slarvade. Erkänn att du struntade i att titta efter i går.« Hedvig höll fram kameran mot Jonas. I närbild: hans små pormaskar och trubbiga näsa med de oproportionerligt stora näsborrarna.

»Säg det«, upprepade Nova.

Det rörde sig inuti Jonas mun, det såg ut som om han försökte få loss något som fastnat mellan framtänderna med hjälp av tungan. Så här hade Nova aldrig talat till honom förut.

»Jag ...«, började han, tittade ner och tystnade. Hans ansikte var rött.

Nova tänkte på hur långa hans ögonfransar var.

Jonas öppnade munnen, men ingenting kom ut. Sedan vände han sig om, klev ut ur köket och smällde igen dörren.

Det inramade Ilhan Omar-fotografiet åkte i golvet. Barnrumpa.

Hedvigs örhängen dinglade som julgransprydnader när hon höll fram kameran som om den var en sköld. Sände fortfarande allt.

»Okej, era små töntar«, sa Nova stilla. »Nu är det på det här viset att jag är så less på att förställa mig, jag är trött på att hylla produkter som jag egentligen inte bryr mig om, och framför allt är jag trött på att låtsas vara äkta. Jag är aldrig äkta när jag pratar och gör saker inför er. Jag skiter i er och era kommentarer. Jag skiter i vad ni tycker om mig. Ni kan dra åt helvete.«

25

»Vad gör *du* här?« Mamma stod lutad över sängen, hennes mungipor tillbakadragna som om hon var förvånad och besviken samtidigt, och det kanske hon var också. Hon såg ut som en groda i ansiktet när hon gjorde så där. En groda med ganska mörkt hår i snedbena.

Han hade somnat på soffan.

Mamma var helt mörkklädd som vanligt: svarta byxor, en svart blus och svarta sandaler.

Han märkte att han hade dreglat. »Får jag inte sova hemma hos min egen mamma?«

»Du har en egen lägenhet.«

Hon satte sig bredvid honom på soffkanten. »Men jag är glad att du är släppt i alla fall.«

Mamma gjorde kaffet som hon alltid gjort. Värmde vattnet separat i *dzezvan*, blandade sockret i det kokande vattnet tills det var helt upplöst, öste i en väldigt rågad tesked med kaffe av det extremt finmalda kaffepulvret som hon tog ur en plåtburk som det stod något på kurdiska på, rörde medsols av någon anledning som ingen kände till, väntade tills kaffet börjat koka igen, och när de små bubblorna syntes och skummet reste sig på insidan av dzezvan var det dags att skrapa skummet från ytan och lägga det i koppen och till slut hälla på ytterligare lite vatten så att sumpen sjönk till botten för att till slut hälla upp kaffet i koppen, rykande, nästan segt, som chokladsås.

En kopp av mammas kaffe innehöll typ ett ton koffein.

»Hur mår du?« sa hon.

»Just nu är det bra.« Emir sörplade. »De gav mig en gratis dialys.« Han funderade på om han skulle berätta om vad som hänt Isak, men mamma skulle bli för orolig och arg då.

»Generöst.«

Emir tänkte på ouncemynten han hade i ryggsäcken, och all annan utrustning. »Och hur mår du?«

»Det som händer härinne nu är en katastrof.«

»Det har varit upplopp förut.«

Mamma satte läpparna till kaffet. »Men inte så här. Det är krig nu. Polisen dödade vanligt folk. Och ungdomsgäng har attackerat Zebran.«

Zebran: sjukhuset härinne kallades så på grund av sina mörka höga fönster som såg ut som svarta streck längs byggnaden. Där jobbade mamma – så hon visste.

»Nefrologiska avdelningen har plundrats och förstörts och din doktor har flytt«, fortsatte hon. »Så jag oroar mig för hur du ska kunna få dialys härinne.«

Han var tyst – han hade kommit hit för att be mamma om hjälp att fixa dialysen på egen hand, hon jobbade ju på sjukhuset. Men nu? Det var så fackat det kunde bli.

»Hayat kanske kan hjälpa mig«, sa han.

»Hayat är inte din flickvän längre.«

»Jag vet. Men kanske om du frågar henne?«

Mamma suckade. »Jag tror inte du förstår. Alla dialysmaskiner är förstörda eller stulna.«

Galna hundar.

»Den där ministern trodde att hon kunde fiska röster här«, sa mamma. »Det var en provokation, bara det.«

»Ministern, ja...« Emir borde berätta. Mamma brukade prata politik och Emir brukade skita i vad hon sa. Men just nu var han nyfiken.

»Vem är hon egentligen?«

»Eva Basarto Henriksson. För många år sedan satt hon till och med i kommunstyrelsen här. Sedan satt hon i riksdagen. Men hon röstade inte emot muren som de byggde runt oss.«

Äkta mammasnack. Emir blev trött igen. Han visste inte ens själv varför han frågat om Basarto Henriksson. Vem trodde snutarna att han var – han tänkte fortfarande skita i det där uppdraget. Han samarbetade inte med grisar, då fixade han hellre sin dialys på något annat sätt, han visste bara inte hur än.

Mamma tog en klunk kaffe. »Fast hon är en bra människa, tror jag.«

»Varför?«

»Du vet, hon är född här i Järva. Basarto Henriksson är en av oss.«

»Lägg av. Hon är rasist-suedi som alla andra.«

»Sluta vara cynisk.«

»Sluta gnälla.«

Mamma sörplade på kaffet. »Någon gång i livet kan du väl försöka se på världen lite annorlunda?«

»Vad snackar du om?«

»Vad vill du att Mila ska tänka om dig? Vad ska du vara för pappa?«

Emir tömde sin kopp. Mila – hans pärla. Hans dotter.

»Det var alldeles för länge sedan jag fick träffa henne«, sa han. Han pallade inte tjafsa.

»Jag med.«

Han visste att hon försökte träffa Mila ibland, även när han inte var med.

Mila: hans femåriga motor. Som fått honom att låta bli röret i taket inne på arresten. Som alltid gjorde att han valde livet. Pressade sig igenom njursvikten, huvudvärken, personrånen.

Efter att han betalat för sin dialys sparade han allt han kom över. Mila skulle inte få samma liv som han. Han visste vad han skulle köpa till henne till slut: en lägenhet utanför Järva. En biljett ut härifrån.

26

Hon visste inte var hon var när hon vaknade, lika förvirrad som efter explosionen i natt. Efter tre sekunder kände hon igen sig: hon hade sovit i ett av vilorummen igen. Det började tydligen bli en vana. Soffan var inte så hård som den såg ut.

Taco var hos mamma och pappa, hon hade bett dem hämta i går. Fredrika hade inte en aning om hur den här dagen skulle bli – men hon ville inte ha någon mer skällande hunddagispersonal efter sig.

Hon borde åka och hämta honom nu – det fanns inget att göra för henne här i dag. Hon ångrade nästan att hon blivit operatör på Personskyddet, även om det var en karriärsmart placering eftersom den låg inom Säpo. Fast egentligen var det inte anledningen. De hade rekommenderat henne hit och hon visste varför. De tyckte att hon var för fyrkantig för att vara utryckningspolis. Men de visste inte anledningen till att hon var sådan.

»Gudskelov att du lever«, var det första Danielle Svensson sagt när Fredrika stängt dörren bakom sig i natt.

Fredrika hade vägrat träffa någon läkare, men sin chef kunde hon inte undvika att rapportera till.

Svenssons rum var oväntat sterilt för att tillhöra en snut. Inget skräp, inga prydnadsföremål, inga bilder på barn eller familj. Det enda som var uppsatt på väggen var en karta över Sverige och en inramat fotografi på chefen själv med en Sig Sauer i händerna och kåpor över öronen. Måltavlan syntes också: Svensson hade satt alla fem skotten i tian. Hon var duktig, onekligen. Alltför många i Säpos toppskikt var jurister, statsvetare, psykologer, till och med före detta lärare. Alltför många hade aldrig hållit i ett vapen. Men Svensson hörde uppenbarligen inte till den skaran.

»Jag kan förklara vad som hände vid intrångsgången«, sa Fredrika. Det var lika bra att ta tjuren vid de beryktade hornen. Ingen hade påträffats i tunneln, enligt Sam, det hade kontrollerats efteråt med hjälp av sonder. Fredrikas eget agerande framstod nu som hundra procent idioti.

Hon slöt ögonen. Sannolikheten att hon redan var körd var stor – nu hade hon dessutom försökt hindra en demolering av en intrångsgång. Hon funderade på att bara vända och rusa härifrån. Skita i allt. Jobbet. Kallet. Karriärplanerna. Hon kanske kunde få jobb som väktare, eller biljettkontrollant på SL.

Men nej, hon berättade precis vad som hade hänt.

Svensson pillade på en omålad fingernagel. »Det där var mindre allvarligt än jag väntat mig. Du hindrade inget tjänsteutövande i slutändan.«

Kanske försökte chefen bara vara snäll, men hennes tidigare beteende hade med tydlighet visat vad hon tyckte om Fredrikas agerande.

»Men det är fullständigt oacceptabelt att du försöker ta saker i egna händer på det där viset.«

Fredrika nickade. »Självklart. Men jag hade information om att det fanns människor i tunneln.«

»Det var information som kom från Emir Lund, ja. Varför litade du på honom?«

»Jag vet inte.«

»Precis. Om du inte vet, ska du inte agera. Och du måste följa befälsordningen«, sa Svensson med en tydlig syftning på vad som hänt på torget. »Men nu lägger vi den här incidenten bakom oss. Du har nog med bekymmer. Jag är glad att du inte skadades.«

Fredrika skämdes som en gris. Ändå måste hon fråga.

»Vad gör vi åt kravet? Det stod att de vill ha femton miljoner i ounce före midnatt.«

Svensson andades tungt. »Vi analyserar det. Du behöver inte oroa dig.« Hon lutade sig fram över skrivbordet. »Jag tyckte redan från början att det var en dålig idé att du skulle vara med i det här, men Murell ville ha det så. Från och med nu ska du hålla dig undan allt som rör Basarto Henriksson.«

Fredrika visste att hon rodnade.

»Du är personligt involverad på grund av vad som hände på

torget, och under intern utredning. Jag är din direkta chef. Inte Herman Murell. Du ska inte ha med det här ärendet att göra mer. Förstår du?«

Hon nickade, och hoppades att Svensson inte skulle se hur det brände i skallen.

Hennes direkta chef var en skitstövel.

27

Nu stod de här utanför. Villan var verkligen something out of det vanliga.

Att William Agneröd ens upplät den för en fotografering var knäppt, men tydligen var stylisten en av mångmiljardärens bästa vänner.

Nova skulle in i kungens palats med ett uppdrag.

Jonas och Hedvig stod på var sin sida av porten med sina kameror och sin ljusteknik – allt för att kunna ta behind-the-scenes-bilder. När de identifierat sig hade säkerhetsvakterna nere vid grindarna släppt in dem utan att kontrollera utrustningen.

Solen blängde ner på dem utan att blinka.

Jonas var fortfarande uppspelt. »Det var lysande, Nova«, skrek han. »Du är ett geni.«

Det var nästan obehagligt att han inte brydde sig mer om att han blivit utskälld inför hundratusentals personer, fast kanske brydde han sig bara om att följarnas engagemang exploderat.

»Kan jag inte betala den där skatteskulden nu då?« sa Nova.

Jonas stannade upp. »Nej, nej, du ligger fortfarande kraftigt back. Skatteskulden måste du överklaga. Jag kan hjälpa dig.«

Nova pallade inte ens titta på honom. *Du* ligger back, så hade han sagt – inte *vi*.

Porten öppnades och en översminkad assistent med ett falskt leende tog emot dem.

Bara delen de befann sig i nu var säkert över på tusen kvadrat, men trapporna och hissarna skvallrade om att byggnaden hade minst två våningsplan till. Egentligen var det fel att kalla det här för en villa – det var ett modernt slott, en nutida borg på en egen ö.

Hon hade ingen koll på verken som hängde på de fem meter höga väggarna, fast Jonas kunde inte slita blicken från dem. »Det här stället är för sjukt. Bara mutorna för att få bygglovet måste ha kostat mer än mitt hus och ditt hus tillsammans. Och konsten, alltså konsten...«

Golvet var i grönaktig kolmårdsmarmor – enligt Jonas fanns den inte att få tag på naturligt längre, så varje sten måste ha köpts in från andra byggnader för att sedan slipas om specifikt för ändamålet.

Det var inte förrän de kom fram till panoramafönstren på andra sidan hallen som Nova också stannade upp och tittade på riktigt.

»Det fanns inte så många superförmögna när jag växte upp. Då var de tio rikaste procenten bara ungefär dubbelt så rika som de fattigaste tio procenten«, hade Novas mamma sagt till henne en gång när de tittat på en dokumentär om amerikanska miljardärspervon.

»Vad var bättre med det då?«

Mamma hade kliat sig ovanför öronen, som hon alltid gjorde när hon behövde tänka. »Det var kanske inte bättre. Men nu äger de fyra rikaste svenskarna själva lika mycket som resten av befolkningen gör tillsammans. Jag tror det påverkar folks lojalitet med Sverige.«

Nova såg ut över horisonten. Det var som om huset svävade fritt i luften mitt i havet.

William Agneröd var en av de fyra i ena vågskålen.

De superrika var lika frånkopplade från verkligheten som mamma själv var när hon jämförde med 70-talet. Nova hade träffat flera av dem på olika tillställningar, även om hon aldrig träffat just William Agneröd. Det hette att de blivit förmögna för att de tagit risker – de upprepade gärna för alla som ville höra hur de nått sin framgång, hur de offrat allt, sovit i serverrummet, ätit på golvet, belånat sina villor. Men de hade alla antingen fötts med pengar och därför kunnat göra investeringar som ingen utan ekonomisk trygghet skulle ha vågat, eller så hade de tjänat sina pengar på techidéer, startups och liknande

– där det alltid hade gått snabbt, ofta på bara några år, och alltid innan de fått barn. Ingen av dem hade tagit några risker på riktigt, det var bara skitsnack. De påstod att extremrikedomen var en belöning för att de *vågat*. Men det var bara ett sätt att rättfärdiga obalansen.

»Där är han«, viskade Jonas.

De stannade upp.

William Agneröd stod några meter framför den, klädd casually i vita linneshorts och ljusblå skjorta, brunbränd med en bag i handen och ett par solglasögon i håret. Hans vita tänder gnistrade när han vände sig mot Nova. »Där är du ju.«

Shit, shit, shit.

Agneröd lösgjorde sig från männen som omgav honom.

Ahh, vad snygg han var: trygg, lugn, samtidigt full av energi.

Han rörde sig mot henne med en sådan självklarhet att det kändes som om de känt varandra sedan dagis.

»Hej«, sa Nova.

William Agneröd pussade henne på kinderna. »Välkommen.«

Hon såg i ögonvrån hur Jonas rörde sig som om han stod på tå.

»Vilket fint hus du har«, sa Nova.

»Tack, det blev ju klart först för tre månader sedan, det drog över tiden med mer än ett halvår. Men jag trivs.«

»Bor du här ofta?«

»Nej, jag är ute och flänger så mycket, du vet. Men det är här jag har min bas. Jag älskar Sverige.«

Nova kom inte på något mer att säga.

»Hoppas ni får det bra i dag«, sa William och slängde upp bagen på axeln. »Jag måste tyvärr iväg. Enjoy.«

Hans entourage slöt upp runt honom, det såg ut som om de föste honom framför sig.

Teamet bestod av säkert fyrtio personer. Nova hade gjort många skjut i sina dagar med fotografer, fotografassistenter, sminköser, stylister, reklamregissörer, propsansvariga, ljustekniker och så vidare, men aldrig så här många. Och aldrig så här tidigt på morgonen.

Några presenterade sig. Den ena mer trendig än den andra: implantat, rip off-tatueringar – alla lasrade ju bort sina gamla tatueringar nuförtiden – Gooeytröjor och kepsar från Adidas Premium. Ingen satt i de vita lädersofforna, alla gick omkring och försökte se upptagna ut. I bakgrunden spelade de samma Melody trip-låtar som Nova dansat till med Simon häromkvällen. En ung tjej påstod att hon flugits in från LA för att ta hand om stylistens dryck, tydligen kunde han bara dricka mexikansk Coca-Cola eller stilla isländskt Kyögurvatten som måste ha en temperatur på exakt 21,2 grader Celsius.

»Vi är lite sena och stylisten är inte heller här än«, sa den översminkade assistenten. »Nova, du kan göra vad du vill en stund, det finns frukost, sitt och chilla bara eller ta en promenad ner till vattnet.«

Nova lyssnade knappt på vad alla sa. Det hon var tvungen att göra för Guzmán var en galen grej.

Hon vände sig mot Jonas. »Jag tar en promenad.«

Han ställde ner kameran. »Det är för varmt ute. Ditt smink kommer att börja rinna.«

»Vem har sagt att jag ska gå ut«, flinade Nova.

»Säg till om du stöter på något föremål som kostat mindre än hundratusen kronor«, fnissade han.

Hon hade verkligen förnedrat Jonas när hon skällt ut honom i morse. Han var en snäll man som för det mesta ville henne väl.

Kommentarsfälten hade exploderat efter attacken: Nova var ett svin – Nova var en stark kvinna som sa ifrån. Nova var en mobbare – Nova var en ledare som utkrävde ansvar. Nova var en gnällspik som fick för lite kuk – Nova var en förebild för alla entreprenörer. Nova sa sanningen för en gångs skull. Hon visade *äkta* känslor.

De kunde skriva vad de ville. Hon skulle bara sno en grej från Sveriges rikaste person, och sedan sluta med all skit.

28

Det feta huset på Västerby Backe var ett av de kändaste i området. Emir hade varit där några gånger själv, innan han blev farsa, innan han träffat Hayat.

Trots solen syntes det tydligt att neonskylten ändrade färg från rosa till rött, till blått, till rosa igen: *24H Gentlemen's Club*.

Det här var Artemis VI: Järvas bordell – också känd som det största lagliga horhuset i Sverige. Emir tänkte *så kallat* lagliga, för även om de som skötte det här stället fyllde i någon blankett och fick godkänt av någon inspektör då och då, så var det knappast en helvit business. De som drev bordellen tillhörde de mer ekonomiskt sinnade grabbarna i Västras nätverk, några av de få som lyckats klättra på stegen. De som inte åkt in, dödats eller knarkat ihjäl sig. Enligt snacket på byn omsatte Artemis ensamt mer än Västra Järvas hela kokainhandel.

Han visste inte exakt varför han stod här.

Kanske var det för Isaks skull – så att det han råkat göra mot kompisen inte bara skulle leda till skit. Och framför allt: mamma hade snackat om Mila. Vilken sorts pappa ville han vara? Vilken sorts människa? Fast kanske tänkte han bara på sig själv: han skulle dö om han inte fick dialys. Han hade tänkt lura snuten, men nu var allt oklart.

Han hade aldrig levt ihop med Lilly, Milas mamma. Ett one-night stand precis innan han börjat med MMA:n, trodde han. Tio veckor senare hade Lilly hört av sig på Snapchat och sagt att hon var gravid och tänkte behålla barnet. Hon svarade inte när han ville snacka om saken. Han hade ingen adress till henne. Han visste faktiskt inte ens vad hon hette.

Han hade aldrig fått veta på vilket sjukhus Mila fötts, men efter några månader började Lilly dyka upp, med henne på armen. Då handlade det om flos. Lilly ville ha pengar – och enligt henne var det hans facking ansvar att ställa upp.

Emir visste inte mycket om Milas liv. Han visste inte hur det såg ut i hennes rum – om hon nu hade ett eget rum – om hon hade några kompisar eller vilka godnattsagor hon tyckte om. Men han visste att Lilly hade ensam vårdnad och bara lät honom träffa dottern två timmar åt gången, om hans morsa var med.

Ändå fanns tankarna på Mila alltid där i bakhuvudet.

Han hade gått runt hela morgonen och snackat med folk: gamla bekanta som låg och sov, becknarna på hörnen, kidsen som var ute och tuttade eld på bilar. De visste alla vem han var – Prinsen – de litade på honom. Att få höra skvaller och rykten om vad som hänt med ministern var inte svårt, men ingen ville kackla. Han väckte sin gamla tränare, folk från MMA-klubben, till och med några av Hayats kamrater. Kanske visste någon något, men ingen ville nämna namn. Han knackade på hos shunos som han sålt grejer till – farliga grabbar – och shunos som gett honom uppdrag – ännu farligare grabbar. De sa inte ett skit, knep igen munnarna och blängde – undrade varför han ens frågade. Det funkade inte. Han kom ingen vart. Han bytte strategi – gick hem till folk som han hade rånat. Pokerspelare, hälare, rappare med guldlänkar och isade Rollar. De hade alla två saker gemensamt. För det första: de hade värdesaker hemma. För det andra: de var livrädda för just honom.

En trav-bettare blev så skraj när Emir dök upp att han erbjöd honom sin 75-tummare utan att ens fråga vad han ville.

»Jag vill inte ha din teve.«

»Jag är pank, snälla.«

»Jag vill ha information.«

Häst-spelaren visste något. Han hade hört snack på bordellen.

Bingo.

I fåtöljerna i lobbyn satt några män och sörplade juice och kaffe så högt att det hördes ända till receptionen.

Emir kom ihåg Hayats kommentar när de legaliserat hororna. »Sverige har klarat sig utan bordeller hittills, varför ska de börja tillåta dem nu?« Han hade flinat. »Du är den smartaste jag känner, baby, men ganska barnslig ibland. Tror du inte att det redan finns bordeller? Nu är det samma sak men med regler.«

Hon hade spottat på golvet. »Regler? Tvärtom handlar det om att de avreglerar. Samma privata företag har byggt murarna som har investerat i cannabisbutikerna och skolorna. Det är samma storbolag som har sålt hyreshusen härinne till utländska riskkapitalister och ska bygga våra nya privatdrivna fängelser som äger fastigheten med horhuset. De som tjänar på all skit bor inte här. De betalar ingen skatt i det här landet, men deras bolag toppar börslistorna.«

Det kändes som en evighet sedan: han och Hayat. Och då hade de ändå känt varandra hela livet, på något sätt.

Så länge sedan.

Han hade varit på väg hem, ensam på grusvägen. Isak var hos sina kusiner i Kista.

Han hörde att någon gick bakom honom, skrapade i gruset. Hayat.

Hon var en av de duktiga tjejerna, men inte en sådan där tyst tönt, utan en smart »lysande stjärna«, som Isak sagt en gång – det lät najs på något sätt. Hayat räckte alltid upp handen, men aldrig för att komma med svar, utan för att ställa frågor som fick alla att fatta att de inte fattat någonting.

»Spelar du Minecraft?«

En skum fråga för att komma från en brud, även om han självklart hade spelat Minecraft, på Isaks PS4:a, och på sin egen telefon.

»Vill du följa med hem till mig och gejma?«

Emir tackade ja.

De hade fortsatt att ses, men de gick aldrig omkring utomhus, var alltid bara hemma hos honom eller hos henne. Hon var skön att snacka med. Det kändes som om saker inte var så stängda med Hayat, de kunde prata om grejer som ingen annan snackade om: politik, nördiga app-spel eller vad olika svenska ord betydde. Med Hayat öppnades dörrar i huvudet som Emir inte ens visste fanns.

En gång berättade han för Isak att han träffat henne några gånger och spelat Minecraft som värsta tönten. Isak flinade bara. »Kompis, du har en kizz, fattar du inte det? Du ska vara stolt, och fråga om du får ta på hennes memeks.«

Bruden bakom plexiglaset satt försjunken i sin mobiltelefon.
Emir knackade.
»Hur länge vill du ha kul?« Hennes fnitter lät som en dåligt trimmad moped.
Prislistan var tydlig: åttahundra kronor för två timmar i byggnaden, tolvhundra för fyra. För tre lax fick man stanna ett dygn. Emir undrade om det fanns åkband.
Receptionisten skrattade till igen. »Och du vet att varje terapeut har sin egen taxa.«
Emir nickade. *Tera-facking-peut*: varför sa hon inte bara hora eller något annat mer ärligt – *gnoa*, *chagga*, säljare. De tog betalt själva efter att de servat kunden. Han lade fram ett ouncemynt.
»Jobbar Rezvan i dag?«
Det var namnet han hört från häst-bettaren: någon som hette Rezvan och jobbade här visste vem som tagit ministern.
Receptionistens leende dog ut. »Det kan jag tyvärr inte svara på. Men i vår app ser du vilka terapeuter som är inne just nu, du kan också ställa dig i kö, men de flesta är lediga i dag eftersom det är så stökigt ute.«
Receptionisten hade en tatuering på underarmen som föreställde ett hjärta med en pil igenom.

På korridorens väggar hängde digitala reklamskyltar.
Celebrity Look Alikes London gästar Artemis VI juni–augusti.
Rob Thesel: vinnare av Gay Oscar två år i rad. Get pumped!
Lolo Biryani – Bästa rating på Artemis Worldwide. Bara för dig.
Morsan var så jävla anti. Emir förstod inte riktigt vad problemet var: sex såldes ju hela tiden i Sverige, och på de här ställena skedde det åtminstone kontrollerat. Ingen blev misshandlad. Ingen blev våldtagen. Ingen var under arton. I alla fall inte officiellt.

Förr hade folk betalat för att få se honom få ont, se honom skadas, se honom få njurarna förstörda – Emir hade själv sålt sin kropp för andra människors underhållning hur många gånger som helst.

Han skrollade igenom bilderna i appen, hororna: många kvinnor, vissa män – ingen hette Rezvan. Men de använde så klart fejknamn. Under varje bild stod en kort beskrivning: ålder, ursprungsland och hobby. Vem brydde sig om vilka hobbys ditt sexobjekt hade?

Någon av männen som sålde sig själva kunde vara Rezvan.

Det var tomt i korridoren, men några av dörrarna stod öppna. Han tittade in i en stor hall, det var en bar med en strippstång uppe på en scen. En shuno stod bakom bardisken och torkade glas, i övrigt satt där bara två män och drack vid ett bord.

Spritflaskornas innehåll lystes upp bakifrån. Barstolarna hade vinröda slitna säten, det luktade utspilld öl. Bardisken var i svart marmor.

Bartendern tittade upp med ett ryck, nästan som om han blev förvånad över att se Emir. »Yes?«

»Vet du var Rezvan är?«

Bartendern fortsatte polera glaset, hans hud var lika mörk som bardiskens färg. »Har du inte läst reglerna? De finns i appen.«

Emir skakade på huvudet.

»Det är förbjudet att snacka om terapeuterna. Vi kan förlora vår licens om vi lämnar ut privat information.«

»Jag ska bara erbjuda honom en grej.«

»Prata så jag fattar.«

»Jag är inte här för någon tjänst.«

Bartendern snurrade glaset i handen. »Det finns bara en Rezvan som jag känner till. Han jobbar på våning tre.«

Hissdörrarna var helt tysta när de öppnades. Det här stället hade flera våningar under marken också: *spa- och poolvåning, kink area, dark room, bino theatre.*

Det sista måste vara en virtuell bordell, varför man nu ville ha det när den äkta varan fanns två våningar upp. Kanske var det billigare. Eller för de riktigt blyga.

Korridoren var tom. Svaga ljud hördes innanför några av dörrarna. Texten vid knappen i hissen hade berättat vad det här var för våning: *Gay and trans fun*. Längs väggarna stod soffor och fåtöljer i fläcktåliga material och längre bort fanns en automat som sålde energiläsk och fjongpiller.

Vi är anslutna till facket och genomgår hälsokontroll minst en gång i månaden. Men Du står i fokus! stod det på en skylt.

Emir slet upp en av dörrarna. En ung man stod naken på alla fyra i sängen. På golvet bakom stod en gubbe, fullt påklädd, och förde in ett avlångt föremål, typ en flaska, i arslet på killen.

Emir vek ner blicken. »Är du Rezvan?«

Gubben slog händerna för sitt ansikte – han ville uppenbarligen inte bli sedd här.

Killen å andra sidan verkade inte bry sig. »Rezvan finns i sista rummet i korridoren.«

Dörren var låst. Emir knackade på.

Inget hände.

Han knackade igen.

En röst där inifrån: »*Ey*, din åsna, du får inte komma in här. Inga kunder tillåtna.«

Emir böjde sig fram mot dörren. »Jag är ingen kund.«

Det skramlade därinne. Han hörde lätta steg.

Dörren öppnades: en pojke i pinzaibyxor och Fendi-T-shirt.

»Var är Rezvan?« frågade Emir.

Grabbens mörka lockar hängde ner över öronen – så tjocka och glänsande att det nästan såg ut som om han hade peruk.

»Det är jag som är Rezvan«, sa pojken. Rösten sprucken och kraxig.

Den här killen kunde inte vara mer än högst fjorton år gammal. Fy fan: så unga skulle inte jobba här.

»Vad vill du?« frågade Rezvan.

»Jag vill bara ställa några frågor.«

»Glöm det.«

Emir hade inte tid med jidder. Han lyfte upp pojken – Rezvan vägde max fyrtiofem kilo: lätt som en fjäder.

»Jag vill bara fråga dig några saker. Jag vet att du har hört lite grejer.« Emir höll upp ett ouncecoin.

Grabben sneglade på myntet – han hade en intensiv blick.

»Du får den här om du berättar vad du vet om den där ministern«, sa Emir.

Då hördes ett annat ljud, en burkig stämma från högtalarna i taket: »*Ett meddelande till alla kunder och terapeuter i gay fun och trans fun.*« Emir kände igen rösten: det var den fnittriga receptionisten. »*Vi har lite problem. De är snart lösta, men just nu måste ni stanna på rummen och lås...*« Det sprakade i högtalarna, ett vinande ljud hördes, och sedan blev det tyst.

What da fack?

En åder pulserade på Rezvans hals.

Emir släppte greppet om honom och tittade sig för första gången omkring i rummet. Det här var inte ett knullrum – det var ett slags verkstad: två arbetsbänkar med sladdar och verktyg, tuber och målarfärgsburkar. På några höga hyllor låg gummiartade kopior av män och kvinnor, armar och ben vridna i märkliga positioner, rakade eller jättehåriga, normala könsorgan och gigantiska könsorgan, bröst som mer liknade fotbollar, allt såg verklighetstroget ut där det låg, slappt och kallt. De digitala fuck-me-dockorna var dyrbara, det visste Emir. Samtidigt förstod han: grabben sålde åtminstone inte sin egen röv här.

»Vad var det där om? Vad ropade hon om?«

Rezvan ställde sig upp. »Jag är inte säker. Men jag tänker inte stanna här i alla fall.«

»Vi ska prata först.«

Ändå lät han pojken glänta på dörren.

Ut från hissen, längre bort i korridoren, strömmade män. Massor av män. De såg likadana ut: vita kaftaner, stora skägg, pilgrimsmössor på huvudena.

Och alla med metallpåkar i händerna.

De höll på att bryta upp dörrarna i korridoren. »*Kahbos*«, skrek snubben som gick längst fram. Spottet sprutade som en fontän.

Emir förstod direkt vad det handlade om. Värdelös tajming. Han ville ju bara att Rezvan skulle prata med honom några minuter. Nu kom de här galningarna – alla visste att de hade velat bränna de här våningarna på Artemis i åratal. Emir hade sett plakaten, hört talas om hemsidorna, Shokenfilmerna, de särskilda hatpoddarna.

Han sket i vem som sög kuk på vem, de här fanatikerna borde kryssas allihop och skickas till rättspsyk.

Kaftanmännen drog ut gubben och killen som Emir sett i ett av rummen.

Ljuden när metallrören träffade deras kroppar var dova – grabbens och gubbens skrik var gälla.

Emir försökte förstå om han kunde tränga sig fram till hissen, men han skulle inte komma många meter. Påkarna var till för honom också just nu – han var på fel våning i det här huset.

Rezvan pekade på en annan dörr längre in i verkstaden. Den syntes knappt bakom alla prylar.

Emir började slita undan bråte: människokroppar i plast och silikon.

Grabben fick upp bakdörren.

En spiraltrappa i metall.

De sprang.

Andra smattrande steg.

Fack – någon var efter dem. Som vanligt de senaste dagarna.

Han vände sig inte om. Det skallrade om trapporna – han tog fem trappsteg i varje kliv. Räckena vibrerade. Han hade misslyckats två gånger – han skulle inte bli stoppad nu.

De kom ner: en betonggång med små sopsäckar uppradade längs väggen – Emir ville inte tänka på vad som fanns i de där påsarna. Rezvan fortfarande högre upp i trappan.

Han väntade. Grabben kom ner.

Då kastade sig en man ner efter dem: rödare i ansiktet än chefsfitt-snuten Svensson. De hypernya Nikeskorna såg overkliga ut i kontrast till hans vita MENA-outfit. Metallröret låg rostigt och tungt i hans hand. Kaftanen såg ren ut. Han slet tag i Rezvan och slängde in grabben i väggen med full kraft.

»Du är bög?«

»Ja«, sa Emir så glättigt han kunde. »Har du något problem med det?«

»Du är haram.«

Emir tog två kliv närmare kaftanidioten.

Fortfarande: idioten höll metallröret ovanför Rezvan, ett slag skulle spräcka grabbens skalle direkt.

Emir visste inte ens hur han skulle hitta ut härifrån.

»Får jag pussa dig?« frågade han. Blinkade övertydligt.

»Du är sjuk«, idioten höjde påken mot honom nu, bort från Rezvan. Det var precis vad Emir ville.

Han tog sats, *utan* att vara övertydlig – inte veva med armen eller flytta benet – han bara vred höften åt sidan, skiftade tyngdpunkt i kroppen – sparkade med full kraft mot idiotens knä.

Det vek sig bakåt, ett gångjärn som knäcktes åt fel håll.

Idioten skrek som en gris – jätte-haram – han kraschade in i soppåsarna fyllda med kondomer och sperma.

Rezvan reste sig upp, han gned sig på axeln och grimaserade av smärta.

Emir lyfte upp honom. »Nu vill jag att du visar hur vi kommer ut från det här horstället.«

29

»Jag kanske ska flytta in i vilrummet med dig, är soffan från Hästens, eller«, flinade Arthur.

De satt mitt emot varandra i lunchrummet, långt bort från de närmaste kollegorna. Hon hade blivit desavouerad av Danielle Svensson i natt.

Arthurs hår var mörkt och glänste på ett rödaktigt sätt, men det var mindre rufsigt än när de setts senast, på torget – det kändes som flera veckor sedan.

Arthur kanske färgade håret. Ibland kändes han som femtio och ibland som tjugonio. Hans skämtsamma humör gjorde att han framstod som yngre och det gjorde också, insåg Fredrika nu, hans jämnmörka hår. Men det var hans erfarenhet och rutin som fick honom att verka äldre.

»Kaffeautomaten trodde att jag var Danielle Hjärnan Svensson«, sa Arthur och flinade ännu bredare.

Avdelningens röststyrda kaffeautomat var tänkt att känna igen dig och komma ihåg dina kaffepreferenser.

»Så jag fick stevia och antagligen lite bensodiazepiner i kaffet.«

Fredrika försökte hålla nere skrattet. »Då blir det kanske lite lugn och ro här.« Sedan blev hon allvarlig. Hade Arthur varit en av prickskyttarna som dödat och skadat folk på torget?

»Kunde du se henne när hon fördes bort?« frågade hon i stället.

Arthur sörplade på sitt kaffe. »Till en början, men inte när tumultet började på riktigt.«

»Inte jag heller.«

»Jag vet, men du gjorde ditt bästa.«

»Det tycker inte alla. SU delgav mig misstanke om tjänstefel i går.«

Arthur hejdade kaffekoppen halvvägs till munnen.

»För att du *inte* gav verkanseld?«

»Kan vi inte ta en promenad? Jag vill helst inte prata om det härinne.«

De gick bredvid varandra i makligt tempo, tysta för en gångs skull. De väntade på att komma utom hörhåll för upprörda demonstranter och kollegor på lunchpromenad.

Fredrika hade tänkt på det förut – känslan av att hon känt Arthur mycket längre än vad hon egentligen gjort. Hon var bekant med hans bestämda rörelsemönster, hans humoristiska ordval och hon visste alltid när han skämtade och när han var allvarlig – något hon inte alltid prickade in med andra kollegor. Egentligen var han ganska härlig, men säkert inget för henne. Å andra sidan: vem var det?

Hon hade träffat sin senaste snubbe on and off i över ett års tid när han berättat att han var gift med en kvinna i Örebro. Före honom hade det varit insatspolisen från Göteborg som dumpat henne för en FN-militärtjänst. Och därefter ingenting.

Hon var en loser när det gällde män. Helt klart. Och hon visste vad det hade lett till: hon skydde de alltför sociala sammanhangen. Hon hade blivit en ensamvarg. Hon hade Taco och jobbet. Det räckte, hon var nöjd så. Men chefen hade också sett det. Fredrika hade erbjudits jobbet på Personskyddet och själv insett att det skulle passa henne perfekt.

Laddstolparna var ljusblå och bladen på träden gula, som om hösten kommit fyra månader för tidigt i år. Polishusets enorma utskjutande entrétak syntes längre bort, som brättet på en keps.

»Jag gjorde fel, jag borde ha skjutit«, sa Fredrika när de kom in i Kronobergsparken.

»Det är skitsnack.« Arthur smajlade mot henne. »Vi ska följa order, men bra poliser ska följa sunt förnuft också. Och du är en bra polis.«

»Sunt förnuft är olika för olika människor, men order är likadana för alla.«

Fredrika kände det tydligt: hon riskerade inte bara att förlora jobbet och dömas för brott – hon riskerade något mer också. Polisyrket var hennes kall, hon ville inget annat än att göra det bra. Hon ville komma med i Nationella insatsstyrkan, hon ville nå polisens högsta skikt. Fast kanske hade Arthur rätt – hon överdrev säkert, de skulle kanske inte sparka henne. Hon borde inte oroa sig, hon var inte tjugo längre, inte en valp. Samtidigt var det mindre än fjorton timmar kvar av kidnapparnas ultimatum.

De promenerade förbi bänkarna och lekplatsen högst upp på kullen. Kronobergsparken var gammal, ett av de få grönområden som fanns kvar i innerstan. Trädens stammar var tjocka, ek, kastanj, lönn och lind.

Arthur drog några skämt som vanligt. Han gjorde antagligen sitt bästa för att muntra upp henne. Det kändes inte rätt att fråga om han hade dödat någon på torget.

Egentligen visste hon väldigt lite om hans privatliv. Hon var rätt säker på att han var singel, Arthur nämnde i vart fall aldrig någon partner, men hon visste inte var han kom ifrån, vad han gjorde efter jobbet förutom att träna, hon visste inte ens om han hade några barn.

»Jag var inne hos Svensson i natt«, sa hon. »Och det är en sak jag inte kan sluta tänka på. Varför kidnappade de ministern om de planerat att avrätta henne?«

Arthur skrapade med ena skon i gruset. »Kidnappningen var deras plan B.«

»Men om deras plan A var att döda henne, borde inte det ha skett vid det här laget då?«

»Hur kan du veta att de inte gjort det då?«

Hon övervägde om hon skulle berätta om det avhuggna fingret, men Arthur var inte med i utredningen – och inte hon heller längre.

»Jag vet det bara.«

»Okej. I så fall var meningen att undanröja er som var runt henne, så att bortförandet skulle kunna genomföras snabbare. Jag har tittat på många videor från torget, det finns hur många som helst utlagda.«

»Jag har också tittat.«

»Och jag blir mer och mer säker.«

Fredrika stannade till, det var tröstande att Arthur, precis som hon själv, tydligen inte kunde släppa det här.

»På vad?«

»Jag har tittat om och om igen på hur Niemi stod, hur skottet verkar träffa honom. Jag har spelat klipp i slow motion, baklänges, funderat i ballistiska termer, sådant som jag kan. Skottet träffade honom i vänstra axeln, alltså den som var längst bort från EBH. Det verkar konstigt, så jag tror inte att skottet var ämnat för henne. Jag tror de siktade på just honom.«

Fredrika hörde Niemis skrik, såg blodet som började sippra igenom hans kavaj framför sig. Hon hade varit två meter ifrån honom, men hon hade faktiskt inte sett när han träffades. »Du menar att de ville träffa Niemi och ingen annan?«

»Det kan vara så.«

»Har du berättat det här för Svensson?«

»Så klart.«

Fredrika kunde inte låta bli att tänka på ordet som någon hos Rörelsen nämnt: mullvad. Tänk om de menat att det fanns en mullvad hos Säpo, att det fanns en infiltratör i den egna organisationen? Hon hade haft sin erfarenhet av ett ruttet ägg i den egna myndigheten, men aldrig berättat för Arthur om Ian-incidenten.

Hon sa inget nu heller, det var något för cheferna att ta hand om.

I den nedre delen av parken löpte ett sirligt metallstaket, delar av det var täckt av gammal lav.

»Vet du vad det där är?« Arthur pekade in bakom metallstaketet där några träd och höga buskar växte, det verkade inte som om parkförvaltningen brydde sig särskilt mycket om platsen.

Höga platta stenar täckta av mossa, några omkullvälta – det var något slags gravstenar.

»Det där är judarnas gamla kyrkogård, den är från mitten av sjuttonhundratalet«, fortsatte han.

Fredrika såg nu: på några av stenarna gick märkliga tecken att urskilja, antagligen hebreiska. Mitt inne i stan fanns alltså en plats som tycktes ha varit orörd i minst tvåhundrafemtio år, där ingenting hade hänt, ingenting hade förändrats.

Arthur började gå igen. »Är det inte konstigt att den får vara i fred?«

»För skadegörelse, menar du?«

»Nej, att man inte bara flyttar på den. Det skulle kunna bli en lekplats.«

»Här finns ju redan en lekplats.«

»Ja, men det skulle kunna användas till något annat nyttigt då.«

»Kanske.«

»Det är väl mäktiga intressen som vill ha den kvar.«

Fredrika såg för sig hur stenarna med de uråldriga tecknen vräktes omkull och bröts sönder. Hon kom att tänka på nattens händelser vid tunneln igen. Mindre än fjorton timmar kvar.

Hon öppnade munnen för att fråga Arthur om han varit en av prickskyttarna som skjutit.

Då ringde hennes telefon.

Hon tittade på skärmen, men kände inte igen numret.

Fredrika svarade.

»Hej, det är jag«, sa mansrösten på andra sidan. »Emir Lund. Jag tror att jag vet vem som har er minister.«

30

Musiken från övervåningen hördes även på undervåningen. Huset var säkert det dyraste i landet, men det var uppenbarligen klent ljudisolerat.

Nova var säker på att ingen hade sett henne när hon gick nedför trappan som vred sig i hundraåttio grader. Det var hon som var objektet för fotograferingen, ändå var det som om hon inte fanns för alla de här så kallat kreativa människorna. Antagligen berodde det på att hon egentligen inte alls var huvudpersonen här, de kunde lika gärna använda bilder av vem som helst, bara de hade den rätta stylisten och befann sig på rätt location. Det var allmänt känt att en del supermodeller inte ens fanns på riktigt, de var bara retuscherade datoranimationer. »De skapar kroppsideal som ingen levande människa kan uppfylla«, gnällde Hedvig ibland när hon var på sitt mest radikalfeministiska humör. Samtidigt: Hedvigs jobb skulle vara så mycket enklare med ett datorprogram som *talent* än med Nova – det borde hon förstå.

Installationer och skulpturer överallt. Vissa högre än Nova själv, andra uppställda på piedestaler. Hon gick runt en stund.

Det kunde finnas någon form av rörelsedetektor påslagen här. Samtidigt: fyrtio personer jobbade i huset just nu, det skulle vara riktigt puckat om ett larm drog i gång så fort någon gick lite vilse – om det fanns sådana sensorer borde de ha börjat tjuta för länge sedan. Dolda övervakningskameror fanns det däremot säkert, men dosan hon fått av Guzmán och som låg i hennes handväska skulle störa ut alla videoupptagningar inom en radie av tio meter.

Snutjäveln hade sagt att hon skulle leta efter ett medelstort kassaskåp, på en privat plats. Det skulle antagligen vara placerat i ett sovrum eller i ett separat säkerhetsrum.

Guzmán bad henne inte att göra något som var omöjligt, det hade han varit tydlig med. »Det här är en chans för dig att bli av med din skuld. Men jag kan inte lova att det går att genomföra. Agneröd är den han är, och dessutom kom den här möjligheten lite hastigt på.«

Precis – skitskulden hade också kommit hastigt på, men det här hon skulle göra nu hade kommit ännu hastigare. När Nova var klar med det här ville hon *hastigt* slå in näsan på Guzmán.

Ett sovrum: kanske var det rätt ställe.

Sängen såg ut som en mjuk scen eller kanske ett madrasserat kuddrum. Lakanen var uppenbarligen custom made – hon såg initialerna *WA* överallt.

Hennes pappa hade en gång sagt: »Normalt folk gör tre tunga investeringar i livet. Sitt första boende, sitt lantställe och sin säng«, men pappa levde å andra sidan i det förgångna. Ingen normal människa skaffade ett sommarhus i dag, folk hade ju inte ens råd att flytta hemifrån innan de fyllt trettio.

Allt höll ihop härinne, allt bildade en enhet. Hemma hos Novas föräldrar var alla handdukar av samma typ, även småhanddukarna vid handfaten, medan det hos till exempel Hedvig var en jäkla blandning, som om hon köpt sina handdukar på en loppmarknad eller något. Men här var det inte bara kuddarna som matchade överkastet på sängen. Överkastet matchade i sin tur gardinerna, tyget i fåtöljerna och sittdynan på den säkert tre meter långa bänken vid fotänden av sängen matchade heltäckningsmattan och materialet i lampskärmarna. Hade någon frågat Nova för tre dagar sedan hade hon svarat att det var hennes dröm att ha det så här hemma.

Det fanns inga garderober i rummet, så antagligen fanns det inget kassaskåp här – det var också en klassmarkör: de flesta av Novas vänner bodde fint, men de hade ändå inbyggda garderober i sovrummen. Förmögna människor hade dressing rooms.

Ändå var det något med gardinen som drog Novas blickar till sig, den hängde med märkliga veck. Hon grep tag och drog undan den.

Den snirkliga logotypen var omisskännlig – *Döttling*.

Det var skumt att Agneröd låtit bygga in ett kassaskåp just här, det såg tråkigt och klumpigt ut, och att ha det i ett sovrum i stället för i ett säkerhetsrum eller i varje fall i någon form av kontor, verkade snålt på något sätt. Men riktigt rika människor var ju skumma.

»Jag är nittionio komma nio procent säker på koden«, hade Guzmán sagt. »Han tycks använda samma kombination på alla kassaskåp i alla sina fastigheter world wide.« Hon förstod inte hur snutjäveln kunde veta det, och ännu mindre hur Agneröd kunde vara så blåst.

Nova plockade upp den andra devicen hon fått med sig. Den såg ut som en vanlig surfplatta. Tanken var att hon skulle hålla upp den framför kassaskåpets ansiktsigenkänning efter att hon slagit in koden. Det verkade nästan för lätt – samtidigt var hon imponerad av att Guzmán hunnit fixa fram utrustning så fort.

Hon satte på sig latexhandskarna, knappade in nummerkombinationen på kassaskåpets display med ena handen. En diod lyste grönt. Med andra handen höll hon samtidigt upp plattan. Där fanns en 3d-bild av Agneröds ansikte.

Skulle det här verkligen fungera? Ansiktsigenkänningen måste ju vara kalibrerad för just den här typen av försök, den borde kunna känna av att det inte var ett äkta levande ansikte som vändes mot den.

Ändå klickade låsmekanismen till.

Hon vred om handtaget och den tjocka dörren gled upp.

Det luktade läder.

Hyllorna och klockroterarnas kupor påminde om klockbutiken där hon varit häromdagen.

Sedan såg hon vad det var för ur som snurrade runt därinne. Wow, liksom.

»Du får absolut inte ta något förutom det jag vill ha«, hade Guzmán sagt. Men Guzmán var en idiot.

Otroliga pieces: en *Audemars Piguet Royal Oak* helt i guld i en limiterad version, en *Jaeger-LeCoultre Duomètre Sphérotourbillon* i skelettmodell som gjorde urverket synligt inunder, också i en specialversion. Och, på en egen liten läderkudde – hon hade aldrig trott att en sådan modell fanns hos någon i Sverige – en *Richard Mille Black Skull Sapphire*. Kanske fanns bara detta exemplar i hela världen. Ingen ädelmetall, bara gummi, karbon och röda stenar – ändå var den en av de dyraste klockorna som någonsin tillverkats, det här uret hade varit huvudattraktionen på Important Timepieces-mässan i Abu Dhabi förra året.

Nova älskade armbandsur.

Exakt vad snutjäveln ville ha hade hon inte förstått, men instruktionen hade varit glasklar. »Jag vill ha föremål som lagrar information av alla slag. Stickor, hårddiskar, dokument.«

Nova plockade försiktigt ut winder efter winder, lädret kändes som hud genom latexen. Hon ställde sig på tå och lyste med sin mobiltelefon. Hon såg ingenting mer.

Sista hyllan. Där gick en låda att dra ut: en dokumentfolder i gulfärgat krokodilskinn.

Hon lyfte på foldern: under den låg en minnessticka av en nyare modell.

Det var definitivt något sådant som Guzmán ville ha: en sticka med data.

Hon lade ner den i sin handväska. Sedan ställde hon tillbaka klockroterarna, en efter en, i rätt ordning, tills hon kom fram till Richard Mille-klockan. Det skulle räcka med att hon kunde sälja den för en tjugondel av vad den var värd för att hon skulle lösa sitt ekonomiska problem. Så enkelt, så rättvist, att bara ta den.

Guzmán skulle aldrig ens få reda på något. Samtidigt: hon visste inte hur hon skulle kunna få ut en sådan pjäs på svarta marknaden – hon hade ju inte ens lyckats sälja en Patek Philippe.

Nova hann uppfatta ljudet av steg innan hon hörde rösten – det fanns ingenstans att gömma sig. Hon ställde tillbaka den sista windern och stängde försiktigt kassaskåpsdörren.

»Nova?« hörde hon Jonas röst.

Han dök upp i dörröppningen. »Vad gör du här?«

Hon svängde runt, andningen växlade upp. Hon drog upp sina latexbeklädda händer bakom ryggen. »Jag behövde gå på toaletten.«

»De är däruppe, vet du väl. Vi har letat efter dig.« Han lät misstänksam.

Nova fick inte ur sig någonting.

»Det är dags nu.«

»Ja, ja.«

»Varför svarade du inte i telefon?«

»Jag kan väl inte svara när jag kissar?«

Hon tittade ner på golvet: fan, hon hade glömt att lägga tillbaka den stekiga krokodilskinnsfoldern. Hon tog upp den och pressade ner den i sin handväska bredvid surfplattan. Foldern stack upp, men det fick vara så. Hon kunde inte öppna kassaskåpet igen.

Dessutom: det var inte mer än rätt att hon fick med sig något till sig själv härifrån. Foldern skulle matcha hennes textilier hemma.

31

Köket såg ut som Beirut.

Emir hade inte städat här på månader – faktiskt: han kanske *aldrig* hade städat här, inte ordentligt i alla fall. Städa var inte hans grej.

Stanken av gammal pizza och vattenpipstobak låg som en hotbox redan i hallen, det hade han känt direkt när han släppte in grabben.

Men först hade han ställt sig på huk och stuckit in huvudet under diskhon. Kontrollerat sin gömma: tvåhundrafemtiotusen i kontanter i en fasttejpad skokartong. Han visste inte hur länge sedlar skulle fungera som betalmedel i det här landet – snart skulle han behöva sätta in cashen på ett konto på något sätt. Men det var ett senare problem. Tvåhundrafemtiotusen – det var i alla fall något. Om han kunde få ihop det dubbla skulle han kunna köpa en lägenhet utanför området, utanför Stockholm. Han själv skulle inte kunna flytta dit, han var SGI-klassad, men Mila skulle kunna få ett annorlunda liv.

Emir diskade ur en stekpanna. Han knäckte två ägg högt över den.

Han hade ätit med Mila många gånger. Oftast hemma hos mamma men ibland här, några gånger hade de till och med tagit med henne till kebabstället. Mila älskade kebab, men ingen sås, ingen lök eller sallad, inga tomater eller peperonis: bara kött och ris.

Efteråt spelade de app-spel på hans telefon eller kickade boll på gården, en gång tog mamma fram det gamla schackbrädet från Kurdi. Emir hade glömt hur pjäserna rörde sig – han lärde sig samtidigt som sin dotter. Mila älskade spelet.

»Schack mott«, sa hon.

Emir skrattade. »Det heter schack matt.«

»Schack mött.«

»Nej, matt.«

Mila ljudade: »Sch-a-ck m-i-tt.«

En snabb irritation flög genom Emir. Varför förstod hon inte?

Sedan tittade han ner. Milas små mörka ögon glittrade som om de var briljanter. »Schack mitt heter det«, sa hon leende.

Emir kastade sig fram och började kittla henne.

Hans dotter var inte bara världens sötaste, hon var världens roligaste också. Säg någon annan femåring som skulle kunna driva med sin pappa så som Mila hade drivit med honom. Schack mött, liksom.

Efter kittlingsmatchen somnade hon på soffan bredvid honom.

Hennes händer var öppna och de små fingrarna vilade lätt krökta på soffkudden. Hennes lilla varma bröstkorg rörde sig upp och ner så stilla att det knappt syntes.

Då slog det honom: de hade fått vara med varandra ungefär varannan månad genom åren. En, två, högst tre timmar, åt gången. Det här var första gången han såg henne sova.

Hennes ro var fantastisk. Han ville ge henne det lugnet genom hela livet. Det lugn han själv aldrig fått.

Rezvan var tydligen tretton år. Grabben borde gå i skolan. »Fast skolorna har stängt nu«, påstod han.

Antagligen sket han i plugget ändå. Emir visste hur han själv tänkt i den åldern.

På golvet stod ryggsäcken Emir fått från grisarna och på bordet låg mammas telefon som han lånat. Han hade just ringt upp sur-Fredrika. Anledningen var enkel: hon var den enda snuten han hade något nummer till, hon hade gett det till honom när han gick ner i tunneln – och Emir mindes alltid siffror. Han hade aldrig tänkt använda numret, men nu satt han ändå här och väntade.

Fredrika hade bett att få ringa tillbaka, hon behövde koppla in sin chef, sa hon. Samma chef som hotat att inte hjälpa Isak om inte Emir ställde upp.

Rezvan rörde i glaset med te som Emir ställt fram. Dricka te ur glas: äkta vattendelare mellan vanligt folk och suedis. Svenskarna drack te ur mugg, som idioter – de kunde ju inte ens se färgen på drycken och avgöra när det var lagom starkt. Hade man prövat te ur glas gick man aldrig tillbaka.

Rezvan hällde i minst en deciliter honung. Te med honung. För grabben: honung med te.

Emir vände på äggen, gulan fortfarande rinnig inuti. Han lade upp dem på ett rostbröd, sköt fram tallriken.

Rezvan använde inte kniven och gaffeln. Han lyfte brödet mot sin smala mun och försökte ta hela i en enda tugga. Han kanske var rädd att Emir skulle rycka undan maten.

»Det blir enklare om du skär«, sa Emir och satte sig mitt emot honom.

»Du är inte min morsa«, sa Rezvan med munnen vidöppen, massan av bröd och ägg täckte hans tandrader. »Fast jag känner igen dig.«

»Okej.«

»Du är Prinsen. Jag följde allt du gjorde när jag var liten. Du var min förebild.«

Killen var värd lite frukost. Han hade redan gett intressant information på riktigt.

»Södra festade hårt hos oss«, hade pojken berättat. »Flera av dem var på Artemis hela natten.«

»Och?«

»Deras boss, Roy Adams. Han är en df.«

»Df?«

»*Doll fucker*. Förstår du, han beställer alltid en vanlig tjej, men han gör inget med henne. Han sätter på mina robotdockor i stället. Det är därför han tar sig själv och sina grabbar till just oss på Artemis.«

»Och?« Emir förstod inte vart Rezvan ville komma, även om det var sjukt att en av Järvas största g:s inte pallade att sätta på vanliga brudar. Alla hade hört talas om Roy – ingen hade hört talas om att han skulle vara ett freak.

Rezvan lutade på stolen. »Det var värsta fawdan, de hade hela övervåningen för sig själva, beställde Hennessy för mer än tvåhundra lax, sköt i luften från taket som på värsta bröllopet. Och eftersom Roy känner mig bra så berättar han grejer ibland.«

»Vad?«

»Han sa att de snart kommer vara rika som judar. Att de bara skulle sälja en grej först. Förstår du?«

Emir skakade på huvudet.

»Till vem ska de sälja sin grej?«

»Det vet jag inte, men *ladayhim laha*«, viskade Rezvan.

»Jag kan inte arabiska.«

Sedan förstod han.

Södra nätverket hade firat som kungar.

Deras boss sa att de skulle bli svinrika så fort de sålt en grej. Emir räknade bakåt. Vad hade nyligen hänt som någon kunde bli rik på? Det klickade till i huvudet.

»De tänker sälja *henne*?«

Grabben nickade.

Det ringde. Han såg Fredrika-snutens ansikte på skärmen.

Hon vred sin kamera så att även snutchefen Svensson syntes. Hon höjde handen men vinkade inte, bara visade handflatan i något som inte ens såg ut som en hälsning.

»Vad har du fått fram?« sa Fredrika.

»Först vill jag veta hur Isak mår.«

»Din vän opereras igen. Vänligen redogör för vad du fått veta.«

Emir koncentrerade sig: berättade exakt samma story som Rezvan dragit för honom. Den gick på några meningar.

Varken sur-Fredrika eller surchefen sa något när han var klar.

»Så«, fortsatte Emir, »nu har jag hjälpt er. Nu har jag lämnat information om hur ni kan hitta er minister.«

Fredrika såg ut som om hon just fattat att hon druckit piss. »Kan vi få förhöra pojken som berättade detta för dig?«

Emir vände sig mot Rezvan, han hade inte visat honom i bild än.

Grabben skakade på huvudet.

»Vänta.« Emir slog av ljudet, vände ner telefonen.

»Aldrig att jag snackar med dem«, sa Rezvan. »Jag är ingen golare.«

»Men du golar ju inte på någon.«

Rezvan ställde sig upp. »Vad snackar du om? Roy har ett rykte. Han klipper inte bara mig om han får reda på det här. Han dödar hela min familj, han dödar mina grannar, alla.«

»Men kom igen. Han kommer aldrig få reda på att du sagt något.«

Rezvan tog några kliv mot köksdörren. »Jag måste jip.«

»Vänta.«

Rezvan var redan ute i hallen.

Emir hörde ytterdörren öppnas – han kastade sig efter.
Det var för sent, pojken var redan på väg nedför trapporna.

»Jag är ledsen, men ni kan inte förhöra honom«, sa han när han återvänt till köksbordet.

Fredrika såg ut som om hon dragit en beshlik på fem sekunder.

»Var han inte just hemma hos dig?«

»Inte nu längre.«

»Kan du få tag på honom?«

»Han stack. Vad ska jag göra?«

»Du kunde ha hållit kvar honom.«

»Oroa er inte, han berättade sanningen, det är jag säker på. Walla.«

Fredrika stönade. »Vilka tror du att vi är, egentligen? En minister i det här landets regering är kidnappad och du begär att vi ska lita på dig?«

Snutchefen som satt bredvid henne fick ryckningar i ena ögonlocket – han hade sett det på nära håll i går. »Emir, det du säger stämmer med att det har kommit in ett krav. De vill ha pengar senast vid midnatt.«

»Vad har ni svarat dem då?«

»Vi har inte svarat än. Nu handlar det om att förhala. Rörelsen kan inte förvänta sig att vi ska dansa efter deras pipa.«

»Men Roy Adams är inte Rörelsen.«

»Hur vet du det?«

Emir tystnade. Han kunde inte *veta* det. Ärligt talat – det snackades så mycket om Rörelsen nuförtiden: vem som helst kunde vara en del av den där skiten.

Nu öppnade Fredrika munnen. »Vi vill att du får fram mer information. Du har inte uppfyllt din del av avtalet förrän du visar oss något ytterligare. Det du har berättat är klent, Emir. Det förstår till och med du.«

Det här var bara för mycket.

Hans bästa vän var skjuten – och nu satt den här sura snuten och snackade massa skit.

»Men din dumma bitch. Jag har ju gett er allt jag har«, sa han. »Vad fan vill ni att jag ska göra? Ringa Roy och få en kula i pannan?«
Fredrika såg ut som hon svalt beshliken eller något. »Det sistnämnda begär vi inte. Men det förstnämnda kanske är en bra idé.«
»Varför skulle Roy Adams ens ta emot ett samtal från mig?«
Svenssons tics fick frispel i hennes ögonlock – men det var Bitch-Fredrika som svarade. »Jag har en idé. En *okonventionell* metod.«

Några timmar senare: Emir stod utanför huset på Rinkebysvängen – som ett skämt: det var nästan exakt där han kommit upp ur tunneln.
En vanlig lägenhetslänga, mindre än husen i Västra. Inga vibbar spred sig från den här byggnaden, bara betong och plåt som reflekterade solskenet. Husens trötta likhet skapade känslan av att *vi* bor här tillsammans, inte att *jag* lever här. I området var m̱an ingen egen shuno, bara en del av en massa.
Han skulle försöka.
Igen: för Isaks, för mammas – och framför allt – för Milas skull.
Trevnadsdelaren: hundra meter i bakgrunden – gränsen som han korsat i natt, fast från fel håll. Rörelsedetektorerna och strålkastarna satt som duvungar högst upp. Det fem meter breda området framför löpte längs med hela skiten. Trevnadsdelaren var inte bara en mur: den var en uppfinning för att sprida rädsla.
Roy Adams, också känd som Södras sahib, hade gått med på att träffa Emir. Han var det här nätverkets ledare: minst lika galen som Abu Gharib, men med den skillnaden att Emir inte var en del av de här grabbarnas gemenskap. För dem var han lika mycket en fiende som en civare på span.
Det var snutjävlarnas fel att han var här: Sur-Fredrika och hennes boss rövknullade honom, det borde ha räckt med informationen som han hört från Rezvan.
Men nu var det som det var. Han måste få fram något mer, hade de sagt.
Fredrika hade haft en idé: »Vi kan få fram ett nummer till Roy och du ska beckna.«

Beckna – Emir hade aldrig hört en snut använda det ordet på något positivt sätt förut.

Ändå: det hade inte tagit mer än femton minuter innan han fått ett svar från det okända numret som snutarna till slut ordnat fram – en plats och en tidpunkt: *Rinkebysvängen 12. Vänta utanför.*

Roy var intresserad.

Emir hade erbjudit femtio kilo kola. Çokt mycket. Han hade aldrig hört att något av gängen köpt en sådan stor batch. Men det sjuka var att det var Fredrikas idé att han skulle låtsas sälja.

Hur skulle han fixa det här? Försöka lura Roy att han hade kokain för över tio miljoner? Blev han påkommen skulle de inte bara facka *honom*. Blev han påkommen skulle de knulla hans morsa sönder och samman och dumpa henne vid trevnadsdelaren.

Om han nu ens fick träffa freaket.

32

Fredrika var på väg till sina föräldrar. Hon måste hämta Taco.

Hon kunde lika gärna ta en långpromenad och försöka rensa tankarna. Hon *behövde* Taco.

Det var hon som hade blivit uppringd av Emir Lund, hon som blivit utskälld av den där SGI-tönten och *hon* som kommit på hur han skulle kunna närma sig Roy Adams. Samtidigt var det hon som inte fick vara med.

Svensson hade konstaterat: »Även om den här Emir Lund tycks tro att du är en del av utredningen, så vill jag påminna dig om att så inte är fallet.«

Fredrika ville påminna om att det var Herman Murell som ledde utredningen och inte Svensson, men hon höll tyst.

Hon behövde ändå vila.

Emir var en för jobbig jävel för att förtjäna tankeverksamhet. »*Din dumma bitch*«, hade idioten skrikit – de borde ha avslutat samtalet där och då. Ändå kunde hon inte få honom ur tankarna. Vad var det för fel på henne egentligen? Taco och Emir fyllde hennes huvud när hon bara borde tänka på en sak: hur de skulle hitta Eva Basarto Henriksson före midnatt.

Tornen syntes redan från Odenplan: Stockholms norra siluett var inte gammal men redan omskriven i hela världen. I alla fall enligt pappa Johan, som nyligen flyttat dit med mamma. Gävleskrapan, som var det största av tornen, var mer än trehundrafemtio meter hög, och därmed den högsta byggnaden i hela Norden – vissa kallade området för Lilla Manhattan.

»Det är den stora inflyttningen till stan som gör det, urbaniseringen är fortfarande tydlig«, brukade pappa säga, alltid lika säker på hur saker och ting låg till. »När ekonomin går bra och folk behöver någonstans att bo går politikerna alltid med på högre hus. Även de som varit griniga innan.«

»*Fredrika har anlänt*«, deklarerade Siris lena och styltiga röst i högtalarna.

Utsikten genom panoramafönstren fick alla som trädde in här för första gången att häpna. En klar dag gick det att se ända till Arlanda.

Taco kom farande med svansen viftande som en piska.

»Älskling.« Fredrika kliade honom överallt där han tyckte om att bli kliad, Taco slickade henne tillbaka. Hon drog med handen över ansiktet – blött som om hon varit nyduschad.

»Hej«, hördes en röst från vardagsrummet. Mamma Isabella kom ut med armarna utsträckta och för mycket smink, som vanligt. »Hur mår du?«

Pappa kom några steg efter, klädd i träningskläder.

»Jag mår fint«, sa Fredrika. »Har allt gått bra med honom?«

»O ja«, strålade mamma. »Han är så läcker.«

»Men det är för varmt ute i dag för honom«, sa pappa. »Jag tog med honom upp, men han blev alldeles slö av hettan.«

På de översta våningarna låg en restaurang, ett spa, två padelbanor, en juvelerare, ett showroom för *GenEnhance* och en nyöppnad herrklubb: *The Top Notch* hette den fyndigt nog. Pappa var så klart medlem – de brukade ordna föreläsningar om investeringsidéer och ha vinprovningar. Fredrika visste att när han sa att han varit där *uppe*, betydde det att han tränat i klubbens gym.

Mamma satte sig i Svenskt Tenn-soffan. Pappa stod upp, han gillade inte att svetta ner möblerna. På teven rullade någon dokumentär om drottning Victoria, hennes första år som monark.

»Men hur mår du *egentligen*?« undrade mamma.

Fredrika satte sig bredvid henne. »Det är inte jättekul, så klart. Mycket press.«

Pappa drog upp ena benet bakom sig: stretchade sin lårmuskel på gammaldags vis. Taco stirrade på honom som om han var en person han aldrig sett förut.

»Har de tagit dig ur tjänst?«

»På sätt och vis.«

Fredrika kunde inte ens berätta hur kritiskt allt faktiskt var. Om mindre än tio timmar måste en lösensumma betalas, eller så skulle det totala misslyckandet vara ett faktum.

Hon sträckte sig fram och tog en kanderad mandel från en av skålarna som hemhjälpen fyllt med frukt och nötter.

»De skriver mycket om vad som hände där på torget«, sa mamma. Nöten knastrade i huvudet som grus. »Jag gjorde mitt bästa.«

Mammas ögon var så ljusblå att de nästan verkade genomskinliga.

»Men du behöver kanske inte alltid hålla dig så hårt till reglerna?«

»Vad menar du?« avbröt pappa.

»Regler är inte allt här i världen. Kommer ni ihåg när vi brukade spela Kasino?«

»När jag var typ åtta år?« sa Fredrika.

»Ja, precis, vi brukade ju spela på Vreta och i Sälen. Minns du? Du vann alltid, Fredrika.«

»Ja, ja, men vad har det med det här att göra?« Pappa stirrade på mamma.

Taco hoppade upp i hennes knä.

Hon killade honom bakom örat. »Jag fuskade.«

Fredrika sträckte sig efter en till nöt. »Fuskade du när vi spelade?«
»Ja, jag bröt mot reglerna för att du skulle få vinna.«
Det lät som om pappa stönade. »Mamma, du är förvirrad. Du borde inte dricka mer vin i dag.« Han gick mot köket.
Fredrika reste sig också, mamma var skum.
Taco följde efter dem, han hoppades helt klart att pappa skulle sticka till honom något gott i köket.
Pappa skalade en banan. »Jag förstår att det kan kännas jobbigt, men det som hände där var inte ditt fel, Fredrika. Du gjorde väl bara det man ska.«
Fredrika ryckte på axlarna, hon ville inte visa hur skönt det kändes att prata med honom – även om han hade fel: de klandrade henne.
Pappa öste ner bananskivorna i blendern, fyllde på med quinoadryck, proteinpulver och någon sorts kex han fått från GenEnhance-kliniken. Sedan böjde han sig ner och gav Taco några bitar.
Tacos ögon var stora och runda, han nappade till sig kexen.
»Ge honom inte genförstärkta grejer, pappa.«
Pappa hade redan slagit på blendern. Den lät värre än en flygplanskrasch. Samtidigt hördes Siri säga något – det var omöjligt att urskilja vad.
Mamma kom in i köket. »Det är en man här som söker dig.«
I hallen stod Herman Murell.
Hans gråa hår såg i vanliga fall ut som stålull – vartenda hårstrå hade sin egen agenda – men det var fuktigt av svett nu, plattare och rakare.
»Kan vi prata ostört någonstans?« Chefens röst var så rosslig att Fredrika nästan trodde att han blivit sjuk på riktigt. Det var inte bara lunginflammation som blivit en dödlig sjukdom på grund av alla resistenta bakterier. Folk blev också påminda om sin coronaangst så fort någon lät så där.
Fredrika nickade och gestikulerade mot pappas arbetsrum.
»Jag vill inte ens att Siri lyssnar«, sa Murell.

Han hade parkerat på gatan, inte i garaget. Taco drog i kopplet.

Chefen öppnade bakdörren för Taco och passagerardörren för henne och gick sedan runt till andra sidan och satte sig bakom ratten. En gentleman.

»Jag ska vara konkret, så att du förstår«, sa han. »Vi har analyserat konversationer på vissa forum bland extremistgrupper. I en sådan konversation från förmiddagen den 6 juni skrivs bland annat: *Den Stora Fittan kommer få ett till hål i dag.*«

Å fan.

»Någon indikerade med andra ord att ett mordförsök mot Basarto Henriksson skulle ske redan *innan* attentatet inträffat. Kanske var det ett skämt – kanske ett sammanträffande – men det går inte att ignorera.«

Fredrika förstod. Men ändå: varför hade Murell sökt upp henne för att berätta det här?

»Vet vi vem som gjorde inlägget?«

»Det vet vi inte. Men vi kan se att det gjordes av ett alias med namnet *Höss*, från en ip-adress hemmahörande någonstans i Tallänge.«

Tallänge?

Murell tystnade. Taco flåsade i baksätet.

Hon mindes något, men kunde inte komma på vad. Hon förstod fortfarande inte varför chefen var här.

»Kommer du ihåg när jag bad dig återta en anmälan?«

Ian-incidenten: kollegan som misshandlat en misstänkt. Fredrika mindes, och Herman Murell såg det på henne.

»Ian bor i Tallänge. Och nu ska du få slutföra det som vi inte avslutade då.«

»Jag förstår inte.«

»Du ska använda dig av honom. Vi har analyserat Ian. Han är radikaliserad sedan länge. Han är singel och har inga barn. Vi tror att han kan befinna sig i något av de nätverk som har skrivit i chatten.«

»Och, vad har det med mig att göra? Jag har inte träffat honom på flera år.«

»Det vet jag. Men vi har gått tillbaka till allt material vi har på honom, granskat hans personlighet, hans värderingar, videoupptagningar från träningspass ni körde tillsammans.« Murell knackade på instrumentbrädan. »Vi har använt kraftfulla algoritmer för att analysera honom och enligt dem skulle en infiltration kunna fungera, om du förstår vad jag menar.«

Fredrika tog ett djupt andetag. »Men jag hade aldrig någon sådan relation till Ian. Jag kan inte bara ringa honom hur som helst.«

»Jag vill inte att du ska *ringa* honom. Jag vill att du åker dit upp.«

Detta var knäppt, det gick inte. Hon var inte tränad för den typen av uppdrag.

»Tror du att jag är en sådan person«, sa hon, »som får män att göra som jag vill?«

»Nej, men många män finner dig attraktiv. Dessutom är du en bra polis. Och du vill nå toppen.«

Tyvärr var det aldrig rätt män som kände som Murell sagt, tänkte hon.

»Svensson har förbjudit mig att delta.«

»De har redan huggit av ett finger på vår inrikesminister och vid midnatt vill de ha betalt.«

»Men ...«

»Det finns inga men, det finns inga avstängningar. Det finns bara ett jobb att göra. Och jag vet att du vill göra det bra.«

Ett leende spelade på Murells läppar. »Du ska ta med Taco också. Det är viktigt. Våra analyser säger att Ian tycker om stora hundar.«

33

Avsminkad och neraxoparzanad – ändå oavslappnad.

Snutjäveln hade skrivit ett meddelande till henne så fort hon blivit klar med fotograferingen hos Agneröd: *Har du grejerna?*

Nova svarade inte.

Hon var hemma nu. Alla fönster på vid gavel. Värmen i Stockholm den här veckan gjorde hårbotten ständigt fuktig och fick humöret att guppa upp och ner som handtaget på en crosstrainer.

Fotograferingen hade gått bra, stylisten hade nickat åt Nova och sagt att hon »verkade vara van vid att posera«.

William Agneröd själv hade inte kommit tillbaka, kanske var han inte ens i Sverige längre.

Vad var det hon hade tagit ur hans kassaskåp egentligen?

Minnesstickan var inte större än ett hårspänne, men hon kunde ändå se en stiliserad logotyp på ena sidan. Hon petade in den i datorn. Krokodilfoldern som hon råkat få med sig låg fortfarande i väskan.

Stickan krävde ett password för att kunna öppnas. Så klart – vilket pucko hon var.

Ändå: hon chansade, slog in samma kod som hon fått av Guzmán till kassaskåpet. Det sjuka var att den fungerade – Agneröd verkade vara ett ännu större pucko än hon. Fast å andra sidan: vem orkade hålla reda på massa koder nuförtiden?

Hon började kolla runt på innehållet.

Det var ett antal sparade mejl. Många av dem var mycket korta, bara någon rad eller två, vissa var längre. De flesta var skickade till eller från William Agneröd såg det ut som, andra kom från andra adresser, det fanns också bilagor och dokument. Massor av text, olika promemorior typ. Hon klickade på några av dem. En innehöll någon form av sammanfattning av någon form av planering. *Nationaldagen*, stod det högst upp.

Hon klickade vidare: mejl och bilagor.

Hon läste en stund till.

Shit.

Hon frös. Skrollade. Huvudet snurrade. Läste mer. Fick något slags yrsel.

Hon tittade upp från skärmen: det här var riktigt sjuka grejer. Hon hoppades att det var fejk.

Samtidigt förstod hon: det här var äkta skit. William Agneröd hade ingen anledning att förvara låtsasgrejer i sitt kassaskåp. Materialet på stickan var svinkänsligt.

Guzmán tänkte uppenbarligen försöka utpressa miljardären.

Jag kommer hem till dig om tio minuter och hämtar grejerna, blippade det till i hennes telefon. Snutjäveln var på ingång.
Gör inte det, skrev hon tillbaka.
Jag är redan på väg.
Hedvig var ju här och jobbade. Samtidigt ville Nova få det här avklarat. Var hon galen? Hon hade gått med på att stjäla en minnessticka, som kanske kunde härledas direkt till villan. Kunde hon själv råka i ännu värre skit på grund av det här?

Hon måste göra något. Hon öppnade glasskjutdörren och klev ut på trädäcket. Hon hade fått byta plankorna tre gånger, ändå syntes de mörka stråken av fukt igen, som svarta penseldrag över tiljorna. Hon hade länge planerat att ta hit konsumentreklamationsnämnden eller vad det hette, det kanske kunde bli ett uppskattat inlägg i sig på Shoken.

Hon funderade på att pilla i sig mer lugnande. Det var hennes livsstils fel att hon behövde ta benso och Axoparzan.

Influencergrejen var passé, det visste hon. Redan för länge sedan hade skiten känts som mjukglass. Lockande, begärlig och frestande – helt klart. Något som hon alltid ville ha, en livsstil som hon ville leva, men som efter fyra slick kändes tröttsam och enformig – det betydelselösa skitsnackandet, det självfixerade, enkla. Och framför allt: den dubbla förljugenheten. Reklam, politik, hudprodukternas löften om anti-aging – allt byggde på lögn, men det Novalife sysslade med påstods vara äkta: avsminkad, gråtande, ångestdrabbad, nära, det var en dubbelförsåtlig kommersialism. En bluff om en bluff.

Hon gick in i köket, lät några isbitar skramla ner i ett högt glas och fyllde det med vatten. Hon tänkte på stylisten som haft en egen vattenflicka med sig från LA. Att kunna dricka vattnet direkt ur kranen – och veta att det skulle smaka perfekt – det var fortfarande en svensk lyx få andra länder kunde tävla med. Kanske var gott och gratis dricksvatten den sista USP:en för Sverige.

Hon behövde tänka.

Hon visste ju inte ens vad det var hon stulit, tänk om Agneröd skulle förlora stora pengar? Samtidigt: han skulle inte ens känna av om han förlorade några miljoner, han skulle antagligen aldrig ens få reda på det – någon i hans entourage tog säkert hand om idioter som försökte suga ut pengar. Plus: med så kassa koder till sina stickor fick han skylla sig själv.

Hon ringde Guzmán.

»Det är ingen idé att du kommer.«

»Jag är nära.«

»Ja, men det är ingen idé.«

»Vad fick du tag på?«

»Ingenting. Jag lyckades inte.«

Polismannens röst var fortfarande lugn. »Vad hände?«

»Koden till kassaskåpet fungerade inte«, sa Nova.

Guzmán var tyst en stund innan han sa: »Om du ljuger för mig kommer det att få konsekvenser.«

»Det förstår jag.«

»Då måste du fixa fram mina pengar, två miljoner. Jag ska ha dem inom tre dagar. Annars ...«

»Jag vet. Jag fixar det«, sa Nova. »Tjata inte.«

Hon tänkte försöka sälja informationen på stickan – själv.

Snutjäveln kunde go fuck himself.

34

Roy Adams.

Bossen var stor på ett overkligt sätt. Fåtöljen han satt i såg ut som en barnmöbel i jämförelse med hans feta röv.

Fingrar tjocka som batonger, vecken i Roys rakade nacke djupa som på en pitbull, överarmar som låren på en vältränad MMA-fighter. Om det här hade varit i octagonen skulle Emir ha blivit tvungen att attackera halsen eller ögonen direkt – man fick inte en andra chans mot sådana här John Cena-snubbar.

Södras boss satt framåtlutad. Petade naglarna med en svart fällkniv i något slags kolfibermaterial.

En Day-Date i platina på hans vänstra handled – gangsterklockan nummer ett: yngre killar längre ner i rangordningen försökte flasha med Hublot, Audemars Piguet eller Rolex feta dykarvarianter. Men kungar bar alltid Day-Date: presidentklockan, det eviga uret för dem som bossade, för dem som var top dogs.

»Jag vet vem du är.« Sahiben lät knivens spets peta under sin ljusa pekfingernagel. Hans guldtand glittrade.

Mot väggen stod tre shunos: armarna i kors, hakorna i vädret som om de nyss blött näsblod. Pistolerna: grunt nedstoppade i byxorna, kolvarna med inlägg av trä och silver: lyxtabbar. Horungar.

Gorillorna hade strukit honom med metalldetektorn i skrevet så många gånger innan de godkänt honom att de antingen borde vara frukter eller snutar. Å andra sidan: det gick storys om galningar som gömt knivar med keramiska skaft mellan skinkorna eller påsar med syra under pungen. Shunos i den här delen av Stockholm var beredda att dö för sina bröder, men de ville inte se ut som brandoffer i fejset resten av livet.

»Varför du inte säljer din skit till någon i Västra om den är så bra?« Roys röst var mörk: som Idris Elbas i någon Bond-film. Sahiben såg faktiskt ut som en yngre och fetare version av Idris: samma uppochnedvända pyramid till smajl, samma biffiga haka – det som gjorde att enda anledningen att Roy behövde gå till Artemis var att han tände på dockor, annars skulle han kunnat få vilken kizz i Södra som helst.

Emir visste vad han skulle svara. »Ingen där kan betala för grejerna på flera månader.«

Roy vände sig mot sina vaktpojkar.

Petade under nästa nagel.

Smackade med tungan mot tandköttet – tog det superchill, visade vem som fick vänta på vem.

Rummet såg ut som ett gammalt badrum som måste ha tripplats i storlek: något slags kombinerat kaklat mötesrum och gangsterspa.

De feta krukväxterna som höjde sig över dem hade skrumpnat.

I ett hörn stod ett trekantigt bubbelbadkar, i ett annat hörn några avlånga trälådor, sådana man såg i krigsfilmer. Emir undrade om bossen brukade ta hit knulldockor när ingen såg på. Facking freak.

Samtidigt: Roys chilla attityd var ingen anledning att inte ta honom på allvar.

Emir kände till folk som den här shurdan – Roy var som en sådan där giftig fisk som försökte se ut som en sten för att lura sitt byte. Du såg den inte, du såg den inte – du sträckte fram handen: du förstod inte ens när den dödat dig.

»Är du intresserad eller inte?« sa Emir. Han måste driva på det här.

Då: Roy kastade sig fram. Grep honom runt nacken.

Kniven mot Emirs hals.

»Lilla Emir, Prinsen. Vad gör du här?«

Inte ens en halv millimeter kunde han röra sig.

Stilla nu, stilla.

Då kände han något annat: en blixt slog ner i huvudet.

Hans *kognitiva pris*.

Emir tvingade ner andningen – det här var kanske bara ett spel, ett sätt för den här galningen att testa honom. Samtidigt: knivens udd nuddade huden på hans hals – den var på riktigt. Huvudvärkshelvetet också.

Faack.

»Jag har varuprover med mig.« Halsens muskler orörliga.

Roys ansikte var nära, varenda por gapade som en granatkrater.

Han gestikulerade att en av gorillorna skulle hämta Emirs ryggsäck från hallen. Ett kilo. Snutarna hade skickat in skiten med drönare som flugit in som vilken standardleverans som helst. Han hade vetat att grisar var luriga, men inte så luriga.

En slägga bankade mot insidan av skallen.

Dörren öppnades och gorillan kom tillbaka.

Roy tog emot paketet med ena handen. Det vita knarket såg ut som vilket kristalligt pulver som helst.

»Testa.«

Emir hörde en av gorillorna smacka med munnen. Det här skulle ta några minuter. Han måste stå ut.

»Själv har jag slutat med kola«, sa Roy som från ingenstans. »För jag gjorde ett dna-test. Du vet man topsar sig själv, sedan låter man bara äppelklockan läsa av.«

Emir försökte att inte titta på Roys ansikte. Han vände blicken inåt, det var det enda som skulle få ner huvudvärken.

Hela tiden: knivens udd mot hans hals. Dunkandet i pallet.

»The bad news var att jag har gener för tjocktarmscancer, och du vet ladd kan förstöra tarmarna«, fortsatte Roy. »Men det som var mer strange var min stamtavla. Du vet jag är släkt med svennar från tusen år sedan, typ. Förstår du?«

Allt den här galningen babblade om var konstigt.

Roy flinade. »Min morsa är född i Etiopien och min farsa i Somalia. Hur fan jag kan vara *viking*?«

Soldaten som provade varorna måste godkänna skiten snart.

»Vad tror du?« sa Roy. Hans ansikte var lugnt, men sättet han snackade på var ännu konstigare än att han var en millimeter från att skära halsen av Emir.

»Själv jag tror«, sa sahiben långsamt, »att vi inte ska tro på den där skiten om att vi alla föds lika. För det är tvärtom. Vi kommer ut ur våra morsor helt facking olika, men eftersom de tvingar oss att leva på samma sätt så blir vi som varandra. Jag är född viking, men de har tvingat mig att leva här.«

Så äntligen: soldatens dimmiga röst bakom ryggen. »Roy, det här är hög kvalitet. Det är top-k-klass.«

Roy böjde sig ännu närmare: hans näsa nuddade nästan vid Emirs öra. »Jag har en fråga till dig, Prinsen. Jag tror inte på att en förlorare som du har så mycket kola, så många kilo. Du är här för att jävlas med mig på något sätt.«

Emir hade vetat att något sådant här skulle komma – ändå hade han inte tänkt ut något bra svar, han kunde inte tänka alls just nu.

Andas lugnt. Glöm smärtan.

»Brorsan, ska du svara, eller?« sa Roy. »Vad vill du *egentligen*?« Emir var bara här för att han ville rota i det som Rezvan berättat.

Roy förde upp kniven.

Bladet glänste.

Udden stannade precis framför Emirs öga. Hjärnan var ur funktion. Stilla, han måste vara stilla.

En kniv som petat naglar: en millimeter framför ögat. Ett huvud som höll på att sprängas.

Han måste svara något.

Idén trängde igenom smärtan som en varm ljusstråle. Han öppnade munnen väldigt långsamt. »Kompis, jag ljuger inte. Skiten tillhör Abu Gharib. Jag är här för *hans* räkning.«

Han skulle straffas för det här senare, man använde inte bossarnas namn på det sättet. Men just nu sket han i alla sinnessjuka shunos därute.

Roy drog tillbaka sitt huvud. Stirrade på Emir. Kniven kvar.

»Du jobbar inte för Gharib.«

»Fråga runt då.«

»Han får komma själv i så fall.«

Emir drog efter andan. »Har du inte hört om snutattacken, när en kille sköts? Isak.«

Emir fortsatte. »Fråga dina grabbar här, så får du höra vem som var med Abu Gharib då. Vi lyckades rädda varorna.«

Çok risktagning: det hade aldrig funnits något kokain där, men de här shunosarna kanske inte visste allt.

Roy tittade runt på sina soldater, en efter en.

Gorillan som testat pulvret nickade. Solklart: han hade i alla fall hört talas om att Emir varit med Gharib däruppe på taket. Sådana nyheter spreds till och med snabbare än Al-Jazeera *hot news* härinne.

Roy lugnade sig – som om han i ett enda andetag sugit i sig en full bong.

Han sänkte kniven. Petade sig under nageln igen.

»Habibi, jag är intresserad.«

Emir ville bara kasta sig på golvet, lägga något svalt över pannan.

»Men det måste gå fort«, fick han ur sig. »Cash i hand, förstår du? Tio mill.«

Roy smackade med tungan igen. »Ta det chill, brorsan. Jag är på väg att sälja en grej till svenska staten som de kommer betala galet bra för. Mer än femton kaniner. Så oroa dig inte, jag kommer ha pengar.«

Sälja en grej till svenska staten.
Rezvan hade haft rätt.
»Vet du«, sa Roy. »Jag älskar den här muren som de har byggt.«
Emir stirrade på bossen, fast han bara ville bort nu.
Roy smajlade. »Numera kan jag göra som jag vill.«
Emir öppnade dörren. Roys gorillor stirrade på honom.
»Förresten«, sa Roy. »Vänta lite, sätt dig ner. Jag vill köra dina varor genom skannern. Bara en extra kontroll.«
Å nej.

35

Även om flygplanet bara hade fjorton säten kändes det ödsligt i kabinen. Fredrika var den enda passageraren.

Ett susande ljud kom från fönstren, motorerna hördes inte alls: semitystnaden borde få henne lugn. Det var första gången hon flög på det här sättet, men hennes pappa brukade prisa elflygplanen med en energi som han annars reserverade för sin *Top Notch*-klubb och Djurgårdens IF – »Det är så praktiskt att de är små och det är fantastiskt att man slipper sitta i bilkö till någon vidrig flygplats« – men så var ju pappa också aktieägare i en av de största tillverkarna.

Fast det var inte sant att Fredrika var den enda passageraren, vid hennes fötter låg Taco och sov.

De var på väg till Tallänge.

Hon fällde bak sätet, slöt ögonen, försökte stänga av hjärnan.

Murell hade också berättat att »de uppgifter som Emir Lund hittills lämnat är högst osäkra, och vi har inte kunnat få någonting om någon Roy Adams bekräftat från någon annan källa, men Lunds information är en del i ekvationen.«

»Och kommer du att berätta för Svensson att jag åker till Tallänge?«

»Naturligtvis. Det är jag som leder den här operationen, men Svensson är viktig.«

Särområdespolis och sedan Personskyddet på Säpo: den här typen av uppdrag var absolut inte vad hon var utbildad för eller hade erfarenhet av. »Från och med nu opererar du bara på mina direkta order, det här uppdraget sker utanför den vanliga beslutsordningen«, sa hennes gamla chef.

Hon behövde någon som var tydlig. Hon måste följa Murell. Det slutliga målet var att förstå vem personen var som använde Höss som alias, som skrivit: *Den Stora Fittan kommer få ett hål till i dag.*

Det var en enorm chansning att Ian skulle kunna vara till någon hjälp. Men om Murell litade på sina algoritmer och analyser måste också Fredrika göra det.

Trappan ner från planet var ranglig. Tallänge låg femtio mil norr om Stockholm, ändå attackerade värmen som om de var vid ekvatorn.

Taco lyfte tassarna högt, metallen var antagligen stekhet.

Hon gick direkt till toaletten, lät vattnet spruta ur kranen tills det åtminstone var svalare än den kvava luften, sköljde ansiktet och böjde sig ner för att låta Taco dricka ur hennes kupade händer. Sedan såg hon på sig själv i spegeln. Under den första nanosekunden blev hon förvånad över att hon inte var tjugotre längre. Arthur brukade säga att alla hade en viss ålder som de tänkte sig själva i. Det kunde vara tjugo eller fyrtio, men alla hade en sådan ålder. Fredrikas var tjugotre. Hon tyckte bättre om att ha håret uppsatt i den reglementsenliga strama tofsen än som hon hade det nu, utsläppt.

Faktiskt: hon hade hellre fortsatt förhöras av Danielle Svensson än att vara här.

Hon hade inte träffat Ian på mer än tre år, även om de följde varandra på Instagram. Hon visste att han jobbade som väktare här i Tallänge, hon hade ringt honom tidigare i dag och undrat om han hade tid att ses. Murell hade varit helt säker på att Ian aldrig fått reda på anmälningen hon gjort när de jobbat ihop.

»Jag bor i Tallänge numera«, sa han.

»Jag håller på att förlora jobbet«, sa hon.

Café Vinge hade antagligen sett ut på samma sätt sedan det byggdes. De sporadiskt utplacerade fåtöljerna såg sköna men malplacerade ut, svåra att fika i – risken att få kaffet i knäet med brännskador på känsliga kroppsdelar som följd var överhängande. Bakom glasdisken låg glansiga dammsugare, kardemummabullar och mazariner – de hade antagligen också sålts här i åtskilliga decennier.

Ur led var tiden: kinesiska staten ägde fler fastigheter i Stockholm än HSB, SKB och Allmännyttan tillsammans, blivande föräldrar fick tillstånd att justera bort arvsanlag för laktosintolerans och dyslexi hos sina ännu ofödda barn och Alex Schulman var ständig sekreterare i Svenska Akademien. Men de här bakverken var eviga, stabila hållpunkter. Vissa saker var bra som de alltid varit. Ett sådant här ställe var tryggt, det inkluderade alla utan att göra avkall på traditionerna. Det här representerade folkhemmet som det varit. Fast Fredrika tänkte absolut inte äta något här – det var för onyttigt.

Taco somnade direkt vid hennes fötter.

Hon borde egentligen gå tillbaka till flygstationen eller hyra en bil, sticka härifrån fortare än fort – det här var för farligt *och* kunde bli för personligt.

Hon väckte Taco, reste på sig och gick mot utgången. Han lufsade motvilligt efter henne.

Samtidigt: Murell hade bedömt att det här var ett viktigt spår att följa upp. En möjlig väg att rädda Eva Basarto Henriksson. Utöva gott polisarbete. Det var inte hennes sak att avvika. Hon hade fått en order. Det vara bara några timmar kvar till deadline.

Vid glasdisken vände hon sig till kassörskan och pekade på mazarinerna. »Jag tar två sådana, tack.«

Hon balanserade dem på ett fat tillbaka in, satte sig som en riktig Jason Bourne med ryggen mot väggen och utsikt över lokalens alla hörn.

När Ian korsade gatan utanför noterade hon att hans hållning var lika god som förr, en fotboll skulle kunna klämmas fast mellan hans skulderblad, men att hans hårfäste hade krupit upp en bit.
De kramades.
Sedan upptäckte Ian Taco, han böjde sig genast ner och började gosa med hunden. Taco klippte med öronen och hans leende var bredare än en delfins.
»Hur mår du?« sa Ian med ett tonfall som om han verkligen brydde sig fast hans ansikte var stelt.
Fast kanske gjorde han faktiskt det – Murells analys, vad den nu var värd, sa att Ian hade ett gott öga till henne.
»Jag mår så där.« Hon sköt fram en av mazarinerna mot honom. Murells analys igen: i den konstaterades att Ian var ytterst svag för just den här typen av bakverk.
Han lyfte den försiktigt med tummens och pekfingrets spetsar, noggrann med att inte fetta ner resten av handen. »Kom du ihåg att jag älskar sådana här?«
Fredrika log. »Dig vid automaten i skolan glömmer jag aldrig.«
I nästa sekund bröt Ian av en bit och stack till Taco.
»Skäm inte bort honom«, sa Fredrika.
Ian tog en tugga av mazarinen samtidigt som han klappade Taco med den lediga handen. Han tittade på henne med frågande ögon.
Hon kom att tänka på den korta promenaden i Kronobergsparken som hon tagit med Arthur – hon hade alltid lättare att samtala när hon rörde på sig.
»Kan vi inte gå ut och prata«, sa hon. »Taco verkar ha fått nya krafter av att träffa dig.«

Brisen från sjön var obefintlig och gruset så torrt att varje steg rörde upp ett dammoln stort som en piketbuss.

Taco sprang före dem men kom tillbaka med jämna mellanrum med tungan hängande.

»Jag är under utredning. De kommer inte bara att vilja sparka mig.«

Ljudet av deras steg krasade i Fredrikas huvud som om hon tuggat på hårt godis. Ian hade också förlorat sitt jobb inom polisen för några år sedan, men inte på grund av hennes anmälan utan på grund av andra, som kommit in senare, från allmänheten.

»Jag har ingen att prata med om det som har hänt, ingen som kan förstå hur det känns«, fortsatte hon. Resten av meningen fick förbli underförstådd: *förutom du.*

Några barn hoppade från klipporna ut i vattnet. Ian blev liksom slätare i hela ansiktet, nöjdare. »Så du vill prata med *mig*?«

»Du är den enda jag litar på. För du har varit med om samma sak.«

De gick upp från strandpromenaden, mot bostadsområdena. Det var en helt annan värld här: *Suburbia* upphöjt till tio. Stora gräsmattor, välansade buskar, fotbollsplaner och tysta mini-Polestars som påminde mer om gräsklipparrobotar än om bilar.

Fredrika pratade på om sin oro för att bli arbetslös, hur mycket hon skulle sakna jobbet, att hon älskade att arbeta som livvakt, sina kollegor, till och med vissa chefer. Hon märkte på honom att han lyssnade, även om hon bara kunde gissa vilka jämförelser han gjorde. Samtidigt: faktum var att det kändes skönt på riktigt att prata med Ian, att få ur sig allt, att snacka med någon som hade känt henne, någon som själv hade varit polis.

Men hon var där på ett uppdrag. Hon borde låta honom prata i stället, enligt Murells analys skulle han känna sig trygg när han fick förklara saker för henne.

»Berätta om vad ni har åstadkommit här i Tallänge«, sa hon.

»Nej, nu är det du som är den viktiga.«

»Fast jag blir trött på att höra min egen röst. Snälla, berätta något.«

Ians ögon plirade. »Vad vill du veta?«

»Allt.«

Taco kom rusande och kastade sig mot henne.

Tjugo minuter senare berättade han fortfarande om Tallänge. »Du ska veta att det egentligen inte var vi som började med den här nya typen av kontraktsamhälle.«

Fredrika ville låta nyfiken. »Berätta mer om hur ni tänker här uppe.«

»Alltså, jag menar att invånarna här har ingått ett kontrakt, precis som i de där särområdena. Resten av samhället sköter inte längre sin del av samhällskontraktet, de skyddar oss inte, de står inte för våra värderingar. Så vi anställer våra egna poliser, håller oss med vår egen sjukvård och utformar vår egen skola. Men i utbyte får vi själva behålla våra kommunskatteintäkter, förutom den avgift vi så klart betalar till Sveriges statsförvaltning. Det funkar bra för oss.« Ian såg genuint glad ut. »Vi har bland det lägsta antalet våldsbrott per capita i hela Sverige, bara några krogslagsmål som urartar då och då, men det får man förstå.«

Fredrika nickade. Hon undrade om han mindes den där gången när hon kommit på honom med Osmo Vallo-greppet. Deras axlar nuddade vid varandra.

»Och vad är det där?« sa hon och pekade mot en tvåvåningsbyggnad som såg modern ut, taket böljade nedåt i något som påminde om japansk arkitektur och solpanelerna däruppe tycktes både suga åt sig och reflektera ljuset på samma gång.

»Det är Sebastian Olofsson-centret«, sa Ian. »Det byggdes för tre år sedan genom en donation från en av Sveriges rikaste familjer. Där sitter hela partiets marknads- och pr-avdelning. Först tar vi Tallänge, *then we take Berlin*«, småsjöng han – hon gissade att han inte var medveten om att han citerade en gammal judisk sångare. Men Fredrika visste vad människorna i det där kontorskomplexet egentligen sysslade med, det här var Tallängepartiets politiska hjärta. Det var väl känt att mängden onlinekampanjer, sofistikerade trollattacker, avancerade fejkvideor och även helt vanlig politisk reklam på tunnelbanor och i bussar hade ökat i rasande takt sedan Sebastian Olofsson-centret öppnat. Deras stående slogan var: *Vi är folkets vän*. Det hade gjorts ett antal försök av vissa politiker de senaste åren att stoppa verksamheten, och tydligen utredde Lagrådet just nu ett förslag som skulle förbjuda så kallat *oetiska påverkanskampanjer*, men problemet var hur det skulle gå att skilja Olofssons propaganda från vanliga riksdagspartiers pr-knep och reklam.

Alla ljög ändå, tänkte Fredrika.

Sedan tänkte hon att hon kanske borde nudda Ian igen, öka den fysiska kontakten i förbifarten – även om det här var så mycket inte hon.

Han vände sig mot henne, hans markerade ögonbryn rörde sig. Han utvärderade henne.

»Visa mig mer«, sa hon snabbt.

Han pekade mot en annan byggnad.

»Det där är vårt gymnasium. Vi har byggt ett särskilt gym där för att pojkarna ska kunna ägna mer tid åt muskelträning vid sidan av kampsporterna, mest med fria vikter, sådan träning är ju en ikonisk manifestering av den maskulinitet som stärker självbilden«, sa han och log. »Man kan säga att männen här är som du. Men ingen skjuter lika bra.«

Fredrika skrattade till. »Kommer du ihåg det?«

»Skjutbanan på skolan glömmer jag aldrig.«

Taco stod mellan dem nu, han flåsade högljutt.

Ian gick ner på knä och gosade med honom, samtidigt som han tittade upp mot Fredrika. All misstänksamhet såg ut att vara som bortblåst efter att hon skrattat, hans ansikte andades snarare nyfikenhet nu.

Fredrika sa: »Du har inte lust att äta middag med mig?«

»Det finns inte jättemånga bra restauranger här, bara några pizzerior och sunkställen.«

Hon utnyttjade Taco för att väcka liv i hans känslor. Men ännu mer utnyttjade hon sig själv: hon gjorde sitt yttersta för att se besviken ut.

»Men det är klart«, sa Ian. »Jag kan ju alltid slänga ihop något gott till oss, hemma hos mig.«

36

Nova lagade mat i ett kök som inte var hennes eget.

Innan hon kommit hit hade hon tillbringat några timmar med att försöka nå William Agneröd, utan att ha vare sig telefonnummer eller mejladress till miljardären. Adressen till hans skärgårdsslott hade hon, men att skicka papperspost verkade meningslöst, den delades bara ut var femte dag numera.

Det fanns i och för sig ett Shokenkonto, men det var uppenbart att det inte var han själv som administrerade det. I stället registrerade Nova ett mejlkonto på Darknet och kontaktade några av hans assistenter. *Jag har information som tillhör William Agneröd*, skrev hon, utan att ange sitt namn. *Priset för att jag inte ska släppa ut den är tre miljoner kronor.*

Efter betalningen till Guzmán kunde hon gott få några kronor över.

Det kom inget svar. Agneröds folk fick säkert hundratals konstiga mejl varje dag.

Det var då hon hade kontaktat Simon Holmberg, journalisten, dokumentärfilmsmannen.

»Hej, det är Nova.«

Simon lät sömnig på rösten. »Vem?«

»Novalife. Du delade ut ett pris till mig på Shoken Awards. Vi dansade.«

Han skrattade. »Ja, så klart. Förlåt.«

Nova lyssnade efter tonläget i hans röst. Det var inte omöjligt att han misstänkte henne för klockan.

»Jag har en fråga. Väldigt känslig, faktiskt.«

»Sådant gillar jag.« Han lät varken avvaktande eller skeptisk.

»Jag har kommit över information som jag tror att du eller någon tidning eller tevekanal kan vara intresserad av.«

»Det låter onekligen spännande.«

»Jag vill träffa dig och prata om vad jag ska göra.«

Simons kök var litet, men allt därinne såg ut att vara av premiumkvalitet: bara ugnen var av något italienskt märke som kostade som en halv bil. Han var fortfarande lika avslappnad som på telefonen, rörde sig smidigt från skärbrädan till grytan till fritösen, utan att en enda gång råka komma åt eller nudda Nova.

Hon hade aldrig befunnit sig i ett privat kök med någon som var så duktig på att laga mat som han. Hennes egna föräldrar åt ute tre kvällar i veckan och resterande fyra middagar åt pappa på sin takklubb och mamma nöjde sig med yoghurt med olika extrakt, kanske till och med marijuanafrön, när det trendade. Morsan var ju onekligen lite snurrig ibland.

Onekligen, tänkte Nova – det var ett ord som Simon använt på telefon. Många av uttrycken han använde var svåra. Det fanns hela tiden ett annat, enklare ordval han hade kunnat göra.

Hon hjälpte till: skar grönsaker och provsmakade misosoppa. Simon hade ju lovat att titta på det som hon kontaktat honom om, men bara om han fick påbörja en intervju med henne. De kände inte varandra, det var ett givande och ett tagande. Och kanske var hans idé om att skriva en bok om influencerns epok inte så dum.

»Jag vill analysera paradigmen som har rått och det skifte som skett«, sa han. Nova nickade. *Paradigmen* var namnet på en jäkligt populär podcast om hudvårdsprodukter som hon gästat några gånger.

Hon var här för att hon ville sälja information – han ville skriva sin bok. Simon var den enda journalist hon kände. Hon hade kanske kunnat vända sig till Jonas, men han var för hispig för sådant här.

»Jag utpressar dig att dinera med mig först, jag vet«, sa Simon och höll fram ett glas. »Men man måste ta de chanser man får. Ett glas vin kanske, albariño?«

Hon tog emot glaset. *Dinera*, liksom. Plötsligt kändes det som om hon faktiskt kunde vänta en stund med allt.

Lägenheten var liten men trevligt inredd. Det enda skumma var att han hade böcker överallt. Om han tjänade så bra att han ägde – eller snarare *hade* ägt – en Patek Philippe Grand Complications, förstod hon inte varför han inte bodde större. Men författare var väl erkänt märkliga människor. Författare, och dokumentärfilmare.

Hon frågade honom hur han kommit dit där han var i dag.

»Först jobbade jag på olika tidningar, sedan skrev jag en bok om gejmers och nätforumen där de umgås«, berättade Simon.

Vitlöken fräste glatt i pannan.

»De omsätter verkligen extrema pengar«, tyckte Nova.

»Jo. Men det som intresserade mig var framför allt kopplingen till alt-right-rörelsen.«

»Jaha.«

En av tavlorna som hängde på väggen såg mest ut som massa handskriven text. Hon förstod inte hur någon kunde kalla det för konst.

»Vad har du mer skrivit?«

»Massor av reportage, och sedan skrev jag några böcker till, bland annat om Kaliforniens suveränitet.«

Nova hade hört talas om det: Kalifornien hade skjutit ut sig och bildat ett eget slags land.

»Tjänar du bra på alla dina böcker?« Kanske var hon lite plump.

Simon började skrapa ner vitlöken i en gryta. »Nä, men jag erhöll väldigt bra royalty för dokumentären om de kinesiska influerarna, *Ayching Jynly*. Den såldes internationellt. När jag väl blivit intresserad av ett ämne vill jag omfamna det förståndsmässigt och kritiskt försöka se det ur så många vinklar som möjligt.«

Nova förstod inte riktigt det sista, men hon förstod att Simon Holmberg var som alla andra – så fort han fått pengar hade han sprungit och köpt en lyxpryl. Klockan hade sett stor ut på hans arm.

»Varför gör du det du gör, egentligen?« undrade han.

Vinet var kallt och fruktigt. »Har intervjun börjat nu?«

»Ja, varför inte?«

»Vad menar du med den frågan?« Det var en smart motfråga.

»Vad driver dig?«

»Att nå så många som möjligt.«

»Händer det att det känns andefattigt?«

Andefattigt – herregud, han var bara för mycket, den här mannen. Ändå kom hon på ett ärligt svar snabbare än hon trott.

»Jag tycker om yta, den är enklare att hantera.«

Hon tog en sipp av vinet.

Simon lyfte upp frityrkorgen, tofun droppade.

Nova tog en klunk till. Intervjun hade redan spårat ur, hon borde ha förstått att det skulle vara den här typen av frågor. Samtidigt kände hon att när hon satte ord på saker så förstod hon dem själv bättre.

»Jag visar dem inte bara det perfekta livet, jag visar dem även dalarna. Men allt är ändå bara en konstruktion, och det vet egentligen mina följare om. Novalife är en karaktär. Novas life är inte på riktigt.«

Men det hade varit på riktigt, en gång för länge sedan. Hon hade behövt följarna för att komma ur sin blyghet, sin *sociala fobi*, som pappa sagt. Hon var inte kommers rakt igenom. Eller?

Simon höjde sitt glas mot henne. »Intressant.«

Nova gjorde samma sak. »Skål.«

Huden på hans handled var ljusare där klockan skulle ha suttit.

Simon såg var hon sneglade. »Apropå skål, alltså, apropå att dricka. Jag var rätt berusad på efterfesten.«

Han tittade också ner på det ljusa området på sin handled. »Jag tror att jag blev av med en grej där. Jag upptäckte det morgonen efter.«

Hon undrade om han hade polisanmält klockstölden.

»Vad var det du blev av med?«

»Äsch.« Han tog fram en rulle hushållspapper. »Strunt i det.«

Han plockade upp tofubitarna ur frityrkorgen en efter en och lade dem på det avrivna pappret.

Dripp, dropp.

Friterad tofu med vitlöks- och ingefärsfräst pak choi – mjuk men spänstig – hemmagjord chilimajonnäs, thailändsk sallad med rött ris och sesamfrön.

Simon fortsatte att ställa frågor: hur hade hon börjat som influencer, hur kom hon i kontakt med Jonas, vad hade hennes första inlägg handlat om, vilken strategi hade hon i kommunikationen med sina följare.

»Vilka filmer har påverkat dig?« frågade han. »Vilka teveserier tycker du om?«

Nova pratade på, svaren blev längre för varje fråga. Det kanske var vinets förtjänst – *förtjänst*, liksom, ett ord som Simon nyss använt.

Han var vuxen på det sätt som Novas föräldrar hade varit vuxna när hon var barn, men han förstod allt hon sa och tyckte, hon hade inte stött på det hos någon annan tidigare. Det fanns ingenting instrumentellt med hans öppenhet, det var inte som de där jävla Shokenintervjuarnas sätt att försöka dra hemligheter ur henne eller gräva i hennes personlighet.

»Vilka böcker har påverkat dig?« frågade han.

Nova tystnade. Hon läste inte böcker, hade aldrig gjort.

Hon fick ett infall. »Om jag bara ska läsa en bok i år, vilken borde jag då läsa, tycker du?«

»Vilken typ av böcker tycker du om?«

Fan vad jobbig han var, fast på sitt trevliga öppna sätt.

»Inte för komplicerade.«

Simon tittade upp. »Kafka«, sa han.

»Kafka? Som det kinesiska elbilmärket?«

Simon fnissade. »Franz Kafka var också en författare. Jag tror att du skulle tycka om *Processen*.«

»Vad handlar den om?«

»Läs den själv och fundera. Det är hela grejen.«

Han ställde sig upp och dukade av bordet.

Hon funderade på att berätta för honom om den korrupta polisen, Guzmán, och om stölden hon gjort hos Agneröd, men hon väntade. Han kanske inte skulle vilja hjälpa henne då.

Simon var hennes sista hopp.

Det var dags. Nova stoppade in besticken i diskmaskinens korg. Det var synd att förstöra stämningen, men hon måste göra det här, hon måste ställa frågan hon kommit hit för.

Hon gick ut i hallen och hämtade sin väska. Där hängde ytterligare ett märkligt konstverk: det såg ut som en bok doppad i färg som långsamt fått torka, dropparna hängde på bokens undersida som stalaktiter. Men titeln gick fortfarande att skymta under färgränderna: *Du sköna nya värld.*

Hon tog upp minnesstickan. Borde hon verkligen göra det här? Nyheterna om vad som hänt i Järva särområde hade inte gått att missa. Kanske borde hon gå direkt till polisen i stället. Det var bara det att fixade hon inte fram pengarna – skulle hon hamna i en cell.

Hon gick in i köket igen, lade stickan på bordet.

Simon hade hällt upp mer vin.

»På den här finns kopior på en massa mejl. Jag vill sälja innehållet.«

Simon såg besviken ut. »Är du här för att tjäna pengar?«

Det fanns ingen anledning att ljuga. »Jag är här för att tjäna *mycket* pengar. Han som stickan kommer ifrån är inte vem som helst, han heter William Agneröd.«

Simons pupiller blev större.

»Vem tror du är intresserad av att betala mest?« sa Nova.

»Det kan jag inte svara på. Jag måste få veta vad det handlar om först.«

Nova visste nu. Hon hade tittat närmare på alla dokument på stickan. *Nationaldagen* hade det stått i flera av mejlen och bilagorna.

Hon kunde berätta för honom.

Information kring A:s verkliga identitet.
Ett heligt raskrig.
Hur vi tar ut EBH.

37

Hjärtslag i babooz-tempo.

En kniv mot ögat.

Svett i pannan.

Nu satt han inlåst i ett angränsande rum och väntade på att Roy skulle skanna varorna. Emir var faktiskt inte orolig: sahibens soldat hade ju sagt att det var toppkvalitet.

Kala väggar. Kallt ljus.

Södra nätverket hade *henne* – det var *också* nittio procent säkert.

Roy Adams skulle sälja en grej till »svenska staten«.

Hjärtslag i Melody trip-tempo.

Roy hade köpt hans bluff.

Han hade till och med lämnat tillbaka Emirs ryggsäck och hans telefon.

Han skickade ett meddelande till Nikbin: *De har henne. Säg till snutarna att jag är klar.*

Nikbins svar kom snabbt. *Spelade du in något?*

Nej, jag slängde allt sådant när jag kom in.

Det dröjde några sekunder innan Nikbin svarade. *Så det du har är att en av Sveriges mest notoriskt kriminella har sagt till dig att han ska sälja något till staten?*

Nikbin var för jobbig, men sedan skrev advokaten: *Eftersom du redan pratat med polisen själv, är mitt förslag att jag nu ringer dem i stället. Jag kan pressa dem, spela lite Tarzan. Så får vi se vad de gör, om de skickar in något team betyder det att de tycker att det här är tillräckligt.*

För första gången på flera dagar: Emir kände sig lite glad.

Förresten, skrev Nikbin, *vet du vem som just begärde mig som sin försvarare?*

Advokaten väntade inte på svar: *Din nya bästis, Fredrika Falck. Någon ettrig chef tycker inte att hon skötte sig i all den där röran.*

Emir lade ner telefonen.

Han tyckte om att sur-Fredrika misstänktes: hon blev lite mindre fittig då.

Det var något med henne som han inte kunde släppa. Hon: urtypen för en stel människa. Hon: en elak jävel som inte lät honom slippa livstids fängelse.

Samtidigt: där fanns något annat. I octagonen försökte alla fighters visa sig farliga, alla spelade ett spel, körde stenhårda looken. Bakom Fredrikas fasad hade han skymtat något: hon glödde.

Hur lång tid kunde det ta att testa ett kilo ladd?

Roy borde vara klar för länge sedan.

Men sahiben var en galen, livsfarlig människa. Emir borde knacka på dörren, be att få tillbaka varorna och säga att dealen var avblåst. Dra härifrån.

Ett meddelande i telefonen. Det var från advokaten igen: *Köp en lott i dag.*

Emir läste vidare. *Svensson bekräftar att de utreder Roy närmare med »folk på plats«. Det betyder att de antingen redan har poliser inne hos er eller att de skickat in något specialteam. Och det betyder i sin tur att inom några timmar bör vi veta om de har hittat henne.*

Emir kunde knappt fatta vad advokaten just skrivit. *Så om de hittar henne är jag fri?*

Nikbin svarade snabbt: *Ja, men det är bättre än så. Även om de inte hittar henne just nu så kanske de hittar spår som leder fram till henne, och det är ju också din förtjänst i så fall. Du kommer att gå fri hur det här än blir. Inget livstids fängelse för din del. Bara inte den där Roy snackade rakt igenom skit.*

Det var otroligt. Bevisat igen. Nikbin var en stjärnadvokat.

Emir kom ihåg första gången han hade fått honom tilldelad av tingsrätten.

»Det finns inga vittnen från platsen. Så jag lovar dig, du kommer inte att kunna knytas till något rån«, sa Payam Nikbin innan de skulle gå in till häktningsförhandlingen. Emir trodde på honom ungefär lika mycket som han trodde på Donald Trump. Han var femton år gammal.

Mamma satt på åhörarplats och grät när domstolen beslutade att han skulle häktas med fulla restriktioner, trots sin unga ålder.

Han fick sitta i över nio veckor i väntan på huvudförhandling.

Han bad om att mamma skulle få besöka honom, men åklagaren sa nej.

Han bad om att få ringa henne eller Isak, men Kriminalvården sa nej.

Han bad om att få ta rast på stora gården, men plitarna sa nej – han fick hålla sig i buren, en timme per dag.
Den enda han fick träffa var advokaten.
Nikbin besökte honom två gånger i veckan. »För att se till att du duschar och tvättar dig under armarna ordentligt«, skämtade han.

Emir hade tittat på polares rättegångar förut. Payam Nikbin var orutinerad, stammade ibland och vågade inte skälla på åklagaren som Emir sett andra advokater göra. Men när Nikbin drog sin slutplädering sista förhandlingsdagen såg Emir något han aldrig sett förut: efter några minuter plockade domaren upp papper och penna. Sedan började han anteckna, och slutade inte förrän advokaten var klar. På riktigt: Emir hade aldrig trott att de kunde lyssna så som de lyssnat på Payam Nikbin.

Domen föll en vecka senare. Emir dömdes för vapenbrott, narkotikabrott och skadegörelse, men inte för grovt rån, inte ens för medhjälp. Han fick bara ett halvår på ungdomsanstalt – en advokatstjärna var född.
På ungdomsanstalten lärde han sig mer än han någonsin lärt sig tidigare.
Plitarna kallade stället för djurfabriken.

Han hörde nyckeln i dörren. Äntligen. Emir klev upp.
Två av Roys gorillor. Nedhasade träningsbyxor, snabba studsare, tajta tröjor.
»Så är Roy nöjd?«
Något var fel. Stress osade från grabbarna – knas på gång.
Shunon längst fram slet upp en *taser*.
De gröna plastluckorna flög iväg, de genomskinliga trådarna och konfettin – med serienummer för att man skulle kunna se vilket vapen som avfyrats – sprutade.
Däremot: inte en chans att hinna se *pilarna* – de kopplade fast sig, skickade in tjugosex watt.
Omöjligt att styra sig själv: musklerna ur funktion.

Han föll.
Golvet träffade honom. Spasmer ryckte i honom.
Uträknad – han som just skulle ha blivit fri.
Han hörde en av killarna. »Du var väl MMA-stjärna?«
Emir försökte svara något. Det lät mest som om han gurglade.
»Vilket cp«, flinade killen. »Men så går det om man försöker blåsa Roy.«

38

Taco slank in först i huset. Han verkade känna sig helt trygg hos Ian, fast han aldrig varit här förut.
I hallen stod ett gevär lutat mot väggen.
Ian märkte att hon reagerade. »Jag jagar.«
»Ja, så klart. Det har jag sett på Insta.«
Hon måste skärpa sig.
»Skjuter du fortfarande med Norma Magnum Oryx?«
Ian skrattade till. »Du har stenkoll på mig ju. Men man ska inte ändra ett vinnande koncept, det är bra ammunition.«
»Ett sant svenskt val.«
Han såg nöjd ut.
Fredrika tänkte på förra året när Skolinspektionen beslutat stänga ner en skola här: på grund av avvikelser från den så kallade demokratiska värdegrunden. Skolan vägrade och det blev en fråga om handräckning. När den lokala polisen också underlät att samarbeta hade de fått skicka hit NOA:s piketer från Stockholm. Åtta poliser hade skadats när de försökte bryta igenom människoringen med självutnämnda Sverigeförsvarare runt skolan. Hon undrade vad Ian tänkte om sådant: han hade ändå brunnit för polisyrket, på sitt sätt.
Hon undrade också hur inblandad han faktiskt var i extremismen häruppe, SFF – Svenska frihetsfronten. Murell hade inte kunnat svara på det – allt det här var en chansning.
De gick in i köket.

»Vet du hur stor del av Sveriges befolkning som består av främlingar nuförtiden?« sa Ian. Taco strök sig mot hans ben.

»Jag tror inte det är någon bra idé att vi pratar om det.«

»Nä, men jag vill bara att du ska förstå varför jag vill ha det som vi har det här. Varför jag lämnade Stockholm. Över fyrtio procent av dem som bor i det här landet numera är födda utanför norra Europa eller har minst en förälder som är det. Det stora befolkningsutbytet är ett faktum.«

Siffrorna var uppblåsta, men hon borde föra in deras samtal på andra ämnen, vilka han umgicks med här, vilka nätforum han vistades i, om det fanns någon som kunde tänkas kalla sig för Höss. Hade han inte öppnat för det?

Men Ian fortsatte. »Det handlar om svek, det förstår ju du också. De som har byggt upp det här samhället i generationer, jobbat för att skapa något bra, ska ha rätt till sin egen plats. Man ska kunna leva i lugn och ro i sitt eget land. Den samtida kolonisation som skett av Europa, och särskilt av Sverige, är långt mycket större än den kolonisation som Europa sysslade med för fyrahundra år sedan. Det är inte fel att kämpa för frihet.«

»Men det är fel att inte lyda polisen, eller hur?«

»Det beror väl på om polisen är legitim? Är det inte både vår rätt och vår skyldighet att göra motstånd?«

Fredrika tittade på Taco, hon kände igen de där orden: *rätt och skyldighet att göra motstånd*. Det var inte bara de häruppe som använde den logiken – Rörelsen pratade på exakt samma sätt.

Gravlaxen var god, smaken påminde om midsommar. Samtalet flöt på oroväckande enkelt nu när Ian slutat med sina ideologiska utläggningar. Gamla kollegor, gamla chefer och insatser de utfört tillsammans. Fredrika såg också till att nämna några av sina ex, hon var singel och hon var någon som andra ville ha. Ibland i alla fall.

Han hällde upp något som såg ut som grumlig öl åt henne. »Det är *mölska*, mjöd blandat med öl«, förklarade han. »Riktigt läskande.«

Mölskan smakade skit, den var för söt och alkoholstark.

»Du borde kanske ha skjutit mot de där djuren ändå«, sa han. Hon förstod direkt vad han syftade på. Det var första gången på över två timmar som han tog upp något om torget.

»Men jag är inte sådan.«

Ian skar bitar av fisken med en noggrannhet som påminde om en hjärnkirurg vid operationsbordet. »Nu fick andra poliser göra jobbet i stället.«

Taco hade somnat på soffan i vardagsrummet.

Det skymde utanför.

Hon svalde. Bytte samtalsämne.

»Jag har bokat ett hotellrum. Det börjar bli sent.«

Ians ansikte låg i skugga, ändå uppfattade hon hur hans panna glänste och hur han sneglade på henne. Murells så kallade analys hade indikerat att Ian gärna drack lite för mycket. Han hade fått i sig en hel del av den där söta ölen.

»Fast jag tänkte ...«, fortsatte hon trevande, »att jag kanske ...« Hon iakttog honom noga, försökte läsa av hans ansiktsuttryck. »... skulle kunna få sova på din soffa i stället? Då slipper jag väcka Taco också.«

Det var hennes absolut mest uppenbara invit hittills.

Hon undrade om hon behövde få i honom mer alkohol först.

Hon undrade ännu mer om hon skulle klara av att agera när det var dags.

Fredrika hade borstat tänderna i det oklanderligt rena badrummet.

Nu satt hon på den bäddade soffan, iklädd endast boxershorts och T-shirt.

Han kom in för att säga god natt.

»Vilka umgås du med här egentligen?« sa hon.

Han stirrade lite för länge på hennes ben och satte sig på huk framför henne.

»Jag har många kamrater. På jobbet, på träningen. I politiken.« Han smekte Taco över ryggen. Han tyckte verkligen om den hunden.

Hon nickade, hon visste inte hur hon skulle ta det här vidare.

»Tack för att du lyssnade på mig i dag.« Hon log så ömt hon kunde. Känselspröten på helspänn. »Sov gott.«

Ian sänkte huvudet, visst såg han lite besviken ut? »God natt«, sa han stilla.

Hon somnade naturligtvis inte.

Hon väntade. Det hade varit spänning i luften, helt klart. Men nu måste hon göra något mer. De som hade ministern hade ställt ett ultimatum: pengar före midnatt. Antagligen förhandlade Murell och hans team på något sätt, men ändå. Klockan tickade.

Taco sov som en stock på hennes ben.

Ian och hans grupp levde i en egen bubbla häruppe, men de hade följare i hela Sverige. På den politiska arenan hade de i kommunalvalet för fem år sedan blivit största parti med tjugosju procent av rösterna och fått passivt stöd av ett antal andra partier. Och de senaste åren hade personer med liknande åsikter mantalsskrivit sig på orten. I senaste valet hade Tallängepartiet fått femtiofem procent och kunnat skala bort koalitionsalternativen. Samtidigt hade ett av Sveriges största livsmedelsbolag flyttat sin produktion hit. Bolaget hade dömts flera gånger för olika diskrimineringsbrott och fått betala miljonbelopp i ersättning, men brydde sig inte, ägaren hade tagit ställning. I Östeuropa sålde deras varor som smör med sin egen märkning: CCEH – *Certified Christian European Heritage*.

Framför allt handlade det om människors egna val: folk som inte passade in flyttade från den här orten. Tallänge blev självsanerat. Invånarna behövde ingen trevnadsdelare för att skapa sitt drömsamhälle, sitt *Paradis city*.

I dag följde flera kommuner i landet Tallänges väg, vissa krävde så kallade lojalitetscertifikat. Det handlade om hur många generationer bakåt som människor varit laglydiga medborgare i Sverige. För att få tillgång till kommunens service var man tvungen att kunna visa på minst tre.

Efter någon halvtimme hörde hon tassande ljud, och det var inte Taco, han snarkade fortfarande vid hennes fötter. Fredrika var förberedd, tabletterna som Murell gett henne låg i magen.

Det var bara några minuter kvar till midnatt nu. Fredrika visste vad det betydde, snart kunde allt vara för sent.

Ändå måste hon fortsätta.

Ian stod där på mattan, och nu var det han som hade rådjursögon. »Jag kunde inte sova«, sa han. Det lät så klyschigt. »Och sedan lät det som om du låg härute och vred dig, du med.«

Fredrika satte sig upp. »Kan vi inte ta lite mer av den där mjöden?«

Enligt algoritmen var det sjuttio procent säkerhet att han skulle tacka ja.

»Mölska, heter det«, sa Ian.

Han hade druckit fyra flaskor. Fredrika hade dragit i sig tre, men Rikenatabletterna minskade effekten av alkoholen. Hon kände definitivt av den, men tankarna var fortfarande klara. Hon visste inte hur det gått för ministern.

»De har forskningsverksamhet här också«, sluddrade Ian, hans kinder glänste i skenet från sofflampan. »Mest fertilitet. Du vet, vi vanliga nordbor håller på att utrota oss själva, snittantalet barn i en helsvensk familj är ett komma två, det räcker inte för att reproducera befolkningen.«

»Så här får folk fler barn? Det låter ju trevligt, på många sätt.« Hon försökte låta pillemarisk.

Ians rörelser var långsamma nu, som hos en person som anstränger sig för att framstå som nyktrare än vad han är.

Fredrika reste sig vinglande och satte sig bredvid honom på fåtöljens armstöd. Hon hade nog trott att han skulle göra en framstöt, men han var så försiktig, Ian.

Plötsligt reste sig Taco från golvet och sträckte på ryggen. Hans ögon var smala, som om han var skeptisk till vad de höll på med. Men så skuttade han fram mot Ian.

Hon tog chansen: »Kom, vi går in i sovrummet i stället.«

De reste sig samtidigt. Taco verkade förstå vinken. Han lade sig på soffan, somnade lika snabbt som han vaknat.

Sängen var bred, fast Ian bodde ensam här.
Han ställde sig framför henne och lutade sin panna mot hennes, han smekte henne över kinden. Sedan möttes deras läppar.
De stod så en stund, sedan sköt hon honom mot sängen.
Hon tänkte: vad fan sysslar jag med? Är jag en hora eller en polis?

Dag fyra

9 juni

39

Power walk i villaidyllen. Gatorna var öde och stilla, alla här verkade ha lämnat sina ungar på dagis eller i skola och åkt till sina trötta jobb.

Nova visste inte om gårdagskvällen varit en framgång eller inte. Simon skulle höra av sig, hade han lovat, senast klockan tolv i dag. Magontet kändes bättre.

Hon sände några livestreams där hon pratade om sin träning, vad hon druckit för kaffe i morse, fotograferingen hos Agneröd och Shoken Awards, så klart. Följarna var fortfarande som galna över hennes utskällning av dem själva och Jonas.

Hon tänkte på samtalet i går. Hon visste att hennes yta alltid var viktigare än det som fanns inunder, för det som fanns på djupet kunde komma och gå, den verkliga Nova var föränderlig och ibland svårförståelig, men det som bröt ytan fastnade i allas minne. Det hon insett hemma hos Simon var att hon kanske ville veta mer om det som fanns inunder, om sig själv. Hon skulle försöka få tag på någon bok av författaren som hette samma sak som det kinesiska bilmärket.

Simon var en mjuk man. Han hade inte pratat om någon partner och inga spår efter någon flickvän syntes i hans lägenhet. Hon undrade vad han egentligen tyckt om att vara på tu man hand och lite småberusad med någon som henne, när de dansat nära varandra några dagar tidigare hade ju vibbarna varit tydliga.

Tunnelbanestationen: Ropsten. Här brukade Nova vända och gå hem igen. På feta digitala skärmar ovanför stationsingången rullade reklamfilmer. Hon såg budskapet på en av dem, det var uppenbarligen en politisk kampanj. *Vi måste rädda demokratin*, stod det. *När populismen vunnit för mycket mark är det dags att tänka nytt. Vi behöver begränsningar.*

Det var märkligt, tänkte Nova, när folket inte röstade som vissa politiker ville kallades det för *populism*, och då var demokratin tydligen inte lika mycket värd längre.

Så dök bilden på politikern upp: ett stort ansikte log ner från skylten. Eva Basarto Henriksson.

Vilken ironi. Informationen på stickan handlade om henne, den här ministern kände alla till. EBH hade gjort karriär tack vare sådana som Nova – hon hade förekommit så mycket hos olika influencers att hon ibland kallats spam-ministern. EBH hade varit vigselförrättare när Husseyn gifte sig med sin andra man, EBH hade seglat till Mexiko med Blondgirl och badat med delfiner, EBH hade spexat på ett *private jet* med #Novalife. Influerarna kände sig meningsfulla som hängde med en riktig politiker, och EBH fick unga väljare. Men ministern hade faktiskt varit riktigt trevlig under den korta eftermiddag de tillbringat framför fotograferna, flygplanet hade egentligen aldrig lämnat plattan, det var bara en grej för att synas i en sådan miljö.

Kanske var Nova ändå en idiot som försökte sälja skiten på minnesstickan. Hennes familj skulle inte vara nådig om det kom fram. Hon hade själv använt ordet »rikets säkerhet« när hon pratat med Simon. Samtidigt var det inte hennes fel att hon hamnat i det här. Det var Guzmán som bar skulden, det var han som borde klandras om hon gjorde något fel.

Klockan blev tio. Hon undrade om Simon tänkte ringa tillbaka i sista stund. Hon undrade ännu mer hur mycket pengar det gick att få för informationen på stickan.

Hon promenerade hemåt. Nervositeten började gnaga i magen, något ingen följare fick se. Fast Jonas brukade instruera henne att visa mer känslor: »När du har ångest vill vi se det«, »när du är otroligt glad och tacksam för att livet är så bra, vill vi se det också.« Hon mindes första gången Great Media Ent hört av sig och velat att hon inte bara skulle pusha för olika produkter utan även för vissa åsikter: *en härlig inställning till livet*, som de kallade sin politiska influencerstrategi. De ville att Novalife skulle få in en positiv, härlig och kvinnligt stark *approach* till striktare särområdeslagstiftning i sina sändningar. *Jag älskar att känna mig säker, gör inte ni?*

Hon ångrade sig nu. Det var pinsamt – som en familjehemlighet.

Kidnappningen av Eva Basarto Henriksson var på något sätt kopplad till den där skiten som pågick i särområdena. Skiten som hennes pappa varit med och skapat.

Hon borde ringa Simon och säga att hon ville ha tillbaka stickan – gå till polisen med den. Hon kanske inte skulle kunna betala den korrupta snutjäveln, men då fick det vara så.

Det gick en timme.

Hon hade ringt Simon säkert tio gånger, utan att få svar.

Hon rullade ut träningsmattan, gjorde några situps. Hon tänkte på Guzmán.

Efter att de setts på Chedi Café hade hon följt efter honom en bit på väg därifrån. Det var fullt med människor ute som skulle festa. Nova spanade som värsta *Chimecho*, höll sig hela tiden på rätt avstånd bakom, låtsades promenera obekymrat gatan fram, släppte aldrig polisgalningen ur sikte. Guzmán bodde inte långt därifrån: Jungfrugatan var en av Östermalms smalaste gator, men den hade ändå klass. Han var en riktig Östermalmsgubbe alltså, det gjorde det hela ännu knäppare.

Nova ringde Simon igen. Hon hade bestämt sig nu. Stickan skulle till polisen – den riktiga polisen.

Simon svarade inte den här gången heller, fast han hade lovat.

40

Harklingar ovanför honom.

En röst.

Emir pallade inte att öppna ögonen, han hade försökt sova men det gick värdelöst.

Hopkurad på ett betonggolv som i en arrestcell. Ett källarförråd som luktade fukt och gamla fimpar. Händerna stasade, buntbanden runt handlederna skar som ståltråd. Hans ena fot satt fast i en cykellåskedja som var fäst vid ytterligare ett cykellås som i sin tur satt fast i väggen.

Roy gjorde ljud, som halsblosshostningar efter en för fet cigarr. Emir stirrade upp på Södras sahib.

»Du ser ut som en hög med sopor«, sa Roy. »Sätt dig upp.«

Kedjan rasslade.

Killen som kört tasern i Emir stod bredvid.

Roy tog fram en joint. »Du vet, när jag var liten frågade jag morsan en gång vad som händer med soporna, hon sa: 'Soporna kör man till soptippen.'«

Hur länge hade Emir varit här? Varför hölls han så här?

Han brukade få huvudvärk av stress, fast nu kände han sig mer som en hjärndöd, ingen smärta, ingenting. Bara trötthet.

Roy hade bytt om, han hade en mörk Adidasluvtröja och byxor i det där ultralätta materialet som alla använde nuförtiden. Kanske var det fortfarande natt, det kalla ljuset från ett lysrör någonstans i kulverten läckte in genom glipan under källardörren, halvmörkret härinne var lika grått som blöt betong.

Roy snackade på. »Så då frågade jag mamma vad som händer när soptippen blir full och hon svarade: 'Då öppnar man en ny soptipp.'«

Södras sahib rostade spliffen över sin tändares korta låga. Fram och tillbaka, fram och tillbaka, den lilla flammans rytmiska rörelse kändes på ett skumt sätt najs härinne: ett varmt ljus som pulserade i tystnaden.

»Då öppnar man bara en *ny* soptipp«, upprepade Roy med weed-tjock röst. »Då fattade jag att allt redan var kört. Det var då jag fattade att vi är fackade allihop, det spelar ingen roll vad vi gör. Vi har ingen plan, ingen har någon plan. Vi vet inte ens vad vi ska göra med våra sopor. Vi bara springer framåt i mörkret.«

Han böjde sig ner mot Emir. »Du försökte blåsa mig. Så lyssna nu vad jag säger, brorsan. Jag gör vad som helst, jag har slutat ha gränser, för vi är ändå körda.«

Emir hade ingen aning om vad sahiben snackade om.

Roy slet tag i hans öra och drog honom mot sig. »Det var kvasisyntetisk skit i påsen. Det kändes som ladd mot tandköttet, men ditt facking pulver kan ge nervskador. Du försökte sälja skit till mig.«

Det var ingen idé att försöka svara. Antingen hade snutarna skickat falska grejer till honom, eller så hade de ingen koll på de olika kokainderivaten.

Sedan insåg han: Roy hade tagit hans ryggsäck. Medicinerna han fått med sig från snuten var borta. Och fick Emir inte dialys skulle han snart behöva dem: Resonium och urindrivaren.

Roy Adams var inte bara en knarkboss. Han var snart en knarkboss med en död för detta MMA-stjärna i källaren.

De släpade honom genom kulvertar, genom tunga metalldörrar, uppför trappor. Genom kulvertar igen. Halva Järva satt ihop i de här gångarna.

Sedan tryckte de in honom i en hiss.

I den bästa av världar hade snutarna redan hittat inrikesministern, allt var redan över.

Taser-killarna föste ut honom: åttan, högsta våningen.

Bredvid dem var metalldörren öppen, fast sådana alltid brukade vara stängda: den som ledde upp på taket.

»Vad är klockan?« frågade Emir.

»Varför har du så många frågor?« undrade den ena killen men höll ändå upp sin telefon så att Emir kunde se. Klockan var redan elva på förmiddagen. Roy hade haft honom sjukt länge, hela natten. Ändå: Glädjeryck i kroppen – polisen borde verkligen vara klar nu, ministern borde vara räddad. De måste ha agerat på hans information. Nikbin hade ju sagt att de skickat in folk. Slutet gott, allting gott. Det var bara Roy själv kvar, men antagligen skulle insatssnutar snart svärma här, precis som de hade gjort mot Abu Gharib. Släppa Emir fri.

Killarna ledde honom uppför den gnisslande spiraltrappan mot det platta taket. Solstrålarna träffade honom som spjut – värmen ute var fortfarande overklig.

Hela området syntes härifrån: 360-vy. Takpappen på huset bredvid glittrade som om den var gjord av vatten, men här var den bubblig och het, värmen kändes till och med genom skosulorna. Längre bort stod ett tjugotal män.

Tak: taken var hans förbannelse. Först flykten från snutarna när han råkat skjuta Isak, och nu det här.

Vad var det frågan om?

Han kände faktiskt igen några andra. Det var killar som tillhörde Södras elit, Södras bröder.

Roys smajl var brett som Förenade Arabemiraten: hans guldtand glittrade som om han hade en strålkastare i käften.

»*Le Prince*, välkommen upp i solen.«

Bredvid honom stod en man som Emir direkt kände igen. Han hade redan en dålig känsla i magen, men när han hörde sitt gamla fighternamn och samtidigt insåg vem killen var, höll han på att kräkas igen. Det var Yuri »Djuret« Donetsk.

Djuret jabbade slött i luften, klädd i shorts och med MMA-handskarna på.

The White Knight, stjärnan som sänkt Emir, som avslutat hans karriär, som sabbat hans njurar för gott. Som krossat hans liv.

Han hade hört rykten om att Djuret gjorde slagjobb härinne, precis som han själv, men han hade inte trott på skiten. Yuri var inte ens från Järva, Yuri hade haft riktiga sponsorkontrakt. Även om han slutat med MMA:n nu, så behövde han väl inte bli yrkeskriminell? Ändå stod Djuret Donetsk häruppe och väntade.

Roy vände sig åt höger och vänster, sahiben, inte bara guldtanden, hela hans svettiga ansikte lyste. »Vi har alla väntat länge på den här returmatchen. Så i går bestämde jag mig. Förstår ni? Prinsen hade nio raka knockouts, men sedan klev Djuret in i octagonen. Många av er var där då, eller hur? Och många hade bettat på Prinsen.«

»Lägg av«, väste Emir.

Roy väste tillbaka: »Du försökte facka mig. Nu ska du betala tillbaka.«

Yuri Donetsk såg förvånad ut, ögonbrynen högt upp i pannan: han hade nog inte väntat sig att Emir skulle komma med händerna bakbundna och redan vara halvt sönderslagen.

»Så nu: det är dags igen«, skrek Roy. »Le Prince ska få sin returmatch.«

Männen runtomkring trängde ihop sig, Emir såg ouncemynt och mobiltelefonskärmar med betalappar – det var inga småpengar de bettade.

De skar upp buntbanden.

Männen stod i en halvcirkel omkring dem: vilda ansikten, hungriga på blod och underhållning.

Kanten av taket: det var där de skulle fightas.

De tryckte in ett tandskydd och satte på honom handskar – som inför vilken tävling som helst.

Roy vrålade. »Mina bröööder. Nu är det dags. På ena sidan: Emir Prinsen Lund, slagmaskinen från Järva, vår battallah, äntligen tillbaka, hamdullah. Och på andra sidan ...« Han gestikulerade vilt. »Har vi i dag Yuri Djuret Donetsk, The White Knight, indrivaren, krigaren från Norsborg. Nu är det re-match, nu är det Prinsens chans att få revenge.«

Några av männen skrek.

Roys guldtand glänste starkare än solen. »Det är enkelt, grabbar. En vinner, en förlorar. En bärs ut härifrån, eller hamnar där.« Han pekade mot marken, mer än tjugo meter ner.

Det sjukaste han varit med om, värre än en dålig film. Emir hade inte tränat sedan njurarna pajat ur, inte ens på ett vanligt gym. Han hade inte ätit eller druckit på hela morgonen och han var fortfarande paj efter överfallet med elpistolen – en lättare hjärnskakning. Men det var inte det som var det värsta: det värsta var att han inte visste om han *kunde* slåss längre.

9KO:s. Grabbarna skämtade om hans tatuering, de såg hans fega blick, hans osäkerhet.

Snutarna måste ha ordnat upp allt vid det här laget, hittat ministern. *Befriat* henne med hjälp av *hans* information.

Det där ordet som han älskade: befria. *Frihet.*

Han hade alltid försökt springa ifrån sitt öde, trott att det gick att fly. Inte i dag. Om han förlorade var det slut för honom, men han var en fri man.

Roy skrek: »Sätt i gång.«

De cirklade runt varandra.

Emir hela tiden medveten: kanten på taket.

Både han och Djuret hade döden två meter bort – deras rörelser blev kortare, varje attack tajtare, fotarbetet trippande. Mer knän och uppercuts än sparkar och svingar.

Kanten.

Yuri matade slag som om Emir var en boxboll. Han skyddade huvudet så gott han kunde – framför allt skyddade han njurarna.

Vänster underarm skrek redan av smärta, kanske hade han fått en spricka där. Samtidigt: han stod fortfarande på benen. Något i honom fanns kvar från förr: han fintade flera gånger, duckade, fick in hårda slagkombinationer.

Han såg förvåning i Djurets ögon.

Vad hade Södras sahib sagt till fightern? Att Emir skulle lägga sig ner och dö frivilligt? Att han skulle låta sig knuffas ner från taket, inte kämpa som en man?

De clinchade. Svett blandades.

Djuret slog underifrån. Emir jabbade från sidan. De backade från varandra. Emir höll garden, försökte läsa Yuri, förstå hur han slogs nuförtiden.

Så trött nu. Någon hade hängt tyngder i hans armar. Han ville bara lägga sig ner, få andas i fred. Männen runtomkring skrek som om det här var en vanlig match.

De clinchade igen.

Två genomblöta *has-beens* stod här och dansade tryckare med varandra, runt, runt, svinrädda för att trilla ner.

Emir vägrade släppa taget.

Djuret flåsade i hans öra.

Yuri: det enda stabila häruppe. De bytte grepp utan att släppa taget – ett tonårspar som egentligen borde visa respekt men som inte kunde sluta hångla med varandra.

Då: Emir tryckte sig ut från Djurets grepp. Han rörde högerhanden som för att slå, Yuri vred kroppen för att undkomma punchen men missade finten. Emirs högra knä träffade Djuret med full kraft i magen.

Yuri vek sig. Emir greppade efter hans huvud, slet det nedåt, mot sitt eget knä. Igen och igen. Det var som om han träffade en gipsskiva. Djuret snubblade bakåt.

Emir slängde sig efter för att göra slut på mammaknullaren.

Männen skrek som galningar.

Då: Djurets näve mötte honom. Hakan knakade. Allt snurrade till, svartnade, bara en sekund, en enda tanke: han måste slå tillbaka, men det var för sent.

Yuri kastade sig framåt. Fick ner honom.

Hans lår kramade runt Emirs som enorma stockar.

Kanten var nära nu.

Männen runtomkring vrålade som sinnessjuka människor.

»Avsluta«, skrek Roy, men Emir visste inte *vem* han skrek till.

Han var så trött.

Kanten.

Emirs huvud låg utanför – Djuret på sidan, nu med sin biceps runt hans hals i ett fast grepp: *Arm triangle choke.*

Inga mänskliga ljud kom från männen runtomkring, det lät mer som om de råmade.

Andningen.

Om han gjorde en för kraftig rörelse skulle han ramla ner. Djuret flåsade bakom honom – hans värme och svett en del av Emirs kropp.

Syret höll på att ta slut.

Emir klappade med ena handflatan, tappade ut sig.

Det skulle vara över nu, han ville snabbt dra sig undan från takkanten. Han skulle ändå vara en vinnare – han hade lämnat information om ministern, vad som än hände.

Men Djuret släppte honom inte. Emir klappade igen.

Han hörde Roys röst, långt borta. »Liv eller död.«

Det här var hans lott. Han skulle alltid förlora mot Djuret Donetsk.

Lilly hade dykt upp utan att säga till innan, uppklädd för utgång och med pupiller stora som Pollygodisar. Hon ville att Emir och mamma skulle ha Mila några timmar. Hon hade börjat skrika om ansvar och pengar, »för Mila behöver en vinterjacka«. Emir visste att flosen inte skulle gå till värme för Mila, men det var inte mycket han kunde göra. Han var den han var, han skulle inte ha en chans att få vårdnad i en svensk domstol. Men han hängde gärna med sin dotter så mycket som möjligt ändå.

Mila var två år, kinderna fortfarande babyknubbiga, och mamma pratade kurdiska med henne, »min lilla prinsessa«. De satt i mammas vardagsrum och tittade på pling-plong-videos på en surfplatta. Mila pladdrade på för fullt. Emir önskade att Hayat varit med, men hon var inte hans längre.

Mamma gjorde vegetarisk kefta i köket.

Telefonen ringde. Det var Isak. Först tänkte Emir låta bli att svara, men de hade en stor grej på gång – en ny hawala-agent hade satt upp en money transfer-butik i Västra. Det skulle finnas mycket kontanter och ounce. »Vi ses om en halvtimme, bror.«

»Jag kan inte. Sorry.«

Isak blev irriterad. Började svära och klaga.

»Kompis, jag kan senare, men inte nu«, sa Emir.

Men Isak gnällde ännu mer. »Bror, är du inte lojal eller?«

Till slut pallade Emir inte. »Men snälla, håll din facking käft. Jag har Mila hos mig.«

Isak tystnade i luren.

Mila tittade upp från skärmen. »Vad betyder facking?«

Mamma tittade in från dörröppningen. »Du är Milas förebild, Emir. Tänk på hur du pratar.«

Han försvann nu. Kunde inte hålla emot.

Han skulle tryckas ut över kanten. Men kanske vara död redan innan han träffade marken.

En röst i huvudet igen. Något som Rezvan hade sagt till honom ekade genom mörkret. »*Du var min förebild.*«

Förebild. Så hade grabben sagt.

Och så mammas röst i skallen igen. *Milas förebild.*

Allt flöt ihop.

Han var inte klar än.

Han vred sig snabbt om.

Djuret släppte en centimeter på strypgreppet. Emir fick in en hand. Kastade sig fram. Skallade den jäveln.

Blodet sprutade.

Grabbarna runtomkring skrek som om någon skjutit mot dem.

Emir kom upp på knä.

Matade.

Yuris förvånade ögon.

Yuris trasiga läppar.

Kraschade näsa.

En förebild?

Emir ställde sig upp.

Nu: männen runtomkring var tysta.

Roys mun var liten som på en docka. Djuret Donetsk låg stilla vid takets kant.

Det hördes inga hurrarop, ingenting.

Södras sahib med händerna hängande och fingrarna fipplande, som någon med jätteabstinens.

»Vi har en vinnare«, sa en av hans grabbar.

Emir såg sig inte om.

Trapporna ner kändes branta, som om han skulle falla vilken sekund som helst.

41

Hon satt mitt emot Ian. Juice, kaffe och over night oats. Sen frukost.

Ian hade rensat det som var kvar av laxen från i går och ställt fram resterna till Taco. Även om det var dumt att vänja honom vid människomat så sa hon inget. Faktum var att hon nog aldrig sett Taco så nöjd som när han glufsade i sig den hypernoggrant rensade rosa fisken.

Ian hade ringt jobbet och sjukanmält sig. Han såg ut som om han varit vaken till fem i natt och festat som en galning. Fredrika undrade vad han mindes av den sista timmen, vad han trodde hade hänt.

I hans fjärde flaska med mölska hade hon lyckats pilla ner den krossade sömntabletten. Mindre än tre minuter efter att de lagt sig på sängen hade Ian somnat. De kom inte ens i närheten av att göra det han hoppats på skulle hända – en puss på munnen, det var det enda.

Hon visste var han hade lagt sin mobiltelefon. Det hela hade varit enkelt: hon höll upp den framför hans ansikte. Face-id:t vägrade i och för sig att öppna sig så länge hans ögon var slutna, men när hon drog upp ögonlocken låstes telefonen upp.

Ian sov som en klubbad säl.

Det tog inte mer än några sekunder att orientera sig i hans lur. Han hade de sedvanliga apparna, men han hade också ett antal meddelandetjänster för krypterade anonyma ändamål. Det första hon gjorde var att koppla telefonen till laptoppen som hon fått av Murell. All data på telefonen skulle speglas till datorn. Samtidigt började hon söka i de vanliga apparna: telefonboken, meddelanden, Whatsapp, Quicksonbits, mejlen och så vidare. Hon sökte efter ett och samma ord: *Höss*.

Murell hade sagt: »Det här är vårt bästa långskott.«

Precis som Emir Lund då, tänkte Fredrika.

Inboxar, utboxar, utkast och papperskorgar. Hon använde olika stavningar: *Hess*, *Hoess* och *Hoeß*. Hon sökte på *Rudolf* och *kommendanten*. Hon sökte till och med på *Auschwitz*. Hon hittade ingenting.

Hon klickade in sig på de andra, mer obskyra, apparna. Wickr, Telegram, Zuzzo och allt vad de hette. De var simplare, hade inte lika många funktioner, men i flera av dem var alla spår av konversationer raderade. Förhoppningsvis skulle några kunna återskapas av analytikerna i Stockholm.

Till slut gick hon in bland bilderna. Det var skärmdumpar från olika spelhemsidor, foton på vackra solnedgångar, vissa från när han var ute och drack öl, några från en skidresa, andra från jakter och en del på olika bilar.

Ingenting intressant.

Klockan var några minuter över midnatt, några minuter över kidnapparnas ultimatum. Hon visste inte hur det gått med EBH, bara att hon måste jobba snabbare.

Hon tittade ner på datorn. Telefonen var färdigspeglad – hon var klar.

Hon skrollade igenom bildflödet i telefonen en sista gång. Då såg hon något. På en av öldrickarbilderna: en överviktig man log mot kameran med en sejdel i handen. Han hade en vit T-shirt på sig. Fredrika zoomade. Över bröstet stod det: *Grattis Höss 40 år*.

Jackpot.

Hon gick ut och satte sig i soffan igen. Ian snarkade därinne i sovrummet.

Fredrika skickade bilden till Murell. *Se texten på tröjan.*

Chefen svarade direkt. *Vi tar reda på vem han är.*

Men det var något mer som Fredrika ville veta. *Hur har det gått med henne? Lösensumman?*

Nu dröjde svaret. Hon lade sig ner.

Varför svarade han inte?

Minuterna gick.

Hon skrev igen. *Deadlinen är väl passerad?*

Efter en stund darrade hennes telefon till.

Jag kan inte gå in närmare på det. Vi har lyckats förhandla till oss en respit på några timmar. EBH lever, det har de skickat bildbevis på.

Fredrika reste sig upp för att packa ihop sina saker, lämna Ian och

Tallänge. EBH levde fortfarande och hon hade fått tag på vad hon kommit hit för. Nu var det upp till Murell, Hjärnan Svensson och analytikerna hemma i Stockholm att ta reda på mer om mannen i Höss-T-shirt.

Då plingade det till igen. Ett meddelande från Murell: *Du kan behövas hos honom lite till. Stanna kvar. Vi har inte många timmar på oss.*

Varför var hon inte förvånad?

Frukosten drog ut på tiden. De småpratade om än det ena, än det andra, Ian lade sig på golvet och gosade med Taco, men han höll igen på utläggningarna om Tallänge.

»Vi hade det fint i går.« Han kisade i morgonsolen.

Fredrika skrattade till. »Ja, laxen som du ger Taco nu var fantastisk.«

»Inte bara middagen, menar jag. Allt var bra. Tycker du inte?«

Hon undrade igen vad han egentligen mindes.

»Jag blev bara så otroligt packad«, fortsatte han. »Blev inte du?«

»Mölska är för vikingar.«

Ian skrattade. »Eller hur?«

Han mindes helt klart inga vitala delar från hur kvällen avrundats. Hon nickade, försökte se blyg ut.

»Jag är glad att du kom. Du får gärna stanna lite längre«, sa Ian, »om du vill slippa betala för hotell, alltså.«

Nej, hon tänkte åka tillbaka till Stockholm, hon hade gjort sitt här.

Det plingade till i hennes telefon.

»Sorry«, sa hon och reste på sig.

Hon låste in sig på toaletten.

Meddelandet var från Murell: *Vi har ett namn på Höss. Han heter egentligen Max Strömmer och är hemmahörande i Tallänge. Försök ta reda på var han finns.*

När hon kom tillbaka vände sig Ian mot henne. Taco stod mellan hans ben med tungan hängande ur munnen.

»Jag har en idé. Vi har Sveriges största OCR-bana utanför

Tallänge, Rävnäs heter den, och som jag minns det älskade du hinderbanor. Ska vi åka dit och köra några varv?«

Hon älskade fortfarande hinderbanor, *Obstacle Course Running*. Frågan var vad hon borde svara. På vilket sätt kunde ett träningspass leda till Max Strömmer, alias Höss?

Ians ögonbryn hoppade upp och ner, han såg nästan ut som Taco. Han ville verkligen hänga med henne.

42

Nova hade gjort ytterligare några inlägg i olika kanaler, pratat om värmen, en ny parfym hon tänkte lansera, en planerad resa till Seychellerna.

Fast nu var klockan över tolv. Hon hade ringt Simon tre gånger till. Var han dryg eller?

Varför ringde han inte tillbaka?

Vågen av besvikelse dundrade genom kroppen.

Han hade lovat.

Hon ringde en gång till. Signalerna gick fram, men Simon Holmberg behagade fortfarande inte svara.

Fan, han kanske hade blåst henne. Han tillhörde det gamla gardet: en medelålders man. För honom var hon kanske bara en liten skit som det gick att lura hur som helst.

Han hade fel. Det skulle hon visa honom.

Utanför hans lägenhet. Nova knackade försiktigt på dörren. Hon ville överraska honom, han skulle inte komma undan med hennes sticka.

Hon lade örat mot dörren och lyssnade. Det var tyst därinne. Kanske satt han på något kontor och skrev?

Hon ringde på dörrklockan.

Inget hände.

Hon kände på handtaget. Dörren var öppen.

»Hallå«, ropade Nova i hallen.

Hon fick inget svar nu heller. Men om han var på något kontor eller var han nu jobbade någonstans borde dörren inte ha varit öppen.

»Simon«, ropade hon.

Sovrummet var tomt.

Hon gick in i vardagsrummet.

Han satt i soffan och lutade huvudet mot väggen.

Hon satte sig bredvid honom. »Simon«, viskade hon. »Dags att vakna.«

Något klibbade på soffkudden, den var blöt.

»Simon«, sa hon igen. Gardinerna var fördragna, det var dunkelt härinne.

Hon tände lampan och tittade ner. Dynan var mörkröd.

Rummet kändes med ens trångt, väggarna lutade sig inåt.

»Simon?« Hon hörde sin egen röst: hög och gäll nu.

Det var något konstigt med hans linneskjorta, något var fel vid magen.

Sedan såg hon.

Han var trasig där. Skjuten eller huggen. Blod överallt.

Ansiktet förvridet.

43

Ögonbrynen blödde, revbenen kändes som brutna tändstickor och huvudet var en krossad vattenballong – ändå: Emir kunde inte sluta skratta.

Han hade räddat sig själv. Han hade vänt något i sitt huvud, han kände det tydligt. Ett nytt ljus därinne, ett nytt sätt att se på allt.

Och nere på gatan kom en bekant figur emot honom: Rezvan.

»Jag hörde att du skulle gå en match«, sa grabben. »Det ser ut som om du vann.«

Emir smajlade, det gjorde ont i hela ansiktet. »Vad gör du här?«

»Jag blev orolig när jag hörde det där snacket, så jag försökte hitta dig.«

»Kan jag låna din telefon?«

Emir ringde advokat Nikbin. Han svarade inte.

Han ringde sur-Fredrika. Hon svarade inte heller.

Han lämnade meddelanden.

De satte sig på en parkbänk. Rezvan hoppade upp på bänkens ryggstöd, precis som Isak brukat göra när de var små.

»Vem ringde du?«

»Min advokat och de som skickat in mig hit, men jag pratar inte med vem som helst, bara med en speciell snut. De får ringa tillbaka.«

»Varför pratar du bara med en särskild snut?«

»Hon är förutsägbar. Vet du vad det betyder?«

Rezvan skakade på huvudet.

»Det är motsatsen till dig.« Emir dunkade grabben i ryggen. »Tack, kompis. Tack för att du bryr dig.«

Rezvan var långt ifrån förlorad.

En stund senare ringde Fredrika tillbaka. Hennes ansikte var pixligt på skärmen.

»Har ni hittat henne?« frågade Emir.

»Nej«, sa hon. »Vi arbetar fortfarande med det du har gett oss.«

»Vad väntar ni på?«

»Jag har inte sådan information. Men det pågår en förhandling. Så du har gjort exakt vad du skulle, tack för det. Vad har hänt med dig, förresten?«

»Inget.«

»Du ser inte ut att må bra, ditt ögonbryn är skadat.«

»Det är ditt fel.«

Snutar förstod ingenting.

»Narkotikan du skickade in var syntetisk. Och jag fick ta skiten för det.«

Sur-Fredrika såg förvånad ut på riktigt, han såg det på henne.

Hon öppnade munnen. »Jag måste kolla upp hur det kunde bli så«, sa hon bara.

Emir stönade. »Skit i det nu. När räddar ni henne?«

Fredrika såg självsäker ut igen. »Oroa dig inte. Vi kommer att lyckas, våra operatörer är på väg in. Du kommer säkert att vara en fri man inom några timmar.«

En värme spred sig i kroppen, inte av solen eller hettan i luften, utan inifrån och ut. Han sket verkligen i vad som hänt med Djuret uppe på taket. Det sursnuten sagt var otroligt, om det nu var sant – plötsligt kände han ett sug att retas lite.

»Fredrika, var är du någonstans?«

»Det spelar väl ingen roll«, sa hon tyst.

»Ska du inte komma in hit och fira med mig?«

Hon snörpte på munnen. »Senast vi pratades vid kallade du mig för en dum bitch. Har du glömt det?«

»Förlåt. Jag var frustrerad, men nu är jag gladare.«

»Nu räcker det«, avbröt hon. »Jag har inte tid med ...«

Emir avbröt henne. »En sista sak. Hur mår Isak?«

Hon skakade på huvudet. »Jag har ingen aning.«

»Något bra?« undrade grabben när Emir lagt på.

Emir nickade. »Min vän är kvar på sjukhuets. Men jag är klar.«

»Har de hittat henne?«

»Nej, men de är på gång.«

»Har de skickat in snutar hit? Chansir?«

»Ja.«

Rezvans röst var stissig och seriös på samma gång. »Det kommer inte funka.«

»Vad kommer inte funka?«

»Fattar du inte? Roy kommer fatta att snuten är här innan de ens har parkerat sina bilar eller helikoptrar.«

»De klarar vad som helst. De är elit.«

Det var bullshit. En liten röst i hans huvud upprepade ordet som Rezvan sagt: *helikopter*. Hur tänkte aina egentligen komma in?

Antingen genom tunnlarna eller med helikopter, men tunneln som han själv använt hade förstörts. Kanske kunde snutarna klättra över muren, använda stegar och bultsaxar för att klippa taggtråden, eller spränga sig in. Men det spelade ingen roll hur de gjorde – oavsett om de flög, klättrade över eller fick hela skiten att explodera – folket härinne skulle se dem.

Höra dem.

Upptäcka dem.

Varenda cell i hans kropp visste: grabben hade rätt. Snutjävlarna skulle inte lyckas. Inte här. Inte i *Järva särområde*.

Fast samtidigt: även om aina inte lyckades rädda ministern så hade han redan lämnat information som var sann, han hade gjort sitt.

Rezvan sa: »Vad ska du göra nu?«

»Varför bryr du dig?«

»Jag vill bara hjälpa dig.«

»Ja, men varför?«

Rezvan balanserade uppe på parkbänkens ryggstöd. »Jag vet inte.«

De tystnade.

Himlen var blå som på en teckning.

Sedan öppnade Rezvan munnen. »Du vet, lärarna, soc-tanterna, killarna i klassen, alla var svin mot mig. Men jag kunde dina matcher utantill, varenda slagserie och spark, jag hade T-shirtar med ditt fejs på, jag hade dig inlagd som bakgrundsbild i min telefon. Och när de pissade på min jacka, sparkade sönder mitt ena nyckelben och när läraren sa att jag var slöast i hela Järva, så gick jag ändå alltid tillbaka till skolan. Vet du varför?«

Emir märkte att han gapade.

Rezvan såg ut som en apunge däruppe på ryggstödet. »För du gav dig aldrig i octagonen. Hur många smällar du än fick.«

Emir tittade ner i marken. Asfalten var sliten, som om den höll på att lösas upp i småsten.

»Jag är fortfarande Prinsen«, sa han.

Emirs hjärna var vriden. Emir trodde på något nu – han visste bara inte på vad än.

Han behövde slicka sina sår, dra en zutt eller tre. Framför allt: vila. Han var halvt ihjälslagen – hans ögonbryn behövde fixas. I morgon skulle njursymptomen börja kännas av om han inte fick vård. Han måste ta sig ut då. Som en fri man.

Grabben fortsatte att stirra på honom. »Lägg av.«

»Vadå lägg av?«

»Du är inte Prinsen längre.«

Det där hugget tog.

»Du kanske fortfarande vill vara det, men du vågar inte.«

Varför kunde grabben inte sluta jiddra? Emir hade nyss besegrat Djuret – han vågade allt.

Han visste vad som hade förändrats däruppe vid kanten på taket. Han visste vad han trodde på nu. Han hade tänkt skita i att hitta ministern. Snuten sa att han var klar, att han hade gjort sitt. Men snuten skulle inte kunna lura Roy. Ministern var lika körd som förut.

»Habibi«, sa han. »Vet du vad Prinsen tänker göra?«

Rezvan skakade på huvudet.

»Prinsen tänker hämta hem deras facking minister«, sa Emir. Prinsessan behövde en pappa som tog ansvar.

Det ryckte i Rezvans mungipor: ett smajl på gång. »Först måste du fixa ditt ögonbryn. Inte ens Yuri Djuret Donetsk skulle gå upp i en fight med det där såret.«

44

Hinderbanan såg ut som hinderbanor brukade se ut. Balansribbor, *A-obstacle*-hinder, armstege, romerska ringar på rad, dips walk, och så vidare. Den var stor, allt var byggt av gula metallräcken och svarta nät, och många av hindren fanns i två eller tre storlekar, vilket var påkostat. Den låg mitt i skogen och det var helt tomt här, normala människor var på jobbet en dag som denna.

Fredrika hade inga ordentliga träningskläder, men hon hade fått låna ett par shorts av Ian. Hon kanske skulle testa ett varv ändå, nu när hon ändå var här. Samtalet med Emir hade hon tagit ute på gatan – hon hade sett Ian stå uppe i sitt fönster och titta efter henne, men han förstod ju att hennes jobbsamtal kunde vara känsliga historier.

Han gick mot klätterväggen. »Häng på.«

Taco följde efter.

»Jag tror den här banan är en av de bästa i Sverige. Ska vi se om vi kan ta oss över?«

Väggen var både bredare och högre än på många andra OCR-banor hon sett.

Bakom den bredde skogen ut sig.

Fredrika kände hur Ian rörde sig bakom hennes rygg. »Okej«, sa hon. »Jag först.«

Hon tog sats, det enda som räknades var att ha hög fart in, och blicka framåt, uppåt. Tittade man rakt mot väggen var det också där man hamnade, sista biten tänkte hon häva sig upp, och då måste ena benet redan ligga över kanten.

Hon såg flashar i huvudet: hur Niemi blödde genom kavajen efter att ha träffats, hur ministern slets ner från scenen, det sönderskjutna ansiktet på mannen i folkmassan, pojken som slängt en sten på henne. Så kastade hon sig upp, tog spjärn med foten mot väggen och greppade kanten med höger hand. Träet var torrt under fingrarna.

Hon tryckte sig upp med kraft, stark, explosiv.

Marken på andra sidan var mjuk.

Ian kom efter henne, landade med ett dovt läte på gräset. Han var imponerande kraftfull.

Han log inte längre.

Det var bara Taco som log. Ian plockade upp hans koppel.

Instinktivt tog Fredrika några kliv bort. »Jag skulle nog tycka om att bo här«, sa hon som en fortsättning på deras tidigare konversation.

Ian svarade inte.

Fredrika följde hans blick, längre bort bland träden kom en man gående.

Mannen kom närmare, överviktig och med halvlångt, ljust, stripigt hår, militärgröna byxor och en kortärmad skjorta med axelklaffar.

Hon kände igen honom från Ians telefon: Max Strömmer.

Under ett ögonblick hann Fredrika tänka att Ian gjort henne en tjänst. Att hon på något sätt råkat försäga sig och att han nu hade fått hit objektet för hennes uppdrag.

Men hon hade inte försagt sig, och hon hade ingen aning om hur de kunde veta.

Max Strömmer hälsade inte, han bara stod där och stirrade. Sedan tog han upp en Luger P08 – han måste ha haft vapnet vid ryggslutet, hon hade inte sett det.

»Vi vet varför du är här«, sa han med mörk röst.

»Det finns flera skäl till att jag är här.«

Hon kände pulsen dra iväg.

Taco uppfattade situationen, drog tillbaka läpparna, blottade tänderna.

»Såja«, försökte Ian lugna.

Strömmer stod fyra meter bort och blängde. Tacos koppel var stramt. Ian hade lurat henne, men det var hon som försökt lura honom först.

Max Strömmer höll pistolen som om den var gjord av plast, sladdrigt.

Hon hade tränat tusentals gånger på att avväpna någon som riktade ett skjutvapen. Hon måste nå personens hand, vrida den, angripa rätt ställe mellan tummen och pekfingret. Det byggde i sin tur på att hon måste kunna ta sig fram minst tre meter utan att få skallen bortskjuten.

Taco morrade.

»Såja, gubben, det är ingen fara«, försökte Ian igen, men Taco slet i kopplet.

Strömmer osäkrade vapnet. »Få hunden lugn.«

»Jag fixar det«, sa Ian och böjde sig ner. Taco gläfste.

Fredrika undrade igen *hur* Ian hade fått reda på hennes uppdrag här – det var ju bara Murell och möjligen Svensson som visste om hennes resa hit.

Strömmer höll pistolen stadigare nu.

»Vänta«, sa Fredrika, med så mjuk röst hon kunde. Hon vände sig mot Ian. »Jag kom hit för att jag fick en order. Men du ska veta att jag hade kunnat tacka nej.«

Det var svårt att vända bort ansiktet från vapnet, hon ansträngde sig för att titta på sin före detta kollega med kärleksfulla ögon.

»Jag *ville* träffa dig. Och det som hände i natt mellan oss, det var inte en del av något jobb. Det var mina känslor. På riktigt.«

Ians ögon rörde sig så mycket nu att det såg ut som om han fått ett krampanfall av något slag.

Då högg Taco efter honom, han snubblade bakåt, tappade taget om kopplet.

»Få still på hundjäveln«, skrek Strömmer.

Fredrika tog ett steg: tre meter mellan henne och Strömmer. Samtidigt förstod han vad hon höll på med.

Taco kastade sig mot Strömmer.

Smällen ekade som ett åsknedslag i skogen.

Taco pep till och föll ihop mitt i språnget.

»NEJ«, skrek Ian. »Vad gör du?«

För en kort sekund var Fredrika på väg mot Tacos kropp, han såg ut som om han somnat där på gräset, sedan vände hon och slängde sig över Strömmer.

Det aset. Han fick skjuta henne om han hann. Hon sket i vilket.

Det hann han inte.

Hon pressade nerven i hans högerhand, vred pistolen ur hans grepp, knäade honom i pungen. Hon slängde sig efter vapnet på marken. Greppade Lugern, ställde sig på ena knäet – stridsposition. Hon sköt aset i låret.

Max Strömmer föll ihop som om en matta dragits undan under honom. Han vrålade värre än en stucken gris. Men han skulle inte dö, kulan hade gått rakt igenom muskeln.

Han var en kriminell djurplågare.

Ians ögon stod ut som om någon sugit ut dem med en dammsugarslang.

Taco låg stilla. Fredrika kände över hans bröstkorg. Den rörde sig inte.

Ingenting. Hon kände ingenting.

Hon kupade handen nära hans nos, snälla, hon ville känna utandningsluft.

Ingenting.

Nej.

Hon andades inte heller, kändes det som. Hon grät inte. Hon riktade bara pistolen mot Ian: »Dra Strömmer till bilen.«

Taco låg kvar, i en skog i Tallänge kommun. Hon fick hämta honom senare. Sörja senare. Nu fanns det andra saker att ta hand om.

45

Hon befann sig fortfarande i vardagsrummet.

Hon hyperventilerade.

Hon hade varit i lägenheten alldeles för länge nu, men hon visste inte vad hon skulle göra, vart hon skulle ta vägen.

Det hade känts som om hon satt fast i soffan. Det kladdiga blodet spreds över dynorna utan att Nova ens rörde sig. Simons kropp halvlåg, den såg så normal ut ändå, som om döden väntade med att måla den i sina färger. Det skulle inte ens ha känts särskilt skumt om han plötsligt börjat röra på sig. Men hans mage var i slamsor, och han hade ett plågat drag över ansiktet, en spändhet, som om han drömde en extra grym mardröm.

Ljudet av hennes egna andetag var det enda som hördes i rummet.

Det här var helt sjukt, så klart, men ändå: hon måste göra något. Hon måste agera.

Sedan slog en annan tanke ner i huvudet på henne: Tänk om hon inte var ensam?

Hon vände sig om och tittade på Simons sönderttrasade kropp.

Den gröna pläden hade halkat ner på golvet. Det grå ljuset, mattan på golvet, de mörka träpanelerna, de grå tapeterna: allt föll in över henne.

Hon måste andas tystare.

Hyperventilerade. Måste tänka bättre.

Hon måste lyssna. Någon kunde vara kvar i lägenheten.

Hon höll på att lösas upp i atomer, rädslan rev omkring i hennes kropp. Hon ville svimma. Hon fick krama sig själv för att inte börja skaka.

Hörde hon något? Ett knarrande ljud.

Hon småsprang in i sovrummet. Hon måste ringa polisen också, men hennes handväska stod i hallen. Långsamt gick hon fram mot den fördragna gardinen. Den gick från golv till tak och tyget var tjockt, mörkläggande. Det stod någon bakom den.

Hon drog undan gardinen i en snabb rörelse. Tomt, så klart.

Hon smög ut i köket.

Där luktade det fortfarande friterad tofu och vitlök. Solen lyste in rakt på köksbordet, allt såg mycket stökigare ut än i går kväll, men det var tomt därinne också.

Hon stannade upp och lyssnade igen: ljudet av en buss utifrån gatan.

Lägenheten kanske var tom ändå.

Hon ställde sig i hallen, försökte ta några djupa andetag. Hon måste tänka klart. Så kom hon på vad hon inte sett, vare sig i sovrummet, köket eller här: minnesstickan som hon lämnat till Simon. Han måste ha gömt undan den någonstans.

Hon gick igenom rummen igen, drog ut lådor och tittade i garderoberna. Strukna skjortor, murriga kavajer.

Bredvid balkongdörren i sovrummet stod ett bord i något som såg ut som betong, med utdragslådor av aluminium, det hela påminde mer om en bänk. Hon drog ut lådorna en efter en. Hon måste hitta den där stickan – sedan ringa polisen.

I den första lådan låg OCB-papper och en påse med något som uppenbart var marijuana. Där fanns också några snusdosor och ett paket Marlboro, vilket däremot var jävligt äckligt. I nästa låda låg påsar med något som också såg ut som gräs, men som hon misstänkte var tobak till en vattenpipa. I den tredje lådan fanns hans klockor. Eller snarare, där låg ett avlångt, smalt läderskrin i metall med glaslock med plats för tre klockor, men bara två satt fastspända på läderrullarna. Hon tänkte på kassaskåpet hos Agneröd. Varför hade den som haft ihjäl Simon inte tagit klockorna? Det hade bara varit att lyfta med sig skrinet i ett svep, som vilken inbrottstjuv som helst.

Hon lyfte upp läderskrinet på bänken. Då såg hon vad som låg under det – minnesstickan.

Så insåg hon: *hon* skulle bli misstänkt för det här. Hennes fingeravtryck fanns överallt i lägenheten. Någon granne kunde ha sett henne gå in. Hon hade ingen förklaring som skulle låta rimlig till att hon var här, och om de grep henne och gjorde husrannsakan hemma hos henne skulle de hitta en klocka som tillhörde mordoffret. Hon tittade på sina byxor: hon visste direkt vad den rödaktiga fläcken på undersidan av ena låret var för något. Hon hade suttit bredvid hans blodiga kropp i soffan.

Hon tog upp sin telefon och slog numret till den enda polis i världen hon litade på: sin storasyster.

Signalerna gick fram.

Novas huvud dunkade. Svara nu, Fredrika, tänkte hon, jag vet att jag är en jobbig jävel, men snälla, svara.

46

Ett högt stängsel – inte ett trästaket som när han själv var barn. Eller lurade minnet honom? Var det bara hur han ville att gårdarna i Järva skulle se ut?

Hans händer greppade gallret som klor. Han såg Mila tio meter bort, hon lekte i sandlådan. Pratade för sig själv i sitt vita linne som mamma köpt, håret uppsatt i två tofsar.

Han var förvånad att Lilly ens lät henne leka utomhus, med tanke på upploppen. Men kanske var det för varmt i deras lägenhet, och kanske hade Mila ingen annanstans att ta vägen. Lilly kunde ju göra vad som helst – hon satt säkert uppe i lägenheten, hög som ett facking vattentorn.

Han hade slitit ner skokartongen och tömt innehållet i en påse. Pengarna och ouncemynten: allt han ägde. Revbenen värkte, ögonbrynet kändes som om det hade trillat av – det spelade ingen roll: inom några timmar kanske han skulle vara död. Han ville att Mila skulle få det lilla han hade – det skulle inte räcka hela vägen ut, som han hade hoppats, men det var i alla fall något.

Det skulle gå snabbt, han skulle bara räcka henne påsen, och få henne att förstå.

Han visslade.

Mila tittade upp, spejade bort mot stängslet. Hon kände inte igen honom, i alla fall inte på avstånd. Hon vände sig mot sandlådan igen. Någon annan mamma lekte med sitt barn vid sidan av hans dotter.

Emir ropade.

Mila tittade upp igen. På avstånd: han kunde ändå se hur något lyste upp i hennes lilla blick.

Framme vid stängslet. »Pappa?«

Han nickade. Fingrade på påsen i fickan.

»Du ser läskig ut«, sa hon.

Han hade inte tvättat av sig.

»Det är ingen fara«, sa han så lugnt han kunde. »Jag har tävlat.«

Milas hår var blankt och svart och hennes små skrattgropar såg exakt ut som hans mammas. »Vann du?«

Emir visste inte om hon visste att han brukat tävla i MMA. Han sköt fram ansiktet mot stängslet. »Det kan man säga. Får pappa en puss?«

Mila böjde sig mot gallret och plutade med munnen.

Det högg till i magen. Nej, det var inte magen – det var i själen det gjorde ont.

Han tog upp påsen. »Min lilla prinsessa, pappa har en present till dig. Men den är hemlig, du måste gömma den hemma någonstans. Du får inte berätta för någon, inte ens för mamma. Förstår du?«

»Vad är det för något?«

»Du ska berätta för farmor var du gömt påsen nästa gång du träffar henne.«

»Är det godis?«

Emir drog efter andan. »Ja, älskling. Det är godis för framtiden. Du kan inte äta det nu.«

Ett skrik.

Fan också – Lilly hade kommit ut. Dreadlocksen slängde efter henne som ormar.

Emir stoppade tillbaka påsen i byxfickan. Log åt Mila. »Det blir en annan gång, älskling.«

Vilken idiot han hade varit. Så klart skulle hon inte kunna gömma något för Lilly, än mindre ljuga för henne. Han kunde inte lägga det på Mila.

Men han ville ändå lämna pengarna på något säkert ställe. Hos någon han litade på, där varken snutarna eller Roy skulle leta om allt sket sig.

Han visste bara en person.

Koden därnere var densamma som förr, men hissen fungerade inte.

När han tog trapporna upp darrade han, inte på grund av skadorna han fått i fighten – han hade inte träffat henne på åratal.

Ringklockan vid dörren funkade inte. Emir knackade hårt. Hon kunde vara på sjukhuset, men han hoppades att hon skulle vara hemma.

Låset vreds om och Hayat öppnade. Hon stod bredbent i korridoren.

Vans och Converse stod prydligt upparadade på skohyllan – som förr.

Emir stirrade på sig själv i spegeln på hallväggen. Han hade sett ut som skit senast han såg sitt ansikte, men nu såg han ut som en *död* skit: en avliden vandrande zombieskit med sprucket ögonbryn, det var vad han var. Att Mila ens känt igen honom var ett mirakel.

»Men herregud«, utbrast Hayat.
»Jag skulle behöva din hjälp med ögonbrynet.«
»Jag tänker inte fråga vad som har hänt.«

Några minuter senare satt han på en stol i hennes kök. Hon hade desinficerat såret och lagt på några Steri-Strips. Hon hade målat om härinne, ljusgula väggar.

»Egentligen behöver du sy det här för att det ska läka ordentligt«, sa Hayat.
»Kan du göra det?«
»Klart att jag kan, men jag har inte grejer härhemma.«

Hon hade inte ens kommenterat att de inte setts på flera år, men hon hade inte satt på sig någon slöja när han kommit in – på något sätt måste hon fortfarande känna sig nära honom. Eller?

»Hur mår du?« sa han.
»Jag har jobbat hela natten.«
»Lägg av.«
»Man gör det man måste.«
»Det pågår ett krig därute«, sa Emir.
»Det är inget krig.«
»Varför inte då?«
Hayat suckade. »För krig har ett slut.«

Hon hade ett par skumma byxor på sig, kamouflagefärgade med massor av fickor på sidorna. Hon såg ut som en paintballfanatiker, men hon pratade som förr. Och Hayat var precis lika snygg som förr.

»Om ens en tiondel av de här upploppen hade inträffat utanför ett särområde hade statsministern utropat nationellt krisläge och skickat in militären för länge sedan. Men hit in skickar de inte ens kravallpolis. De har till och med övergett polisstationen.«

»Jag skulle vilja be dig om en till grej«, sa han.

Hayat tog av sig plasthandskarna hon haft på sig.

Emir lade påsen med pengarna på bordet. »Det här är till Mila. Det är pengar som hon ska ha.«

Hayat sneglade på honom. »Varför ger du dem till mig?«

»För jag vet inte vad som kommer hända med mig, och du och mamma är de enda jag litar på.«

»Vad håller du på med, Emir?«

»Jag letar efter ministern.«

»*Den* ministern?«

»Ja.«

»Really?«

»Faktiskt, ja.«

»Det trodde jag inte om dig.«

»Jag är en ny människa. Det var du som brukade säga *ur askan i elden*.«

»Exakt, men vet du ens vad det betyder?«

»Att ur askan kan en *fire* växa, något med ny energi...«

»Nej, Emir, det betyder att man går från en dålig situation till en ännu värre.«

Han tittade på henne. Hon var så fin. Och han visste en sak: ingen kunde se så bestämd ut som Hayat. I en annan tid och på en annan plats: det skulle ha varit hon som var boss i det här landet, statsminister. Det skulle ha varit hon som kallat in trupperna, som beordrat upprensning här. Som slopat förbudet för SGI-markerade killar att få gratis dialys och gemensam vårdnad om sitt barn.

Det ringde på Hayats telefon.

Hon svarade: såg förvånad ut. Räckte över luren till Emir.

Det var Roy Adams.

Shit.

»Brorsan, det är jag. Varför svarar du inte på din telefon?«

»För du tog min telefon, din idiot. Varför ringer du på Hayats telefon?« Motfråga.

Roy garvade. »Jag fick ju inte tag på dig. Men mina killar sa att du kanske var hos din gamla brud. Vi har testat grejerna. De är rena.«

Södras sahib hade ansträngt sig för att hitta honom igen. Emir visste varför. Snutarna hade skickat in en ny drönare till honom. Den här gången med riktigt kokain, nittiosexprocentigt. Aina såg det säkert som ett sätt att få information om kidnappningen, och Roy hade tydligen tagit emot grejerna. Nu ville sahiben snacka, fast han just hållit Emir i kedjor en hel natt och hetsat i gång sjukaste fighten uppe på taket. Han var på riktigt galen.

»Bror, vad fan tror du?« sa Emir. »Du fick mig sönderslagen däruppe.«

Roy lät som om inget hade hänt. »Men förlåt då. Var inte så tjurig. Jag trodde du försökte blåsa mig. Men nu har du skickat rena prover. Varför gav du mig skit första gången?«

»Alla kan facka upp.«

Roy var tyst en stund, smackade med munnen som vanligt. Sedan sa han: »Jag är redo att köpa.«

Emir sneglade på Hayat, hon verkade inte förstå någonting än.

»Lyssna«, sa Roy med alldeles för hög röst. »Jag kommer snart ha cashen.«

»När?«

»De säger jag är blessed«, sa Roy. »Mina shunos säger: nu jag är klar. De säger: ta pengarna och spring. För du vet, snart, mycket snart, jag kommer göra värsta dealen.«

Emir visste vad det var för deal dockknullaren pratade om – samtidigt: det här freaket var just nu den mest jagade mannen i Sverige, möjligen efter A.

»Jag har alltid tänkt att när jag har gjort tjugo kaniner«, fortsatte Roy, »ska jag ta mig ut ur det här området, lämna det här assholelandet och köra gumball genom hela facking Europa tills jag kommer till havet. Där ska jag parkera Ferrarin, köpa en kåk och bara sitta och bli gammal. Vad gör shunos som vi när vi blir gamla?«

»Chillar?«

»Nej, brorsan. För vi blir inte gamla. Antingen vi hamnar på kåken eller så dör vi.«

»Alla dör inte.«

»Jo, alla dör. Kanske inte för att de får metall i sig, men vi dör för att vi slutar vara ... du vet ... fan ...« Roy lät förvirrad. »Jag hittar inte ordet, bror.«

Emir fattade inte vart sahiben ville komma.

»Vi slutar vara ...«

Emir var tydlig på rösten. »Ska du köpa mina varor eller inte?«

Roy smackade. »Man dör för att man slutar *vara människa*. Det var så jag menade. Man dör inuti. Förstår du?«

Emir vände sig om, telefonen tajt mot örat.

Hayat stirrade med en blick som var så vass att den hotade att skada honom fysiskt.

»Men jag kommer inte dra till någon sjö«, gastade Roy sedan. »För jag vill alltid ha mer.«

»Ska du köpa eller inte?«

»Jag kommer köpa dina varor för att jag kan sälja dem ännu dyrare. Berätta för mig hur du vill ha dina pengar.«

Emir hade tänkt på det här.

»Jag kommer skicka en fil till dig, som du öppnar i din lur. Där finns instruktioner för hur du ska föra över.«

»*Seriously?*«

Emir försökte låta självsäkrare än bossen själv. »Hur får du in cash, förresten?«

»Sa jag inte det förut? Jag ska sälja en grej till staten.«

»Vadå för grej?«

Roy var tyst.

Kom igen, svara nu då.

»Äh, skit i det, kompis. Skicka filen bara.«

De var klara.

Emir mötte Hayats ögon igen: han var tvungen.

Hon hade armarna i kors. Röd i ansiktet. »Vad var det där om?«

»Det har med ministern att göra.«

Emir hade varit ihop med Hayat i ungefär två år, men han hade känt henne sedan han var tio. Han hade aldrig hört henne skrika. Förrän nu. Det var det värsta ljud han hört, det skar i öronen som upphettade kebabspett.

»Tror du att jag är dum i huvudet eller?« Ögonen blixtrade.

»Emir. Du lovade mig en gång att sluta med sådant här.«

»Du förstår inte. Jag måste, annars tar snuten in mig igen ...«

»Tyst.«

Hennes nävar vitnade.

»Emir, du tror att du är modig. Att du ligger i krig med polisen, med staten. Att du måste vara hård, inte vika ner dig. Men det är feghet som driver dig. Hör du det, du är feg. Du gör bara vad som förväntas av dig. En gång vågade du släppa taget, det var när du satsade på MMA:n, men det varade inte länge. Det är dags att du visar lite riktigt mod.«

»Men Hayat, du förstår inte.«

»Sluta ljuga mig rakt upp i ansiktet.«

Det var för sent.

»Ut härifrån.«

Emir backade.

Ögonbrynet värkte. Det behövde sys, hade hon sagt. Men det gick inte att sy ihop det här just nu.

47

Ians hus var tyst och lugnt. Kanske var det bara kontrasten till det hon just varit med om på hinderbanan, eller den samlade effekten av *all* skit hon varit med om de senaste dagarna. Först hade hon lett in Ian, Lugern hårt pressad mot hans rygg. Hon bakband honom, tejpade hans mun, fäste honom vid elementet i hans sovrum. Stängde dörren.

Det här var hans fel.

Sedan förde hon upp den gnällande Strömmer, bandagerade hans blödande lår, snörde om hans händer och ben och tejpade munnen på honom också. Satte honom på en stol i köket.

Det var ännu mer *hans* fel. Djurmördare.

Då ringde Nova, av alla människor, men det var absolut inte läge att prata med henne nu.

»Jag ska vara ärlig mot dig, Max, inte spela något spel.« Fredrika slet bort tejpen från hans mun. »Vi har ont om tid. Eva Basarto Henriksson har som du säkert vet varit borta i snart tre dygn. Hon måste tillbaka nu. Så du kan lika gärna berätta för mig direkt. Annars kommer det här att bli otrevligt.«

»Jag vet ingenting.«

Hon böjde sig ner över honom.

»Du har använt ett alias«, sa hon bara. Hon ville ställa honom till svars för mer – att han i en krypterad konversation skrivit saker som indikerade att han vetat om att någon skulle försöka skjuta Sveriges inrikesminister – men det var bara i dåliga teveserier som de spelade ut alla kort direkt.

Max Strömmer såg oförstående ut. »Jag vet ingenting, säger jag.«

»Du vet visst.«

Han spärrade upp ögonen. »Om du verkligen är polis har du dina begränsningar. Det vet du lika väl som jag. Jag säger ingenting utan en advokat.«

Han hade rätt. Hon kunde tjata och skrika på honom och kanske till och med hota honom, men han kunde tiga hur mycket han ville, det hade han laglig rätt till. Han hade också rätt att ha en advokat närvarande. Så var reglerna. Hon rev av en bit tejp och klistrade för munnen på aset igen.

Chefen svarade på första signalen.

»Jag har Max Strömmer hemma hos Ian. Han är skadad, men inte livshotande. Jag sköt honom.«

Murell mumlade något. »Så nu sköt du?«

»Han dödade Taco.« Hon hörde själv hur sjukt det lät.
»Har du förhört honom?«
»Jag har inte börjat än. Han vill ha en advokat på plats, men han har redan sagt att han inte vet någonting, han tänker inte prata.«
»Vi har inte tid med advokattrams och alla formella skitgrejer.«
»De är inte bara formella ...«
»Lyssna på mig«, avbröt Murell. »Detta är ett paragraf 10-läge. Strömmer ska förhöras omedelbart, han har ingått i någon form av cell, och han ska prata. Du ska använda de metoder du behöver för att få honom att öppna käften.«

Hon kunde förstå att hon inte skulle invänta advokat, det fanns undantag i rättegångsbalken och polislagen – man fick förhöra en misstänkt utan ombud, om det var fara i dröjsmål. Men det andra.

»Vilka metoder menar du att jag ska använda?«

Murell förklarade. Fredrikas mage drog ihop sig, hon grep hårt om telefonen.

Hon sökte efter något att säga, något argument, men tankarna krockade hela tiden med varandra. Hon visste att det fortfarande var svinbråttom att få ut information ur Strömmer, även om Murell inte sagt något om förhandlingarna med kidnapparna.

Murell hann före henne. »Du behöver inte tänka mer på det. Du ska bara göra som jag säger.«

Det var en order.

Och Max Strömmer hade mördat hennes hund.

Fredrika blötte handduken under kranen och klev fram mot honom.

»Det är ett gammalt beprövat förhörsknep i vissa västrare delar av världen«, hade Murell sagt om den metod han avsåg. Själv hade Fredrika bara läst om det på internet. Fast det stämde inte riktigt: hon hade tänkt på tuffare förhörsmetoder som den här många gånger.

Strömmer gjorde ljud genom tejpen.

Hon slet bort den, hans hud var narig runt munnen.

Hon lade den blöta handduken över hans ansikte. Han ryckte i buntbanden, men hon hade dragit åt allting hårt.

»Nej«, skrek han. »Släpp mig.«
Hon lyfte karaffen med vatten.
»Vad gör du, snälla.«
Hon började hälla vatten över handduken.
Han skrek som en galning.
Hon var glad att närmaste grannhus låg hundra meter bort.

Ian såg ut att skaka, han låg i något slags bakvänd fosterställning. Sängen var obäddad. Gardinen fördragen. Hon mådde riktigt illa.
Hon ställde sig över honom, undvek hans ögon.
»Hur visste du att jag letade efter Strömmer?«
Ian försökte säga något bakom tejpen.
Ritsch.
»Vad gör du med honom därute?«
»Svara på min fråga.«
Han skakade på huvudet.
»Visste du att han skulle ha ett vapen?« frågade hon.
Ian skakade på huvudet igen – oklart om det betydde att han inte ville svara, eller att han inte vetat om vad Strömmer planerat.
Hon kände hur han sökte hennes blick.
»Du skadar honom«, sa Ian.
»Jag *förhör* honom.«
»Du torterar honom, eller hur?«
Fredrika kunde inte undvika hans ögon längre.
Inifrån köket hördes Strömmers flåsande läten.
Vad skulle hon svara Ian? Vad *kunde* hon svara? Det var inte tortyr – det var en förhörsmetod.
Hon backade mot dörren.

Köket.
Fredrika räknade i huvudet.
Tjugo sekunder.
Max »Höss« Strömmer gurglade. Han försökte vrida bort huvudet.
Hon höll fast honom i det risiga blonda håret.

Kallt vatten.
Gurglande ljud.
En minut.
Hon pausade, lyfte undan handduken.
Strömmer kippade efter luft. »Du måste sluta, jag ber dig.«
Han grät och snorade.
»Det jag vill veta«, sa Fredrika, »är hur det kommer sig att du kände till attentatet mot Eva Basarto Henriksson.«
Strömmer skakade på huvudet, det gick knappt att höra vad han sa genom snoret och kräkreflexerna. »Jag ... vet ... inte vad du pratar om.«
Fredrika lade tillbaka den dyblöta handduken. Vattnet som hon hällde över den var klart som kristall.
»Jag vill veta varför du skrev *Den Stora Fittan kommer få ett hål till i dag?*«
Strömmer skakade frenetiskt på huvudet.
Han hulkade och hyperventilerade.
Han drunknade om och om igen – det var så det kändes, det visste hon.
Waterboarding. Vattentortyr.
Fyllda näsborrar och fylld mun. Fyllda bihålor och fyllt svalg.
»Jag vill ha ett svar«, sa hon.

48

De satt uppradade i vardagsrummet som något jävla familjeråd och väntade på Fredrika: pappa i den blommiga Svenskt Tenn-fåtöljen, mamma och Nova i Svenskt Tenn-fyrsitssoffan. Tekoppar och kex stod på soffbordet från Svenskt Tenn. Bredvid låg den lilla minnesstickan som allt det här på något sätt handlade om. Den var inte från Svenskt Tenn.

Nova var trött – hon hade gråtit och oroat sig länge nu. Hon hade på sig sina gamla mjukisbyxor från gymnasiet, tunntvättade, mjukslitna över knäna, men lika sköna som ett extra skinn. De var inte sponsrade, inte framtagna i samarbete med något varumärke, inte betalda för med någon annans pengar. Hon hade köpt dem för riktiga egna pengar. Mjukisbyxorna var inte bara pre-Novalife – de hade burits av en annan människa, en som inte vågat hålla ett föredrag i skolan eller ringa en vän. De kändes passande nu, när hon måste hantera något på riktigt.

»Du måste ändå ringa till polisen«, hade pappa tyckt när hon kommit dit.

»Men jag har ringt dem, du kanske har glömt att Fredrika *är* polis.«

»Ja, men hon svarar ju inte, du borde ringa 112 nu.«

»Varför skulle jag göra det när min egen syster är polis? Plus, de kommer att tro att det är jag som gjort det där med Simon.«

»Varför skulle de tro det?«

»Sluta nu«, sa mamma och nappade åt sig ett digestivekex. I det dämpade ljuset från hennes designerlampor såg hon blek ut – ett intryck som förstärktes av den märkliga gröna färgen på hennes blus. »Vi får lyssna på vad Fredrika säger när hon väl kommer. Det är bra att du är här nu, Nova. Stackars dig.«

Vi får lyssna på Fredrika – the story of Novas liv. På Fredrika lyssnade man. På Nova gnällde man. På Fredrika väntade man. Till Nova hällde man upp gammalt te.

Fredrika var världens fyrkantigaste, frigidaste, mest fashionomedvetna människa. Fredrika var fröken duktig i kvadrat, fröken livrädd-för-att-göra-fel, fröken bara-jag-blir-elitpolis-skiter-jag-i-allt-annat. Tanken att hon skulle hjälpa Nova var ungefär lika skrattretande som att Guzmán skulle bli konsult i moral och etik. Fast inte i dag, i dag fastnade skrattet i halsen – som tio digestivekex nedtryckta på en gång. Det var ändå till Fredrika som Nova ringt där i lägenheten. Fast hon hade inte svarat så klart.

Det fanns något annat också: Fredrika var kanske en square person – men Nova kände ingen annan som kunde vara lika kraftfull när det behövdes.

»De passar dig fortfarande«, sa mamma och doppade sitt kex så länge i teet att det yttersta av det löstes upp och flöt på ytan som små ljusbruna bajskorvar.

Byxorna passar henne *inte*, men Nova sa inget. Mamma ljög sällan, vilket betydde att hon verkligen tyckte att byxorna var snygga. Samtidigt var det något med kommentaren som värmde – mamma ville muntra upp henne även i de jobbigaste situationer, hon gjorde ofta så, med Fredrika också.

Nova sippade på teet, Kusmi, det var samma sort som hon brukat dricka när hon fortfarande bodde hemma, framför allt gillade hon burkarna, de var snygga. Mamma bedyrade att det inte var samma teblad som legat kvar sedan dess.

Hon låg på golvet. Femton år gammal.

Mamma och pappa hade just låtit renovera huset, satt in ett nytt kök med en dyr Officine Gullo-ångugn, en väldigt dyr Officine Gullo-mikrovågsugn, en ännu dyrare Officine Gullo-espressobryggare och den dyraste Officine Gullo-spisen som Officine Gullo någonsin tillverkat – den kostade mer än en BMW X5:a, hade pappa nöjt konstaterat. De hade också lagt in heltäckningsmatta i sitt eget och Novas sovrum – »det blir mer cozy då«, tyckte mamma. Kanske hade hon rätt, mattan var tjock och luktade gott, det kändes nästan som att ligga på en madrass. Men det spelade ingen roll – ingen mjukhet, ingen behaglig doft kunde bota Novas ensamhet. Mamma var på barreträning och pappa på något möte, men även om de hade varit hemma skulle hon ha varit övergiven.

Sömnproblem. Oro. Magont. Ensamhet. Nova litade inte på sig själv: hon kunde ingenting, vågade ingenting. Hon hade inga vänner. Och ingen visste hur hon mådde. Det fanns ingen som lyssnade.

Hon hörde ljud från hallen.

»Hallå?« ropade någon. Det var hennes storasysters röst. Vad gjorde hon här?

Fredrikas styltiga steg i köket. Nova klev upp från golvet och lade sig på sängen.

Fredrikas stela röst genom dörren. »Är du där?«

»Ja.«

»Kan jag komma in?«

»Okej.«

Ett svart hål i hjärtat. Ett mörker med ångest och stress i hjärnan. Dörren öppnades.

Hennes storasyster hade uniform på sig: axelklaffar, klirrande bälte, emblem på ärmarna. Det stod POLIS över bröstet. Det var overkligt: en ny människa stod där – någon som Nova inte kände.

Det slog henne: hade hon någonsin känt sin storasyster?

Fredrika klev in och gick ner på knä bredvid sängen, lade handen på Novas axel.

»Gumman«, sa hon. »Hur är det?«

»Okej«, ljög Nova.

»Säkert?«

»Gå ut.«

»Men jag ser att du inte mår bra.«

Nova vred sig mot henne.

Fredrikas ögon var stora. »Jag är bara här för att hämta nycklarna till lägenheten i Palma. Men jag kan stanna en stund. Ska vi se en film eller något?«

Blicken var varm.

Det var länge sedan någon sett Nova.

Hon tittade på sina föräldrar.

Pappa var som Fredrika, torr som torkat snus, i varje fall på ytan. Mamma var mer som Nova – hon levde för det som var vackert, en blus eller en lampa. Nova undrade vad de hade sett hos varandra när de träffades för länge sedan.

Men framför allt undrade hon vad de såg i henne.

49

Kväll. En telefon i handen – det var Hayats. Han hade vägrat släppa den, snott med sig den, helt enkelt. Å andra sidan hade han lämnat kvar påsen med Milas pengar.

Ur högtalaren hördes Roys röst på avstånd. »*Säg till dem att det är den summan som gäller, inget annat.*«

Känslan nu: *tuzen* procent fokus. Det enda som räknades var vad Roy sa. Emir följde vartenda ord.

Han hade skickat filen med betalningsinformation till bossen, som han sagt. Det var bara det att filen egentligen var en spiongrej: en *malware*. Så fort Roy öppnade den skulle ett avlyssningsprogram installeras. Isak hade visat Emir många gånger när han velat ta reda på vem som hade cash och vem som var *broke* på riktigt.

Så nu: Emir kunde höra allt som sas i närheten av sahibens telefon. Hur Roy smackade med tungan mot tandköttet och fick en tjock weedröst, hur någon pruttade och minst fyra män skrattade. Han kunde höra att de spelade Sharp på repeat, de kommenterade något som antagligen var en porrfilm, Roy skrek åt någon som han kallade Wada, en dörr slog igen och Roy sprutade ut svordomar och könsord i fem minuter utan att någon annan sa något. Sedan öppnades dörren och stängdes igen.

Efter ett tag: Emir förstod varför – Wada sprang fram och tillbaka.

Det spelade ingen roll hur Roy gjorde det. Det enda som spelade roll var att det var sant – bossen hade Eva Basarto Henriksson. På riktigt.

Herre facking gud.

»*De vill se henne live*«, sa Wada. Uppenbarligen skötte han snacket med polisen.

»*Vad menar de, se live?*« skrek Roy. »*De har fått prata med henne.*«

»*Bror, de säger att hennes röst kan vara en fejk, en robot.*«

»*Jag ska knulla deras robot i örat. De har fått hennes finger.*«

»*De vill se henne live, så är det bara. De säger att det är en deal-breaker.*«

Roy svor bara i tre minuter den här gången, innan han lugnade sig. »*Låt dem se då. Klipp av ett till finger på henne när de kollar. De ska inte leka med Roy.*«

»*Ska jag verkligen klippa ett till?*«

»*Ja.*« Roy gapade. »*Och sedan slänger du telefonen som du filmat med. Bort med alla facking bevis.*«

Det räckte.

En shuno som hette Wada skulle snart komma ut ur huset där Roy satt. Antagligen.

Emir måste ner från taket nu.

Han behövde hjälp, men hans bästa vän opererades på ett sjukhus utanför murarna.

Han respekterade Isak, Isak respekterade honom. Han hade gått igenom mycket med Isak. Men nu: det fanns en till sådan shuno i området, någon som hade satt mycket på spel för hans skull – en trettonårig bordellmekaniker.

Samtidigt borde han inte dra in grabben mer i det här än vad han redan gjort. Rezvan var ett barn, han hade redan riskerat för mycket. Ändå: han var som en broder. Emir skulle ta ansvar för att inget ont hände den pojken, det svor han på – på Gud.

Lägenhetskomplexet på Rinkebysvängen såg inte ut som sist. Han tyckte att det verkade större.

Någonstans därinne höll de henne, ministern.

Porten var stängd.

Trevnadsdelaren i bakgrunden var hög, mörkgrå och så långt ifrån trevnadsskapande det gick att komma. Det var skumt lugnt här, kravallerna verkade inte drabba Södra delen lika hårt.

Rezvan stod redan där och väntade. Det hade börjat blåsa.

»Du är snabb, du.«

»Vem letar vi efter?« sa grabben.

»En kille som kommer gå med stressade steg, och som kanske heter Wada.«

»Och vad ska vi göra med honom.«

»Jag ska bara fråga honom lite grejer.«

»Om ministern?«
»Ja.«
»Ingen kommer säga något.«
»Alla pratar när Prinsen vill att de ska prata.«

Himlens mörka slöja spändes över området som ett skottsäkert moskétak, men det blåste overkligt mycket nu – vinden dunkade mellan husen som ett omen. Den riktiga skitstormen var på väg in.

Rezvan stod kvar bredvid Emir: en lydig hund, eller en likvärdig vän.

Emir kunde inte höra Roy längre, bossen måste ha stängt av telefonen eller lagt den i ett annat rum. Än så länge hade bara tre killar kommit ut – folk höll sig inomhus nu.

Alla tre hade sagt att de hette något annat. Emir kunde hota eller spöa dem hur mycket han ville – han kunde ju ändå inte veta om de var Wada.

Dessutom: om de verkligen var Roys killar skulle de kanske larma sin boss.

Emir var en idiot.

Plötsligt började det regna – inget vanligt regn utan stenhårt. Som i Thailand under monsunsäsongen – regn utan kyla med droppar stora som de där glaskulorna som han och Isak spelat kalaha med när de gått på lågstadiet.

Han och Rezvan ställde sig under entrétaket utanför en port.

Regnet smattrade som *prr-prr*-AK-47 och det blåste värre än någonsin.

»Kan vi ha missat honom?« ropade Rezvan.

Då hörde Emir ljudet. Det lät inte som regnet eller vinden – det lät som en storm. Sedan förstod han vad som höll på att hända. *Chop-chop-chop* – rotorbladen på en helikopter.

Han tittade upp.

Helikoptern rörde sig snabbt ner mot huskroppen, som en enorm insekt från en annan planet. Det var aina, hundra procent.

Vilka idioter, först nu kom de för att rädda ministern – de var çokt okänsliga, även om de säkert hoppades på att regnovädret skulle kamouflera deras attack.

Det var Nationella insatsstyrkan eller något annat SWAT-team. Trots regnet kunde Emir urskilja snutarna som firade sig ner från helikoptern. Det var som om de var stumma, oväsendet från rotorbladen och ovädret överröstade allt.

En och en häktade de av sig från repen och började svärma. Nu kunde han höra hur de ropade, han kunde se hur de slet upp porten till lägenhetshuset.

Rezvan såg panikslagen ut.

De borde gitt båda två.

Samtidigt kunde Emir inte slita ögonen från scenen framför sig. Det var *hans* information som lett fram till detta: den här insatsen, denna räddningsoperation. Snart skulle de komma ut med ministern.

Rezvan hade haft fel, grisarna hade slagit till utan att Roy fattat ett skit.

»Spring härifrån nu. Möt mig vid vattentornet senare«, sa Emir till grabben.

Han fortsatte betrakta spektaklet: snutar sprang in i huset. Regnet piskade mot asfalten och husfasaderna.

Helikoptern hängde på himlen: stor, svart, olycksbådande. Den fightades också med stormen och hade tänt sina bländande strålkastare. Den svävade mellan huskropparna som en atombombsmissil redo att släppas ner och blowa hela området. Ljudet trasade sönder öronen.

Vissa av poliserna intog fasta positioner, andra rörde sig fram och tillbaka, han undrade vad de letade efter. Borde han gå fram och hjälpa dem? Berätta på vilken våning Roys lägenhet låg.

Alla filmer och teveserier där SWAT-team misslyckades. Just insatspoliser var så förutsägbara. Egentligen, i verkligheten, var det ju de som klarade av de svåraste uppgifterna, men i fantasivärlden *failade* de alltid, där låtsades man att det endast var den ensamma krigaren som var kapabel, aldrig teamet.

Då såg han – strålkastaren svepte bara några sekunder över gruppen med poliser som passerade klätterställningen, men det räckte – Emir kände tydligt igen hennes ansikte från bilderna och videosnuttarna som snutarna visat honom. Tre insatspoliser eskorterade Basarto Henriksson mot repet som hängde ner från helikoptern. Det såg ut som om de kramade henne som en maskot. De skyddade henne med sina kroppar.

De hade räddat ministern.

Allt var klart – Emir var den som lämnat informationen, och *nu* var det färdigt på riktigt.

Han skrattade högt för sig själv. Han var kung. Han var Prinsen.

Snutarna hjälpte ministern att kliva i en hängsele som var fäst i repet. En strålkastare svepte över lägenhetshuset igen.

Då: Emir såg något annat – något han bara skymtade genom regnet, men det räckte.

Långt därborta sträckte sig Roy ut genom ett öppet fönster. Det gick inte att missa sig – ingen annan var lika stor som det freaket. Han höll i något.

Ljudet från helikoptern ökade, snart skulle den lyfta. Marken verkade skaka.

Basarto Henriksson stod fortfarande på marken men med selen fastspänd, redo att firas upp. Hon hade ett halsband med något slags sten runt halsen.

Ändå kunde Emir inte slita blicken från Roy därborta.

Södras sahib lyfte det han höll i händerna.

Ett rör.

Dockknullaren lade ett drygt en meter långt jävla rör över axeln. Mitt i regnet.

Emir såg framför sig de militärgröna vapenboxarna som stått på golvet hos Roy.

Sahiben riktade röret mot helikoptern.

»Han skjuter«, skrek Emir, utan att veta om någon av snutarna hörde honom. »Han skjuter ner er.«

50

Hon hade försökt tvinga bilen att köra fort hela vägen från Tallänge, ändå hade det tagit nästan fem timmar, på grund av vädret och på grund av bilens bångstyrighet. Först hade hon varit på väg till högkvarteret på Kungsholmen, men inte längre. Nu svängde hon in mot garaget på en annan adress. Det var mörkt och regnet var galet, vindrutetorkarna jobbade som om de gick på amfetamin, garageporten syntes knappt.

Bilen hade hon hyrt på den centrala laddstationen i Tallänge, men Fredrika var inte van vid självkörande fordon som själva bestämde när de skulle torka bort regn eller inte. Och framför allt inte vid fordon som konsekvent vägrade överskrida fartbegränsningarna. I Personskyddet körde de av säkerhetsskäl vanliga människorattade bilar, sådana hittade inte på egna flyktvägar när det var kris eller tvärnitade vid övergångsställen så fort en fotgängare någonstans i närområdet lade av en fis. Hon kände starkt att något saknades och det var inte bara ratten, det var att bilen placerade henne så tillbakalutad i sätet – som om den tyckte att det var dags för henne att sova.

Antagligen hade den rätt. Men hon hade inte kunnat sluta ögonen ens för en sekund.

Hon hade inte gråtit, bara ansträngt sig att hålla undan alla minnen av Taco, vars kropp hon inte ens hittat när hon återvänt till hinderbanan efter att ha behandlat Strömmer.

Hon måste fortsätta stöta bort skittankar nu. Folk sa att hon var som en robot, så nu tänkte hon vara det.

Behandlingen hon gett Max Strömmer hade två gånger fått henne att springa ut på toaletten och kräkas, för att sedan noggrant torka av munnen och peta in några tuggummin.

Känslor som krockade, principer som sa emot varandra. Hon måste göra allt för att lösa kidnappningen, men vad innebar det?

Hon hade ringt Murell, men han upprepade bara sina tidigare order. »Det finns inte tid, Fredrika. Vanliga regler gäller inte nu.

Fortsätt med det du gör. Få ur honom hur i helvete han kunde veta att någon skulle skjuta mot EBH.«

Hon pumpade frågor: varför hade han skrivit som han gjort i chattgruppen: *Den Stora Fittan kommer få ett hål till i dag?* Vilka andra kände till detta? Vem hade gett honom information? Hade han känt till mordförsöket på inrikesministern redan dagarna innan? Hade han känt till bortförandet?

Hon körde alla förhörsmetoder i boken och fler därtill. Ställde samma fråga på åtta olika sätt, avslutade alla frågor så att han kunde svara jakande, och så vidare.

Och till slut hade Max Strömmer brutit ihop. Inte bara gråtit, hyperventilerat, kräkts vatten och bett för sitt liv – han hade pratat också, hackigt, med sprucken knarrig röst. Han berättade för henne.

Fredrika kontaktade Murell igen. »Kom tillbaka till Stockholm nu«, sa han. »Jag skickar någon annan som tar hand om Strömmer och Ian på det vanliga sättet. Låt dem vara.«

Nova hade försökt nå henne säkert tjugo gånger, och skickat lika många meddelanden, men Fredrika hade varken haft tid eller lust att besvara samtalen eller läsa vad hennes lillasyster skrev. Hon var bara tjatig.

Men så hade pappa ringt. Honom orkade Fredrika prata med. Han lät stressad, nästan andfådd på rösten. »Var är du?«
»På väg från Dalarna.«
»Vad har du gjort där?«
»Jobb.«
»Du måste komma hit.«
»Vad har hänt?«
»Nova har försökt få tag på dig hela eftermiddagen och kvällen, men du svarar inte.«
»Det gör jag aldrig när hon ringer. Jag har jobbat, och suttit i bilen. Hon vill bara häckla mig i någon av sina kanaler.«
»Hennes kontakt mördades i dag.«

Fredrika skakade till. »Vad säger du?«

»Det handlar om saker som kan vara viktiga för er.«

»Vad menar du?«

»Det hon skulle diskutera med den här mannen, en Simon Holmberg, var information som pekar ut vem A är, och annat också, kopplat till kidnappningen.«

»A?«

»Rörelsens militära ledare, A.«

»Vad har Nova med A att göra?«

»Det får hon berätta själv. Kom hit bara.«

»Har hon träffat polisen?«

»Du vet hur hon är. Den enda polis hon vill prata med är dig.«

En stund senare parkerade bilen sig själv – detta var mammas och pappas garage, det luktade inte ens avgaser här.

Fredrika försökte slå igen bildörren, men den höll emot och slöt i stället sig själv i en maklig och lugn rörelse.

»*Tack för trevligt sällskap, och lycka till*«, sa bilroboten med en överdrivet len röst.

51

»*Fredrika har anlänt.*« Det kunde väl inte stämma att Siri lät uppspelt? Siri var en robotröst.

Nova tittade ut mot hallen.

Fredrika passade liksom inte in hemma hos mamma och pappa med sina funktionella beigea shorts och asfula självsnörande sneakers. En friluftsnörd, som alltid.

Ändå var det något som var annorlunda från senast de träffats, det var som om Fredrika hade ett grymmare uttryck i ansiktet. Hon hade nya rynkor runt ögonen – hon blängde omkring sig, granskade rummet och dem som satt i det som om det var första gången hon var där.

»Berätta vad som har hänt«, var det enda hon sa. Inte »hej«, eller »hur är det?«, bara en order.

Fast ändå: om det bara hade varit en order hade Nova skitit i det här. Fredrika tittade på henne också – på *det där* sättet.

Det tog inte mer än några minuter att dra storyn igen: Novas kväll med Simon, hur hon velat ha hans hjälp att sälja information från minnesstickan, hur hon tidigare i dag bestämt sig för att åka hem till honom och hittat honom död i vardagsrummet. Hon berättade *inte* exakt hur hon fått tag på stickan från början, hon sa bara att hon »kommit över den«, när hon varit i Agneröds hus för fotograferingen.

»Pappa har hela kvällen sagt till Nova att hon måste ringa polisen och anmäla det här, men hon ville vänta på dig«, sa mamma ursäktande. »För visst måste en anmälan ske så fort som möjligt?«

De behövde ju inte köra det här spelet, mamma och pappa. Alla visste att om man upptäcker ett brott ska man anmäla det, i synnerhet om det var något så grovt som mord, och *verkligen* om man själv varit på platsen och dessutom själv skulle kunna misstänkas. »Du måste anmäla det här nu«, skulle hennes storasyster säga. Fredrika var ju polis, hon gjorde alltid det rätta. Hon visste bäst.

Fast Fredrika sa inget direkt, hon blickade bara ut genom fönstren.

»Nej«, sa hon till slut. »Det är bättre att Nova går till en advokat först. Så tar jag hand om den där stickan.«

Vad fan, var Fredrika *pårökt*, eller?

Pappa reste sig upp ur stolen. »Men Nova är ju oskyldig. Hon behöver inte vara rädd för att gå till polisen.«

Fredrika gick ett varv i rummet och satte sig sedan bredvid Nova. »Men jag tycker att det är bättre att du går till en advokat först, och får råd.«

Pappas ögon var stora som äpplena i en av hembiträdets fruktkorgar. »Men Fredrika. Vi ska väl följa reglerna?«

Fredrika lade armen om Nova. »Enligt Europakonventionen artikel sex har en misstänkt rätt till advokat, så allt är enligt reglerna. Nu ska vi bara hitta en bra advokat. Och jag tror att jag har ett namn till dig, Nova.«

Utanför hade åskan börjat dundra. Blixtar rev sönder himlen. Det var som om de befann sig inuti den mullrande magen på en jätte som slukat staden i en enda munsbit.

Nova undrade var Taco var någonstans.

52

Emir hade sett granatens spårljus som ett vitt streck från huset och upp mot helikoptern. Han slängde sig på marken.

Explosionen lyste upp gården som en fotbollsarena, men själva smällen hördes knappt genom vinden. Några hjärtslag: sedan ändrades ljudet från helikoptern.

Rotorbladen kämpade.

Den hängde på sned i luften.

På väg nedåt i regnet.

Sedan störtade helikopterjäveln rakt på klätterställningen.

Det dundrade, ljudet skar i öronen som om blixten slagit ner precis här, eller ett hus rasat ner från himlen.

Emir tryckte sig ännu hårdare mot den blöta marken. Delar flög ovanför honom som vassa projektiler.

Han andades fort: i dag var inte hans dag att dö. Regnet kändes till och med friskt.

Han såg poliskroppar på marken. Den kraschade helikoptern: en död dinosaurie. Hayats telefon låg krossad på marken.

Han reste sig. Hukade sig. Rörde sig bort.

Det hördes skott, mynningseld från husen. Roys folk blazade aina som *Call of Duty*. Regnet låg som en ljuddämpande filt över gården. Emir sket i allt. Han kunde inte slita blicken, han stannade upp.

Då såg han *henne*. Sveriges inrikesminister låg på marken: försökte trassla sig ur selen. Hon hade inte firats upp till helikoptern, hon måste ha varit kvar på marken när den kraschade.

Hennes ögonvitor: som ficklampor i regnet.

Emir klev fram.

Ministern stönade, kanske var hon skadad på något sätt. Han undrade om hon hade träffats av något från helikoptern. Han sträckte ut sin hand. Hon kved, men greppade den, reste sig. Sedan såg han det blöta, slarvigt lindade bandaget kring ett av hennes fingrar – det var bara en stump kvar.

Han hjälpte henne av med selen.

»Följ med mig«, sa han.

»Så ni kan låsa in mig igen?«

En röst hördes. Någon kom springande emot dem.

Emir kände igen honom. Det var Roy.

Dockknullaren som pressat sin nagelkniv mot hans öga, som velat sälja ministern till staten, som Emir bussat Nationella insatsstyrkan på, bossen som just skjutit ner en helikopter.

Södras sahib såg ännu större ut där i halvmörkret. Gannen i hans hand såg ut som en leksak.

Regnet spöade skiten ur dem alla.

»Din horunge«, skrek Roy. »Jag ska knulla sönder dig.«

Emir vände sig mot ministern igen. »Antingen kommer du med mig eller så kommer du med honom därborta.«

53

Kista centrums jättegalleria var övergiven, butiksdöden hade träffat den tyst, snabbt och skoningslöst, som en giftpil med curare i nacken. De åldringar som inte fått slå igen efter konjunkturkraschen hade fått stenhård konkurrens när Amazon och Tencent marscherat in. Gallerians enorma kropp skulle antagligen byggas om till privata äldreboenden eller skolor.

Fredrika hade stått parkerad här ett bra tag. Det regnade fortfarande. Parkeringsplatsen var ödslig, stor och väldigt blöt.

Hon hade behövt Taco nu, om inte annat så för att kunna klia honom bakom öronen och känna lugnet övergå från hans kropp till hennes egen.

Bilen som rullade upp bredvid henne var ännu tystare än hennes hyrbil, om hon inte varit beredd skulle hon inte ens ha hört däcken plaska i pölarna. Biltillverkarna tävlade om att få bort alla oönskade ljud – vinande vind, vatten mot vindrutan, däckens friktion mot underlaget. En bilresa nuförtiden salufördes som *en stund i stillhet* – en övning i mindfulness.

Hon tänkte på vad Nova berättat. Fredrika hade direkt förstått att hon måste prata med Murell – men han hade inte ens haft möjlighet att svara i telefon på grund av den pågående insatsen inne i särområdet.

Murell hukade genom regnet och öppnade passagerardörren för henne – alltid en sann gentleman. Ändå hann hon bli dyblöt.

Hans bil luktade inpyrt trots att den såg splitterny ut.

Det droppade från Murells ögonbryn. »Du behöver ett sådant här tuggummi, det ser jag det.« Han räckte över ett paket. »Mina barnbarn kallar dem för *jetpack*, de tuggar dem oftare än vanlig mat.«

»Har vi hittat henne?«

»Tyvärr inte«, Murells glasögon var som vanligt på väg nedför nästippen.

Så böjde han sig mot henne och kramade om henne.

Hon var inte beredd. Murell luktade av det där tuggummit som han erbjudit, men också av något annat, sina cigaretter.

»Minst sju döda«, sa han. »Vi förlorade allt.«

Det lät som om han var på väg att börja gråta.

Och då brast det för Fredrika. Tårarna kom i stötar, hon kunde omöjligt stoppa dem. Hon kramade om Murell hårt och han kramade henne tillbaka. Hela hennes kropp skakade av grötattackerna.

Hon måste skärpa sig. Samtidigt grät hon inte bara för Taco – hon grät också för sin egen skull, för vad hon hade gjort och inte gjort. Hon grät för ministern, och för polismännen som fallit. För Simon

Holmberg. Hon grät för Strömmer och för den unga mannen på torget vars skalle skjutits sönder.

Hon måste trycka tillbaka nu. Hon drog ett djupt andetag och lyssnade.

Murell berättade om den katastrofala insatsen, sedan tog han av sig glasögonen, men höll dem fortfarande i handen. »Vet du vad skillnaden i livslängd är mellan Danderyd och Järva?«

Han väntade inte på att hon skulle svara.

»Vi beskattar arbete med över femtio procent i det här landet, men en lat jävel som aldrig haft ett hederligt jobb i hela sitt liv och ärver en miljard, han betalar inte ett öre. Det har inte bara blivit helt normalt att inte bidra. Det har också blivit helt normalt att skattebetalarna finansierar deras bolag, deras skolkoncerner, sjukhus, murar.«

Fredrika visste att Herman Murell var politiskt intresserad, men hon hade aldrig hört honom prata med den här glöden. Nu hade de bråttom, han kunde väl berätta allt det här för henne när inrikesministern var tillbaka, men chefen hade tydligen fått upp ångan nu.

»Klassamhället dräper, förstår du?« fortsatte han. »Och därför gör de vad som helst därnere, som att skjuta ner helikoptrar till exempel. Vet du vilket vårt enda hopp är?«

Fredrika sa inget – hon ville att Murell skulle vara fokuserad när hon berättade vad som hänt i Tallänge.

Han svarade på sin egen fråga: »De sansade, folket mitt emellan, måste kliva fram igen. Det är dags för de vanliga, normala människorna att börja vråla. Det är bara det att de kanske inte finns kvar. Den liberala medelklassen har utrotat sig själv.«

Det var för varmt i Murells bil.

Nu gestikulerade han att det var hennes tur att prata.

»Det var den nynazistiska gruppen SFF som försökte skjuta henne«, sa Fredrika rakt på sak.

»Svenska frihetsfronten?«

»Ja, de är mycket aktiva i Tallänge.«

»Det vet jag. Sa Max Strömmer detta?«

»Ja, det kom fram, efter en stund. Han ingår i ett av deras nästen, som de kallar sina militära celler. Två dagar före attentatet på torget hade den aktuella cellen haft någon form av möte där en annan medlem hade berättat att detta skulle ske, eftersom EBH planerar att riva trevnadsdelarna.«

»Vem var medlemmen?«

»Han sa att han inte visste hans riktiga namn, men det kanske vi kan få ur honom i nästa förhör. Är han gripen?«

»Självklart. Ett av mina team tog hand om både Strömmer och Ian för några timmar sedan. Och kidnappningen då?«

Fredrika drog efter andan. »Enligt Strömmer hade Svenska frihetsfronten ingenting med den att göra, inte vad han visste i alla fall. Tvärtom, de blev störda över kidnappningen och kaoset.«

»Talade han sanning?«

Fredrika såg Strömmers snoriga ansikte framför sig.

»Jag tror inte att han hade förmågan att ljuga.«

»Så det betyder att skjutningen och kidnappningen inte är relaterade?«

»Precis.«

»Då har vi inte blivit mycket klokare. Rörelsen kidnappade henne genom Roy Adams. Nu vete fan var hon är.«

Fredrika drog ännu djupare efter andan. Det här var redogörelsernas natt. Först från Nova. Sedan från Herman Murell och nu från henne själv.

»Jag träffade min syster för en stund sedan. Det vore extremt olyckligt om det jag tänker säga nu läcker ut«, sa hon och gjorde en konstpaus. »Emir Lund är nämligen inte den vi tror.«

Hon böjde sig fram och berättade resten.

Chefens glasögon trillade ner och hamnade i hans knä. »Fy fan.«

Fredrika väntade på något mer.

Han sa: »Hur säker är du på det här?«

»Du får själv läsa innehållet på stickan. Och du vet vad som hände med Simon Holmberg.«

»Om det här kommer ut i pressen...«

Herman Murell fick en kraftig hostattack, rosslade, nästan kiknade. Sedan lutade han sig bakåt i förarsätet, plockade fram ett cigarettpaket, tog långsamt ut en cigarett, tände den och drog ett djupt bloss.

Fredrika kunde inte låta bli att tänka på det hon hunnit uppfatta när hon varit fånge hos Rörelsen. Om någon mullvad. Men det passade inte just nu.

Varför sa Murell inget? Kommenterade det hon sagt. Eller gav henne instruktioner.

Röken lade sig som en dimma i kupén.

»Jag beklagar verkligen det som hände med Taco. Det här är uselt för vårt land.«

Menade han att Tacos död hade något med tillståndet i riket att göra?

Röken stack i ögonen.

»Jag hatar folk som mördar djur«, fortsatte Murell, »men jag hatar folk som förstör Sverige ännu mer. Vi har blivit grundlurade av Emir Lund.«

Regnets trummande var så hårt att det lät som om någon besköt bilen.

*

TT
Telefonnätet och internet nedsläckt
Inga telefonabonnemang fungerar i Järva särområde. Även samtliga funktioner i 4G- och 5G-nätverken är avstängda. Polisens hemsida meddelar: *För närvarande spärrar vi uppkopplingsmöjligheterna i Järva särområde för att förhindra att upplopp, våld och kriminalitet sprider sig.*

Särområdesmyndighetens generaldirektör Ella Forsman säger: »Det är vi som har tagit beslut om detta och Särområdespolisen har verkställt beslutet. Vi förstår att detta kan kännas betungande, men i nuläget måste vi få stopp på våldsverkarna.«

54

Advokaten som hoppade ur taxin och hastade genom regnet hade varken paraply eller regnrock, men en portfölj i burgundyfärgat läder som såg oerhört exklusiv ut.

Han hälsade inte, knappade bara snabbt in en kod.

I farstun skakade han vildsint på sig. Han påminde om Taco.

»Måste bara slå av larmet«, flåsade han medan han frenetiskt knappade på ytterligare en dosa.

Lamporna tändes. Advokaten log. »Välkommen.«

Han ledde henne till ett rum i bortersta hörnet av den öde advokatbyrån. »Slå dig ner. Behöver du också kaffe?«

Nova skakade på huvudet.

De designade stålstolarna sviktade. Bokhyllorna var fulla av böcker och prydnadsföremål, diplom och pokaler: på en av dem, stor som en champagnehink, var *Båstad Padelmästerskap Vinnare* graverat. På skrivbordet stod en helt ny Appleskärm – det kändes oväntat att en advokat skulle ha Apple, men Nova visste å andra sidan ännu mindre om advokater än hon visste om journalister.

»Jag har förresten Red Bull om du hellre vill ha, ni ungdomar brukar ju tycka om sådant«, sa advokaten när han slog sig ner mitt emot henne med sin kaffekopp i handen.

Nova längtade hysteriskt efter Axoparzan eller högenergiläsk. Ändå skakade hon på huvudet igen.

»Jag brukar i vanliga fall be potentiella klienter vänta till nästa dag innan jag tar ett möte med dem. Jag menar, vi kanske inte ens tycker om varandra, du kanske väljer en annan advokat och så vidare, och då har jag offrat mitt kvällspass i onödan. Utan att kunna fakturera, om du förstår.«

Nova nickade, men fattade egentligen inte vad han pratade om.

»Men«, fortsatte advokaten, »å andra sidan tror jag inte att jag skulle vara rankad tio i topp för elfte året i rad om jag inte alltid satte klientens intressen först. Dessutom håller jag på att tröttna på kvällsträningen, min pt har ingen förståelse för människor som jag som älskar rostbröd med cheddarost och apelsinmarmelad.«

Var Payam Nikbin verkligen en av de bästa i landet?

»Hur som helst.« Han sörplade på sitt kaffe. »Jag har förstått att du, Nova, har hamnat i en knipa. Det var vad din syster sa alldeles nyss på telefon och det är det enda jag vet. Så nu kommer jag att be dig att själv redogöra för vad du vill ha hjälp med.«

Advokat Nikbin uttryckte sig konstigt. Han använde ovanliga ord, lite som Simon, men i snabbare takt.

»Kan jag berätta allt för dig? Har du tystnadsplikt?«

Små veck spelade i Nikbins mungipor. »Jag har en absolut tystnadsplikt för det fall jag blir din offentliga försvarare, men det innebär inte att jag kan göra vad som helst för dig. Jag får till exempel inte åberopa ett vittne om jag har full kunskap om att vittnet ljuger, att ljuga under ed kallas mened och är ett av de allvarligaste brotten som lagstiftaren känner.«

»Så?«

»Så, med andra ord: om du anlitar mig som din försvarare kommer jag att kriga mig blodig för dig, aldrig svika dig, alltid vara lojal. Men be mig inte ljuga för en domare, då kommer jag att vara tyst i stället.«

Nova var inte säker på att hon förstått. »Jag är helt oskyldig«, sa hon. »Då måste jag väl kunna berätta allt för dig?« Fast *helt* oskyldig var hon faktiskt inte: hon hade fått med sig minnesstickan från Agneröd av en anledning.

Advokaten log. »Om jag inte blir förordnad som din offentliga försvarare så ska du veta att jag tar fyratusen kronor i timmen, exklusive moms.«

Mamma och pappa hade redan lovat att hjälpa till med betalningen.

Nova berättade allt, till och med att hon *snott* minnesstickan hos Agneröd. Det enda hon inte nämnde var Guzmán – ingen skulle ändå tro på att det fanns så korrumperade snutar i Sverige.

Advokaten pepprade med frågor: »När kom du till lägenheten?«, »Hjälpte du till med matlagningen i köket?«, »Uttryckte Simon någon oro över något?«, »Tog ni droger?«, »Var du full?«, »Var han full?«, »Tog du något från hans lägenhet förutom stickan?«

»Vad sa du?« sa Nova.

»Jag undrar om du tog något från honom.«

Hon såg armbandsuret framför sig. »Jag har en klocka som är hans.«

Nikbins ansikte var fortfarande neutralt. »Hur hamnade den där?«

Nova ryckte på axlarna. »Jag lånade den av honom när vi sågs på Shoken Awards, men ...«

»Men vadå?«

»Jag försökte sälja den häromdagen, till en klockhandlare.«

»Varför då?«

Nova kände sig kallsvettig.

»För jag behöver pengar.«

»Där ser man.«

Nikbin lutade sig äntligen tillbaka. »Jag har sett mycket i mina dagar. För det mesta fälls inte oskyldiga personer i det här landet. Vi har ett av världens rättssäkraste system, även om det har fått sig några törnar på sistone. Dessutom har ju du köns-, vithets- och klassfördel, om du förstår vad jag menar. Men jag utesluter ingenting.«

»Men jag är ju oskyldig.«

Advokaten visade tänderna, de var onaturligt vita, till och med vitare än hennes egna. »Jag ska vara helt ärlig mot dig, Nova, det är ingen idé att låtsas. Du kommer att misstänkas för det här och de kommer att vilja gripa och anhålla dig.«

»Så vad ska jag göra?«

»Mitt förslag är att du inställer dig.«

»Hur gör jag det?«

»Det är lätt som en plätt. Du och jag ses utanför Kronobergs polisstation i morgon och går in tillsammans och anmäler att det var du som hittade Simon Holmberg död i hans lägenhet.«

»Men du säger ju att de kommer att gripa mig.«

»Oroa dig inte. Du har advokat Payam Nikbin på din sida. Jag spelar i A-laget.«

55

Åskan hade lagt av, blixtarna också, men blåsten hördes tydligt, trots att de satt bakom decimetertjocka betongväggar och hade ett fyrtio meter högt vattentorn ovanför sig.

Ovädret var det fetaste Emir någonsin hade varit med om – liknade mer orkanerna utomlands som man kunde följa på internet. Det var stört: en av århundradets varmaste dagar – en timme senare: en av de blåsigaste och blötaste i det här landets facking historia.

Koden till låset på metalldörren hade i alla fall varit densamma – ingen förändring på femton år.

Utrymmet var tomt, pundarfritt. Det var knappt ens klottrat på väggarna. Han och Isak hade jämt brukat hänga härinne och uppe på vattentornets tak när de var kids.

Han undrade hur Isak mådde, hur operationerna gått. Sedan tänkte han igen på skiten som satt i gång det här. På Isak som inte velat följa med in till pokerspelarna.

Det var mörkt, bara grått halvljus från ett litet fönster högre upp i trappan. Däruppe kunde han urskilja hans och Isaks gamla *tag* i krulliga bokstäver: *Järva boys*. Emir kom ihåg, han hade just rånat en kille nere på tunnelbanans perrong: mobiltelefon, vinterjacka, ryggsäck. Ruschen i att kontrollera en annan människa i några sekunder – samtidigt: känslan hade gått över snabbare än mättnad. Men i töntens ryggsäck hade det legat en sprejburk.

Ministern låg på golvet bredvid Emir, hon blundade. Hennes kläder var fortfarande blöta, bandaget runt hennes fingerstump höll på att falla av. Hon var blek, håret tovigt och ansiktet smutsigt. Ändå såg hon mäktig ut på något sätt. Hon hade kunnat platsa i vilken regering i världen som helst, eller i ett kungahus – till och med när hon sov såg hon powerful ut. Faktiskt så påminde hon om mamma.

Allt var så sjukt just nu – Emir vakade över Eva Basarto Henriksson som en morsa, som hans mamma vakat över honom när han haft influensaskiten.

Han – Emir Prinsen Lund – vakade över en svensk minister.

Han höll Hayats telefon i handen, drog över sprickorna med tummen, hoppades att den skulle börja fungera igen. Han kände sig hungrig och längtade efter röka.

Efter första kunden kunde man inte sluta – för varje femhundring fick han en hundring själv. Det var verkligen som Isak sagt redan första gången: »Du börjar sälja, du vill inte sluta sälja.«

Nu: Emir hade över tjugotusen kronor i becknarväskan plus massor av swishbetalningar i luren. Han hade tjänat minst tre lax själv.

På riktigt: han hade aldrig haft så mycket pengar, i cash. Och de snackade till och med om att weed skulle legaliseras snart.

En tjej kom gående över torget: det var något med hennes sätt att slänga med ena armen och hur hon vickade på huvudet. Han kände igen henne redan på avstånd

Han ville inte stöta på henne just nu.

Blickstilla, fastfrusen – han borde smita härifrån, fast då skulle hon undra ännu mer. Försiktigt tog han tag i axelremmen och drog ner becknarväskan så att den inte var lika in your face.

»Emir.« Hayat vinkade.

Han vinkade tillbaka.

Hon var fortfarande speciell, det sa killarna i hennes klass i alla fall: smart och chill as ice. Assnygg och from. De hade inte pratat på åratal.

Hon tittade på honom med sina runda mörkgröna ögon. »Vad gör du?«

Han ville inte ljuga för henne, men han kunde inte berätta sanningen heller. I vanliga fall handlade det om att han inte ville att någon skulle snacka med någon som kanske snackade med morsan. Men nu var det något annat också: han ville inte att just Hayat skulle veta att han becknade.

»Jag väntar«, sa han så neutralt han kunde.

»Väntar på vadå?«

»Jag väntar på Isak.«

»Skärp dig. Jag mötte just honom. Han var på väg hem. Sluta med det här.«

Skärp dig – det var vad mamma brukade säga till honom arton gånger per dag.

Sedan föll Hayats blick på den lilla axelremsväskan. »*För fan, Emir*«*, sa hon långsamt. Och med den långsamheten i hennes röst visste han att hon hade förstått.*

Ministern sträckte på sig och stönade till.

»Vad händer?« Hon tittade upp på honom.

»Vi väntar fortfarande på min vän«, sa Emir.

»Hur länge då? Är det inte bättre om vi försöker ta oss ut?«

»Du såg ju hur det gick för Nationella insatsstyrkan. Och tunneln som jag kom in igenom finns inte längre, de sprängde den.«

»Och muren?«

»Det går inte. Och jag trodde att sådana som du kallade den för *trevnadsdelare*?«

Hon nickade, mumlade något för sig själv.

»Hur många poliser omkom, tror du?«

Emir ryckte på axlarna. »Poliser gjorde så att jag sköt min bror.«

Han väntade sig något kaxigt svar.

I stället sa hon: »Våldet måste få ett slut på något sätt.«

Det var lätt att säga.

Ministern ställde sig upp. I går hade han inte tänkt på att hon var så lång. »Men jag ska inte trötta ut dig med mina idéer.«

Emirs kropp knakade. Revbenen som Djuret slagit sönder skulle ta månader att läka. Det trasiga ögonbrynet som Hayat tittat till sved fortfarande, huden i pannan runtomkring var varm. Och dessutom kände han en annan värk komma smygande.

»Du kan lika gärna förklara för mig vad du sysslar med egentligen«, sa han.

Kanske spreds ett leende över ministerns läppar. »Ja, det kan man ju fråga sig. Särskilt nu, men jag tror att det jag har sysslat med mest är att hålla emot.«

»Hålla emot?«

»Ja, jag håller emot mot olika falanger. Du vet, ett läger säger att väljarna är för känslostyrda och irrationella, att vi inte kan lägga vår framtid i era händer, i vart fall inte när ni röstar fel. Det var de som kom på de där medborgartesterna, minns du?«

»Nej.«

»Endast kvalificerade medborgare skulle få rösträtt efter att ha klarat av prov om förståelse av strukturell rasism och feminism och sådant. De ville helt enkelt utestänga dem som inte tyckte rätt saker.«

»Jag röstar ändå inte.«

»Jag förstår. Men sedan finns det ett annat läger som påstår, å andra sidan, att den styrande eliten länge sysslat med mörkläggning. Och att den så kallade djupa staten sviker nationen och det svenska folkets egentliga vilja.«

»Gör ni inte det då?«

»Vi mörklägger inte att en stor del av utmaningarna har att göra med integration, men vi vill heller inte stigmatisera. Sverige är öppet, vi censurerar inte medvetet. Och vem bestämmer vad folkviljan är för något?«

»Jag skiter i sånt.«

Stenen runt ministerns hals dinglade som en hypnotisk pendel.

»Det finns också ett tredje läger som säger att de plutokratiska eliterna under flera decennier riggat systemet för sina egna intressen, att vi behöver kraftiga skattehöjningar för dem, men att viljan att bidra är minimal i ett land som krackelerat.«

»Jag har aldrig betalat skatt.«

Ministern suckade. »Exakt. Det är också provocerande att så många i ett område som till exempel Järva undandrar sig skatt, samtidigt som det är här våldet och klanerna finns.«

»Det är inte *de* klanerna som är problemet. Du vet väl vilka de största klanerna är? De största gängen?«

»Är det några härinne?«

Emir skrattade till. Han mindes exakt vad Hayat brukat säga. »Det är de som äger de privata skolorna och sjukhusen och som tömmer

Sveriges pengar genom att suga upp de bästa eleverna och de friskaste patienterna. Det är de som äger hyreshusen och förortscentrumen här, men som höjt hyrorna med trehundra procent fast det rinner brunt vatten ur kranarna. När ska ni stoppa den största stölden?«

Ministern tog tag om bärnstenssmycket med sin oskadda hand.

»Du tillhör det tredje lägret, hör jag. Vi valde det näst bästa alternativet: att stänga in vissa av problemen, skära av dem från resten av samhället genom att bygga trevnadsdelarna. Men nu är jag rätt säker på att vi hade fel. Murarna har bara förvärrat allt. Och de där gängen du pratar om, dem har jag inte kommit åt ... än.«

De satt tysta en stund. Lyssnade på vindens jiddrande.

Emir slöt ögonen: trötthet, stress, smärta – det var sådant som tryckte i gång huvudvärken. Han försökte andas lugnt.

Tröttheten kunde han hantera. Revbenssprickan, eller vad det var, var inte heller så farlig så länge han satt stilla.

Men stressen: den pippade sönder hans huvud.

Han öppnade ögonen.

Ministern flexade fingrarna. »Om det inte vore för att jag måste tillbaka till allt utanför, att många är oroliga, så skulle jag kunna tänka mig att bara sitta här och vila ut i någon dag.«

Emir vände sig mot henne.

»Har du familj?«

»Ja.«

»Du vill väl vara med dem?«

»Självklart, det vill väl alla?« Ministern skrattade till. »Vad heter du förresten?«

»Emir Lund.«

»Emir, varför hjälper du mig?«

»Jag vetefan ...« Betongen var sval mot hans bakhuvud. »Förut trodde jag att det var på grund av att jag skulle få frihet.«

»Och nu? Vad tror du nu?«

En huvudvärksblixt slog ner i hans skalle.

»Ingen aning.«

Ministern tittade på hans tatuering: prinskronan, texten *9KO*.

»Vad betyder det där?«

»Nio knockouts.«

»Och kungakronan?«

»De brukade kalla mig för Prinsen.«

»Prinsen? Varför då?«

»Jag tävlade i *Mixed Martial Arts*, jag var Järvas bästa fighter.«

Små rynkor spred sig vid ministerns ögon när hon log. »Om du frågar mig så är du fortfarande Järvas bästa fighter.«

Värken i huvudet suddades liksom ut litegrann. Kanske skulle han klara sig utan ett anfall, utan att betala sitt *kognitiva pris*.

Samtidigt kände han något annat komma smygande: ett annat slags trötthet, och han visste vad det betydde. Hans njurar skulle inte klara mycket mer.

Dörren rycktes upp.

Det var Rezvan: blöt som om han hade badat.

»Har ni det mysigt här?«

Ministern såg förvånad ut.

»Det här är Rezvan«, sa Emir. »Har du en telefon?«

»Den funkar inte. De har stängt ner telefonnätet och internet efter det där med helikoptern.«

Ministern gjorde en grimas, klev fram mot dörren. »Då kan jag inte stanna här. Jag måste försöka kontakta polisen eller min stab så att jag kan bli hämtad.«

Nu var hon otacksam igen.

»Jag har ett förslag på ett bättre ställe i så fall«, sa Rezvan. »Där kanske internet fungerar.«

»Och vad är det för ställe?«

Rezvan flinade. »Mitt jobb.«

»Och vad är ditt jobb?«

»Artemis.«

»Vad är Artemis?«

»Ett lusthus«, sa Rezvan. »Vi har fantastiska terapeuter där. Bra robotar också.«

Dag fem

10 juni

56

På plats i mötesrummet: Herman Murell, Danielle Svensson. De andra cheferna och ett antal analytiker satt också runt bordet. Den enda som saknades var Pierre Frimanson, Säpos högsta chef. Murell var orakad. Kanske hade han inte sovit i natt, kanske hade han inte sovit sedan Basarto Henriksson försvunnit. Han var högsta ansvarig för att lösa det här. Sedan kom Svensson. Och sedan var det *hon*.

Fast hon kunde inte gömma sig bakom sina chefer. Det som hänt i går kväll med helikopterkatastrofen och allt annat var i förlängningen en effekt av att hon inte skjutit sig fram till Eva Basarto Henriksson, att hon inte skött kontakterna med Emir på rätt sätt. Hon var *mest* ansvarig, till och med för sin egen hunds död.

»God morgon«, sa Murell och ställde sig upp. »Jag vill börja det här mötet med en tyst minut för de stupade polismännen.«

Alla reste sig upp.

Tysta som döda poliser.

Inget ljud hördes från avdelningen utanför, alla rum på Säpo var väl isolerade.

Fredrika tänkte igen på vad hon gjort mot Strömmer: hans förvridna grimas, hans söndergråtna ögon, hans röda snoriga ansikte.

Nej, det räckte nu, hon måste bort från sina dubbelheter. Sju polismän hade blivit mördade. EBH var fortfarande borta. Emir Lund hade lurat dem alla.

Murell satte sig ner. »Vi har två punkter att klara av på det här mötet. Dels ska vi gå igenom information som framkom vid ett förhör som hölls i går i Tallänge, dels ska vi fatta beslut avseende påstådda uppgifter vi fått in.« Han lade för en gångs skull ner sina glasögon på bordet. »Och det får inte ta mer än trettio minuter. Vi har inte tid med trams.«

Danielle Hjärnan Svensson höjde ena handen. »Får jag bryta in här?«

Herman Murell nickade.

Svensson vände sig mot Fredrika. »Jag anser inte att det är lämpligt att Fredrika Falck sitter med. Hon är under intern utredning för tjänstefel och jag har tidigare fattat beslut om att hon inte ska delta i det här ärendet. Nu på morgonen fick jag dock reda på att du, Herman, skickat henne till Tallänge, såvitt jag förstår var det för att hon hade en särskild koppling dit. Men det förändrar inte situationen. Hon har ingenting här att göra.«

Danielle Svensson var fan till och med stelare än Fredrika själv, ännu mer regelrädd: FAP-Danielle, rigid-Svensson.

Murell viftade avvärjande med handen. »Det var Fredrika själv som förhörde den misstänkta uppe i Tallänge, och dessutom, märkligt nog, så kommer ju den här minnesstickan som vi ska tala om, från hennes syster, Nova Falck.«

Svensson knackade i bordet med knogarna. »Det kan uppstå en jävssituation. Fredrika Falck sitter på flera stolar, vi behöver utreda hennes syster.«

»Det må så vara«, frustade Murell. »Men det är S-polisen som driver den här insatsen och där är jag chef, senast jag kontrollerade. Så Falck stannar här.«

Svensson sa inget mer – men hon började fingra på en knapp i blusen. Just nu såg hon nervösare ut än en sexåring på sin första dag i skolan, hon var inte så hård ändå.

Murell höjde rösten en aning. »Helikopterkatastrofen i går kväll utreds som ett separat ärende. Men sammanfattningsvis vet vi alltså att EBH hölls av ett nätverk av yrkeskriminella, ett så kallat särområdesgäng under ledning av en viss Roy Adams. Han har antagligen agerat som mellanhand åt Rörelsen, attacken mot helikoptern talar sitt tydliga språk, det var ett bakhåll av organiserad militär natur som låg långt över utförandegraden för ett vanligt särområdesgäng. Vi vet i nuläget inte var EBH befinner sig, vi vet inte ens om hon lever.« Murell suckade på sitt rossliga sätt. »Vi tror dessutom *inte* att skjutningen under talet på torget ingick i planen att kidnappa EBH. Fredrika har som sagt förhört en medlem ur den nazistiska gruppen SFF vid namn Max Strömmer, och det som framkom var följande: Svenska frihetsfronten planerade ett attentat mot EBH, de hade minst en beväpnad person som besköt ministern på plats på torget, men i stället träffades vår kollega Niemi. Detta stöds även av vissa uppgifter på stickan som jag nämnde. SFF hade emellertid inte planerat att kidnappa henne, så just nu kan vi i viss mån bortse från skjutningen. Vi ska givetvis fortsätta förhöra Strömmer i dag, han är förd till Stockholm, men fokus ligger på kidnappningen.«

Fredrika var glad att det var Murell som ledde det här, han gled igenom alla dessa allvarliga frågor på ett effektivt sätt.

Murell tog av sig glasögonen och delade ut en kort promemoria. »Så då går vi över till uppgifterna på den här stickan. Som ni ser utgörs de av ett antal mejl där bilagorna är det intressanta. I dessa redogörs dels för ett planerat attentat mot EBH, som uppenbarligen är det som SFF försökte utföra på torget, och något slags raskrig som detta skulle utlösa.« Chefen redogjorde för några ytterligare detaljer och fortsatte sedan: »Dels hade SFF också tänkt mörda A, som de påstår är en kvinna vid namn Hayat Said.« Han tystnade och stirrade på alla i rummet. »Och under drygt två år var Hayat Said flickvän och sammanboende med Emir Lund.«

Ingen förutom Svensson verkade förvånad, Murell måste redan ha informerat resten av teamet.

Men Hjärnan Svenssons ansikte mörknade när hon förstod. I kombination med håret såg hon nu ut som Polens flagga. Kritvit däruppe, klarröd därnere.

»Jag måste fråga. Hur tillförlitliga är egentligen de där uppgifterna? Enligt promemorian kommer ju minnesstickan från en tjugotvååring influencer.«

Murell tog upp glasögonen från bordet igen, putsade dem på en flik av sin skjorta. »Ja, Nova Falck ville tydligen sälja informationen i fråga. Flickan är dessutom misstänkt för inblandning i mordet på journalisten Simon Holmberg, som påträffades död i går natt.«

Svensson höll på att explodera. »Det här är ju uppenbart inte tillförlitligt. Var hade hon fått den här stickan ifrån?«

»Hon har sagt att den kommer från William Agneröd. Och det ser faktiskt ut som om några av de kopierade mejlen är skickade till honom.«

»Va?«

»Ja, jag vet. Det är ett häpnadsväckande påstående. Vi tittar just nu på om det kan stämma.«

»Har flickan förhörts?«

Fredrika kände ett styng av oro – borde hon ha tagit med Nova hit och hållit ett formellt förhör?

»Nova har pratat med Fredrika, men inget finns inspelat«, sa Murell. »Flickan har skaffat sig en advokat och kommer att inställa sig på Kungsholmsgatan. Eller hur, Fredrika?«

Fredrika nickade, det var i alla fall vad Nova sagt till henne.

»Men vi har redan själva granskat och försökt bekräfta vissa av uppgifterna på stickan.« Murell nickade mot en av analytikerna kring bordet. »De pekar alltså mot att en Hayat Said skulle vara A.«

Analytikern böjde sig fram och tog till orda. »Ja, med hjälp av den här informationen så har vi undersökt Hayat Said så gott vi har hunnit. Hon är precis färdig läkare och arbetar för närvarande på det som finns kvar av Zebran, alltså sjukhuset i Järva särområde, där hon också gjorde sin AT-tjänstgöring. Hon är tjugosju år gammal och bor i samma område. Hayat är emellertid en hemlighetsfull person. Vi har analyserat det lilla vi hittat, tittat på telefonlistor, mejl, sociala medier, kreditkortsanvändning, ansiktsigenkänning med mera, vi har till och med skickat vissa analysförfrågningar till britterna, men de har inte hunnit svara än.«

»Kom till saken«, sa Murell.

»Det som påstås i några av bilagorna är för det första att det är sjukhuset som är centrum för Rörelsens militära grens it-verksamhet, så att säga. Kopplingen rör en stor mängd krypterad trafik från ip-adresser kopplade till Zebran, vi kan nu se att Rörelsen i flera år har utnyttjat serverkraft på sjukhuset för till exempel hackerattacker och även för att kunna förse vanlig kommunikation med extremt starka krypteringsskydd. För detta krävs fysisk tillgång till servrarna, det vill säga att den eller de som skött detta måste ha haft tillgång till sjukhusets serverrum. Viss sådan kommunikation finns dekrypterad på minnesstickan, och det finns naturligtvis ännu mer. Det rör sig om stora mängder, så det är en arbetskrävande uppgift att dekryptera och analysera allt.«

»Men mejlen kan väl kopplas till någon?« frågade Murell retoriskt.

»Ja, på sätt och vis.« Analytikern klickade på sin dator. »De mejl vi har hunnit gå igenom har skickats vid tidpunkter då Hayat Said befunnit sig på sjukhuset.«

»Alla?«

»Ja. Och sedan finns ytterligare en koppling.«

»Som är?«

Analytikern klickade vidare, en telefonlista syntes på skärmen.

»Vi har kunnat se att flera krypterade meddelanden, som påstås ha skickats av A, har sänts från en telefon som också haft abonemang kopplat till Hayat Said.«

Murell såg nöjd ut. »Finns det några bilder på henne?«

Analytikern aktiverade skärmen på väggen bakom honom. »Det finns inte mycket, men jag kan visa det vi har hittat.« Skärmen lyste upp och ett antal bilder syntes. Ett passfoto. Kvinnan som stirrade in i kameran såg arg ut, eller så var hon bara allvarlig. Där fanns några fotografier som var från ringside på en MMA-gala. Kvaliteten var låg, men ansiktsigenkänningsprogrammet hade ändå plockat upp Hayat i publikhavet – hon såg koncentrerad ut, med en sjal nonchalant slängd över huvudet. Fredrika kände direkt igen matchen, hon hade själv tittat på den på Shoken när hon gjort research på Emir – han hade vunnit på teknisk knockout i sista ronden. Samtidigt kom hon ihåg sin diskussion med honom häromdagen. »*De mest utsatta områdena har blivit fängelser*«, hade han sagt. Nu kom hon ihåg var hon hört orden tidigare – de ingick i ett av Rörelsens åtta krav. Hon borde ha anat något: en före detta MMA-pajas som nästan ordagrant citerade en sofistikerad terroriströrelses manifest.

Analytikern pekade på skärmen. »Det är alltså Emir Lund som tävlar i octagonen. Hans mor sitter bredvid. Modern tycks vara en viktig person för honom. Och bredvid henne sitter Hayat Said.«

Svensson satt så stilla att hon verkade mer död än levande.

Stundens allvar: A, samhällets fiende nummer ett, var antagligen identifierad. Plus en nynazistisk jättekomplott. Men ministern då?

»Det stannar inte där«, sa Murell. »Vi har i natt analyserat kommunikationen mellan insatsstyrkans operatörer, och kommit fram till följande.« Han pausade, väntade på en reaktion.

Detta var nyheter för Fredrika, hon visste inte vad han tänkte säga.

»Emir Lund var på plats när helikoptern sköts ner«, sa Murell. »Han iakttogs av operatörer och man kommunicerade kring honom. Han syntes på marken i närheten av ministern.«

Det kändes som om någon slängt en hink isvatten över henne – Fredrika kunde inte tro att hon hört rätt.

Murell fortsatte utan att vänta på frågor. »Det leder oss till nästa punkt, nämligen det faktum att det är *vi* som har utrustat och skickat in A:s före detta man för att leta efter EBH.«

En kyla spred sig i bröstet. Det var Fredrika som hanterat Emirs uppgifter i området, drivit honom närmare Roy Adams, hon hade själv ringt Emirs advokat, Nikbin, för sina egna problem, och i går hade hon dessutom rekommenderat honom till Nova.

Svensson öppnade munnen utan att säga något, hon påminde om en fisk som gäspade.

Murells röst lät väsande när han pratade igen. »Emir Lund var nära EBH i går när allt gick åt helvete, det var ingen slump. Det var han som ledde oss till Roy Adams. De ville att vi skulle angripa hårt så att de skulle kunna slå ner oss hårt. Sju döda polismän. Och allt var planerat från deras sida. Fattar ni vad som händer om media får reda på det här?«

Tystnaden i rummet var tung som betong.

Murell såg på dem alla, en efter en, sedan vrålade han: »Mötet är avslutat. Ut och jobba. Förhör Nova Falck. Skaffa fram mer information om Emir Lund och Hayat Said. Vi ska ta oss in i området, hitta den där MMA-galningen och ta tillbaka vår minister. Får vi inte hem henne nu är allt vårt fel. Det var vi som skickade in en terrorist efter henne. Det var vi som litade på den där terroristen och offrade våra kollegor. Det är vi som kommer att stå ensamma i bajsregnet om vi misslyckas.«

57

Molnen som släppte ner sitt innehåll över Stockholm verkade innehålla mer vatten än hela Östersjön. Det gjorde ingen skillnad att Nova stod under en fet lönn. Trädet hade tappat för många löv på grund av torkan, det släppte igenom regnet som vilken gles tall som helst, dessutom var dropparna ovanligt stora och tunga. Båda alternativen var möjliga samtidigt, för mycket sol och för mycket regn.

Hon väntade på advokat Nikbin, de skulle gå tillsammans till polisen. Hon skulle »inställa sig«, som han sagt.

Längre bort, nedanför några trappor, såg hon ingången. Kungsholmsgatan 37 låg nedsänkt under gatuplan, som om den behövde vara skyddad från insyn, eller attacker. Det var Nikbin som hade bestämt att de skulle ses här – men just nu kändes det som världens sämsta plats. Det kunde aldrig vara bra att dyka upp plaskvåt till ett polisförhör.

Hon hade ett missat samtal från Jonas, förmodligen för att han ville höra varför hon inte ringt honom under de senaste dygnen. Han fick klara sig själv för en gångs skull.

Guzmán ville ha sina pengar inom några timmar, det visste hon – men det kändes oviktigt nu.

Nikbin hade förklarat att i första hand skulle Nova bara anmäla vad hon upptäckt hemma hos Simon. »Och i den bästa av världar kanske de bara bokar en tid för att förhöra dig senare, då får vi mer tid att tänka efter.«

Fast samtidigt hade han sagt att hon skulle gripas.

Några polisbilar åkte förbi, de verkade ta det ovanligt lugnt. Ingen ville väl begå brott i dag, i varje fall inte utomhus, vädret var för jobbigt.

Hon försökte ringa advokaten, men fick inget svar. Hon undrade varför han inte dök upp, toppadvokater lät väl inte sina klienter vänta? Hon visste inte om han ringt och bokat möte med någon polis eller om de skulle ta det här på volley.

Det luktade inte ens blöt asfalt och fuktig innerstad längre. Regnet hade spolat bort alla dofter. På Instagram och i Shoken *svämmade det över* av inlägg om *översvämningar* – filmer från höghastighetskameror på enorma vattendroppar som träffade vattenytan på pölar och sjöar, i *slow motion* såg de ut som pelare av glas. Brainyaktivisterna upplevde regnet inuti folks huvuden. Klimatjatarna skrek vad-var-det-vi-sa, fast det gjorde de ju alltid så fort vädret inte var som de hade tänkt sig. Tillverkarna av funktionskläder och alla jävlar med barn pumpade ut bilder på hur härligt det var att dansa i regnet, också i *slow motion*. Nova hatade *slow motion*, och just nu gick tiden i den takten.

Det darrade till i telefonen. Ett meddelande från Jonas: *Nova, det här funkar inte. Du får inte bara försvinna från jordens yta. Du måste ringa tillbaka.*

Hon orkade inte bry sig.

Men var fan var advokaten?

Nr 37 stod det med stora vita bokstäver ovanför ingången. Hon undrade om de kunde se henne därinifrån. Hela kvarteret var en enda stor polisbyggnad, uppe på Polhemsgatan låg huvudingången till typ Rikspolisen, lite längre ner låg flera entréer, till exempel Fredrikas, och på andra sidan låg häktet.

Plötsligt öppnades dörren till stationen och två uniformsklädda poliser kom ut med paraplyer över sig. Det såg nördigt ut att de höll dem så där, men de verkade inte vara på väg någonstans. De bara stod där i regnet – frågan var om de tittade efter henne.

Det var ironiskt: allt det här hade börjat med att hon *inte* ville hamna i en cell.

Vem försökte hon lura?

No way att hon tänkte hjälpa polisen att låsa in henne.

Polisen fick ringa henne om de ville prata, eller ta det genom hennes syster.

Nova började gå därifrån, klafsade i pölarna, ångrade att hon inte tagit med ett paraply att gömma sig under, samtidigt ville hon inte springa, inte hetsa, det skulle vara för uppenbart misstänkt. Hon försökte se om poliserna följde efter henne.

Mitt emot på trottoaren kom tre ungdomar i full regnmundering, stövlar, kapuschonger och allt – de såg ut som några jävla fiskare.

»Nämen, hej«, vrålade en kille vars ljusa hårslingor stack fram under huvan. »Är inte du Novalife?«

Nova vände bort ansiktet och fortsatte gå.

»Snälla Novalife, kan vi inte få ta en selfie med dig?«

Hon måste härifrån, poliserna stod bara fyrtio meter bort. Kidsen klängde runt henne.

»Snälla.« »Din utskällning av Jonas var episk.« »Bara en selfie.«

De drog i henne, blockerade henne. Hon måste *verkligen* härifrån. Om poliserna förstod vem hon var skulle de plocka in henne, hon kunde mycket väl vara efterlyst.

Hon andades snabbare, försökte vända sig om för att se vad polismännen gjorde utan att det skulle märkas att hon tittade på dem.

»Bara en«, vrålade ungdomarna. De ville hindra henne, stoppa henne. Det verkade som om de *ville* att hon skulle gripas.

Hon slet sig loss. Hon sprang.

Regnet bombade från alla håll.

Kidsen stirrade efter henne som om hon hotat att skjuta dem.

58

Äggröran låg på tallriken som en kall geléklump. Han pallade inte att äta, fast Rezvan sa att det var godare än smultron.

»Vet du ens vad smultron är?« stönade Emir.

»Så klart. Det är en frukt, jag har ätit smultronglass.«

Eva Basarto Henriksson lade ner besticken. »Det är ett bär.« Hon såg sur ut hela tiden – pannan fortfarande skrynklig som ett hopknycklat papper.

Det här var Järvas största bordell – men internet fungerade inte här heller.

De satt tillsammans i ett vip-rum och väntade på att nätet skulle gå i gång igen. Förutom dubbelsängen fanns det en soffa med ett litet bord och ett fönster ut mot gården – vem som nu kände behov av utsikt när sexuella tjänster skulle inhandlas.

Emir mådde skit.

Han hade känt det komma redan i vattentornet i natt: den onaturliga tröttheten, illamåendet, klådan. Han skulle mycket snart behöva dialys, och om han inte kunde rena sitt blod ordentligt, behövde han i varje fall sina mediciner. Det var bara det att hunden Roy hade tagit dem ifrån honom.

Skiten kändes hela tiden. Emir hade redan försökt få tag på något här på Artemis. Han hade bett Rezvan leta i förstahjälpenskåpen, men de var alla lika rensade som en tjackpundares zippåsar efter en utekväll.

Emir lade sig på sängen. Det kliade på armarna och magen.

Han var törstig, men det sämsta han kunde göra nu var att dricka. När njurarna slutade fungera var vätskeansamling det första symptomet och han hade inte kissat på ett dygn. Han behövde urindrivande – stora doser, minst tusen milligram, han behövde blodtryckssänkande, han behövde binda kaliumet i kroppen. Annars skulle han klappa ihop innan dagen var slut.

Eva Basarto Henriksson tittade på när Rezvan slevade i sig den resterande äggröran.

På bordet låg kondompaket och en Viagrakarta.

Rezvan drog ut ett Kleenexpapper från en hållare på nattygsbordet. Torkade sig om munnen. Det regnade inte lika mycket utanför längre.

Emir ville bara ligga still.

»Rezvan, känner du till Automat Apoteket på Allévägen?« frågade han.

Grabben nickade.

»Vet du om det är öppet?«

»Vill du att jag ska gå dit?«

Emir nickade. »Gärna, jag är för trött. Leta efter något som heter Resonium och Calcevita.«

Rezvan reste sig tyst, men stannade vid dörren: vägde från ena foten till den andra.

»Fast...«, sa Emir. »Det går också bra med Gaviscon eller Novalucol. Bara det är kalciumkarbonat i. Läs på förpackningen.«

Ministern vände sig om. »Är du sjuk?«

»Det är lugnt.«

»Resonium, Calcevita? Det låter som om du har problem med njurarna.«

Hon var kanske inte så puckad ändå, den där Eva-ministern.

»Oroa dig inte.«

Hon tog några steg in i rummet. Det grå ljuset från fönstret bakom henne gjorde att hon såg riktigt vältränad ut, eller så var det bara vinkeln som Emir såg henne ur.

»Jag oroar mig visst, för du verkar verkligen inte må bra. Har du njursvikt?«

Emir orkade inte tjafsa.

Han nickade.

Hon lutade sig över honom, hennes hår hängde rakt ner, det glänste av fett.

»Du måste till sjukhuset.«

Emir skakade på huvudet. »Det är plundrat. Nedstängt. Men om grabben kan köpa de där medicinerna kommer jag må bättre.«

»Alltså, det finns ett litet problem«, avbröt Rezvan. »Och det är att jag inte är bäst på att läsa.«

Emir vred på huvudet.

»Jag följer med«, sa Eva-ministern plötsligt. »Rezvan är ändå för ung för att få ut de där preparaten.«

Emir satte sig upp på sängkanten.

Han hade haft influensan några gånger som tonåring – just nu mådde han likadant.

Han mötte hennes blick.

»Eva, du går ingenstans utan mig«, sa han. »Det är för farligt.«

59

Murells andning rosslade. Fredrikas hjärta dundrade.

Hon hade bett att få växla några ord i enrum efter mötet.

»Du sa inte hur vi ska få tag på Emir Lund«, sa hon.

»Jag har mina idéer. Men någon jävla insatsstyrka blir det inte tal om den här gången, det kan jag säga dirckt. Och inte någon tunnel heller.«

Murell reste sig upp. Det var första gången hon såg det: men han gick liksom inåt med fötterna, det såg feminint ut på något sätt.

Han plockade upp sitt cigarettpaket. »Jag klarar inte av så här många dåliga nyheter på ett och samma dygn.«

Det hade varit rökförbud här sedan innan Fredrika föddes, men hon hade ju sett hur han blossat, så hon var inte förvånad. Däremot: det lät som om han misströstade, och *det* förvånade henne.

Murell tände cigaretten, han sög på den som om han ville att den skulle ta slut i ett enda bloss.

»Skicka in mig«, sa Fredrika. »Du vet att jag var en av dina bästa när jag var under dig i Särområdespolisen. Jag kan Järva. Och det är mig Emir har valt att ringa. Så när nätet går på och om han ringer igen, kan jag vara nära. Och ...« Hon tystnade mitt i meningen.

Murell tog ett nytt bloss. »Och vadå?«

»Det är min skyldighet att ställa allt det här till rätta«, sa hon.

»Så finns det nog fler än du som känner.«

Fredrika nickade. »Säkert. Men inte så många som kan ordna en väg in.«

Mötesrummet var ett av de minsta Fredrika sett, men de behövde inget större. På ena skärmen syntes satellitbilder över särområdet och på den andra instruktioner för hur hon skulle använda kommunikationsutrustningen.

Två analytiker informerade henne om adresser, procedurer, personer som kunde hjälpa till därinne och så vidare.

Då öppnades dörren: Murell och Arthur klev in.

»Du kommer att få sällskap«, sa chefen. »Det här är Arthur«, fortsatte han.

»Vi känner varandra«, sa Fredrika. Hon skrattade till – trycket lättade en aning.

Hon hade inte tänkt på det tidigare, men Arthur såg faktiskt också extremt trött ut, påsarna under hans ögon var mörka. Han kanske kände på samma sätt som hon. Det fanns ett jobb som inte var gjort än, ett uppdrag som måste slutföras. Ett ansvar för vad som hänt där på torget.

»Och nu undrar jag«, sa Murell. »Har du ordnat det du skulle ordna?«

»Hur går det för Nova?« var det första pappa frågade när han hörde att det var Fredrika som ringde.

»Det får vi prata om sedan. Jag behöver din hjälp.«

»Säg inte att du också behöver pengar.«

»Nej«, sa Fredrika och tog ett djupt andetag. »Jag behöver en väg in i Järva särområde.«

60

Regnet hade lugnat sig. Nu påminde det mer om en klimatvänlig lågvattendusch där det tog en halvtimme att ens bli våt. För Novas del spelade det ingen roll, hon var redan blötare än en abborres baddräkt.

Hon stod utanför sin egen villa. Innan hon inställde sig hos polisen ville hon ta hand om en grej: hon tänkte gå in och hämta Patek Philippe-klockan i sitt kassaskåp – och gömma den någonstans.

I taxin på väg hit hade hon ringt Fredrika.

»Jag gick inte till polisen.«

Fredrika såg stressad ut på skärmen, det ryckte i hennes näsvingar. »Varför inte då?«

»Jag pallade inte.«

»Varför är jag inte förvånad.« Hennes storasyster suckade. »Du måste inställa dig och berätta. Både om Simon och om minnesstickan.«

Det såg ut som om Fredrika var på väg någonstans, kanske in i ett garage, lysrören hängde som bländande vita streck ovanför hennes huvud. Nova skymtade någon som gick bredvid henne.

»Så var är du nu?« frågade Fredrika.

En tanke dök upp i Novas huvud. »I stan bara«, svarade hon undvikande. »Var är du själv?«

»Jag är i ett polisgarage. Vi ska försöka lösa det här nu.«

»Ministern?«

»Ja, vi ska in i Järva säromåde.«

»Var försiktig.«

»Ja.«

»Kommer jag att kunna ringa dig?«

»Nej. Mobiltäckningen är avstängd därinne. Jag kommer att använda kortvågsradio. Så vi får höras senare.« Fredrika såg allvarlig ut. Personen som gick bredvid henne syntes i bild, en man som såg ännu mer ut som en polis än Fredrika själv, om det nu var möjligt.

Hennes storasyster sa: »Jag vill att du inställer dig hos polisen nu.«

»Kanske.«

»Du måste. Ring i varje fall och prata med Herman Murell.«

»Vem är det?«

»Han som har koll på allt. Nova, lova mig att du gör det.«

Nova kände bara irritation – Fredrika var varken hennes mamma, pappa eller ens en vanlig polis.

»Vi hörs.«

Det var lugnt på gatan, några få bilar stod parkerade, men ingen såg ut som en polisbil. Hennes närmaste granne var antagligen på jobbet, det var mörkt i huset.

Ändå såg hon sig omkring hur många gånger som helst innan hon gick fram till sin egen ytterdörr. Hon låste upp och slog av larmet.

Hallen var mörk. Hon tog av sig skorna och drog snabbt av sina dyblöta strumpor. De fick ligga kvar där – de skulle torka av sig själva.

Hon tänkte på renoveringen. Egentligen hade hon alltid sett sig själv som en person som bodde i stan, i lägenhet. Men när byggvaruhuset hade hört av sig och erbjudit en som de sa »gratis renovering på internationell nivå« mot att hon köpte det här huset och lät följarna följa varje steg i arbetet, hade hon slagit till. Hon kunde ju alltid sälja det efter något år, när allt var klart.

Det var nästan märkligt tyst här.

Hon tittade in i köket. »*Nova, du behöver köpa mer soja*«, sa hennes kyl, som försökte vara snäll men egentligen bara var djupt ointelligent.

Ashwagandhafuktaren i sovrummet skulle motverka stress och återskapa mental balans, men just nu blev hon bara stirrig av lukten. Hon gick fram till garderoben och öppnade den: Döttlingkassaskåpet såg litet ut i jämförelse med Agneröds maxade modell.

Hon satte sitt ena öga vid kassaskåpsdörren: den klickade till.

Hon pallade nästan inte att titta på uren som glittrade i ljuset från takets spotlights – vad hade hon hållit på med?

Patek Philippe-klockan låg fortfarande högst upp. Hon stoppade den i handväskan och övervägde att lägga ner några av de andra klockorna också, fast just nu skulle hon ändå inte kunna sälja dem.

Hennes ögon föll på foldern i krokodilskinn som hon också fått med sig från Agneröd – den var verkligen flådig. Hon fingrade på den, det gula krokodillädret kändes buckligt i sin lyxiga oregelbundenhet. Foldern var tom. Hon vek upp sidoflikarna.

Något föll ner på golvet: ett fotografi.

Det såg ut som ett julkort eller något liknande, med text printad på framsidan. Hon såg att det var ett slags collage. Tre bilder i en.

På den ena stod två män bredvid varandra och höll varandra om axlarna, den ena såg ut att vara i medelåldern med mörkt hår. Nova kände inte igen honom. Den andra var något yngre, blond och med solglasögon. Honom kände Nova däremot tydligt igen: det var William Agneröd själv.

På nästa bild stod samma män i kamouflagekläder utomhus. De log, verkade ha haft en aktiv dag, deras pannor glänste och de höll i var sitt stort vapen. Nova visste inte vad det var för sort, men det såg ut som något militärer använde.

På den tredje bilden såg männen bistrare ut, de stod inomhus, propert klädda i skjortor. Båda sträckte ut sina högerarmar, handen rak, tydliga i sin intention: de gjorde Hitlerhälsning.

What da fuck?

Hon vände på kortet och läste hälsningen: *Kamrat! På Nationaldagen tar vi henne. Och sedan tar vi A. Jag har full kontroll. Tack för att du stödjer kampen.*

Nova hade inte läst innehållet på minnesstickan jättenoggrant, men hon hade förstått tillräckligt – det handlade om något slags nazikomplott. Hon hade ändå tänkt att det måste vara ett dåligt skämt eller ett misstag. Att Agneröd egentligen inte hade med saken att göra. Men de här fotografierna var tydliga: William Agneröd var djupt nere i den där skiten. *Nationaldagen* – det var ju då allt hade hänt med ministern.

Hon borde göra sig av med det här kortet. Hon hade berättat för Fredrika att hon *hittat* stickan hos Agneröd, utan att precisera var, ungefär som om det lika gärna kunde ha varit någon som tappat den där. Hon hade inte sagt att hon tagit sig in i ett kassaskåp och *stulit* den på uppdrag av en galen snut som hittat knark i hennes puderdosa. Om polisen såg det här fotot skulle de antagligen börja ställa frågor om hur hon egentligen kommit över stickan, eftersom fotot uppenbarligen inte kunde ha legat oinlåst. De skulle fråga om hur hon kunnat ta sig in i kassaskåpet och massa annan skit. Det skulle se dåligt ut, särskilt med tanke på vad de antagligen misstänkte att hon gjort med Simon Holmberg.

Hon gick ut i köket, drog ut en av kökslådorna och tog fram en tändare.

Hon slog på köksfläkten på högsta styrka. Höll det märkliga kortet så nära den hon kunde.

Tändarens låga svärtade fotografiets ena hörn, till slut fattade det eld. Det brann långsammare än hon trott, rullade ihop sig av värmen. Den sista biten kunde hon inte hålla i, hon släppte ner den på spishällen.

Elden slocknade. Hon torkade av askan med en trasa och slängde den i soporna.

Hon gick in i sovrummet igen, slet med sig ett par nya strumpor och en torr tröja och klev ut i hallen.

Hennes telefon ringde.

»Hej.« Det var Guzmáns röst.

Nova talade av någon anledning tyst. »Det passar inte nu.«

»Har du mina pengar?«

»Inte än.«

»Så hur vill du göra?«

Nova försökte sätta på sig den nya torra tröjan samtidigt som hon höll i telefonen, hon måste härifrån nu. »Vi får prata om allt det där sedan.«

»Sedan?«

»Ja, sedan.«

»Det är inte du som sätter villkoren, det tror jag att du vet. Om jag inte får mina pengar i morgon tar jag upp anmälan på knarket och du åker in.«

Nova tittade ut genom köksfönstret. En mörk Volvo körde fram nere vid grinden och parkerade.

En man och en kvinna steg ur.

»Du är ett jävla skämt«, sa hon. »Och jag har inte tid att prata nu.«

Hon gick ut i hallen, hon visste inte riktigt vart hon skulle ta vägen, mer än att hon tänkte gräva ner Simons klocka någonstans inte alltför nära huset.

Det ringde på dörren.

Nova öppnade. Det var mannen och kvinnan från Volvon: båda långa och kraftfulla. »Är du Nova Falck?«

Hon hade precis sagt till Guzmán att han var ett skämt – men personerna som stod utanför hennes dörr nu fick hennes ickeskämtande snutradar att tjuta på högsta volym.

»Vänligen kliv ut«, sa kvinnan samtidigt som hon höll fram sin polislegitimation.

Novas handväska dinglade på armen, hon kunde bara tänka på en sak: en Patek Philippe-klocka – stulen från ett mordoffer för några dagar sedan.

»Sätt dig i bilen«, sa poliskvinnan. »Du är gripen.«

61

Ett blekt ljus trängde igenom molnen. Alla färger flöt in i varandra. Järva särområde kanske skulle slippa regnet nu.

Eva kunde bli igenkänd, men det hade Rezvan löst. Innan de lämnade bordellen hade han kommit med en hijab.

Hon höll Emir under armen, ändå kunde han inte gå särskilt snabbt. Om Roy dök upp skulle Emir slippa dö av andnöd eller lungödem – en enkel match.

Överallt: trashade butiker, brinnande saker och oroliga människor. De såg inga bilar i rörelse – i så fall hade de kunnat försöka få lift.

Hur länge tänkte snuten hålla alla nätverk nedsläckta? Ett kollektivt straff för det som hänt med helikoptern. Ett kollektivt straff för att det var som det var härinne.

Det tog en halvtimme innan de ens kom till Maxxixbutiken.

Eva: såg ut som Hayat i sin slöja. Samma bestämda rörelser, tydliga gångstil.

Längre fram såg de apoteksskylten: ett grönt hjärta.

»Snälla, kolla om det finns något kvar.« Emir behövde sätta sig ner, vila en stund.

Rezvan och Eva gick mot apoteket.

Emir lutade sig mot den flagnande väggen.

Några minuter senare: Rezvan kom ut från lokalen, vinkade. Emir såg vad han gjorde: tummen ner – apoteket var plundrat.

Grabben flåsade. »Ska vi gå tillbaka till Artemis?«

Eva tog tag i Emirs arm. Det kändes som om han fastnat i tuggummiklet.

»Jag tror ...«, mumlade han.

»Jag tror inte att du kommer att orka det«, sa Eva. »Vi måste få tag på dialys eller medicin någon annanstans.«

Regnet hade nästan upphört nu, men vatten rann fortfarande längs trottoarkanterna.

»Det enda stället jag kan tänka mig är MB:s hus,« sa Emir.

Eva stönade till under hans tyngd. »MB?«

Emir släppte taget om henne. »Det står för Muslimska brödraskapet.«

En stund senare: utanför kulturcentrumet. Emir hade fortfarande inte kunnat pissa.

Han var så trött och hade så ont i kroppen nu att han på riktigt inte skulle ha något emot om Roy dök upp med Djuret Donetsk och avslutade honom.

Lederna värkte, en hammare slog mot insidan av hans panna, det kändes som om någon hängde på hans rygg. Han visste varför, kunde siffrorna utantill. När njurarna fungerade så dåligt som hans blev kroppen full av vätska: salter, gifter och skit. Kaliumet i kroppen fick ligga mellan 3,5 och 5,5 millimol, låg det över 5,5 millimol var risken hög för hjärtarytmier. Fortsatte vätskenivån stiga skulle han få lungödem: hans lungor skulle drunkna.

Fick han inte hjälp inom några timmar skulle det vara slut.

Egentligen: huset hette *Fredsälskarnas kulturcentrum*, men alla i området kallade det bara för MB:s hus. Emir hade inte varit här på länge. Byggt med utländska pengar – bågar och valv syntes över fönstren och vid ingången hade de rest pelare. På väggen flera meter upp syntes en fet text på arabiska. Stället kunde lika gärna ha stått i morsans hemland.

Det räckte med en blick för att fatta att det var kört. Framför ingången ringlade sig en kö som var mer än hundra meter lång.

Gråtande barn, oroliga mammor, pojkar med stora sår, flickor med bleka ansikten. Alla verkade söka hjälp här – en intern flyktingkris i särområdet.

De ställde sig sist.

Emir var för trött, han satte sig ner på marken.

Nu: Prinsen satt som en hund.

Nu: Nio knockouts var värda noll när man var en förlorare.

Ändå: Han hade lyckats hitta Eva Basarto Henriksson. Han hade gjort det han sagt att han skulle göra.

Kunde inte grisarna bara komma och hämta henne på något sätt nu? De kanske kunde ta med sig honom också?

Shit – det var första gången i livet han önskade att han skulle bli plockad av aina.

Han hade aldrig varit religiös, han trodde egentligen inte på Allah eller på Profeten. Emir åt vad han ville och hade inte fastat på många år. Ändå böjde han sig framåt nu och gjorde något som han aldrig gjort på riktigt. Han kunde inte ens arabiska, men han försökte härma Hayat, som han sett göra det många gånger. Han slöt ögonen, försökte glömma värken i kroppen. Försökte komma bort i huvudet.

Han sa de få ord han kom ihåg, som han hört Hayat nämna. Han böjde sig framåt, lade händerna över bröstet, tittade i marken – fast där inte fanns någon matta. Hans andning rosslade.

Mamma brukade säga att han hade sifferminne, men vad spelade sifferminne för roll i Järva?

Helst skulle han ändå inte vilja komma ihåg ett skit.

Socialen hade försökt ta honom ifrån mamma men aldrig hjälpt henne ekonomiskt, imamen hade uppmanat honom att komma till moskén oftare, rektorn hade sagt att han var ett omöjligt fall. Väktarjävelns ord den där gången när de tvingats klä av sig var sanna: »*Det här landet är stängt för er, för ni har själva bränt alla möjligheter.*« *Snutarnas hånflin från åhörarplatserna när han dömdes till sin första volta kändes som aceton i ögonen. Mamma hade först jobbat kväll fyra dagar i veckan, sedan börjat springa på möten resten av kvällarna, och hans skolväska hade gått sönder i trean, så han kunde inte ta hem sina läxböcker. De äldre grabbarna slog honom och Isak, tvingade dem att stå som bulvaner för baxade Ipads som skulle säljas på nätet. När han åkte till stan blev han gripen av aina för att han hade en LV-keps som de sa var stulen – det var i och för sig sant, men ändå en fördom. Hans idoler sjöng om prr-prr och ladd, ingen litade på aina, alla visste att de bara ville jävlas med babbarna. När han var femton kollade han porr varje dag, två på en, en på två, analsex, choke-avsugningar. I jämförelse med morsans örfilar påminde lärarna om små chihuahuor när de skällde, och snutarna gläfste som Lilla Al-Fadji. Och varför skulle Emir försöka få ett extrajobb som bud på Glovo, som mamma ville, när de inte ville ha* »*osäkra kort*«, *som de sa. Någon gjorde inbrott hemma och stal alla deras besparingar och morsans tekoppar från Kurdistan, hyresvärden stängde av elen mitt i vintern för att hon inte kunde betala hyran, Emir fick sova under dubbla täcken i över en månad. De äldre grabbarna sa att alla suedis var rasister, på ungdomsanstalten sålde den ena vårdaren gräs och den andra försökte få med Emir till en källarmoské – sa att han skulle dö om han sjöng i duschen eller vistades ensam i samma rum som en kvinna. Morsan ringde och grät, snuten gjorde razzia i kvarteret och tre killar dog av tårgassprej och hundbett, de sa att Mahmoud Gharib var deras nya statsminister, deras battallah, samtidigt såg Gharib till att tre bomber exploderade på en och samma vecka utanför ett vittnesskyddsboende. Det var skjutningar flera gånger i månaden i området, men när ambulanserna försökte komma in stod de på gångbroarna och släppte ner gatstenar. Emir rökte gräs oftare än han drack vatten, spelade så mycket tevespel att han såg Fortnite-scars framför ögonen även när han var vaken, han tog bara pauser för att gå till skolan och äta lunch med Isak. Emir sänkte en tre år äldre shuno utanför fritidsgården, påhejad av Lugna gatan-fritidsledarna. Han hade växt – först märkte han det knappt själv – men Isak såg: »Du ser ut som en kurdisk Thor, bror.« Han dömdes igen – men blev känd som en fighter. Han fick ett rykte: en tokig shurda. När han muckade väntade grabbarna på honom. De såg hans potential. Ofta räckte det med att han klev fram så betalade folk. Han fick respekt. Han fick brudar. Han satte på Lilly, hög på weed, men kom inte ihåg något nästa dag. Tio veckor senare visste han att han skulle bli farsa.*

Mila. Det var bara henne han hade velat ha många minnen av.

»Ey, Prinsen«, hörde han en röst, men han tittade inte upp. Han snuddade i stället marken med pannan. Ett förutbestämt liv, ett liv utan förebilder. Ett liv i mitten av Järva, men i marginalen av Sverige, ett liv som han alltid vetat skulle gå fel.

»Jag trodde du satt häktad«, sa rösten.

Någon ryckte i honom, det var säkert Rezvan. Emir ville inte bli störd.

Bara komma bort från allt.

Rezvan slet i honom, och rösten ovanför honom vägrade hålla käft.

»*Habibi*, du verkar inte må bra. Vad händer?«

Han sneglade upp, han kände igen rösten. Han hade erbjudit den där mannen en pistol.

Isak hade skjutits. Emir hade blivit kvar.

Det var Abu Gharib som stod ovanför honom, ledaren för Västra, säkerhetschefen för Muslimska brödraskapet. Hans avlånga skägg pekade mot Emir som en svart missil.

»Han behöver medicin«, sa Eva bakom sin slöja. »Han lider av njursvikt.«

»*Hamdullah*, vi har det mesta härinne«, sa Abu Gharib.

Emir orkade inte hålla upp huvudet längre.

Han hörde Abu Gharibs självsäkra röst. »Ni kan komma in. Men grabben får stanna utanför. Vi har inte plats för alla.«

62

Det svarta tygstycket var förvånansvärt lätt. Fredrika tog av sig tröjan, stod där en kort stund i skåpbilen i bara behån innan hon drog det över huvudet.

Arthur väntade utanför.

Det var en av analytikerna som hade lärt henne att plagget kallades abaya: den stora pösiga klänningen som gick hela vägen ner till anklarna.

Huvudduken var också svart och täckte allt utom ögonen: niqab.

Fredrika öppnade bakdörren på skåpbilen och böjde sig ut. »Du kan väl hjälpa mig att knyta i stället för att bara stå där och glo.«

»Jag blir rädd när jag ser dig så här, men nu går vi in.«

Rissne station: konstverken i klara färger var upphängda direkt på betongväggarna. Stockholms tunnelbana i ett nötskal: installationer och konstverk för miljarder trots att nittionio komma nio procent av invånarna ändå bara tittade ner i sina mobiler eller slöt ögonen och lät Brainy koppla upp.

Bilderna och texterna skulle tydligen skildra tretusen år av historia, återgiven på ett så kallat konstnärligt vis. *Britterna är ett krigiskt folk från nordväst*, stod det med snirkliga bokstäver bredvid en gul kartsiluett som skulle föreställa Europa på tvåhundratalet. *Kina upplever en kulturell och ekonomisk blomstring. Samtidigt förslavas länderna alltmer*, bredvid en orange naivistisk avbild av Kina från samma tid.

Fredrika förstod sig inte på sådan här konst, det var fullt möjligt att det bara var trams – att konstnären inte hade en aning om vad han eller hon pysslade med. Som med alltför nyskapande mat. Fine dining-restaurangerna hade älskat sådant i två decennier nu: födoämnen framexperimenterade i kemiska laboratorier. Men när du serverades grässtrån doppade i lera från norra Värmdö eller åldrad otoro penslad med arabiskt kaffe plockat klockan fem i gryningen och kokad i fermenterad körsbärsvinägrett, hade du ju ingen aning om ifall kocken varit duktig eller skit. Ingen kunde bedöma. Allt handlade bara om varumärkesbyggande fjanterier.

Ändå var Fredrika inte lika intresserad av de där frågorna som Herman Murell, eller Ian, för den delen. Hon hade haft tillräckligt många politiker som skyddsobjekt, hört tillräckligt många diskussioner och överläggningar för att förstå detta: politik kunde aldrig vara ärlig, eftersom politikerna alltid stod för paketlösningar. De måste alltid böja sig för sammanhållningens skull, för sitt parti eller sin president, de backade varandra oavsett hur mycket de ljög – som med fotbollslag: höll man på Manchester City så älskade man dem *oavsett* hur det gick för dem och hur de spelade. Manchester City var *alltid* bäst, fast de kanske spelade som idioter. Taco hade varit likadan: han försvarade henne alltid, hur dumma saker hon än gjort. Skillnaden var att Taco inte hade någon baktanke. Han var ren ärlighet.

Arthur gick med långa steg. T-shirt med upprullade ärmar och vandringsbyxor, han var civilt klädd. På grund av värmen hade ingen av dem skyddsväst på sig, men de låg hopvikta i ryggsäckarna där de också hade tjänstevapen, kortvågsradio och övrig utrustning.

Fredrika kände sig onekligen märklig i sin klädnad, som om hon var instängd på något sätt. Samtidigt tyckte hon om anonymiteten, nu visste ingen vem hon var – och det var mer än så: ingen kunde ha någon åsikt om henne på förhand, det enda de såg var ett par ögon.

Hon hade alltid skämts en aning över att pappa varit inblandad i bygget av trevnadsdelarna. Han var inte operativ i bolagen men ägde en substantiell andel. Han hade ringt en av sina verkställande direktörer som i sin tur kontaktat någon av sina servicetekniker.

Det fanns vägar in i området som inte polisen kände till.

En uniformerad man med militärkeps och solglasögon, trots att de var inomhus, stod längre fram på perrongen.

»Jag tror att det är han som ska släppa in oss«, sa Fredrika.

Arthur skrockade. »Jag har alltid tyckt att de där särområdespoliserna ser mer ut som väktare än som riktiga poliser.«

I vanliga fall hade Fredrika skrattat, nu var hon för stressad.

Polisen med solglasögon kom emot dem.

»Vart är ni på väg?«

»Vi ska ner i tunneln«, sa Fredrika i vanlig samtalston, det var ingen bra idé att skrika ut deras ärende på perrongen.

Polismannen stod med armarna i kors. »Det tror jag inte alls.«

»Jo, ni ska ha blivit informerade av Herman Murell.«

»Ska Herman Murell ha informerat mig? Du vet inte vem du skämtar om, lilla du.«

Arthur rotade i en sidoficka, plockade upp sitt id-kort och höll fram det.

Polismannen nickade mot Fredrika. »Hon då?«

Fredrika visade upp sin legitimation.

»Jag kan inte se vem du är«, sa polismannen.

»Jag vill helst inte dra ner slöjan. Inte här när det är folk runtomkring.«

Polismannen flinade snett. »Är det mot din religion?«

»Nej, men ... «

»Blir Allah arg om du visar ansiktet för en annan man?«

»Om vi kan gå undan så kan jag göra det där. Jag vill inte dra uppmärksamhet till mig just nu.«

Arthur suckade ljudligt. »Vi har bråttom.«

Polismannen fällde upp solglasögonen, hans ansikte framstod som mycket rundare utan dem. »Tror ni vilka finter som helst fungerar nuförtiden? Visa upp stulna id-handlingar? Jag vet inte varför ni vill gå in i tunneln, men jag släpper aldrig in sådana som ni. Försvinn härifrån.«

Det var så tröttsamt. Fredrika slet av sig niqaben så att hela hennes ansikte – och *blonda* hår – syntes.

»Så, är du nöjd nu?«

Polismannens ögon stod ut som pingisbollar.

Hon var tvungen att ta tag i Arthur för att inte ge tönten en smäll.

63

Ensam i en arrestcell på Kronoberg: en orange galonbeklädd tunn madrass på golvet, en toalettsits i rostfri metall, ett lysrör högst upp i taket – allt för att begränsa möjligheterna för självskadebeteende. Och klottret så klart: *FTP, HSS, Rörelsen Forever, Nordiskt motstånd*, och massa saker på arabiska. Sverige i ett nötskal.

Novas försök att sortera tankarna var meningslösa, de vevade runt i skallen som i en Vitamixblender på högsta hastighet. Ändå kunde hon av någon anledning inte släppa det där skumma julkortet som hon eldat upp. Varför hade hon gjort det? Om hon haft kvar kortet hade hon kunnat visa upp det för poliserna som gripit henne – de skulle kanske ha tyckt att det var konstigt att hon hade det, men de skulle väl tycka att det var ännu konstigare att miljardären William Agneröd gjorde nazihälsning?

Hon lade sig ner på madrassen och stirrade rakt upp i taket, hon undrade hur många timmar hon varit här – hon undrade också om hon var världens största idiot.

Poliserna hade varit artiga mot henne under resan hit. Bett att få se hennes id-kort och sedan satt på henne handbojor, som om det var den normalaste saken i världen.

De avvisiterade henne på en bänk i korridoren. Tog hennes handväska, mobiltelefon och Love Bracelet – som inte hade ett vanligt spänne, så de fick hämta en skruvmejsel för att få upp det. De skrev in hennes personuppgifter, men vägrade att svara på hennes frågor.

Nova sneglade hela tiden på väskan som de ställt längre bort: klockjäveln låg i den.

»Du vet vad det här gäller«, var allt de två poliserna sa. »Du kommer att bli förhörd snart.«

Innan de ledde in henne i cellen skakade de hennes hand som om de vore kompisar.

»Jag vill ha handsprit«, hann Nova skrika innan dörren slog igen.

Väggen var kall. Betonggolvet var ännu kallare. Det såg slätt ut på håll, men så fort hon böjde sig fram syntes sprickor och håligheter.

Det här var sjukare än sjukt, till och med knäppare än när hon hittat Simons kropp i hans lägenhet. Hon måste få reda på vad som hänt honom. Hon måste rentvå sig själv.

Förhörsrummet hade varit nästan lika kalt som cellen, med undantag för tre gröna stolar och ett litet bord som mer påminde om Fermobs utemöbelserie – hon hade ett liknande i sin egen trädgård.

Två poliser satt redan på plats på andra sidan bordet, en man och en kvinna. Arrestvakten låste upp Novas handklovar och stängde dörren bakom henne.

Snutarna reste sig upp och skakade hennes hand. De presenterade sig: »Karin heter jag«, sa den ena. »Anders heter jag«, sa den andra. »Och vi kommer från Säkerhetspolisen.«

Karin hade kavaj och intelligenta ögon. »Vi ska hålla ett förhör med dig.«

»Jag vill ha min advokat«, sa Nova.

»Eftersom det är fara i dröjsmål har vi rätt att hålla förhör utan advokat närvarande, rättegångsbalken 23 kolon fem, tredje stycket«, sa Karin.

Bitch.

Fredrika hade kunnat få vara här nu, hon skulle ha kunnat säga om det där stämde eller inte. Om hennes syster nu gick att lita på.

»Vi spelar in allt som sägs«, sa Karin och pekade på en kamera som satt i taket.

Det var bara att spela med.

Karins röst var monoton. »Då ska vi hålla förhör i ärende K3434-30. Närvarande är Nova Falck, Anders, och jag själv, våra fullständiga namn återfinns i förundersökningsnyckeln. Nova Falck är informerad om att förhöret hålls utan advokat och hon samtycker.«

Hade hon verkligen samtyckt till det?

»Först ska jag delge dig misstanken«, fortsatte Karin. »Du är misstänkt för mord på Simon Holmberg genom att någon gång mellan den åttonde och nionde juni i hans lägenhet ha bragt honom om livet genom upprepade stick med vasst föremål.«

Nova försökte koncentrera sig.

»Hur ställer du dig till misstanken?«

»Vad menar du?«

»Erkänner eller förnekar du?«

»Förnekar, så klart.«

»Då har jag några frågor. Var du hos Simon Holmberg den åttonde juni?«

»Ja.«

»Varför var du där?«

»Han bjöd mig på middag.«

»Hade du något annat skäl till att vara där?«

»Ehh ... han ville intervjua mig för en bok, och jag ville sälja information till honom, eller snarare få hans hjälp att sälja information, som jag hade på en minnessticka. Jag har gett den till min syster Fredrika Falck som jobbar hos er, det vet ni väl?«

»Precis. Vi har fått den informationen. Det är därför vi vet att du var där.«

»Varför frågar ni då?«

»Hur länge var du hos Simon Holmberg?«

De lyssnade inte på hennes svar. Hennes syster skulle ju kunna förklara allt när hon var klar med sitt uppdrag inne i området.

»Minns du?«

»Ja, jag minns«, sa Nova. »Jag var där på kvällen och gick hem ungefär klockan ett.«

»Den nionde juni, alltså?«

»Precis.«

»Vad gjorde ni?«

»Jag har redan berättat om det för min syster, så jag tror att ni vet.«

»Men vi kommer att ställa våra frågor ändå.«

Nova suckade.

»Vad gjorde ni?«

»Simon och jag pratade.«

»Något mer?«

»Vi lagade mat.«

»Något mer?«

»Vi åt maten.«

»Något mer?«

»Nej, det var allt.«

»Och förutom minnesstickan som du hade med dig, vad pratade ni om?«

»Det sa jag ju. Han intervjuade mig.«

»Varför bestämde du dig för att gå tillbaka till honom igen?«

»Jag ångrade mig och ville ha tillbaka stickan. Dessutom hade vi bestämt att han skulle höra av sig klockan tolv, men det gjorde han inte. Och när jag ringde honom svarade han inte. Så då åkte jag dit.«

»Hur kom du in i lägenheten?«

»Dörren var olåst.«

»Vad tänkte du när du märkte det?«

»Ehh ... jag tänkte ingenting.«

»Då gick du bara in?«

»Ja, faktiskt.«

»Vad gjorde du när du steg in i lägenheten?«

»Jag ropade på honom, men fick inget svar. Då gick jag runt lite och sedan, i vardagsrummet ... där satt han.« Nova såg Simons till synes vilande kropp, hon såg hans söndertrasade mage.

Det susade i huvudet.

»Rörde du vid honom?«

»Det tror jag inte, men jag satte mig bredvid honom i soffan.«

»Tog du något av honom?«

Nova hade vetat att den frågan skulle komma.

»Jag tog tillbaka min sticka.«

»Något annat?«

»Vad skulle det vara?«

»Är du säker?«

»Jag fick låna en klocka av honom på Shoken Awards, om det är den ni menar.«

»Du hade en klocka i din handväska som tillhör Simon Holmberg, beslag nummer tjugotre, har du någon kommentar till det?«

»Ja, det var just den klockan jag lånade av honom på prisutdelningen.«

»Och varför hade du den i din handväska när du greps?«

Nova blev stum. Hon hade tänkt ut ett svar på hur hon fått klockan, men inte på varför hon bar runt på den.

»Har du inget svar på det?«

Nova försökte komma på något.

Det var för varmt härinne. Det började snurra i huvudet.

Karin och den andra polisen böjde sig fram. »Nova, är det något du vill berätta för oss?«

Deras äckliga andedräkter var alldeles för nära. Hon måste komma med något svar. Hon måste få en advokat. Hon såg vita fläckar framför ögonen.

»Nova?«

»Jag hade bara glömt den där«, sa hon till slut. »Jag skulle lämna tillbaka den.«

Karin och hennes kollega lutade sig bakåt igen. »Är det ditt svar?«

Nova nickade.

Karin gjorde en anteckning. »Informationen på stickan som du ville att Simon Holmberg skulle hjälpa dig att sälja, läste du den?«

»Lite.«

»Vad såg du att den innehöll?«

»Det var något om Rörelsen. Det var något om att avslöja vem A är. Och om attentatet mot inrikesministern.«

»Och var fick du stickan ifrån?«

»Jag hittade den.«

»Var hittade du den?«

»Hos William Agneröd.«

»I hans hus i skärgården?«

»Ja.«

»Och var hittade du den där?«

Nova visste att hon inte hade något svar på det heller. Vad hon än sa skulle det bli värre. Det gick inte att bara påstå att stickan legat framme hos Agneröd, det skulle ingen tro på. Om hon erkände att hon stulit den på uppdrag av en polis som hon inte kunde identifiera skulle de betrakta henne som tjuv, vilket hon ju var, men det skulle spilla över på hennes förklaringar om Simons klocka. Om hon hittade på någon lögn skulle de dubbelkontrollera den.

Hon stängde munnen och skakade på huvudet – det kändes som om hela rummet skakade samtidigt.

»Har du inget svar?«

»Jag har ingen kommentar«, sa Nova.

»Men det är bättre för dig om du berättar.«

»Nej.«

»För jag tror inte alls att stickan kommer från William Agneröds hus. Jag tror att du hittar på det.«

»Varför då?«

»För vi har tittat på innehållet på den där stickan och en hel del av materialet kommer från källor som han inte har tillgång till.«

Nova tänkte inte medverka i det här längre, de var knäppa på riktigt. Hon behövde få hit advokat Nikbin, hon måste bli släppt, hon måste få snacka med sin syster.

»Jag tänker inte säga något mer.«

Karin blängde på henne. »Varför inte då?«

»För du insinuerar att jag skulle vara en oärlig person.«

»Det har jag inte sagt.«

»Nä, men det var det du menade.«

»Varför säger du så?«

Det fick räcka nu. Hon drog efter andan. »Jag säger så för att du är full av skit.«

Madrassen i cellen var inte bara hård, galonmaterialet gjorde huden svettigare och klibbigare än om hon legat invirad i plastfolie. Och då var det ändå kallt härinne.

Nu var hon inte bara förvirrad. Nu var hon rädd – på riktigt jävligt rädd.

Hon låg i fosterställning, försökte förstå vad som egentligen sagts under förhöret. Arrestvakten ställde in en matbricka, men det var pasta – en riktig kolhydratbomb – dessutom hade hon noll aptit.

Hon vred på sig. Studerade klottret. Ensamheten kröp inpå.

Hela tiden dök bilden på kortet som hon gjort till aska upp på näthinnan. *Kamrat! På Nationaldagen tar vi henne. Och sedan tar vi A. Jag har full kontroll. Tack för att du stödjer kampen.*

William Agneröd, en av världens allra mest förmögna personer, stödde något slags extremistisk terrorbajs.

Varför, varför hade hon eldat upp kortet? Varför, varför var hon så dum i huvudet?

Sedan tänkte hon på det sista som Karin snackat om. »En hel del av materialet kommer från källor som han inte har tillgång till.«

Nova trodde att hon förstod: skiten på minnesstickan måste komma från Säpo själva – annars skulle snuten väl inte ha sagt så där?

På Nationaldagen tar vi henne. Och sedan tar vi A. Jag har full kontroll.

Hennes syster var på väg in i området nu.

Tack för att du stödjer kampen.

Det klickade till i huvudet på Nova. Om delar av materialet på stickan kom från Säpo själva, betydde det att det var någon där som läckte. Att någon spelade i motståndarlaget, var lierad med fienden. Någon som hade låtit hälsa att han eller hon *hade full kontroll.* Det betydde att hennes syster antagligen utsatte sig själv för en riktigt fet fara just nu.

64

Han visste inte hur många timmar som gått, kanske två, kanske fyra. Det kändes som hundra.

Urindrivande, tusen milligram minst – det hade lyckats krama ut en del kiss. Blodtryckssänkande behandling – de hade fått ner hans hjärta till ett lugnare tempo. Kalciumkarbonat – det skulle binda fosfaterna.

Läkaren som stod vid fotändan av sjukhussängen och förklarade allt hade ett rödfärgat skägg – precis som Profeten – och pratade på en blandning av skånska och arabiska.

»Blod- och blodplasmaprovet visade på fem millimol för kalium. Du förstår väl vad som hade hänt om du inte hade kommit in?« Skäggdoktorn drog med handen över sin egen hals. Han var tydlig i sitt kroppsspråk i alla fall.

Ingen behövde berätta för Emir vad som skulle ha hänt om han låtit det gå några timmar till.

Han satte sig upp i sängen. Det var folk överallt: barn låg på sjukhusbritsarna runtomkring, gamla gubbar satt i stolar med dropp kopplade till armarna, gravida kvinnor vankade omkring och såg ut som om de skulle föda vilken sekund som helst, händer pressade mot ländryggar – som om de ville hjälpa till att knuffa ut barnet.

Han mådde bättre. Samtidigt: han hade inte fått dialys, de hade bara medicinerat honom och fått ut en del urin. Så här skulle han kunna fungera ett tag, men i slutändan måste han få en ordentlig behandling, en riktig hemodialys.

Läkaren verkade vara tankeläsare. »Du behöver dialys inom tio till femton timmar beroende på hur mycket du rör på dig, och så vidare. Annars...« Han drog med handen över halsen igen. Han verkade gilla att skrämma upp folk.

»Kan vi inte göra en påsdialys?«

Läkaren kliade sig i det röda skägget. »Vi har inte sådan utrustning. Tyvärr. Du måste försöka ta dig till något sjukhus utanför området.«

Emir satte ner fötterna på stengolvet. Det var otroligt hur mycket det här stället *inte* såg ut som Sverige. De vita lysrören i taket, mönstret på skärmarna som de ställt upp för att dela av sängplatserna, de golvstående fläktarna som svajade i takt med sina egna rotationer, till och med strömbrytarna stod ut från väggen mycket mer än vanligt. Allt såg ut som på mammas gamla bilder från hemlandet, det till och med luktade annorlunda härinne, kanel och fikon eller vad det nu var.

Han måste ta reda på var Eva var.

Det var ännu trängre i bönerummet än på vårdcentralen. Människor satt eller låg överallt, det var likadant i kvinnorummet intill. Ungar som grät, ungar som flämtade. De kanske bara var hungriga och törstiga – om det var så bara – kanske hade de fått fly undan bränder, inbrott eller läckande lägenheter. Det galna regnet hade slagit sönder ett redan sönderslaget Järva.

Valven i bönesalen var höga, mattornas röda mönster syntes mellan människofötterna, de enorma kristallkronorna i taket var stora som Mini Coopers, tapeterna på väggarna såg ut som labyrinter och klockorna för de olika bönetiderna hängde så högt upp ovanför alla att de nästan var svåra att se.

Emir gick mot kvinnodelen. Han hoppades att Eva var här någonstans. Hon hade haft en mörklila hijab på sig, men alla hade slöja härinne.

Faktiskt: hon kanske hade gått härifrån.

»Hur mår du?«

Emir snurrade runt. Lutad mot väggen i kvinnosektionen satt hon: ministern.

»Har aldrig mått bättre. Men de kan inte göra någon riktig dialys här.«

Eva ställde sig upp. Hennes ansikte var gråblekt som en daggmask, fast det var säkert inget mot hur Emir själv såg ut.

»Du ser däremot ut som om du skulle behöva en dialys eller två«, sa han.

Hon skrattade. »Nu ska du inte vara oförskämd.«

»Vi måste härifrån«, sa han.

Eva höll upp sin skadade hand, den hade ett nytt bandage. »Nej, vi kommer att få hjälp här. De har redan tagit hand om mig, sytt min stackars fingerstump.«

»Kommer du att bli hämtad?«

Hon rättade till hijaben, den passade henne bra. Hennes ansikte såg mer regelbundet ut.

»Inget är bestämt än, men jag har pratat med vakten som tog in oss, de kallar honom för Abu Gharib, och de har tydligen en satellittelefon här, så de kan kommunicera med utsidan.«

Emir kände hur en blodåder pulserade vid tinningen.

»Är du galen?« sa han. Abu Gharib hade visserligen tagit in honom, men MB liksom – de hade alltid sin egen agenda.

»Vad pratar du om?«

»Vi måste härifrån.«

»Du behöver vila.«

»Tror du inte att jag klarar att få ut oss?«

»Jag vet inte«, sa hon.

Snacket och surret i bakgrunden var högljutt.

Emir stirrade på henne. Han hade gjorde allt för henne, men nu pissade hon honom rakt i ansiktet. Han skulle inkassera sitt pris utan henne: slippa fängelse, det var inget snack om saken. Han tog några steg mot korridoren. Det var ingen idé att tjafsa. Hon fick göra som hon ville.

Då: tre män klev fram, mörka stirrande blickar. Uppenbart: inga vanliga Järvabor som sökt skydd här.

»Följ med.«

Den sista av männen var Abu Gharib.

Kontorsrummet dit de förts var tystare än isolcellen på Kumla.

I en skrivbordsstol som såg ut som en skalbagge satt Brödraskapets andliga ledare, shejk Mohammed Bouraleh: helt klädd i vitt, med löständer som klickade och ett rött märke mitt i pannan. Emir hade sett sådana rodnader förut: det var en bönefläck.

Bouraleh skakade Emirs hand stenhårt, som om pumpandet skulle sätta eld på vatten eller få stopp på kaoset.

Sedan vände han sig mot Eva, satte näven över hjärtat och bugade.

»Välkommen.«

»Hej«, sa hon, som om det var vem som helst som just hälsat.

Shejken förde ihop händerna. »I Koranen används ofta ordet för regn, *matar*, i betydelsen nödläge eller olycka. Jag är rädd att vi inte bara har kravaller utan ett riktigt nödläge därute nu. Ovädret har lett till strömavbrott och skador på många hus och myndigheterna har stängt av mobilnätet.«

Shejkens mun fortsatte att vara öppen efter att han tystnat, hans tandkött syntes hela tiden ovanför hans låtsaständer. Han kanske var förkyld och måste gapa för att kunna andas.

Skrivbordet var cleant, inte ett enda papper eller några andra grejer låg där.

Abu Gharib stod lutad mot väggen bakom dem: armarna i kors.

»Har ni kontaktat polisen eller min stab?« frågade Eva.

»De kommer inte.« Bouralehs tänder klickade.

»Men ni har väl pratat med utsidan?«

»Nej. Jag tror inte vi skulle komma överens.«

»Då kan jag komma överens med dig«, sa Eva.

»*Inshallah.*«

Eva slog ihop handflatorna. »Vad behöver du?« Hon var verkligen en boss, det märktes nu.

Boураleh mötte inte hennes blick, i stället tittade han på sin ena fingertopp – typ inspekterade om något damm fastnat där.

»Tvåhundratrettio fromma män sitter i era fängelser. Dömda av politiska skäl. Jag vill att de friges.«

Emir hade ingen aning om vad som rörde sig i Evas skalle nu.

»Låt mig sköta förhandlingen«, sa hon utan att ändra sin lugna röst.

»Nej«, sa shejken. »Jag förhandlar. Du är mitt krigsbyte. Vi kommer flytta dig till en annan plats och starta nedräkningen. Alla tvåhundratrettio män ska vara ute inom tolv timmar. Gud är stor.«

Eva såg ut som om hon svalt en påse med fotanglar.

FUUUCK.

65

Det hade inte varit helt mörkt i tunnelbanegången när de tagit sig in några timmar tidigare. Små blå lampor var uppsatta med hundra meters mellanrum, oklart varför.

De hade gått längs spåret, tryckt sig mot kanten, lyssnat efter nästa tåg.

Vatten glittrade längs bergväggen, en rännil från någon glömd grundvattenkälla, eller från megaregnet som sköljt över Stockholm. Det var svalt härnere, ficklampans ljuskägla förvann bort i halvmörkret. Fredrika bländades nästan när hon tittade ner på skärmen: kartan och ritningen över den här delen av tunnelsystemet var detaljerad. Hon började redan vänja sig vid abayan och sjalen, men hon undrade hur Taco skulle ha reagerat om han sett henne så här. Antagligen skulle han inte ha brytt sig – för Taco hade det räckt med hennes lukt.

Idiotpolisen som försökt hindra dem från att gå in hade fått årets utskällning av sin egen gruppchef, sedan hade gruppchefen fått decenniets utskällning på telefon av högsta chefen: Herman Murell.

Arthurs ryggsäck guppade framför henne. »Det är bara en kilometer kvar«, sa han muntert.

Fredrika kände sig inte lika glad. »Visste du att det var min pappa som ritade och byggde trevnadsdelarna? Jag får skuldkänslor ibland.«

»Varför? Han byggde ju bara något som Särområdesmyndigheten beställde. Och han byggde säkerhet för Sverige. Det är inget att skämmas för.«

Deras röster ekade mot väggarna.

Det var onekligen ironiskt: att det var Fredrika som penetrerade det så kallade skydd som hennes egen pappa hade skapat.

S-poliser fanns utplacerade på Rissnes och Hjulstas tunnelbanestationer, ifall någon från området ändå skulle lyckas ta sig ner till tunnlarna. Tågen gick fortfarande förbi stationerna, men utan att stanna, de passerade *under* särområdet, där fanns det fortfarande servicetunnlar och serviceingångar. Och där fanns det fortfarande trappor upp till området som inte var nedstängda. Det hade pappas vd:s servicechef berättat för Fredrika.

»Den bör fungera, men om någon ens försöker bryta upp utgången så kommer den att låsa sig och sluta fungera. Det där är automatiserat, för säkerhets skull.«

Dörren till servicerummet syntes knappt, den hade samma färg och struktur som betongen runtomkring, men den klickade upp när Fredrika knappade in koden.

Utrymmet var större än hon väntat sig. Längs ena väggen stod stora metallskåp, antagligen elcentraler, det var skräpigt och fläckigt på golvet – hon undrade vad servicepersonalen gjorde här egentligen.

I andra ändan av rummet syntes nederdelen av en spiraltrappa.

Trappan gungade när hon klev upp, trappstegen rasslade. De borde befinna sig ungefär fyrtio meter under marknivå. Den här tunnelbanelinjen var den som gick djupast under jorden i Stockholm.

Insidan på den gröna metalldörren var sliten, men den var fortfarande stängd, den såg inte förstörd ut.

Hon knappade in ytterligare en kod. Det klickade till i låset och hon sköt upp dörren, kände den varma fukten slå emot henne utifrån.

De torra träden i Järva allé syntes rakt fram, precis som kartan visat. Pölarna var stora som sjöar, gatubrunnarna antagligen så fulla med skräp att de slutat fungera för länge sedan.

»Välkommen till Paradis city«, flinade Arthur.

Samma procedur på alla ställena. Emirs lägenhet. Sedan hans mors, och till sist även Hayat Saids enrummare. De dyrkade upp portarna och ringde på lägenhetsdörrarna, beredda med dragna vapen. När ingen öppnade förde de in detektorer för att lyssna. De dyrkade upp dörrarna först när de kunde vara säkra på att ingen befann sig därinne, i alla fall ingen som rörde sig. De sökte snabbt igenom lägenheterna och monterade buggkameror och rörelsesensorer – om Emir skulle komma hem till sig själv, eller hem till sin morsa, skulle han registreras. Om Hayat – alias A – ens drömde om att befinna sig i sin lägenhet skulle hon upptäckas redan innan hon stängt dörren. Men A var antagligen försiktig, gissningsvis var lägenheten bara skriven på henne för att lägga ut dimridåer.

Ettan bestod av ett vardagsrum med sovalkov och ett litet kök. Överallt fanns böcker, de stod i bokhyllor eller låg travade på golvet. *Förhörsteknik*, *Samhällskontraktet*, Frantz Fanon. Det var onekligen många titlar som inte direkt passade för en nybliven läkare, men det kändes inte heller som om en terroristgeneral bodde där. Fast kanske var det A:s lägenhet ändå: Fredrika hade studerat Rörelsen. De påstod sig vara drivna av ideologi.

Murell sa att han skulle skicka in fler mannar genom tunnelbanegången så fort de fick upp ett spår.

Problemet var att de inte hittade någonting av intresse. Inget spår av vare sig Emir eller Hayat.

Vad skulle de göra?

Fredrika fick en tanke. »Emir samarbetade med den där grabben som vi aldrig kunde förhöra.«

»Vem?«

»Pojken som jobbade på bordellen, jag vet inte vad han heter.«

Murell talade snabbt. »Det kan jag ta reda på, och jag ska hitta hans adress åt er.«

66

Nova visste bara en sak: hon måste ut. Det fanns inget alternativ.

Hon hade inte förstått allt, men tillräckligt mycket – och det hon förstått grodde i huvudet.

Hon och Fredrika hade kanske inte världens bästa relation. Men de hade något.

Blicken – Nova tänkte på blicken igen. Det var bara Fredrika som sett hur hon verkligen mått den där dagen när hon femton år gammal legat ensam på sitt rum. Det fanns ingen annan, ingen som betydde mer för henne än Fredrika, ingen annan som brydde sig om henne bara för att hon var Nova – inte för att hon var Novalife.

Hon hade fått prata med sin advokat för några timmar sedan.

»De har en mullvad på Säpo«, sa hon.

»Varför tror du det?«

»Jag lyssnade på vad de sa när de förhörde mig.«

»Jag förstår.«

»Och nu är jag orolig för Fredrika.«

Nikbin mm:ade. »Det förstår jag också, men oroa dig inte för henne. Du har nog att tänka på.«

»Men hon är i området.«

»Jag vet, hon ringde och sa det. Hon klarar sig. Hon är elit, din syster. Och hon är inte ensam, Herman Murell styr hela operationen. Han är rutinerad.«

»Vem, sa du?«

Payam Nikbins röst var tydlig: »Herman Murell. Han har full kontroll.«

Hennes syster befann sig mitt i århundradets skitstorm. Inne i Järva särområde, ditskickad av en organisation som hade en infiltratör, en dubbelspelare. Ditskickad av Herman Murell, som *hade full kontroll.*

Kanske var Nova en *has been*, en gammelinfluencer, men hon var också Novalife, hon var *larger* än *life* – några töntiga snutar skulle inte stoppa henne.

Hon satte sig upp på madrassen.

Hjärtat dunkade som om hon tagit speed – alltså, allt gick att göra bara man ville, var det inte det budskapet hon själv brukade basunera ut?

Det var natt. De pissiga känslorna anföll. Ångesten och mörkret. Hon hade ingen aning om vad hon skulle göra.

Bajstankarna slingrade sig runt i huvudet utan början och slut.

Vad hade hon trott? Att det bara var att knacka på celldörren och presentera sina fantastiska och unika kvinnliga insikter, så skulle de låta henne gå?

Hon tände taklampan, såg ändå bilder: Simons orörliga kropp i soffan. Pappas oroliga blick. Mammas finurliga leende när Nova varit barn.

White Power, stod det klottrat med tunn tuschpenna på väggen. Hon kom att tänka på vad advokat Nikbin sagt. Hon hade en »köns-, vithets- och klassfördel«. Nova trodde att hon förstod – kvinnor fälldes generellt sett inte lika ofta i domstol, detsamma gällde för vita och människor från medel- och överklassen. Hon kunde checka i alla boxarna. *Könsprivilegium. Vithetsprivilegium. Klassprivilegium.* I vanliga fall: sådant snack var kvalificerad bullshit, men nu fick hon en idé – hon tänkte utnyttja sin plats i hierarkin. För en gångs skull. Hon tänkte rida på sina privilegier.

Hon måste bara samla mod.

Hon kavlade upp ärmen på den gröna fångtröjan. De jävlarna hade beslagtagit hennes Loro Piana-linne – vilka as, det hade kostat mer än tolvtusen kronor.

Hon satte läpparna mot armvecket, huden smakade salt och det kittlade när hon nafsade i sitt eget skinn. Sedan bet hon till. Hårdare, hårdare. Fy fan, vad ont det gjorde – det var riktigt knäppt det här. Ändå släppte hon inte förrän hon kände smaken av järn.

Det svindlade. Hon lutade sig mot väggen. Nej, hon fick inte falla ihop nu, hon måste ställa sig upp.

Hon gick fram till metalltoaletten, hon stirrade på sitt armveck, blodet strilade ner, hon lät det droppa ner i toaletten.

Rosa: vattnet därnere färgades rosa. Hon drog ner Kriminalvårdens gröna mjukisbyxor och gränslade toalettstolen.

Ljudet av ringklockan tjöt i korridoren, en ilsken signal, men uppenbarligen inte tillräckligt ilsken för att någon skulle reagera.

Hon tryckte igen. Vakten hade informerat henne om att det kallades för att *flagga på*.

Någon skrek utanför: »Håll käften, de kommer när de kommer.« Men Nova gav sig inte.

Bzzz.

Hon hade torkat av armvecket och dragit ner tröjärmen men låtit blodet och kisset vara kvar i toaletten.

Bzzz.

Hon lade sig på galonmadrassen. Försökte slappna av.

Nu hörde hon stegen i korridoren, surret i låset. Dörren som öppnades.

Vakten såg ung ut, kanske yngre än hon. »Vad är det?«

Nova flämtade. »Jag mår inte bra. Jag kissar blod.«

Vakten klev in i cellen och stirrade ner i toaletten. »Hur vet jag att du inte bara har mens?«

Han var inte helpuckad, den här snubben.

Hon lade sig ner, darrade med underläppen.

»Hur mår du egentligen?« sa vakten.

Hon kröp ihop i fosterställning, kved, pekade på magen. »Dåligt. Jag tror jag behöver åka till sjukhus.«

67

De var inlåsta i något slags skrubb.

På hyllorna: rengöringsmedel och städmaterial. I några hinkar: äckliga skurborstar – det luktade som om minst hälften av dem hade använts för att städa avlopp.

Shejk Bouraleh hade inte sagt vad han tänkte göra med dem.

Eva höll sin skadade hand i knäet. »Jag har alltid tränat mycket.«

Han förstod inte vad hon menade, men om hon behövde prata, så fick hon göra det.

»Men vet du, det är först nu jag förstår vad allt det har handlat om.«

Hon märkte att han inte hängde med. »Orkar du lyssna?«

Han nickade.

»Vi har styrt upp samhällen, skapat demokratier och byråkratiska hierarkier, men egentligen handlar allt om att kontrollera tillvaron så att vi inte längre behöver vara osäkra på hur det ska gå i våra liv. I dag kan vi vara ganska säkra på att vi inte kommer dö i förtid av pest, huggas ihjäl av en galen granne eller avlida på grund av asbestförgiftning på arbetsplatsen. Allt har vi fixat, förutom kanske klimatet, men det kommer. Inget hinder har varit för stort för oss.«

Emir förstod fortfarande inte vad hon snackade om, men Eva var politiker, de pratade kanske så här.

»Men det finns *en* sak vi inte kan fixa«, sa Eva. »Det är döden. Vi har inte lyckats komma till rätta med den än. Döden spottar oss i ansiktet, som om allt vi har åstadkommit bara är skräp.«

»Du behöver inte tänka på det där nu.«

Eva suckade tyst. »Jag har försökt kontrollera mitt liv, inte bara mitt, hela Sverige har jag försökt kontrollera. Men det har bara varit ett sätt att hålla döden borta.«

Hennes ansikte skakade.

»De tänker döda oss, eller hur?«

Emir satte sig närmare henne.

»Du sa förut att du inte kunde veta om jag skulle klara av det här.«

»När sa jag det?«

»I moskén.«

»Förlåt, jag menade inget illa. Jag var stressad.«

»Jag skiter i vad du menade. Jag har fått höra sådant hela mitt liv, så jag är van. Jag trodde på det själv, fram till för några dagar sedan. Men nu ska du lyssna på mig: du kommer inte att dö. Inte i dag i alla fall.«

»Hur kan du veta det?«

Låset rasslade i dörren.

»Hur kan du veta det?« upprepade hon.

Han tog sats. »För att du är med *mig* nu.«

Dörren sköts upp. De tystnade.

Där stod Abu Gharib och hans män. Han höll fram två svarta tyghuvor och beordrade: »Sätt på dem de här. Dra ner dem ordentligt.«

Ridå.

68

Himlen mörknade. Fredrika saknade Taco så mycket att det värkte.

De väntade på att Murell skulle återkomma med en adress till pojken de letade efter, Rezvan Feraz hette han tydligen. Murells analytiker hade hittat honom i Artemis anställningsregister.

Äntligen sprakade det i radion, Murells röst hördes. »Nu har jag adressen till grabben.«

Det skulle ta en stund att gå dit.

Murell sa: »Jag vill också informera er om att vi ämnar skicka in en annan operatör nu, en allmänhet.«

»Vem?«

»Det är Lunds vän, Isak. Han blev skjuten i huvudet i en olycklig polisinsats samma dag som EBH försvann, han har legat på sjukhus men ska skrivas ut nu. Vi är där och pratar med honom.«

Fredrika tittade på Arthur genom glipan i niqaben, han skakade på huvudet. Arthur fattade lika lite som hon just nu.

»Jag förstår inte. Varför ska han in?«

Chefen skratthostade med sin allra skrovligaste röst. »Vi kommer att sätta en tracker med ljudspårning på mannen i fråga och sedan ska vi be honom att få tag på Emir Lund så fort som möjligt.«

»Så han kan leda oss till Lund?«

»Kanske.«

»Och undrar han inte vad det är frågan om?

»Det gör han säkert. Men han vet att Emir har släppts för att utföra ett uppdrag åt polisen i området. Vi sa till Isak att vi inte får tag på Emir, men att uppdraget är slutfört och klart. Vi bad Isak hitta Emir för att framföra det budskapet. Det är ju nästan sant i alla fall.«

»Hur kommer han in?«

»Vi ska se till att han får tillgång till samma tunnelbanetunnel som ni använde.«

»Ska vi fortsätta söka efter pojken, Rezvan?«

Murell harklade sig djupt igen. »Absolut. Vi vet inte vad som händer i slutändan. Ni måste absolut hitta pojken och få ur honom var Emir Lund befinner sig.«

Därframme låg torget – Järva torg, där allt startat. Där *hon* begått sitt livs misstag.

Podiet där ministern hållit talet stod kvar, någon hade försökt sätta eld på det, svarta sotstråk sträckte sig upp längs sidorna.

Kravallstaketen låg fortfarande omkullvälta på marken.

Fredrika stannade upp. Hon stirrade på podiet, såg hela skiten framför sig från det här perspektivet, från marken.

»Vad är det?« undrade Arthur.

»Inget.« Hon ville bara duga som polis.

»Tänk inte på det som hände. Nu hittar vi pojken i stället.« Han lade sin hand på Fredrikas axel. »Och sedan hittar vi terroristen.«

En stund senare satt de båda i köket hos Rezvan Feraz föräldrar. Rezvan själv var inte där.

Det första de gjort var att söka igenom hans rum – en bisarr övning. Det låg silikonrobotdelar överallt. Särskilt könsorganen såg verklighetstrogna ut.

»Vad vill ni honom? Han har inte gjort något«, upprepade hans mamma en gång var femte minut, samtidigt som hon gick fram och tillbaka för att natta tre barn som alla såg ut att vara i sexårsåldern.

»Vad vill ni honom? Gå härifrån nu«, upprepade hans pappa ungefär en gång var tredje minut, samtidigt som han hasade fram och tillbaka, gjorde kaffe till dem och undrade varför de var så intresserade av plastkukar. »Vad är min son misstänkt för?«

Ett ljud hördes från hallen, dörren till köket öppnades och en pojke kom in. Han hade mörkt lockigt hår, solbränd hy och nyfikna ögon.

Rezvan Feraz.

»Du har inte gjort något dumt, eller hur?« ropade hans pappa utan att pojken ens hunnit fråga vilka besökarna var.

Rezvan log bara, hans tänder var kritvita.

»Du kan sluta flina«, sa Arthur.

Fredrika gick fram och visiterade grabben – han bar inte något vapen. Situationen var ofarlig, men viktig. Ett kaxigt ljus spelade i Rezvans ögon.

»Det här måste gå fort«, sa Arthur. Hans ord var egentligen riktade till Fredrika. »Och ni måste tyvärr gå härifrån«, sa han och vände sig mot föräldrarna.

»Vi bor här.« Mamman snäste.

»Men polisstationen härinne är stängd, det vet ni. Så vi kan inte ta med er son någonstans just nu. Så jag måste be er lämna den här lägenheten. Ta med er era små barn också. Ni får snart komma tillbaka.«

Pappan tog ett steg mot dem. »Vi har rättigheter.«

Rezvan rörde sig mot hallen men Fredrika föste undan hans ben och fångade honom i fallet, tryckte ner honom mot golvet. Minst ett knä i marken, inte båda över ryggen, inte en Ian-incident.

»Ligg still.«

Arthur hade tagit fram tjänstevapnet nu.

Pappan stirrade tyst på det.

Fredrika vände sig om: de tre sexåringarna med rädda ögon stod och glodde i dörröppningen, deras sladdriga pyjamasar var slitna, deras frisyrer bångstyriga.

»Ni har inget att oroa er för«, sa Arthur. »Vi ska bara prata med er storebror.«

Han räckte över handklovarna till Fredrika.

Hon lättade på trycket över Rezvans rygg, han krängde, försökte krypa bort från henne – det var en naturlig reaktion, så betedde sig alla – men den här situationen var långt ifrån ultimat, den kunde snabbt urarta.

»Du gör dig skyldig till våldsamt motstånd«, sa Fredrika med bestämd röst, innan hon kom att tänka på att han inte ens fått fjun på överläppen – han var för ung för att hållas ansvarig för den typen av brottsliga gärningar.

Hon kopplade på handbojorna, slet upp honom och drog ut honom till vardagsrummet.

Hon hörde hur Arthur beordrade föräldrarna i köket.

En stund senare hörde hon ytterdörren låsas inifrån.

I bokhyllorna stod släktfotografier, en teservis och några barnsliga teckningar som de ramat in. Teven stod fortfarande på, den visade någon musikshow på arabiska eller persiska. Ingen svensk tittade på teve på det sättet längre, tänkte Fredrika. Numera fanns det inte ett enda program på någon kanal som lyckades engagera ens en tjugondel av befolkningen i det här landet.

Hon tryckte ner Rezvan i den fläckiga soffan.

Det blev nästan tyst, bara mammans högljudda snyftningar hördes från andra sidan ytterdörren.

Grabben blängde.

Arthur stod i dörröppningen – tog in läget.

Fredrika böjde sig ner över Rezvan.

»Rezvan Feraz«, sa hon. »När såg du Emir Lund senast?«

69

Nova befann sig på NKS. De hade blåst på i över hundratjugo längs Vanadisvägen, blåljus och sirener påslagna, mitt inne i stan.

Akutpersonalen som mött dem tog det lugnare än de svettiga snutarna, de såg väl direkt att hon inte mådde *så* dåligt. Ändå: Nova kved, hon vred sig i smärta. Hon behövde se ynklig, svag och mycket sjuk ut. En av polismännen småsprang bredvid – han blev tillsagd av en sköterska att vänta i entréhallen.

De ledde in Nova i ett annat rum, hon klängde på en av sköterskorna, hängde över hennes kropp, släpade fötterna i golvet, betedde sig som en nästan medvetslös människa.

Väggarna var grå, det stod ett stort skåp och en våg på golvet. De lade henne på en brits. Sköterskan höll en termometer mot hennes panna, den pep till efter någon sekund.

»Ingen feber«, sa sköterskan. Hon hade näsborrar stora som enkronor. »Kan du sätta dig upp?«

Nova pustade, men reste långsamt på sig, benen dinglade ner, hon nådde inte golvet.

»Har du ont någonstans?«

»Här.« Nova pekade mot ena njuren.

»Kan du ta av dig tröjan, tack«, sa sköterskan. Hennes näsa påminde om Muminmammans.

Nova ville inte att bitmärket i armvecket skulle synas. »Kan jag inte bara kavla upp ärmen?«

»Nej, vi ska ta ditt blodtryck. Jag måste komma åt hela din överarm. Känns det konstigt att vara avklädd?«

Nova vaggade fram och tillbaka. »Lite.«

»Vänta då«, sa sköterskan och vände sig om och öppnade skåpet. »Låt mig hjälpa dig med den här«, hon höll fram en vit särk. Nova drog snabbt av sig tröjan och klämde fast den i samma armveck som hon bitit sig i. Hon krängde på sig särken.

Sköterskan log och spände på blodtrycksmanschetten – Nova var noga med att hålla fram just högerarmen. Manschetten spändes upp, kramade om hennes överarm nästan smärtsamt hårt, för att snabbt pysa ihop igen.

»Allt ser bra ut«, sa Muminsköterskan. »Nu vill jag ta ett litet blodprov, håll fram pekfingret, tack.« Hennes leende såg falskt ut.

Det snabba sticket i fingret kändes inte, men Nova stönade högt. Sköterskans läppar var spända. »Hur känns det om du reser på dig?« frågade hon.

Nova ställde sig upp. Hon svajade fram och tillbaka.

»Går det bra?«

»Jag vet inte ... vad ska jag göra?«

»Eftersom du hade blod i urinen, eller det i varje fall såg ut som det, skulle jag vilja att du kissar lite i den här muggen.« Sköterskans näsvingar fladdrade som focken på en jävla segelbåt.

Nova stapplade fram mot dörren, öppnade den långsamt. En polisman satt och halvsov på en stol i korridoren utanför, vaktade

»Är du klar?« sa han sluddrigt.

»Nej, jag ska lämna ett urinprov.«

Han nickade, hans haka föll ner mot bröstet igen. *Det* var hennes privilegium: hon ansågs inte farlig.

Proceduren inne på toaletten var enklare än i cellen. Den här gången behövde hon bara pilla med nageln på det lilla såret i armvecket så började det blöda igen. En, två, tre droppar ner i plastmuggen räckte. Sedan kissade hon en skvätt, blandningen såg ut som Pommac blandat med Hallonsoda.

Muminmamman tog emot plastmuggen utan att göra en min – att hantera folks piss var rutin här. »Det här tar en stund«, sa hon.

Hon låste dörren från utsidan. Kanske misstänkte hon något, fast snart skulle hon upptäcka att det verkligen fanns blod i Novas urin, om hon inte redan hade känt lukten av det med sina enorma näsborrar.

Nova mumlade för sig själv: *Könsprivilegium. Vithetsprivilegium. Klassprivilegium.* Hon var svensk och skötsam. En skötsam svensk. Och kvinna, för en gångs skull var det också ett privilegium. Sannolikheten att bevakningen av en manlig gängmedlem från Järva med mörkare hud skulle ha varit så här slapp var mindre än noll.

Och: *ficktjuvsprivilegium.* Nova hade snott klockor från folk i flera års tid. Hon var en mästare på rörelser som kamouflerade andra rörelser. Det var hennes privata motståndshandling, i vart fall försvarade hon stölderna med den tanken.

Hon kramade nyckelknippan i handen: i tumultet när hon kommit in, när hon hängt på en av sköterskorna som en säck potatis, hade hon fått tag på den.

Hon tog på sig den gröna tröjan igen och väntade några minuter innan hon så tyst som möjligt låste upp och öppnade dörren.

Hon trippade snabbt bort i korridoren.

Det dröjde flera sekunder innan hon hörde polismannen skrika efter henne, han hade förstått vad som hänt. Men Nova sprang redan – hon sprang som en galen människa.

Dag sex

11 juni

70

Dubbelt mörker: natten utanför, huvan över Emirs huvud.

De knuffade dem framåt, men han hade hunnit se de tunga vapnen som Abu Gharib och hans män bar på – det var definitivt ingen idé att spela allan.

Samtidigt kunde han inte förstå varför de tog med honom också. Deras shejk behövde ha ministern någonstans medan de förhandlade om frigivning av fångarna, men vad hade de för användning av honom? Emir hade ingen roll att spela i den här leken längre, MB borde ha kickat ut honom på gatan för länge sedan.

Han hörde ljudet av en bil och av bildörrar, korta kommandon på arabiska och ett stönande läte från Eva.

De pressade ner honom. Han slog ena smalbenet i metall och rörde instinktivt händerna för att ta emot sig, men de var hopsnörda bakom hans rygg. Hans huvud slog i något som luktade som en smutsig filt. Bredvid sig kände han en annan människokropp.

Evas röst: »Är det du, Emir?«

Sedan hördes ljudet av en baklucka som slogs igen. En suv av något slag. Den startade.

»Bara så att vi är överens«, sa Abu Gharib från framsätet. »Ni ska ligga ner. Jag vill inte ha något strul. Vi ska inte köra långt.«

»Vart ska vi?« Emir kunde inte låta bli att fråga.

»Skit i det.«

»Men jag har njurproblem. Jag måste till ett sjukhus.«

Bilens motor mullrade, det var en gammal fossilbil det här.

»Du har ju redan fått hjälp av oss«, sa Abu Gharib. »Var inte rädd för *Jannah*.«

De körde riktigt långsamt. Bilen skumpade, det kändes som om de tog sig över hinder, trottoarkanter och bråte. Emir kände det han inte ville känna: smärtan i hjärnan – han började få ordentligt ont i huvudet.

Varför hade Gharib sagt att han inte skulle vara rädd för Jannah? Männen i bilen pratade med varandra.

Eva viskade något. Han böjde sitt huvud närmare hennes.

»Jag förstod det där med Jannah«, viskade hon, det lät som att hon darrade på rösten. »De tänker döda oss, eller hur?«

Emir kände fukten av sin andedräkt i huvan. Han tänkte på hennes snack i skrubben. Vad skulle han svara?

Bilen skumpade till hårt och tvärstannade.

Han hörde förar- och passagerardörrarna öppnas och slås igen.

Bakluckan öppnades.

Gharibs röst var hård: »Ni ska ut.«

Emir hasade sig bakåt som en larv. Någon drog av honom huvan.

Ett garage: bilarna härinne såg förvånansvärt hela ut, inga krossade rutor, inga stulna fälgar. Kanske var det Brödraskapets garage – och folk visste om det.

Ljuset var grått, som en nedskruvad dimmer någonstans. Ändå såg Abu Gharibs spetsiga skägg nästan overkligt skarpt ut härinne.

Hans soldat gestikulerade med automatkarbinen att de skulle ställa sig mot ena väggen.

Emir stirrade mot betongen, den var ojämn, sedan såg han de små runda håligheterna med sprickor runtom – kulhål.

Gharib stod mitt emot dem, några meter bort: bredbent, stilla, tatueringarna svarta och glänsande på armarna. Bossen höll något i handen: ett radband. Han flippade det mellan fingrarna, pärla för pärla, det var till för att hålla räkningen på vissa böner – men det användes lika ofta bara för att koppla av och för att bli av med stress.

Abu Gharib rörde inte på läpparna, han läste inga böner, det var Emir säker på. Med andra ord: bossen var *stressad* nu.

»Ställ er med ryggen mot väggen.«

Hans soldat höll AK-47:an vid höften, den hängde i remmen, samtidigt som den hela tiden var riktad mot dem.

»Shejk Bouraleh har ändrat sig«, sa Gharib. »Vi ska sända ett budskap till det här landet.«

Emir tog ett kliv fram. »Snälla.«

»Stopp«, skrek soldaten, blodådrorna stod ut som maskar på hans hals. Han lyfte kalasjnikoven.

»Jag kan ordna det här...«, försökte Eva. »Låt mig få prata med Bouraleh.«

»Nej, vi är förbi det. Det räcker nu.« Gharib spottade på betonggolvet. »Vi vet att det har skickats in enheter som letar runt efter dig härinne. Vissa av våra källor säger att de inte ens är snutar, utan naziterrorister. Vi tänker inte vänta på dem.«

Emir hörde blodet pumpa i öronen.

Han måste göra något.

Då började Eva tala med stadig röst. »Jag kan få ut er ur området.« Hon vände sig till Gharib och soldaten. »Ni kanske är SGI-markerade, i så fall kan jag få bort den markeringen. Jag kan ordna ansvarsfrihet. Pengar. Vad som helst. Låt mig bara få förhandla.«

Abu Gharib slutade flippa med radbandet.

Han tog ett kliv fram: hakan i vädret, blicken fäst vid Eva. »Jag behöver inte din hjälp att få något, för jag har redan allt jag behöver.« Hans ögon blixtrade. »Du vet, jag levde några år i din del av Sverige. Jag har inte alltid varit en SGI, jag läste på universitet och hela skiten.«

Det lät som en saga, Emir hade aldrig hört om det här förut. När han växte upp hade alla varit lika rädda för Gharib som för typ *supreme leader Snok*.

»Jag försökte lämna gatan för att bli suedi«, sa Gharib. »Lämna natten för att leva på dagen, jag trodde att jag ville passa in. Men vet du vad jag upptäckte?«

Ett snabbt ögonkast: soldaten sneglade på Gharib – han undrade vad säkerhetschefen pratade om.

»Jag upptäckte att när jag sålde ut mig själv så byttes också sanningen om mig själv ut mot bilden av mig. Jag blev det andra såg mig som. För vissa: den stackars immigranten, för andra den mörka muslimska faran. Så jag lämnade den där skiten och flyttade tillbaka hit. Här finns det i alla fall lite heder kvar.«

»Jag kommer att kunna förhandla, tro mig«, sa Eva.

Emir vågade inte titta åt sidan. AK-47:an pekade mot hans bröst.

»Tyst«, sa Gharib.

Soldaten väste något som Emir förstod: »*Sawf yantahi?*« Ska jag avsluta?

Gharib höll upp handen, radbandet dinglade som en repstump längs handleden. Han höll tillbaka sin soldat.

Emir tog ett steg fram igen.

Han blickade rakt in i AK-47:ans mörka öga. Hans hjärta bankade galet hårt – han hade i alla fall sett till att Mila skulle få hans besparingar. Men han hade velat se henne en gång till. Spela ett parti schack. Bara krama henne.

Soldatens avtryckarfinger kramade långsamt.

I ett halvmörkt garage i hans hemområde skulle det ta slut.

Han slöt ögonen. Hörde Evas panikslagna andning. Väntade på slutet.

Då: BOOM – ett skott brann av.

Emir slog i golvet.

Bredvid honom låg Eva.

NEJ.

Han kravlade mot henne.

Det pep i öronen.

Han kände ledvärken. Smärtan från helvetet i huvudet.

»Stick härifrån«, hörde han Abu Gharibs röst genom tjutet.

Levde hon, levde Eva?

Emir tittade upp mot Gharib. Han förstod inte vad han såg.

Soldaten låg på betonggolvet vid bossens fötter. Automatkarbinen bredvid. Blod i en växande pöl runtomkring.

Abu Gharib höll en Glock i handen. Bossen hade skjutit sin egen soldat.

Eva ställde sig långsamt upp på knä. Hon stirrade på den skjutna shunon på garagegolvet. »Varför?«

»Det handlar om heder«, sa Abu Gharib och nickade mot Emir.
»Försvinn härifrån nu, båda två, innan jag ångrar mig.«

Emir föste henne framför sig. De snubblade fram, båda med buntband runt handlederna.

Han knuffade upp garageporten, flåsade ute på gatan.

De sprang.

Heder, hade Gharib sagt. Eva skulle inte förstå, men Emir visste vad han menat – bossen var en man av heder. För några dagar sedan, uppe på taket, hade han räddat Abu Gharib från livstids fängelse – Emir hade skjutit mot snutarna så att han kom undan.

En man med heder kunde inte stå i skuld. En man med heder betalade alltid tillbaka. Det här var återbetalningen.

71

Ljusaste tiden på året. Den mörkaste delen i henne just nu.

Fredrika tuggade tre jetpacktuggummin samtidigt, hon visste inte själv om det var för att orka mer, hålla sig vaken eller bara för att dämpa stressen.

Rezvan satt kvar på samma plats. Smutsen i soffan var så ingrodd att det var omöjligt att säga vilken färg den en gång haft.

Bankningarna och skriken i trapphuset hade upphört redan några minuter efter att de slängt ut föräldrarna: en granne hade vrålat att om pojkens mamma inte höll käften skulle han skjuta skallen av henne. Det var i alla fall vad Fredrika hört genom den låsta ytterdörren. Pappan hade de inte hört alls.

Hon hade försökt i över en timme. Först lirkat med pojken – vädjat till hans förnuft: »det här är viktigt för att rädda en politiker«, sedan hade hon hotat: »vi kommer att plocka in dig, vi kommer att sätta dig i en cell«, för att slutligen försöka muta honom: »vi kan se till att din familj får flytta härifrån, vi kommer betala dig och din familj om du hjälper till.«

Rezvan hade inte sagt ett ord – han spottade bara mot henne.

Då hade Arthur försökt: hotat grabben med stryk, hotat med att hans familj aldrig skulle få komma in i lägenheten igen. Han hade klämt Rezvans kinder mellan sina kraftiga händer och skrikit honom i ansiktet som en hysterisk människa.

Men pojkjäveln fortsatte hålla tyst.

Den kaxiga blicken, hakan i vädret – vidrigt typiskt för de här grabbarna. Hon hade stött på attityden hundratals gånger under åren inom S-polisen. Killar så unga att de inte ens fått hår på kuken, men ändå visste de att svenska polisen bara var ett skämt – att de var snälla som dagisfröknar – i jämförelse med alla andra härinne.

Tystnadskultur. Våldsmonopol.

Arthur pekade mot köket. »Jag tror att vi måste snacka.«

Han förstod vad som försiggick i hennes huvud. »Vi har inte tid med det här daltandet«, sa han. »Vi är i ett särområde nu. Vi måste köra *särskild förhörsmetod*. Vi kommer ingen vart annars, det vet du.«

Det här höll på att gå dem ur händerna – och alla visste att i kidnappningssituationer var tidsfaktorn avgörande. Ändå skakade Fredrika på huvudet. *Särskilda förhörsmetoder*, det var vad hon tillämpat på Strömmer i Tallänge.

»Det här handlar om brott med minst sex år i straffskalan«, tillade Arthur.

Han hade rätt – de kom ingen vart, men Rezvan själv var *inte* misstänkt för brott med minst sex år i skalan. Ingen påstod ens att han var inblandad i någon form av brott. Framför allt: han var ett *barn*.

»Det här handlar om rikets säkerhet«, sa Arthur.

Pojken visste något, det var tydligt.

»Så vad är ditt förslag?« fortsatte Arthur, vassheten i hans röst gick inte att ta miste på.

»Vi måste försöka lite till med de vanliga metoderna.«

»Men du vet att det är lönlöst.« Han citerade från FAP:en: »*En polisman får, i den mån andra medel är otillräckliga, använda våld för att genomföra en tjänsteåtgärd, om någon som med laga stöd berövats friheten försöker undkomma.*«

Fredrika tittade in mot vardagsrummet. »Men han är ju redan

frihetsberövad, han sitter där i soffan med handfängsel om både händer och fötter.«

Det lät som om Arthur stönade. »Fredrika, han skrattar åt oss. En trettonårig pojke som föraktar Sverige och samhället så mycket att han spottar polisen rakt i ansiktet?«

»Men vi har inte laga rätt.«

»Det här handlar inte om vad lagen säger. Det här handlar om vanligt hederligt sunt förnuft. Snorungar ska lyda polisen. För om vi inte kan stoppa dem när de är tretton så kommer vi aldrig att kunna stoppa dem.«

Han hade rätt. Hon hade inget svar att komma med. Men ändå, hon kunde inte göra det.

»Vi hör med Murell«, sa hon.

»Ska vi tillämpa särskilda förhörsmetoder på Rezvan Feraz?«

Det sprakade i kommunikationsradion. Murell var tyst. Fredrika hörde röster i bakgrunden, han kanske pratade med någon annan samtidigt.

»Det är synnerlig fara i dröjsmål«, sa Murell efter en stund, som om han tänkte högt för sig själv. »Ni befinner er i ett särområde där vi utlyst undantagstillstånd. Ni ska hitta Emir Lund. Kanske kommer ni att få en ny uppgift när ni lyckats med det. Ni har inte bara rätt att tillämpa särskilda förhörsmetoder. Om satungen inte pratar så *måste* ni göra det.«

»Men ...«, började Fredrika.

»Vi har inte tid«, avbröt Murell. »Det är en order.«

De avslutade samtalet.

Arthur nickade, allvarlig i ansiktet.

»Hjälp mig med satungen«, sa han.

De bar in pojken i badrummet.

De breda kalkavlagringarna i badkaret såg ut att vara från ett annat sekel.

De lade ner Rezvan i det.

Arthur slet ner en handduk och började spola den under kranen.

»Vad ska ni göra«, tjöt grabben och försökte sätta sig upp.

»Håll i honom«, sa Arthur.

»Berätta var Emir Lund är«, sa Fredrika. »För din egen skull.«

»Tror du jag är en råtta?«

»Snälla.« Fredrika hörde svagheten i sin egen röst: paniken sken igenom.

»Facking gris«, spottade grabben.

Arthur kom fram med den blöta handduken.

Fredrika höll Rezvan i ett fast grepp, hon kände sig spyfärdig.

Arthur lade den blöta handduken över pojkens ansikte. Tog loss duschslangen. Slog på vattnet.

»Nej«, sa Fredrika. »Jag pallar inte det här.«

Hon släppte taget.

Klev ut.

Hon hörde Rezvans gurglande skrik inifrån badrummet.

Vad fan skulle hon göra?

Senare. Rezvan låg kvar i badkaret, blöt, röd i ansiktet, händerna bakbundna, snorig och med spya runt munnen. Han grät inte, men han såg inte heller ut att riktigt vara där.

Arthur stod över honom, andfådd.

Fredrika satte sig på toalettstolen. Hon vände bort ansiktet, klarade inte av att titta på grabben, samtidigt som hon inte kunde låta bli att undra vad han tänkte på, hur rädd han var.

»Har han sagt något?«

Arthur torkade sig i pannan. »Inte ett skit.«

Det hade blivit fel: Fredrika kunde inte förstå att hon tillåtit att han waterboardat ett barn, utan att ens få ur barnet någonting av värde.

Det fick vara slut på misslyckanden nu.

Arthur vände sig om. »Jag tänker skjuta honom.«

Han drog fram sin Sig Sauer.

Rezvan spärrade upp ögonen.

»I knäet«, tillade Arthur och vände sig mot pojken. »Eller ska du berätta för oss var Emir är?«

Fredrika kände en kyla stiga i sig. Hon kunde inte röra sig – det strålade som is från golvet och upp genom benen, till magen och bröstet.

Pojken lyfte på huvudet, öppnade munnen som för att säga något – äntligen.

»Fuck off« – han spottade, men loskan kom inte långt, den hamnade på hans eget bröst.

Arthurs ansikte påminde om en vaxdockas, han höll sitt vapen mot grabbens knä.

»Arthur«, försökte Fredrika, »det är inte tillåtet att ...«

»Hör av dig till vår chef igen då.« Arthurs röst var vassare än hon någonsin hört den förut.

Fredrika ville *inte* kontakta Murell igen – hon ville bara göra rätt.

»Håll i honom«, sa Arthur.

Rezvan krängde i badkaret.

Fredrika tog några steg bakåt.

Arthur mantlade pistolen. »Jag sa, håll i honom.«

Då hördes något. Det ringde på ytterdörren, det var förmodligen grabbens mamma som fått fart igen.

Fredrika klev ut i hallen.

»Vem är det?« sa hon med hög röst.

»Hej«, hördes en kvinna från andra sidan dörren. »Jag undrar om Rezvan är där. Kan jag komma in?«

Hon kände igen rösten direkt. Det var Sveriges inrikesminister.

72

Den bruna lägenhetsdörren på radhuset i Järfälla hade inget titthål.

Nova vände sig om. Kontrollerade att ingen var efter henne.

Gryningsljuset nådde taken på radhusen mitt emot. Himlen var ljusblå åt ena hållet och mörkare åt det andra. Det verkade som om omgivningen rörde sig, allt framträdde med större skärpa för varje sekund. Det var som om huskropparna en efter en sköt upp ur marken. Solstrålarna träffade en BMW som stod parkerad, det såg ut som om den kastade sig fram från sitt gömsle som ett jagat djur. Sommarljuset träffade en kvinna som väntade på sin hund, hon frigjorde sig från huskroppens skugga och både hon och hennes labrador kom plötsligt till liv.

Nova plingade på dörren, osäker på om Jonas skulle öppna och rädd för att taxichauffören skulle hinna jaga ifatt henne – hon hade kört en springnota.

Hon hade inga pengar, ingen mobiltelefon, hon var tröttare än efter ett gympass gånger tre och klockan var väldigt mycket, eller väldigt tidigt, beroende på hur man såg det. Hon hade sprungit rakt ut från sjukhuset, in bland träden på baksidan, över den stora begravningsplatsen och sedan fortsatt tills hon kom ut vid motorvägen. Där ställde hon sig och väntade tills en taxibil körde förbi.

Jonas höll en svart tevespelskontroll i handen och var klädd i T-shirt och shorts. Han sa inget, men hans ansiktsuttryck talade sitt tydliga språk: *vad gör du här?*

»Kan jag komma in?« sa Nova.

Hon lät bli att kommentera att hennes affärspartner uppenbarligen suttit och lekt med ett tevespel mitt i natten.

Jonas var inte fet, men inte heller fit. Hans mage stod ut några centimeter över linningen på shortsen utan att nämnvärt påverkas av tyngdlagen.

De satte sig i vardagsrummet, Nova i en snurrfåtölj, Jonas slog sig ner i den stökiga soffan – kuddar och plädar låg huller om buller. Det sjuka var att Nova inte visste om han hade någon fru eller partner – hon hade aldrig tänkt på att fråga.

På väggen hängde olika prisdiplom från Shoken Awards genom åren. Teven var fortfarande påslagen: en bild på en man med en yxa i handen, något slags vikingafigur.

»Leker du miniviking när du inte jobbar?« sa Nova, men ångrade sig omedelbart – hon kunde inte låta bli att falla in i sin vanliga jargong med honom.

Jonas lutade sig långt bak i soffan, hans smutsiga fotsulor riktade mot henne. »Man kan lära sig mycket från tevespel.«

»Det undrar jag.«

»Man kan till exempel uppleva en känsla av existentiell fruktan som man aldrig annars ens kommer i närheten av på riktigt.«

Existentiell fruktan – Nova visste inte att Jonas använde sådana ord. Hon tänkte på Simon.

»Jonas, du måste hjälpa mig«, sa hon.

»Jag tror inte det. Inte så här dags i alla fall.«

»Snälla.«

»Du verkar tro att man kan behandla människor hur som helst.«

»Jonas«, sa hon och hörde hur ångestladdad hennes röst lät. »Jag har aldrig behövt din hjälp så mycket som nu. Jag upplever *existentiell fruktan*, på riktigt.«

Några minuter senare satt de bredvid varandra i soffan. Det lilla soffbordet var belamrat med tallrikar, glas och papper, men Jonas hade inte visat några tecken på att vilja städa undan.

»Jag behöver hjälp med radiokommunikation«, sa Nova.

»Var då?«

»I Järva särområde.«

»Vanlig radio?«

»Nej, kortvågsradio.« Hon mindes bara vad Fredrika snabbt hade sagt när de talades vid i går.

»Varför då?«

»Det går ju inte att ringa på vanligt sätt.«

»Men jag tror inte att du kommer att kunna prata med henne. Systemet fungerar inte så.«

»Kommer jag att kunna lyssna på henne då?«

Jonas tystnade. Han hade datorn i knäet och började söka på olika sajter, öppnade browsers som Nova aldrig sett förut, dök ner på sidor som såg ut som om de tillverkats för tjugo år sedan.

Han slog ihop sin dator, ställde sig upp. Gick runt i rummet. »Den bränner kuken av mig. Datorn blir så varm undertill. Jag tror inte det är bra för testiklarna.«

»Så vad fick du fram?«

»Det kan gå att lyssna med en speciell skanner, alltså en sorts radiomottagare som automatiskt kan söka av olika frekvensband. Och så behöver jag rätt sladdar och sådant, så att jag kan koppla min dator till den för att bryta igenom digitalt krypterad trafik.«

»Var får vi tag på sådant då?«

Jonas kliade sig i huvudet. »De går att beställa på Darknet.«

»Jag kan inte vänta«, bet Nova av. En skanner som bara gick att beställa på Darknet, det var trams, den skulle ju ta dagar att få hit.

Jonas vek inte ner blicken. »Du svarar inte när jag ringer. Du säger att du kanske ska sluta. Och nu kommer du hem till mig mitt i natten utan att förvarna mig.«

»Ja, men jag behöver hjälp.«

»Jag hjälper dig så gott jag kan utan att ens veta varför, och då fräser du åt mig. Du är inte klok någonstans, vet du det?«

Hon skruvade på sig, hon tänkte på utskällningen hon gett honom för det där med kylskåpet.

Nova hade inte tid med massa BS. Hon hade inte kommit dit där hon var genom att be om ursäkt för sig själv och det hon gjorde. Ändå sänkte hon hakan och fortsatte titta på honom. »Förlåt«, sa hon. »Jag tänker inte sluta. Det är du och jag, Jonas, jag lämnar dig inte i sticket.«

»Jag tror att det enda sättet du kan få tag på en skanner så här dags är att göra det *du* brukade vara bäst på.«

Det tog dem inte lång tid att göra inlägget, det skulle bara innehålla ett enda budskap.

Det var viktigt att det inte syntes var det var inspelat. Jonas hade ingen lust att få sin dörr inslagen av de snutar som kunde komma för att gripa Nova.

»Hejsan, allesammans, Novalife är tillbaka«, log hon mot kameran.

»Jag är ledsen att jag ser lite sliten ut, men jag är mitt i en kris. Jag kommer att berätta mer för er senare. Men ni vet, jag reser mig alltid.« Hon gjorde segertecknet med fingrarna. »Just nu ordnar jag en väldigt viktig tävling, den viktigaste tävlingen som jag någonsin har hållit.«

Jonas höll kameran lika stadigt som vanligt och mikrofonen var uppställd på bordet. Det kändes som om de gjorde vilket Novalife-inlägg som helst.

»Jag behöver en skanner av modell S230 eller med samma funktioner, nu på morgonen i dag. Den som hör av sig till mig först vinner tiotusen kronor. Jag älskar er.«

Det sista var ljug, men vad skulle hon göra. Om man räknade ihop alla hennes olika kanaler, Instagram, Youtube, Shoken, Quickson-Bits och så vidare så hade hon fler än två miljoner följare. Trots att det var tidigt borde flera tusen vara vakna, och någon borde ha en skanner. Det gällde bara att den fanns i närheten av Stockholm.

Det hade hänt så mycket skit de senaste dagarna att lyckan måste vända nu – vågskålen med otur var överfull, balansen måste återställas.

Jonas knappade på tangentbordet och skickade iväg videoklippet. Tre minuter senare kom ett mejl. En snubbe i Solna hade rätt grej. Shit, alltså. Yin och yang: kunde det vara så att ödet hade vänt?

73

Behandlingen han fått hos Muslimska brödraskapet var inte en dialys, det hade han vetat hela tiden, ändå hade han hoppats – han hade tagit för givet – att hans kropp skulle klara sig längre. Det var uppenbart att han haft fel. Allt hade kommit tillbaka snabbare än en blodshämnd i orten. Magen värkte igen, benen värkte, till och med fingrarna värkte. Värst värkte huvudet, men tydligast var ändå mattheten. Det var som om något åt upp honom inifrån.

Han var tillbaka där han slutat i går, när Muslimska brödraskapet tagit in honom. The story of his life numera: fick han inte sitt blod renat inom några timmar skulle han vara en död man. Dessutom hade han inte sovit många minuter.

»Du blir bara sämre och sämre. Jag måste agera«, hade Eva sagt när de suttit gömda i närheten av garaget några timmar.

De måste få tag på någon med uppkoppling, satellittelefon eller vad som helst, men med tanke på hur han mådde ökade inte direkt chanserna att lyckas. Han tänkte på Hayat, men hon hade slängt ut honom och var dessutom antagligen på jobbet igen.

»Den enda jag kan komma på är Rezvan«, hade han svarat. »Med lite tur är han hemma hos sina föräldrar.«

»Är det långt?«

Emir flåsade. »En och en halv kilometer.«

Eva tog ett steg mot honom. Hon stod nära nu, hennes näsa bara någon decimeter från hans.

»Emir«, sa hon.

Han kände lukten av hennes andedräkt. Hennes halssmycke såg annorlunda ut i morgonljuset som letade sig upp bakom henne. Hon var en ängel som smög sig på.

»Du hade rätt.«

Han hämtade fortfarande andan.

»Jag klarar mig när du är med«, sa hon. »Och nu är det jag som ska hjälpa dig. Rezvan berättade för mig var han bor, jag går dit och ser om han kan få i gång sitt internet eller sin telefon eller har någon annan idé. Och sedan ser jag till att du får hjälp så fort som möjligt. Nu ska du bara stanna här och vila.«

Emir hann inte ens vägra innan hon lade en hand på hans axel – och vände sig om och gick därifrån.

Han ville ropa efter henne att hon virat slöjan slarvigt, men hon var redan för långt borta.

Han satte sig ner mot husväggen.

Marken var fortfarande fuktig.

Betongen skavde mot hans rygg som en spikmatta.

Så nu satt han här. Hade suttit här länge. Han var en idiot som trott på henne, det fattade han nu. Eva skulle inte komma tillbaka, hon hade ingen anledning att anstränga sig för en SGI som var så sjuk att han inte ens kunde stå upprätt.

Hon hade sagt: *jag klarar mig när du är med.*

Fast just nu var frågan en annan: skulle han klara sig själv?

Han såg henne genom fönstret på kebabrestaurangen. De hade inte pratat på åratal, inte sedan hon sett honom sälja produkter på torget. Ändå gick han in – han ville visa upp sig på något sätt, han var stolt, han skulle ändå gå sin första MMA-match i morgon.

Hayat jobbade effektivt, snabba rörelser vid kassan och salladerna.

»Vad vill du ha?«

»Känner du igen mig?«

»Klart att jag gör. Men förra gången du gick förbi här var det du som inte kände igen mig. Låtsades du i alla fall.«

Hon hade rätt. Emir hade ätit här många gånger, men aldrig sagt hej. De hade känt varandra i ett annat liv, i barnens värld. »Förlåt«, *sa han.* »Jag trodde inte att du kom ihåg mig.«

Hayat nickade, hennes händer rörde sig mjukare när hon slevade upp köttet.

»Har du spelat Minecraft på länge då?« sa Emir.

Hon skrattade till. »Jag läser till läkare, så det enda jag har tid med vid sidan om studierna är att hyvla kebab. Men det är klart, om du skulle vilja köra creative mode någon gång så ställer jag upp.«

De pratade en stund. Hon skrattade åt nästan allt han sa faktiskt, hon kom till och med och satte sig mitt emot honom vid bordet efter en stund.

»Vad gör du nuförtiden då?« frågade hon.

Han visste inte vad han skulle svara. Han var en utpressare och en rånare, men på sistone hade MMA:n tagit större delen av hans liv.

»Jag tränar mest«, sa han.

»Fitness?«

Han lade ner besticken bredvid tallriken. »Jag ska faktiskt gå min första tävlingsmatch i morgon. Vill du komma och titta?«

Veckorna gick. Det var inte så att allt förändrades med hans första seger, men mycket.

Emir tillbringade nästan all sin vakna tid i träningslokalen, han hade fått nya vänner där, och Isak kom förbi allt oftare. Framför allt: Emir slutade med gängskiten – inga muskeljobb, inga personrån, inga knarkleveranser. Det kändes extra vettigt just nu, eftersom de börjat id-kontrollera alla som lämnade Järva. Han började jobba som barn- och ungdomstränare på gymmet i stället. Han tjänade en tjugondel, men brydde sig bara en gång i månaden när det var dags att betala av på skadeståndet till killen han spöat på när han satt på ungdomsfängelset.

Grabbarna i hans gamla liv accepterade hans val: de älskade att han blev deras egen MMA-stjärna.

Och Hayat: hon kom ner till träningslokalen dagen efter segern och bara smajlade.

Hans tränare smajlade också. »Champ, jag tror du har besök.« Emir var fortfarande blå i ansiktet.

Dagarna som följde påminde honom om när han var liten och han och Isak alltid visslade på olika låtar. Han träffade Hayat varje dag, hon skrattade åt alla hans skämt, hon avslutade till och med hans meningar ibland, som en kärlekshistoria på film. Första gången hon följde med honom hem sa hon nej, hon var en fin flicka.

När han berättade att han hade en dotter sa hon: »När får jag spela Minecraft med henne?«

Emir lyckades få en lägenhet i området genom en kö som morsan stått i. Hayat skulle vara färdig läkare om ett år, men hon bodde fortfarande hemma. Det stoppade dem inte från att börja hänga, men inte som när de var barn.

Emir ville skämma bort henne – han gav Hayat kläder, mobiltelefon, parfymer.

Efter några månader flyttade hon in.

Ibland fick han ha Mila hos sig där. Hon och Hayat lekte kurragömma i enrummaren, som om de känt varandra i hundra år.

Emir visste att han nått en ny nivå i livet.

Men den största förändringen var i huvudet. Trots att han var genomsvettig större delen av dagarna, kände han sig ren. Det var till och med som om Lilly kände av det – hon lät honom träffa Mila längre stunder.

»Jag tror det beror på att du är stolt över dig själv«, sa Hayat när han försökte förklara.

»Jag skämdes inte förut.«

»Nej. Men andra kanske skämdes för dig.«

Han ryckte på axlarna.

Hon smekte honom över kinden. »Hur känns det att du har lämnat det där?«

»Ärligt?«

»Vad annars?«

Han hade inte försökt sätta ord på det förut. Ändå visste han instinktivt vad svaret var. »Jag tror det är bra för Mila.«

Hayat blev allvarlig. »Lova mig en sak, Emir.«

»Vad?«

Hon tog hans hand och kramade den. »Lova mig att du aldrig går tillbaka till ditt förra liv.«

Han kramade hennes hand tillbaka. Han tänkte inte gå tillbaka. Aldrig.

Han skulle bli en MMA-champ, bygga bo med Hayat och se till att Mila blev en del av deras liv.

Solen brände genom hans slutna ögonlock, hans kropp maldes ner till aska. Någon kunde komma fram och råna honom – om han hade haft något värt att ta – eller sätta eld på honom som alla bilar och återvinningsstationer som brunnit här de senaste dagarna.

Han hade kanske hjälpt till att befria Eva Basarto Henriksson. Kanske skulle de ha låtit honom slippa fängelse.

Men nu skulle han ändå dö i två andra fängelser – särområdet som *de* skapat. Den kropp som *han själv* skapat.

Det surrade någonstans ifrån.

Huvudet snurrade.

Samtidigt dunkade ytterligare en dålig fråga i huvudet: vad hade Abu Gharib menat när han sagt att Brödraskapet hade information om att nynazistiska terrorister kommit till området för att hämta ministern?

74

Det luktade brandrök. Vattnet i pölarna såg ut som fläckar av sot. Värmen var redan påträngande.

Fredrika, Arthur och ministern stod några meter från metalldörren genom vilken de kommit in i området, den som ledde ner till tunnelbanan.

Fredrika höll sig hela tiden nära – det fanns inte en chans på jorden att hon tänkte tappa Eva Basarto Henriksson igen.

Det som hänt var nästan som ett under, ett mirakel av enkelhet – ministern hade själv dykt upp hemma hos Rezvan. Hon hade tydligen gått dit för att be grabben om hjälp med uppkoppling, för att se om det fanns något sätt på vilket han kunde kontakta yttervärlden.

»Ibland måste man ha tur«, sa Arthur och flinade för första gången på hela dagen.

Fast hundra procent tur hade de inte haft. Innan Fredrika ens hann vända sig om kom Rezvan rusande genom hallen. Han grep tag i Arthurs ryggsäck i farten, och kastade sig ut genom dörren.

»Rezvan«, ropade ministern efter honom, som om hon var hans mamma eller något, men grabben var redan långt nere i trapphuset.

Arthur sneglade på Fredrika med sned min. De förstod varandra, det var ingen bra idé att jaga efter pojken nu, även om han fått med sig Arthurs ryggsäck – inte när Basarto Henriksson var här och kunde börja ställa frågor.

Murell lät så glad på rösten att Fredrika nästan trodde att han skulle börja sjunga.

»Utmärkt jobbat«, sa han. »Och Eva, du mår bra?«

Radion knastrade. Ministern och Murell pratade en kort stund.

»Vi måste hämta Emir Lund«, sa hon. »Han lider av njursvikt.«

»Vi vet. Men vi kan inte hjälpa honom. Just nu måste vi få dig i säkerhet, det har prioritet.« Murell sa inget om vem Emir egentligen var.

Fredrika tänkte på att han för en stund sedan nästan gett henne och Arthur »en ny uppgift« som hade med Emir att göra – men aldrig berättat vad det rörde sig om.

Koddosan som satt på väggen bredvid servicedörren såg sliten ut, men den hade fungerat när de kom in. Ytan var sval när Fredrika slog in koden.

Det hördes inget klick.

Hon slog in koden igen.

Hon kände lukten av sin egen svett, syrlig och stickande.

Låset gick inte upp.

Hon skakade på huvudet, Arthur förstod. Han prövade också. Det fungerade inte. Han tog upp dyrken ur fickan: »Universallösningen.« Efter några sekunders försök var det tydligt: han fick inte ens in den i låset.

»Vi kommer inte ut. Tunnelbanedörren är låst«, sa Fredrika till Murell.

Chefens röst lät fortfarande pigg och glad. »Kan ni inte få upp den på något annat sätt?«

»Jag tror inte det, någon verkar ha förstört låset och då spärras dörren automatiskt, som en säkerhetsfunktion. Kom Emir Lunds kamrat igenom här?«

»Ja, vi kan se att han rör sig i området. Då är det säkert hans jävla fel att dörren inte fungerar.«

Att Murell svor hörde till ovanligheterna, men själv hade Fredrika velat använda betydligt grövre ord.

Murells mörka röst var ändå lugn. »Troligen måste jag skicka in någon med låsborr och verktyg från andra hållet. Det kommer att ta lite tid.«

De borde ha tänkt på att detta kunde hända redan i går, men då hade allt gått så fort. Fast Murell verkade redan ha ändrat sig. »Jag skickar in en helikopter i stället.«

»Går det?«

»Det kommer att bli en snabb manöver i så fall. Jag undersöker saken och återkommer.«

Eva Basarto Henriksson stod bredbent bakom dem. Om det inte vore för att hennes slöja var så smutsig skulle Fredrika och hon antagligen ha sett ut som vilka muslimska hemmafruar som helst.

Ministern hade hört hela samtalet. »Jag går ingenstans utan Emir Lund«, sa hon.

»Det är det inte du som bestämmer«, sa Arthur.

75

»Jungfrugatan«, sa Nova till chauffören, som var så mager att det såg ut som om han skulle gå av vid midjan.

Nu skulle hon i alla fall betala för sin resa: Jonas satt bredvid henne med en skanner och sin dator i knäet. Killen i Solna som lånat dem skannern hade blivit så star struck av att få se Novalife på riktigt att han glömt att fråga om de tiotusen kronorna.

»För att jag ska kunna ha en chans att få in din systers radiokommunikation måste vi ta oss mycket närmare området«, sa Jonas. »Så nu undrar jag vart vi är på väg.«

Nova slöt ögonen. »Till någon som betett sig som ett as.«

»Vad gör du här?« sa en bekant mansröst genom den låsta dörren.

Jonas stod kvar nere på gatan och väntade.

Det stod Freij på en liten mässingsskylt – det var alltså Guzmáns verkliga efternamn. *Freij* – det påminde om ordet fri, och det var precis det Nova inte hade varit så länge hon varit i den här vansinniga människans klor.

Hon hade räknat ut att det här var hans våning. Det fanns bara åtta lägenheter i huset och i fyra av dem bodde det folk över femtio och i två av dem folk under trettiofem. Kvar fanns bara den här och en till, och det var hans röst därinne: hundra procent.

»Jag behöver prata med dig.«
»Vet du vad klockan är? Försvinn.«
»Jag kommer inte att gå härifrån.«

Guzmán var klädd i en tunn morgonrock och tofflor, han såg ut som Ture Sventon när han gläntade på dörren och gestikulerade åt henne att komma in, trots allt. Det var väl för pinsamt att ha en högljudd Nova i trapphuset så här dags.

Hallen var stor, i ett hörn stod en uppstoppad björn och i ett annat hörn en guldinramad spegel med krusiduller högst upp.

Hon stod bredbent.

Guzmáns ögon vandrade över Nova, men han visade inte med en min vad han tänkte om hennes kriminalvårdskläder.

»Vad är det du vill prata om?«

Hon sög tag i Guzmáns blick – han var orolig nu, även om han försökte spela obrydd så ryckte det i hans ena ögonlock.

»Du ska hjälpa mig med en sak«, sa hon klart och tydligt.
»Vad pratar du om?«
»Du hörde mig. Du är polis, du kan hjälpa mig.«
»Jag kommer inte att hjälpa dig med något. Jag vet inte vad du håller på med. Jag trodde att du var här för att betala mig.«
»Du begick ett misstag som fick mig att stjäla från Agneröd.«

Guzmán stod stilla. *Oroliga mörka ögon i ett oroligt avlångt ansikte, famlar efter ett svar* – det var en låttext av ResistanX som Nova kunde utantill. Den passade bra nu, allt kändes så episkt. Samtidigt: *hon* ville ha svar.

»Varför bad du mig stjäla information från honom?«
»Det har inte med dig att göra.«
»Det har det visst. Du fattar inte vad det ledde till.«
»Vad?«
»Har du sett vad som hände journalisten Simon Holmberg?«

Guzmáns ögon blev ännu oroligare, pupillerna for hit och dit.

»Mordet?«

»Han mördades på grund av allt det här.«

Polisjäveln stod bara där och andades en lång stund, sedan knöt han morgonrockens skärp hårdare runt midjan. »Det fanns en anledning till att jag bad dig. Jag är soldat.«

»Vadå för soldat?«

»Jag är soldat i stadsgerillan«, sa Guzmán med säkrare röst.

Nu tittade han på henne under halvslutna ögonlock, liksom ovanifrån, överlägsen. »Och du ska veta att det aldrig gått utan din syster.«

Nova stirrade på snutjäveln. »Vad pratar du om?«

Det såg ut som om Guzmán log igen, han var ännu obehagligare än hon trott. »Vi pumpade henne full med amobarbital och höll ett narkoanalytiskt förhör med henne, som det heter. Jag har hört inspelningen. Din syster var utom kontroll, hela hennes överjag imploderade, hon babblade på om allt möjligt.«

Nova förstod fortfarande inte vad den här snuten pratade om. Soldat? Stadsgerilla? *Fredrikas överjag imploderade?*

»Hon berättade om dig, Nova«, fortsatte Guzmán. »Att hennes syster har missbruksproblem. Att du är en knarkare. Att hon oroar sönder sig för dig, men inte vet hur hon ska få dig att lyssna. Hon berättade att hon vet att du nästan alltid bär runt på piller. Förstår du? När jag grep dig utanför Shoken Awards efterfest, visste jag vad jag letade efter. Jag visste att du skulle ha droger på dig och jag visste att du skulle kunna bli en tillgång, eftersom din syster jobbar inom Säpo. Och dessutom«, han gjorde en konstpaus, »är din pappa en fiende. Han har byggt muren.«

»Så du skulle kidnappa mig?«

»Nej, men du kunde användas. Det visste vi.«

Det enda den här galna låtsasrebellen inte verkade veta var att hon verkligen fått med sig materialet från Agneröd.

Det kändes som om den uppstoppade björnen i hörnet flinade åt henne.

»Du ska hjälpa mig in i Järva«, sa Nova.

Guzmán skrockade. »Gå härifrån. Du är bara en knarkare.«

Nova skakade på huvudet. »Jag är Novalife. Hela min karriär bygger på att dokumentera mitt liv. Jag har precis spelat in allt du sagt. Förstår du? All skit du kommit med ligger i redan molnet.«

Hon släppte inte hans fjantiga ögon med blicken för en millisekund. »Så, polisinspektör Freij, lyssna jävligt noga nu. Om jag går ut med den här inspelningen med dig, är ditt dubbelliv över. Då kan du ta din älskade lilla stadsgerilla och köra upp den i röven.«

76

Emir kisade mot solen. Någon kom gående emot honom. En kort gestalt som han kände igen först efter några sekunder: Rezvan.

Sedan tänkte han: något var annorlunda med hur grabben rörde sig, han gick liksom trögare.

Emir hade precis tänkt försöka släpa sig hem till honom eller till sin egen lägenhet, eftersom Eva inte återvänt.

Han hade inte mått så här i hela sitt liv. Inte efter förlustmatchen mot Djuret, inte när hans njursvikt hade debuterat veckorna efteråt, inte under något av sina huvudvärksanfall, inte när han i går stapplat sig fram till Brödraskapets kulturcentrum. Det hade gått exakt ett halvt dygn sedan han fått behandlingen där – läkaren hade sagt att han behövde få dialys inom tio till femton timmar. Sista stadiet var nått nu: han kände hur andningen började bli svagare.

»Vad gör du här?«

»Jag letar efter dig, så klart.«

Igen – det var något med Rezvan, hans röst lät annorlunda, liksom sprucken.

»Var är hon?« fick Emir ur sig.

»Hon kom hem till mig. Men de tog henne med sig.«

»Vilka?«

»De var grisar.«

»Är du säker?«

»Ja.«

»Riktiga?«

»Vad menar du?« Rezvan tog några steg fram.

Emir måste få veta mer. »Var det en insats?«

»Nej, bara två personer. De var redan hemma hos mig när jag kom dit.«

»Såg du polis-id?«

Rezvan tog tag om hans arm. »De var snutar, tuzen procent.«

Genom tröttheten och pissandningen: Emir kände Rezvans beröring som en glöd mot sin hud. »Och Eva?«

Rezvans röst var hes. »De två grisarna ska ta med sig henne ut.«

Nu var det Rezvans ansikte som Emir lade märke till. Det var narigt och rött, som om han fått utslag.

»Vad har hänt?«

»Inget.«

»Säg.«

»Det spelar ingen roll.«

Emir ställde sig upp, lutade sig mot lyktstolpen. »Berätta.«

Snutarna var as, chansir, de var verkligen *grisar* – och dessutom: var de verkligen *äkta* grisar? De hade försökt dränka ett barn.

Han lade armen om grabbens axel. »Finns det något jag kan göra?«

Rezvan skakade på huvudet. »Du måste till sjukhuset.«

Det brände i skallen.

»Nej«, sa Emir. »Vet du hur de tänker få ut henne?«

Rezvan grävde i ryggsäcken han hade med sig. Han tog upp en svart *device* som såg ut som en extremt gammal mobiltelefon. Emir förstod vad det var: en kommunikationsradio, en snut-walkie-talkie.

»Jag har lyssnat på vad de säger«, sa Rezvan. »De ska bli upphämtade med helikopter uppe på vattentornet.«

Grabbens smajl såg i alla fall ut som det brukade.

77

En adress: ett vattentorn – helikoptern skulle inte behöva flyga in mer än ett tiotal meter över området. Allt annat skulle vara för riskfyllt: Rörelsen hade uppenbarligen tillgång till raketgevär, enligt analyserna var det SAAB:s gamla luftvärnsrobotsystem, RBS 70.

»Vattentornet har den största platta ytan därinne, förutom fotbollsplanerna, men de ligger alla för långt in«, sa Murell.

Fredrika hade fortlöpande kontakt med chefen nu, kortvågsradions hörlur satt i örat hela tiden.

Helikoptern hade inte lyft än. Hon, Arthur och ministern promenerade i vanligt tempo. De ville inte dra några blickar till sig.

Varför hade Emir Lund inte fört bort EBH när han haft henne? Varför hade han inte dödat ministern? Hade det att göra med hans njurtillstånd? Det indikerade Eva Basarto Henriksson – fast hon visste ju inte sanningen om Lund.

Ministern fick något milt i blicken när Fredrika frågade hur Emir hade behandlat henne. »Han är en hjälte, men han behöver hjälp«, sa hon, utan att förklara mer. Fredrika fick ändå inte ihop det, han hade väl kunnat lämna över EBH till någon annan? Men Rörelsen hade någon plan, det var hon säker på. Precis som när de lockat in polishelikoptern.

En annan sak var att hon nästan hoppades på att få den där nya »uppgiften« som Murell pratat om: antagligen handlade den om att hämta tillbaka Emir, gripa honom. Samtidigt skämdes hon – det kändes orent på något sätt: som om hon ville ha uppgiften av fel skäl.

Vädret var fint igen. Kravallerna var också i gång.

De passerade så många utbrända bilar att Fredrika tappade räkningen, de var fläckiga som om de drabbats av mögelangrepp, svarta av sot, vita av aska. Horder av unga män sprang omkring och slog sönder saker, lyktstolpar, trafikljus, elskåp – som om det inte räckte med att internet låg nere här, snart skulle de inte ha någon ström heller. Vissa slängde till och med stenar mot fönstren i bostadshusens nedre våningar. Det var värre än hon kunnat ana – vad hade barnen som bodde härinne gjort för fel?

Arthur muttrade. »Vi behöver en slutgiltig lösning på det här.«

Den slutgiltiga lösningen – Fredrika hade hört det begreppet någonstans, men hon kom inte ihåg var.

Längre fram såg de en grupp unga män komma emot dem.

Arthur tog långa steg. »Skynda på, vi vill inte hamna i något strul.«

Men det såg ändå ut att bli strul.

Fredrika hade väntat på det, hon själv och ministern smälte in hyfsat bra med sina huvuddukar, men Arthur var apart härinne, även om han var klädd i vanliga kläder. Kanske var det hans funktionsbyxor och raka hållning som andades snut, eller att öronsnäckan han hade i örat inte såg ut som en Airpod. Eller så var det bara det sammantagna intryck de gav, sättet de rörde sig på, hur de tittade sig omkring. Identifikationskoder var alltid starka för den som var en insider, men osynliga för den som inte förstod.

Killarna som ställt upp sig framför dem såg ut att vara i övre tonåren. Sportbyxorna frasade, deras smala kroppar rörde sig långsamt för att markera pondus: händerna i fickorna för att markera något annat – vi kan vara beväpnade. Hakorna pekade i vädret, killen som stod längst fram stannade framför Fredrika, ögnade henne uppifrån och ner.

»Kan jag få låna din ryggsäck?«

De var minst femton stycken.

»Tyvärr inte«, sa Fredrika med lugn polisröst. »Jag behöver den.«

»Bara en stund.«

»Nej, det går inte. Vad är det du behöver? Pengar?«

»Din ryggsäck.« Killen flinade. Det här var ett spel för honom.

Svart rök steg upp i bakgrunden.

Fredrika tog av sig ryggsäcken och stoppade ner handen, hon kramade Glocken därinne, beredd att slita upp den om det skulle behövas. Hon försökte prata ännu lugnare. »Ni måste låta oss gå, det är viktigt.«

Killen skakade på huvudet. »Det är inte sådana tider nu. Vi låter ingen gå. Ge mig ryggsäcken bara.«

Dödläge: låsta ögon genom springan i niqaben, en situation som kunde gå åt vilket håll som helst.

Fredrika kände väl igen den här typen av unga män. Hon hade stött på dem när de var tolv och förnedringsrånade jämnåriga på tunnelbanan, när de var fjorton och stod i hörnen av lägenhetslängorna och sålde gräs, när de var sexton och vaktade när någon skulle avrättas, när de var sjutton – och själva höll i vapnet. Det var sådana som den här unga mannen som skapat förutsättningarna för muren, som delat Sverige.

Killarna hade omringat dem nu. Deras ledare höll fram handen: begärde, krävde.

All form av diskussion var över.

Fredrika skulle kunna ta upp pistolen, osäkra den och skjuta den här killen i ansiktet så snabbt att ingen runtomkring ens skulle hinna förstå vad som hade hänt. Men det som skulle hända sedan var en annan sak: hon visste inte hur många av dem som var beväpnade.

Killens ögon var svarta. »Jag säger det inte igen. Ge mig ryggan.«

Hans soldater tryckte på från sidorna.

Så skört nu. Så bräckligt.

Då tog ministern ett kliv fram.

Hon drog av sig hijaben. Hennes röst var tydlig och stark. »Jag vet inte om ni känner igen mig, men jag är Eva Basarto Henriksson.«

78

»Det finns en ingång som ursprungligen användes av byggbolaget som uppförde muren. Vi betalade dem för att inte ta med den på någon ritning, så ingen myndighet känner till den. I vanliga fall smugglar vi det vi behöver genom den ingången.«

Guzmán hade haft en sammanbiten min när han berättade. »Fast inte nu. Nu håller de där stackarna på att bränna ner sitt eget fängelse, så det är för farligt. Jag skulle avråda dig från att försöka ta dig in där.«

»Finns det någon annan väg in?«

»Nej, inte som jag känner till. Tunnlarna är sprängda. De vanliga in- och utfarterna fungerar inte. Tunnelbanegångarna har pluggats igen. Det svenska staten har gjort mot människorna därinne är oförlåtligt.«

Novas gut feeling hade ändå stämt: Guzmán hade hjälpt henne, på sitt sätt.

En ingång som byggbolaget lämnat kvar. Hennes farsa hade kanske också kunnat veta något, men han skulle aldrig ha hjälpt henne med det här.

Hon måste ta risken.

Nova och Jonas stod några hundra meter från trevnadsdelaren. Taxichauffören hade vägrat köra närmare än så.

Muren såg overklig ut därborta: som en dålig specialeffekt i något tevespel som Jonas körde.

Allt var ihopkopplat och klart, han hade börjat söka redan i taxin. Skannern påminde om en walkie-talkie fast den var större än Nova tänkt sig – det här var uråldrig teknik, typ från 80-talet.

Både skärmen på skannern och Jonas datorskärm var fulla med siffror. Hon visste vad han gjorde: skannern sökte av kortvågsradiosignaler inom de närmaste kilometrarna och datorn knäckte eventuella krypteringar. »Jag tror inte att det är så många nuförtiden som ens äger radiokommunikationsgrejer, så det här borde gå ganska fort«, sa Jonas. Solljuset lyste i hans ansikte.

Han hade rätt – det tog bara några minuter så hörde de röster. Nova kände direkt igen sin syster.

»*Hur kommer vi upp i vattentornet?*« sa Fredrika på sitt vanliga oroade sätt.

Nova önskade att hon hade kunnat använda skannern för att kommunicera, men så funkade den tydligen inte.

Hon sprang över Järvafältet. Himlen ovanför muren var galet blå, någon hade lagt ett Shokenfilter över verkligheten.

Värmeböljan, det galna regnet, allt verkade långt borta, det var lugnt och stilla här, en parallell verklighet, ett ingenmansland mitt i Stockholm. En vit fläck på kartan runt de ovälkomnas reservat.

Hon stannade några meter från muren. Hon kunde inte se någon dörr. Jonas väntade längre bort, han höll utkik, rattade skannern, han skulle inte med in – så mycket krävde Nova inte av honom.

Hon kände sin egen lukt: arrestcell och gammal Chaneldeodorant.

Det enda hon kunde se var graffitimålningar och intetsägande jämn gråhet.

Hon gick närmare. Guzmán hade visat henne exakt den här platsen med en pin på Google, men snutjäveln hade uppenbarligen varit bättre på att ljuga än hon trott. Karma är en bitch, brukade Jonas säga. Nu kom allt tillbaka, Nova trodde att hon varit smart som gått med på att stjäla en helvetessticka från en miljardär, och sedan hota en galen snut. Nu stod hon med en elva kilometer lång mur framför näsan och sin syster någonstans därbakom.

Hon måste berätta för Fredrika att någon lurade Säpo inifrån.

Graffitimålningen var säkert tio meter lång, det stod något med tre meter höga konstnärliga bokstäver som Nova inte kunde läsa. Runtomkring texten avbildades människor som gjorde segertecken.

Hon försökte uttyda bokstäverna, hon såg vad den första föreställde, det var ett M. Sedan följde hon den svarta sprejens text, konturerna av den andra bokstaven, ett O. Långsamt fick hon ihop ordet: MOTSTÅND, så stod det.

Hon klev ännu närmare.

Då upptäckte hon något annat också: precis där de sprejade linjerna för N och D syntes fanns något i muren – en skarv, omöjlig att se om man inte stod en meter rakt framför målningen. Hon drog med fingret över betongytan och kände den tydligt: skarven gick upp en bit och fortsatte sedan till vänster och hela vägen ner till marken. En ingång.

Det saknades handtag och fanns inga synliga gångjärn, men bredvid satt en platt dosa med nio knappar. Den var också en del i målningen.

Guzmán hade fixat fram koden åt henne.

Dörren gnisslade när hon sköt upp den.

79

Utsikten: brutal.

Tröttheten: omänsklig.

Det här: inte bara den högst belägna platsen i Järva särområde utan också den som låg närmast trevnadsdelaren. Emir såg bort mot Järfälla, villorna och ett helt annat liv.

Han lade sig ner.

Rezvan satte sig bredvid honom, grabben hade aldrig varit häruppe på vattentornet.

Takpappen var skrovlig och sliten. På vissa ställen växte till och med tunt gräs.

Emir var tröttare än han trott var möjligt. Han hade nästan inte klarat av den långa spiraltrappan, flera gånger hade han fått sätta sig ner och vila.

Nu var det ingen tvekan längre: hans andning var så dålig att det kändes som om syret han drog in var utspätt. Inte en känsla av strypning utan av att det fanns för lite luft runtomkring honom, att den tunnats ut, att han behövde öppna munnen större, dra djupare andetag, suga in mer.

Han gjorde sitt bästa för att hålla sig lugn, han visste att han måste, doktorerna hade varnat honom för det här. Andnöd var tecknet på att man nått sista stadiet. Om han fick fullt utvecklat lungödem skulle han dö på någon timme. Och allt skulle gå ännu fortare om han började hyperventilera.

»Vad ska du göra därute på andra sidan när de har hjälpt dig med ditt blod?« frågade Rezvan.

Emir försökte svara något, men det som kom ut lät mest som en rossling. »Mila.«

Rezvan nickade. »*Vila*, skönt.«

Emir försökte samla kraft att svara något. Då hörde han steg från trappan.

Ansträngningen att resa sig upp var nästan för stor: han ville inte ligga ner när Eva och snutarna kom upp, även om han inte hade långt kvar.

Men det var inte ministern eller grisarna som stod där, det var Isak. Vad gjorde han här?

Kompisen såg svettig ut, och hade ett slags bandage över ena örat. Där Emir skjutit honom.

Dubbla tankar rörde sig: Isak verkade må okej och han var utskriven. Emir ville krama om honom. Samtidigt: varför hade kompisen kommit hit till vattentornet?

Emir tog ett stapplande steg, klev fram mot polaren.

Något stack ut under under bandaget vid Isaks öra. Han sträckte sig snabbt fram, pillade in fingrarna och ryckte till.

»Aj, vad fan.«

Emir tittade på vad han höll i handen, vad han hade slitit loss.

Han förstod. Tyvärr. Prylen var liten, och såg ut som en svart böna – en spår-device, ungefär samma sorts tracker som han själv slitit bort från sin sko så fort han kommit in genom tunneln.

Han hade inte vågat tänka – hade inte *velat* fatta. Tankarna han inte kunnat släppa.

»Du samarbetar med grisarna.«

Isaks underläpp rörde sig. »Nej, nej, de måste ha stoppat in den där på sjukhuset utan att jag märkte det, de sa åt mig att hitta dig för att berätta att ditt uppdrag är klart. De sa att du inte var hemma, så då tänkte jag att du kunde vara häruppe på vattentornet, där vi brukade hänga som kids.«

Rezvan rörde sig oroligt bakom Emir.

En lag var evig. En regel gällde över alla andra. Oavsett om man var utanför eller innanför muren. Man svek inte en vän.

Emir knuffade till Isak i bröstet. »Det är en grej jag inte har kunnat släppa.«

Isaks pupiller vevade runt.

»För fem dagar sedan, när jag gick in för att råna pokerspelarna, så ville du inte följa med in. Du ville stå utanför.« Emir hämtade andan. »Det har du aldrig gjort förut, du har alltid hängt på. Och just den gången av alla gånger, gjorde grisarna ett tillslag.«

»Nej, bror, det var ren otur. Ett misstag. Jag hade ingen aning om att de skulle ...«

Emir avbröt honom. »Och nu kommer du med en tracker gömd under bandaget. Är det också ett misstag?«

Isak stod nära kanten nu. Emir ville kasta sig över honom, knuffa ner den där facking golaren. Han måste bara samla kraft.

Alla minnen de hade tillsammans.

Alla gånger de räddat varandra från äldre killar, lärare, sockärringar, snutar. Alla gånger de sprungit genom Järva centrum, jagade, skrattande. Alla gånger Emir erkänt för Isak: »Bror, jag mår fan inte bra. Jag vill göra något annat.«

Och nu det här.

Han måste döda honom. Han böjde sig ner och grävde i polisryggsäcken som Rezvan kommit med. Han kände efter Sig Sauern som han visste låg där, den svala kolven.

Han slet upp den, tryckte den mot Isaks panna.

Han hörde Rezvan säga något bakom sig. »Sluta, Emir.« Men lillkillen hade inte med det här att göra.

Isaks panna blänkte. »Jag svär på Gud, jag golade inte.«

Emir måste trycka av nu – allt det här var Isaks fel. Allt det här hade börjat med hans goleri.

Gannens svarta stål mot Isaks svett.

Ändå: Emir var en annan människa nu. Han var ingen förlorare längre. Han gjorde inte sådant här.

Han skallade Isak. Det knakade.

Kompisen skrek. Stapplade bakåt. Bloddroppar sprejade takpappen. Röda som rosor.

Som blombuketten som stått vid den här golarens säng på sjukhuset.

80

Ungdomsgänget hade stått så tätt omkring dem att Fredrika fått flashar från kaoset på torget. Då hade hon inte skjutit – hon tänkte inte göra om samma misstag nu.

Människor som pressade ihop sina kroppar så mycket att varje enskild person upphörde att styra över sig själv, axlar, armbågar, en gemensam okontrollerbar rörelse. Eva Basarto Henriksson stod med slöjan i handen, hon vek inte ner blicken. Det gjorde inte grabbarnas frontman heller, killen som ville stjäla ryggsäcken blinkade inte ens.

Fredrikas hand slöt sig om tjänstepistolen.

»Jag är Sveriges inrikesminister«, sa Eva med fast stämma.

Frontmannen lade huvudet på sned. »Jag vet vem du är.«

Överraskningsmomentet var till Fredrikas fördel: slita upp pistolen, plocka dem innan de ens hann förstå vad som hände. De här unga männen var utan gränser, precis som Roy Adams, som Rörelsen, som Emir Lund. Killen mitt emot ministern hade fortfarande händerna i sina pinzaibyxors pösiga fickor, det gick inte att veta vad han höll i.

»Både min mamma och min pappa röstade på dig. Och jag var med dem på torget och lyssnade på dig.« Grabben visade tänderna. »Jag älskade det du sa om svenskundervisningen. Det skulle verkligen behövas.«

De andra killarna runtomkring nickade.

Basarto Henrikssons axlar sjönk ner.

Frontmannen tog upp händerna ur fickorna, han höll i en telefon. »Skulle jag kunna få ta en selfie?«

Det var inte bara gängets ledare som velat ta foto, flera av grabbarna hade kommit fram med sina telefoner – och ministern gav dem vad de ville ha.

Fredrika knackade henne på axeln. »Vi måste gå.«

»Behöver ni hjälp?« frågade grabbarna.

Fredrika skakade på huvudet. »Vi tar hand om det här.«

Vattentornet låg inte många minuter bort.

»Jag vill att vi ser efter om Emir Lund sitter kvar«, sa ministern igen. »Han behöver *verkligen* hjälp.«

Fredrika och Arthur vände sig om samtidigt. »Vi har inte tid nu«, sa de med en mun.

Eva Basarto Henriksson stannade. »Det struntar jag i.«

Fredrika hörde Murell i örat. »Lund är inte där.«

»Hur vet du det?«

Murell brummade. »Vi har en drönare över er nu. Vi ser att han inte sitter där EBH säger att hon lämnade honom.«

»Var är han då?«

»Det vet vi däremot inte.«

»Och singelenheten?«

»Vi har tappat kontakten med honom, han verkar ha förstört sin sändare.«

Basarto Henriksson tittade på Fredrika. Det var oklart hur ministern skulle reagera om de berättade sanningen om Emir Lund.

Vattentornet syntes över hustaken som ett enormt tefat, dess skugga nådde långt.

Den sista biten var marken geggig, det var bara jord, barr, blöta löv.

Murells röst hördes. »Vi ser nu från drönaren att det redan är människor uppe på vattentornets tak. De verkar ligga ner. Vi ser inga ansikten. Var försiktiga när ni går upp. Helikoptern hämtar er inom några minuter.«

Ministerns röst ekade i vattentornets höga kammare. »Emir och jag gömde oss här när han räddat mig.«

Räddat, tänkte Fredrika. Eva Basarto Henriksson var uppenbarligen förvirrad eller hade blivit grundligt lurad.

Hon gestikulerade åt ministern och Arthur att stanna kvar längre ner i trappan, medan hon själv öppnade luckan upp till taket på glänt. Hon lossade på ansiktsslöjan för att se bättre.

Glocken i handen nu. Hon höll den framför sig som om hon försökte nå någonting med dess mynning.

Vattentornets runda tak var svart och smutsigt. Vid ena kanten av det satt Rezvan, och en bit bort låg en man som blödde i ansiktet.

Emir satt i mitten. Han hade en kortvågsradio i ena handen och en pistol i den andra. Fredrika kände väl igen vapnet: det var P226:an som legat i Arthurs ryggsäck, hans tjänstepistol.

Satan också – pojkjäveln hade lurat dem: han hade inte bara snott med sig Arthurs ryggsäck, han hade gått med den till Emir Lund också. Terroristen måste ha hört på radion att de var på väg hit. Det här var ännu ett bakhåll, ett planerat överfall, som de gått rakt in i.

Hon undrade vem den liggande mannen var.

Murells röst hördes i örat: »Vad händer, Fredrika?«

Hon svarade inte, i stället osäkrade hon sitt vapen. Hennes hjärta dundrade.

Hon siktade mot Emir. »Släpp ditt vapen.«

Arthurs röst hördes nedifrån öppningen: »Kan vi komma upp?«

»Nej, Lund är här.« Fredrika försökte låta lugn.

Emir höll pistolen längs benet.

Han var A:s man – han var en högt uppsatt soldat i Rörelsen, delaktig i en organisation som attackerat politiker och storbolag i åratal. Som dödat sju poliser.

»Jag sa, släpp vapnet och lägg händerna på huvudet, båda två, och gå ner på knä«, sa Fredrika.

Hennes händer var stadiga som skruvstäd. Hon var så nära att föra ut ministern, att rätta till det hon förstört på torget – hon skulle inte tveka att använda våld den här gången.

Grabben gick ner på knä.

Emir satt kvar.

Murell pratade tydligt i öronsnäckan: »Skjut honom.«

»Vem?«

»Emir Lund, du måste ta ut honom.«

Emir flämtade: »Jag vill följa med er ut.«

Det var uppenbart att han inte mådde bra, hela hans kropp

var hopsjunken, till och med att röra på läpparna verkade plåga honom.

Fredrika hörde Arthurs röst bakom sig. »Skjut honom, han har mitt vapen.« Sedan Murells röst i örat igen: »Du måste skjuta honom.«

Nu ställde Emir sig på knä, utan att släppa sin pistol och utan att ta ögonen ifrån henne – och hon tog inte ögonen ifrån honom.

Solljuset var hårt mot hans ansikte, hans andning oregelbunden, hackig. Långsamt lade han ner pistolen framför sig och sköt fram den mot henne, sedan lade han upp händerna på sitt huvud. »Jag ber dig. Låt mig få följa med er ut.«

Fredrika hade inte trott att han skulle ge upp så lätt.

»Skjut honom«, upprepade Murell.

»Han är under kontroll nu. Avväpnad.«

»Skjut honom ändå. Han är en terrorist, han är Rörelsen. Han har kommit hit för att döda inrikesministern.« Murell hade en skärpa i rösten som Fredrika aldrig förut hört.

Samtidigt hörde hon ministerns förvirrade röst. »Vad gör Emir där?«

Emir stod på knä, träffytan var liten. Det gick inte att skjuta honom i låret eller vaden, som annars skulle ha varit standard. Fredrika skulle antagligen döda honom om hon sköt nu, träffa bröstet eller magen.

Vid skottlossning mot person skall eftersträvas att endast för tillfället oskadliggöra honom.

Hon skulle *inte* endast tillfälligt oskadliggöra Emir på det här sättet.

Samtidigt: *om omständigheterna kräver det får polisen skjuta direkt mot överkroppen.*

Ändå kunde hon inte skaka av sig känslan att Murells order hade med något annat att göra, något personligt: Emir Lund var det levande beviset på polisens slarv, och i slutändan var det slarvet Murells ansvar. *En okonventionell metod*, hade det hetat. De hade skickat in A:s man för att rädda EBH. De hade litat på A:s man. Ett oförlåtligt misstag. Men Murell själv, Svensson och analytikerna skulle knappast springa till media med den informationen. Med andra ord: om Emir försvann fanns det ingen utomstående som kunde berätta om deras galna klantighet.

Murell hade sagt att hon och Arthur skulle få en ny »uppgift«. Nu förstod hon vad han menat: om det fanns någon plats i Sverige som var laglös, så var det den *här*. Om det någon gång skulle gå att komma undan med en utomrättslig avrättning, så var det *nu*. Herman Murell såg det här som en chans att mörklägga hela skiten.

Chefen var lugn på rösten när han talade. »Fredrika Falck. Du ska skjuta Emir Lund. Det är en order.«

Fredrikas armar var långt ifrån stadiga längre, pistolen skakade, hennes händer fladdrade som en gammal människas.

En order. En bra polis följde order.

Men vad följde en *god* polis?

Hon hade inte skjutit på torget – det var då allt hade börjat.

Murells röst var mörk. »Fredrika, gör inte om samma misstag. Skjut honom.«

81

Vattentornet låg inte långt bort nu, femtio meter bara.

Nova hade sprungit mer de senaste timmarna än i hela sitt liv sammanlagt, kändes det som. Hon var ändå i ganska bra form, hann hon tänka innan nästa tanke svepte över henne: vad i helvete sysslade hon med egentligen? Hennes syster var säkerhetspolis, hon var kompetent, genomtänkt, professionell. Nova däremot – hon *behövde* inte vara här. Hon kunde gå tillbaka, Fredrika skulle klara ut det här själv.

Då såg hon att metalldörren i vattentornets mittpelare var öppen.

Fyra trappsteg i taget.

Ju högre upp hon kom: var hon verkligen rätt person för det här? Var hon tillräckligt stark? Det hade alltid varit samma historia.

När hon dykt upp första dagen efter jullovet i mellanstadiet med ett par Balenciagasneakers hade två tjejer som tidigare aldrig ens tittat åt hennes håll kommit fram och frågat om hon ville hänga efter skolan. Senare, i högstadiet, hade kommentarerna från de andra tjejerna om hennes bröst, kommentarerna från killarna om hennes ofta skiftande hårfärg, kommentarerna från hennes pappa om hennes överarmar regnat över henne. Hennes kropp, hennes utseende: alltid i andras fokus, men framför allt i hennes eget. Hon sminkade sig i hemlighet framför telefonen redan som nioåring, när hon var tretton drömde hon om att göra ett nose job, när hon fyllde sjutton hade hon redan petat in så mycket Retyx att de från hennes gamla klass i högstadiet inte längre kände igen henne. Sedan hade hon blivit influencer och allt hade blivit teater. Allt hade handlat om yta, i hela hennes liv.

Men nu, när hon var på väg uppför trappan i ett vattentorn i Järva särområde, visste hon att det hon skulle göra inte var fejk. Det hade inte heller att göra med yta. Hon skulle hjälpa sin syster, på riktigt. Göra något som betydde något.

Ljuset högst upp i trappan anades innan hon såg den öppna luckan mot taket, och innan hon hörde rösterna. Hon såg en kvinna bakifrån på de översta trappstegen. Det var Eva Basarto Henriksson, den kidnappade ministern.

Nova trängde sig förbi.

Taket var större än det sett ut nedifrån. Och mitt på det stod Fredrika i slöja med en pistol riktad mot en man som såg ut som om han var mer död än levande. »Emir, du är en terrorist«, sa hennes syster till mannen.

Längre bort låg en man med blodigt fejs och bakom honom stod en liten kille på knä som såg ut som om han skulle börja tjura.

Bakom Fredrika kom hennes kollega upp, Nova kände igen honom från videosamtalet hon ringt till sin syster i går.

Men hon insåg något annat också: Hälsningen på kortet hon fått med sig från Agneröd, kortet hon bränt upp: *Kamrat! Tack för att du stödjer kampen.* Hon såg männen framför sig: de som gjort Hitlerhälsning – den ena hade varit William Agneröd själv.

Nu visste hon vem den andra var.

Polismannen på taket bredvid hennes syster.

Mullvad. Infiltratör. En fara för Fredrika.

82

Han kände inte de här människorna.

Eva var minister från något parti som han inte ens kunde namnet på, en representant för ett Sverige som inte gjort annat än att pissa på honom de senaste tjugosex åren.

Två var grisar som inte var något annat än just det, *enemies* till alla som han. De var människor utan heder, smutsiga ända in i själen – de hade torterat Rezvan.

Den sista var Isak – Emir hade trott att han kände honom.

Och nu dök en tjej upp som han faktiskt visste vem hon var: det var influencern Novalife. Hon var skumt lik Fredrika, insåg han.

Emir hade ingen anledning att bry sig om någon av de där mammaknullarna, han hade gjort sin grej – räddat ministern. Och han hade sänkt Isak – knockat honom som om det var match.

Fast just nu pekade en svart mynning honom i fejset.

Ett störande *noise* steg någonstans ifrån.

Han slöt ögonen. Om Fredrika ville döda honom fick hon göra det. Han hade ändå inte långt kvar att leva. Han hade överlämnat allt han hade till Mila.

Vätskan i lungorna skulle dränka honom inifrån. Det skulle bli hans egen interna *waterboarding*. Han kom ihåg den där gången när han satt en godisbit i halsen och Isak dunkat honom så hårt i ryggen att den flugit ut som en pistolkula. Då var nu, nu var då. Inget handlade om godis längre.

Lungödem.

Han hade haft pissdåligt med para. Och han hade en dotter. Skadeståndet han betalade av på varje månad var stort. Men det var annat också. Maten hade blivit svindyr de senaste åren, Hayat sa att det var klimatförändringarnas och befolkningsökningens fel, käket höll på att ta slut i stora delar av världen. Priserna pressades upp även i Sverige. Och hyrorna var galna. Morsan sa att lägenheterna i Rinkeby hade sålts av jätteägaren Torbjörn Andersson till ett amerikanskt riskkapitalbolag, Blackstone, som höjt hyrorna med över hundrafemtio procent de senaste två åren. Torbjörn Andersson tjänade mer än en miljard på affären, men lägenheternas skick var så dåligt att möglet växte som skogar på väggarna.

Men framför allt var det Lilly som pressade honom.

En del av honom betalade mer än gärna, han hoppades varje gång att pengarna på något sätt skulle vara bra för Mila. En del av honom visste att det var bullshit – Lilly rökte upp cashen.

MMA:n däremot gick bra, Emir tränade ungdomarna sex gånger i veckan, körde pt-träning med några svennar lika ofta och hade bra spons på kläder och alla anmälningsavgifter, men det han drog in var ändå för lite. Och det var före skatt.

Hayat hade tagit ett jobb utan lön för att få göra AT-praktik. Hennes föräldrar gnällde. »De är reaktionära, de vet vad jag tycker, men så fort du och jag blir seriösa kommer allt vara lugnt.« Emir visste inte vad hon menade med reaktionära men däremot hade han full koll på vad seriösa betydde: han måste gifta sig med henne – och det var just vad han hade planerat. Han tänkte fria mycket snart.

Så nu behövde han cash för ett bröllop också. Kronofogdemyndigheten hade hotat att försätta honom i personlig konkurs om han inte betalade det han låg efter med, och MMA-klubben sa att han inte fick tävla om han gick i personlig kk. Hayat sa att det var ett moment 22. Emir sa att det var mord genom ångest.

Lilly sa att hon sket i vilket. Ville han träffa Mila var det bara att casha upp.

Vad skulle han göra?

Det luktade brottarrumpa och billig duschtvål i omklädningsrummet. Emir älskade i vanliga fall den doften, men inte nu. I dag stack den i näsan.

Isak flyttade sig nära, deras armbågar nuddade varandra. »Jag har fått in ett erbjudande.«

»På vad?«

»Det som vi snackade om förra veckan. Din kommande fight mot Djuret Donetsk.« Isak stirrade in i hans ögon. »Matchfixning, bror.«

Emir ryckte till, drog sig bort. »Jag sa till dig att jag inte vill göra just den, den vill jag vinna.«

»Jo, du ska vara med. De erbjuder fyrahundra lax för en förlust.«

Det här var ett skämt.

Samtidigt: det skulle räcka för ett bröllop och bli mycket över till Mila.

Det var ett moment 22, eller vad det hette.

Han tackade ja.

Han blev kvar på sjukhuset i över en vecka efter matchen. Läkarna sa att han kanske skulle drabbas av långvariga symptom på grund av skadorna Djuret gett honom – de kunde skita på sig.

Isak plockade upp honom i sin Toyota. De åkte ner på stan, Isak ville muntra upp honom, och Emir själv – han ville bara glömma. Han kunde knappt gå rakt, njurarna gjorde fortfarande svinont, samtidigt var han som i en seg weedpsykos: hög på Tramadol och Axoparzan.

Stockholm city: en plats där Emir i vanliga fall inte satte sin fot. Allt kändes främmande, husfasaderna såg så olika ut att han blev snurrig i pallet, ingen klädde sig i mjuka kläder, alla verkade vara på väg till catwalken.

Men vissa hade känt igenom honom från matchen, han visste inte att han var så stor bland innerstadsfolket. Eller snarare: att han varit stor.

Alla hade sett Yuri Djuret Donetsk slakta honom i octagonen.

Alla hade sett honom ta emot slagen mot bålen.

Ingen visste att han fått betalt för att förlora.

Någon tisslade bakom hans rygg. Någon annan fotade honom på avstånd. En pajas i dörren på nattklubben hånlog honom rakt i ansiktet och sa: »Du har en dotter, eller hur? Hon måste skämmas nu när hennes pappa är en föredetting.« Emir skallade kuksugaren i fråga så att han flög två meter, sedan kastade han sig fram och matade slag på slag, tills dörrvakterna drog bort honom – han gjorde det han egentligen borde ha gjort för en vecka sedan med Djuret Donetsk.

Advokat Nikbin mötte honom i besöksrummet på arresten nästa dag.
»Har du hört den här då: Varför gjorde bajskorven en polisanmälan?«
»Vet inte.«
»Den hade blivit utpressad.« Nikbin slutade skratta fortare än vanligt.
»Oroa dig inte, Emir, eftersom målsäganden provocerade dig kan jag få ner straffet.«
»Har du pratat med Hayat?«
»Tyvärr inte.«

Två veckor senare körde de huvudförhandling. Mamma satt på åhörarplats, Emir erkände att han slagit snubben, men berättade också ganska nära sanningen om vad som hänt: att han nyss skrivits ut från sjukhuset och gått på smärtstillande på grund av skadorna under matchen, att snubben provocerat honom.
Hayat var inte där.
Efter att rätten avkunnat domen – Emir fick ett år – gick mamma fram och omfamnade honom. »Jag dömer dig aldrig«, viskade hon.
»Förlåt, jag är en idiot som slåss.«
Hon skakade på huvudet. »Det var inte det jag menade«, sa hon. »Jag menar att jag inte dömer dig för att du inte slogs.«
Mamma visste.
Hon visste att han hade sålt ut sig själv.

Hayat hade han inte fått tag på. Hon vägrade svara även när advokat Nikbin försökte ringa henne. Hon lyfte inte på luren när Emir ringde från fängelset heller. Hon svarade inte ens på breven han skrev.

Efter några veckor kom ett meddelande från Nikbin: Jag fick en bag med grejer i dag, kläder, telefon mm från Hayat. Hon vill inte ha något som hon har fått från dig.

Emir hade lovat henne att sluta med brott.

Allt var hans eget fel på något sätt. Hayat hade ett bra jobb, ett bra liv – och hon hade bott i *samma* område, gått i *samma* klass, som han. Hennes familj hade också varit fattig.

Eller var det mammas fel, för att hon hade brytt sig mer om annat? Gått på möten, träffat massa människor, planerat aktioner och demonstrationer. Det slog honom nu: han hade lika liten aning om vad hon sysslat med de senaste åren som hon hade om honom. Samtidigt visste han att det inte var hennes fel heller, han hade ändå styrt över sig själv sedan han var i elvaårsåldern. Han hade aldrig orkat bry sig, förutom om MMA:n, tills den gick som den gick. Det kanske var där felet låg: hans ork, hans kapacitet.

Han öppnade ögonen igen och gjorde en sista ansträngning för att säga något.

Pistolen som riktades mot honom skrämde honom inte längre.

»Jag har ingenting med Rörelsen att göra«, sa han.

Han hörde hur svag han lät.

83

Fredrika var många saker: kvinna, svensk, stockholmare, träningsnarkoman, singel, djurvän – men det som definierade henne var att hon var polis. Hon hade velat bli en del i det hårdaste teamet i Sverige, det var därför hon var här.

Poliser måste lyda order, annars skulle kaos bryta ut, inget skulle fungera – *hon* skulle inte fungera. Och om hon inte lydde order var hon inte rätt person för det här yrket.

Nu hörde hon inte Murell i sitt öra, hon hörde inte heller vad Arthur ropade. Det såg ut som om Emir försökte säga något också, men oljudet i bakgrunden släckte alla ljud – det var helikoptern som närmade sig.

Och nu stod hennes syster här.

Vad var det som hände egentligen?

Kanske var det oundvikligt. Sverige hade varit ett unikum i decennier, men det var omöjligt att motstå konflikter för alltid. Det var logiskt egentligen: Sverige var inte annorlunda än resten av världen – så man hade varit tvungen att bygga en mur runt problemen, runt dem som förstörde stabiliteten. Ändå insåg hon nu att de haft fel. Lojaliteten omfattade hela Sverige. Det här området var också hennes ansvar.

Emir var hennes ansvar.

Hon spände armarna, kramade långsamt avtryckaren. Hon förstod inte vad Nova plötsligt gjorde här, men det spelade ingen roll. Fokus nu var Emir Lund.

Hon såg hans bröstkorg i siktskåran. Sköt hon nu skulle han dö.

Hon kunde med ens urskilja vad Nova skrek. »Du behöver inte.«

Jo, hon måste skjuta honom.

»Skjut inte, Fredrika«, ropade Nova.

Fredrika lättade en millimeter på avtryckaren – vad menade hon?

»Det är fel person«, vrålade hennes lillasyster genom helikopterljuden.

Fredrika förstod fortfarande inte.

Hon pressade in avtryckaren ytterligare en millimeter.

Men så lättade hon på trycket, tog bort sitt pekfinger. Stirrade på Emir, som försökte säga något till henne genom rotorbladens oväsen.

Arthur tog tre steg fram.

Han plockade upp Sig Sauern som Emir lagt ner på taket och osäkrade den i en och samma rörelse.

Först sköt han Isak, sedan sköt han Emir i hjärtat.

84

Oljudet hade egentligen redan hörts när hon stannat nedanför vattentornet, och det hade varit ännu starkare när hon kommit upp på taket och sett Fredrika vara på väg att sätta en kula i en främmande man.

Nu var två män skjutna i bröstet av den andra polisen, som Nova fortfarande inte visste namnet på, men däremot visste annat om.

Dånet ökade. Helikoptern hovrade ovanför vattentornet nu. Vinddraget från de enorma rotorbladen gjorde alla rörelser osäkra, som om man riskerade att blåsas bort.

Nova ville skrika till sin syster att det var hennes poliskollega som var faran, att Fredrika måste avväpna honom, stoppa honom på något sätt, men hennes röst drunknade i oväsendet.

Grabben som stått bredvid Emir hade kastat sig fram för att få liv i honom. Eva Basarto Henriksson hade också sprungit bort till honom.

Varför hade Fredrikas kollega skjutit dem och vem var Emir?

Nu drog kollegan i ministern, han ville uppenbarligen få med henne upp i helikoptern.

Fredrika såg bara perplex och förvirrad ut.

Helikoptern sänkte sig långsamt, tills den bara befann sig någon meter ovanför vattentornets tak.

Sidodörren öppnades. En polis i full insatsuniform satt där, han hoppade sista biten ner till taket, rörde sig snabbt mot ministern.

Nova kunde inte höra vad som sas, men hon kunde se. Ministern gestikulerade, hon var upprörd över något. Varken insatssnuten eller Fredrikas kollega verkade bry sig, de bara knuffade henne framför sig mot repstegen som kastats ut från helikoptern.

Nova klev fram till Emir. Han låg bredvid den andra mannen som Fredrikas kollega skjutit.

Pojken var fortfarande böjd över Emir. Tårar i ögonen. Kulhålet i Emirs T-shirt såg förvånansvärt litet ut, hans ansikte var fortfarande spänt, ögonen slutna.

Ministern började klättra uppför stegen, tätt följd av insatspolisen och Fredrikas kollega.

Fredrika klev fram, hennes hästsvans stod rakt ut i vinden. Hon satte händerna runt munnen, böjde sig mot Novas öra: »Jag vet inte vad du gör här eller varför du sa åt mig att inte skjuta, men följ med i helikoptern.«

Nova måste förklara. »Det är ett misstag«, skrek hon tillbaka. »Han som sköt är den du måste gripa.«

Fredrika drog bak huvudet, granskade henne, hon hade uppenbarligen hört vad hon sagt.

Solen brände på samma sätt som den hade gjort dagarna före regnet, fast i vinden från rotorbladen kändes den knappt.

Nova försökte igen. »Din kollega är en terrorist.«

»Vem? Arthur?«

»Ja, din kollega som sköt. Ministern får inte åka med honom.«

Nova vände sig mot helikoptern, insatspolisen och Arthur klättrade precis in, ministern satt redan därinne någonstans.

»Jag förstår inte vad du pratar om. Kom med nu.«

Nova böjde sig ännu närmare sin systers öra och ropade: »Lyssnar du inte på mig? Arthur är terrorist.«

Helikoptern hovrade två meter över taket nu, dess dörr var öppen, och repstegen hängde fortfarande ut – den väntade på Fredrika och kanske på henne också.

»Titta själv«, sa Nova och pekade.

Det var för sent.

Fredrika tittade upp.

Snabba rörelser, människor som slogs. En kamp i helikoptern.

Arthur såg ut att ligga över insatspolisen. En svart kniv skymtade i hans hand, han rörde den i ursinniga hugg.

Fredrika blev vit i ansiktet.

Hon kastade sig mot repstegen.

Arthur pressade insatspolisen mot öppningen däruppe.

Polisens huvud lollade fram och tillbaka.

Rotorbladens dån.

Våldets stumhet.

Arthur tryckte ut insatspolisen: han föll, tre meter ner – han landade rakt framför Nova och Fredrika. Blodig över magen, han flämtade.

Kvar däruppe var piloten, Arthur och Sveriges inrikesminister.

Helikoptern guppade. Den såg ut som en humla, fast en som tvivlade på att den kunde flyga.

85

Han låg högt över sitt område. Skjuten i hjärtat. Livet försvann. Samtidigt: livet rann *igenom* honom.

Bilderna passerade snabbt, ändå hann han uppfatta dem. Första gången han fått träffa Mila, hur Lilly lyft över henne till mamma som sedan räckt henne till Emir. Han hade bara stått där, hållit Mila tätt mot sitt bröst, försiktig med att ens andas för hårt, som om hon vore en nyfödd baby. Men Mila tittade upp efter en stund, hon var trots allt ett år gammal redan. Hennes ögon var frågande, sedan log hon och pekade. Emir följde hennes finger. Det riktades mot kakorna som mamma bakat och som stod på bordet. Mila visste vad hon ville ha i livet. Hon var värd mer.

Emir satte sig upp, han var inte redo än.

Innan snutarna kommit hit hade han öppnat ryggsäcken som Rezvan snott av grisarna. Förutom pistolen fanns det något annat där: snutens skottsäkra väst. Rezvan hade försökt ta den på sig, men den var alldeles för stor och tung, så i stället hade Emir själv haft den på sig under T-shirten. Kulan hade penetrerat västen och touchat hans bröst, inte mer än så, det var inget farligt. Det gjorde sjukt ont – men han skulle inte dö av *det*. Han hade redan så ont överallt ändå.

Han reste sig upp, kroppen värkte på ett sätt han aldrig upplevt förut. Allt i honom kändes som om det skulle gå sönder.

En komedi: han var en död som återuppstod – ändå fick han inte andas ordentligt. Isak låg skjuten bredvid honom.

Fredrika var sjuk i huvudet, men snuten som klippt honom – han hette tydligen Arthur – var värre. Arthur var en tvättäkta gris.

Novalife hade skrikit till Fredrika om Gris-Arthur, och nu kastade grisen ut folk ur helikoptern. Nästa person som skulle slängas ut var Eva.

Och grejen var: Emir gillade Eva.

Hans andetag: visslingar nu.

Helikoptern var kvar några meter ovanför vattentornet, den hade inte lämnat än.

Då exploderade hans hjärna, en huvudvärksattack slog till med full kraft – hans andra förbannelse. Han flämtade till.

Han borde lägga sig ner på taket. Försvinna bort i huvudet igen. Han var träffad i bröstet. Han borde vara död, precis som Isak.

Den utknuffade insatssnuten stirrade på honom. Nova glodde, och Fredrika såg bara bortkommen ut.

Helikopterjäveln steg långsamt, repstegen dinglade som ett ospänt bälte under den.

Emir hade inte pallat att hoppa över taket tillsammans med Abu Gharib, det var därför han hamnat här. Det enda han egentligen hade vågat i livet var att slåss i octagonen, och inte ens det hade han klarat av. Han hade skämts varenda sekund sedan dess.

Så han tog sats. Sprang över vattentornets tak. Varenda steg var den största ansträngningen i hans liv. Huvudet exploderade. Helikoptern var ungefär fem meter upp. Han kastade sig ut. Repstegen hängde fortfarande ner några meter under den.

Han fick tag om den. Armen höll på att gå av, ändå fick han upp sin andra hand också. Han dinglade – sedan tog han tag om nästa pinne på stegen, och nästa.

Han fick upp ena benet, han började klättra. Repstegen svängde som en piska, men Emir tänkte aldrig släppa taget.

Vattentornets tak var fortfarande under honom: Fredrika, Rezvan, Nova och den skadade insatssnuten blickade uppåt.

Han klättrade in i helikoptern.
Där i cockpiten: Gris-Arthur mot piloten.
Eva bara skrek, och såg ännu mer chockad ut än när Emir räddat henne förra gången. Han kastade sig fram, tog tag i grisens axlar bakifrån, slet bort honom.
Piloten sparkade till Arthur.
Helikoptern krängde och gungade, ingen styrde den nu.
Emir tog tag i Evas hand, ropade: »Vi måste hoppa.«
Det var långt ner.
Det var kanske *för* långt.
De höll varandra i händerna.
Evas hår fladdrade.
Vattentornet kraschade in i dem. Han kände inte ens om han bröt benet eller ryggen. Han visste bara att smärtan sköt upp i honom som spjut.
Inget syre. Hans huvud gick sönder.
Sedan tittade han upp. Helikoptern rullade runt, utom kontroll.
Rotorbladen vevade. Den låg på sned i luften, på väg nedåt.
Som en skadad insekt. Den föll.
Tumlade.
Nedåt.
Den kraschade rakt in i trevnadsdelaren.
Ljudet slog emot Emir som ett slag i ansiktet, men han var ingen som brydde sig om slag längre.
Han var ingen som brydde sig.
Han var ingen.
Jo, han var någon.

Epilog

16 juni

»Det gläder mig att i alla fall någon lyckats undkomma gamarna.« Murell stängde den så kallat tysta dörren bakom Fredrika. »Det är inte bara konspirationsjournalisterna som är intresserade nu.«

Murell hade rätt, Fredrika hade bott på hotell de senaste dagarna och konsekvent hållit sig på rummet, förutom två besök på Kungsholmen för avrapportering och förhör.

Media verkade ännu inte ha fått reda på att Emir Lund skickats in i området av Säpo själva. Hon förstod att Murell var nöjd.

Observationsrummet var dunkelt, utredare och analytiker kunde iaktta vad som hände i det angränsande förhörsrummet utan att själva synas och höras. Tre stora skärmar visade rummet från olika vinklar och en fjärde brukade visa en närbild på den misstänkte.

Bredvid Murell stod Hjärnan Svensson, som faktiskt också såg nöjd ut. Faktum var att det nog var första gången någonsin som Fredrika sett henne med ett någorlunda avslappnat ansiktsuttryck.

»Vi vill att du ska vara med vid det här förhöret. Din syster kommer säkert att nämnas«, sa Svensson och drog fram en stol. Hennes ljusa hår var välkammat och Fredrika kunde inte tolka hennes lugn på något annat sätt än som ett erkännande. Svensson hade varit emot hennes involvering hela tiden – men nu hade hon uppenbarligen bevisat sig i Kontraterrorismchefens ögon. Var det vad Fredrika gjort mot Strömmer som gett henne ny status?

Murell drog för gardinerna. Rummet var spartanskt inrett: några fåtöljer, inspelningsutrustning och en låda med leksaker – härinne hölls tydligen barnförhör ibland.

På skärmarna syntes förhörsrummet med kaffetermosen och vattenkaraffen framställda. Fredrika visste att vissa advokater kallade det där rummet för *mysgrottan*.

»Då säger jag till om att de kan sätta i gång«, mumlade Murell.

De såg hur dörren till förhörsrummet öppnades och William Agneröd leddes in av två muskelsnutar. Miljardärens huvud hängde, Fredrika kunde inte se hans ansikte. Hon undrade om han skämdes. Agneröd åtföljdes av sin advokat och två poliser, en av dem var förhörsledaren i det här ärendet.

»Vill du ha kaffe?« frågade förhörsledaren när Agneröd blivit av med handbojorna.

Miljardärens ansikte var fortfarande vinklat mot golvet, det såg ut som om han darrade när han skakade på huvudet. Eller var det bara på skärmen det såg ut så?

»Då så, då slår jag på inspelningen«, sa förhörsledaren.

Agneröd sa ingenting.

»Det här är andra förhöret med William Agneröd, det är den sextonde juni och klockan är tretton trettio. Jag har tidigare delgivit förhörspersonen misstanke om medhjälp till terroristbrott, medhjälp till mord, medhjälp till försök till mord och stämpling till mord. Agneröd har nekat till samtliga brottsmisstankar.«

Fredrika visste vad misstankarna innefattade. *Medhjälp till terroristbrott* rörde att Agneröd med råd och dåd främjat gruppen Svenska frihetsfronten, SFF, i dess planläggning. *Medhjälp till mord* gällde mordet på Simon Holmberg. *Medhjälp till försök till mord* handlade om skottet som missat Basarto Henriksson och i stället träffat kollegan Niemi på torget. *Stämpling till mord* gällde A, det vill säga att de förberett att döda A, genom att bland annat ta reda på A:s egentliga identitet.

Det var allmänt känt att Arthur, och tyvärr även piloten, hade omkommit omedelbart när helikoptern kraschat, men Murell hade berättat för Fredrika vad som dessutom var klarlagt: Arthur hade också ingått i den nynazistiska konspirationen. Deras plan var att mörda Eva Basarto Henriksson på nationaldagen. Därefter hade de planlagt att mörda A, i hopp om att detta skulle utlösa något som de kallade *Det heliga raskriget*. Arthur skulle ha skjutit ministern mitt under talet för största möjliga visuella effekt, men på grund av kravallerna hade det i stället varit kollegan Niemi som blivit träffad.

Hur han hade tänkt komma undan med attentatet var svårt att förstå, men antagligen hade det inte ens varit planen – Arthur ville bli martyr, en högerextrem *shahid*. Men han hade inte stannat upp trots misslyckandet. Komplotten fortsatte. När Simon Holmberg kontaktat ett antal tidningsredaktioner för att diskutera innehållet på minnesstickan hade någon någonstans – fortfarande okänt på vilken tidning – avslöjat detta för SFF. Då hade Arthur agerat igen, och attackerat Simon. »Exakt hur allt gick till klarnar nog snart«, konstaterade Murell.

Själva kidnappningen av ministern var en helt annan historia. Det verkade faktiskt som om Roy Adams och hans soldater mer eller mindre tagit chansen när de fått den och fört med sig Eva Basarto Henriksson på »ren uppstuds«, som Murell uttryckte det. Inget tydde hittills på att kidnappningen varit välplanerad. Det ministern själv berättade om hur de flyttat runt henne mellan olika källarförråd talade för ett amatörmässigt upplägg. Frågan om i vilken mån Rörelsen styrt galningen kvarstod emellertid. Roy Adams hade de inte kunnat hitta, trots att Polismyndigheten till och med gått ut med en prissumma för tips som ledde till hans gripande. Kanske skulle de få svar från annat håll snart. De hade Hayat Said.

De hade också förstått hur information från Säkerhetspolisen hamnat i ett stort antal av bilagorna på minnesstickan – det gick att se hur Arthur loggat in med falsk inlogg i olika utredningar och helt enkelt kopierat informationen. Antagligen var det han som skickat sammanställningen om A och attentatet mot EBH, men Murell var inte helt säker. »Vi kan ha fler mullvadar i vår organisation«, mumlade han. »Sådant måste vi alltid vara vaksamma på.«

William Agneröd var elefanten i rummet. Hans faktiska inblandning i hela konspirationen var oklar, i varje fall för Fredrika, men han var en av världens mest förmögna personer och det gjorde allt tusen gånger mer känsligt. Förhoppningsvis kunde just det här förhöret bringa klarhet.

Murell berättade också att de kunnat se att Arthur skickat meddelanden till Ian när Fredrika varit hos honom i Tallänge:

Arthur hade varnat hennes gamla vän, avslöjat att hon sökte efter Strömmer. Både Ian och Strömmer satt nu häktade.

Det var så sjukt det kunde bli.

Förhörsledaren böjde sig fram över bordet: »Jag frågar dig i dag igen, William. Hur ställer du dig till misstankarna?«

Agneröds advokat satt bakåtlutad och blängde på förhörsledaren med ett självsäkert uttryck. Agneröd tittade fortfarande ner utan att svara, men Fredrika kunde tydligt se hur hans huvud skakade som på en mycket gammal människa.

Förhörsledaren stretchade nackmusklerna. »Du har rätt att tiga. Men eftersom du är tyst frågar jag dig igen: erkänner du eller förnekar du?«

William tittade upp, det var första gången Fredrika såg honom framifrån. Skärmens bildkvalitet var god, det kändes som om hon satt i rummet, som om hon såg varenda rynka och por i miljardärens ansikte. Agneröd såg trött ut, han var både röd i och under ögonen. Fredrika undrade om han hade gråtit eller om han fått någon form av utslag. Sedan öppnade han munnen, hans röst lät ansträngd, som om den kom från en kraxande tonåring som just kommit i målbrottet. »Jag förnekar brott.«

Nu var det advokaten som lutade sig fram. »När vi är klara med er«, fräste han till förhörsledaren, »kommer ni inte bara att ha lagt ner det här ärendet, ni kommer också att ha drabbats av det högsta skadeståndet någonsin i svensk rättshistoria. Jag vet att ni är medvetna om vem William är. Men jag tror inte att ni har förstått omfattningen av den skada ni åsamkar honom och hans företag.«

Förhörsledaren verkade oberörd. »Vi är fullt medvetna. Jag hoppas att William är medveten om vilket straff han riskerar om han döms.«

Advokaten fnyste. »Vi vet allt det där. Men den stämningsansökan som jag inom kort kommer att inge innefattar inte bara ett skadeståndskrav. Du kommer personligen att få stå till svars. Och även din chef Herman Murell.«

Förhörsledaren nickade långsamt, han var ett proffs.

»Jag tänkte presentera några nya uppgifter för dig, William.«

Förhörsledaren lade upp en minnessticka på bordet mellan dem. Fredrika kände direkt igen den, det var den som hennes syster hade stulit. »Vet du vad den här innehåller?«

Agneröds pupiller blev större. »Nej, den har jag aldrig sett.«

»Är du säker?«

»Ja.«

»Helt säker?«

»Ja, aldrig sett.«

»Jag har printat ut innehållet här«, sa förhörsledaren och sköt fram några papper.

Advokaten böjde sig längre fram och började bläddra i dokumenten.

Förhörsledaren konstaterade: »Det här är ett antal promemorior, angående dels hur SFF avsåg att mörda inrikesministern, dels hur de har tagit reda på A:s verkliga identitet och tänkte mörda även henne. Det mesta av materialet avseende A kommer från Säkerhetspolisen.«

»Hur kan ni veta att informationen kommer från Säpo?« undrade advokaten.

»Exakta formuleringar från våra egna databaser återfinns i materialet.« Förhörsledaren drog tillbaka dokumenten till sin sida av bordet. »Har du någon kommentar till de här dokumenten, William?«

Agneröd skakade på huvudet.

»Då kan jag informera dig om att den här stickan låg i ett kassaskåp i ditt hus i skärgården. Har du någon kommentar till det?«

Agneröd var tyst en stund. Sedan rosslade han fram ett svar. »Det är lögn.«

»Vi har ett vittne som berättat att hon tog det därifrån.«

»Vem då?«

»Hon heter Nova Falck.«

»Influencern?«

»Hon har arbetat som influencer, ja.«

»Vad har hon för bevis?«

Advokaten såg nöjd ut med Agneröds egna motfrågor, men förhörsledaren såg ännu nöjdare ut. »William, stickan innehåller mejl som har skickats till dig.« Han lät påståendet sjunka in innan han tillade: »Har du någon kommentar till det?«

Agneröd andades tungt nu. »Det är också lögn. Jag har massor av assistenter som tar hand om mina mejl. Jag har ingen aning om all skit som skickas till mig.«

»Men varför finns dina fingeravtryck på stickan då?«

Agneröd skakade bara på huvudet.

Advokaten bröt in: »Det är inte Williams sak att spekulera i det.«

Förhörsledaren tog upp nya dokument ur sin portfölj och lade upp dem på bordet. »Då kan jag informera dig, William Agneröd, om att vi också har bedrivit hemlig telefon- och rumsavlyssning av dig de senaste dagarna, liksom av de samtal du har ringt och tagit emot på din krypterade telefon. Har du någon kommentar till det?«

Fredrika älskade den här förhörsledarens lugna stil.

Agneröds pupiller blev stora som enkronor. »Alltså, jag menade inte«, stammade han, innan advokaten återigen avbröt: »Jag tror att det är dags för mig och min klient att ta en paus och talas vid i enrum.«

Nu log förhörsledaren för första gången. »Det ska ni naturligtvis få göra, men innan dess vill jag säga följande till dig, William. Vi har den bevisning vi behöver för att kunna få dig fälld på samtliga punkter. Jag säger det här med full trygghet, inte för att jävlas, utan för att informera dig om bevisläget.«

Advokaten ställde sig upp. »Du försöker skrämma min klient. Vi kommer att stämma skiten ur er. Har ni fortfarande inte förstått vem William Agneröd är?«

Förhörsledaren fortsatte le, milt som en barnmorska – begreppet *mysgrottan* kanske inte var så fel ändå. »Jag har redan förklarat att vi vet vem William är, och vi har ett förslag. Vi har ju fått nya lagar om kronvittnen, de känner advokaten väl till. Så när vi lämnar er här för att prata enskilt så ska du överväga följande, William. Du kommer att få livstids fängelse om du döms, men om du går med på att vittna mot de andra i det här ärendet behöver du bara sitta ett år. Det är det valet du har: att sitta resten av ditt liv i fängelse eller att hjälpa mig att få de andra fällda.«

Det såg faktiskt ut som om det kom tårar ur Agneröds ögon. »Om jag hjälper dig«, viskade han. »Slipper jag mer av er behandling då?«

Murell skrattade till. »Jag älskar det nya Sverige«, mumlade han.

Fredrika ställde sig upp. Tittade på Williams ansikte igen, vände sig sedan om mot Murell.

Chefen gjorde tummen upp. »Vi har lärt oss av dig«, sa han. »Det blir så mycket enklare då.« Han blinkade åt henne.

Fredrika ställde sig framför skärmen.

Waterboarding.

»Vad är det?« sa Murell.

»Jag kommer att anmäla det här.«

Svensson såg frågande ut, hon verkade inte förstå vad Fredrika pratade om.

Murell ställde sig mitt emot henne. Hans ansikte var stelt nu. »Du ska inte anmäla någonting.« Hans i vanliga fall murriga, mörka röst var klar och tydlig, vass och skarp. »Du har nämligen gjort samma sak. Vill du att det ska komma ut?«

Murell var inte den han brukade vara, eller så hade han kanske aldrig varit det. Men Fredrika visste att hon inte heller alltid hade tänkt som hon tänkte nu.

Hon vände sig om och klev ut ur rummet.

Den så kallat tysta dörren lät förvånansvärt högt när hon smällde igen den bakom sig.

Viktlösheten dövade henne.

Badkarets vatten hade varit för hett när hon steg ner, men nu hade det samma temperatur som hon, eller så var det hon som hade samma temperatur som det.

Hon tog djupa andetag, hon måste försöka komma till ro.

Hon hade drömt om att komma in vid Nationella insatsstyrkan. Nu skulle hon vara glad om hon ens fick vara kvar och vända papper någonstans.

Hon saknade Taco så mycket att det gjorde ont i hjärnan bara av att tänka hans namn.

Hade det varit värt det?

Hotellet hade ställt in ett luktljus – det var någon doft som skulle bidra till mentalt lugn. Hon trodde inte att det skulle fungera, men lågans lätta fladdrande skapade ett rörligt skuggspel på väggarna – det distraherade henne. Ändå återkom ett ord hela tiden i hennes huvud.

Helvete.

Hon var ensam i det här, hon hade ingen att prata med.

Hon skulle få sparken, dömas för tjänstefel. Hon hade anmält sin högsta chef.

Hennes hund hade mördats.

Hon var medansvarig för att ha hjälpt A:s egen man att söka upp ministern. Sju poliser hade dött.

Ett ansikte dök upp: Rezvans. Hon tyckte synd om sig själv för många saker just nu, men när hon tänkte på honom kände hon annorlunda: hon *äcklades* av sig själv.

Hon slöt ögonen och lät huvudet sjunka ner under vattnet. Det brusade i öronen, undervattensljuden hade en egen klang.

Hon hade slutfört sitt uppdrag, Basarto Henriksson var hemma igen. Men många hade dött på vägen dit. Och hon hade inte stoppat Arthur från att tortera ett barn.

Det började banka i bröstet, ändå stannade hon kvar på botten av badkaret.

Hon kanske borde byta sida? Rörelsen slogs ändå för principer som alla sunda människor kunde ställa upp på. De använde våld, men det gjorde polisen också – som representant för ett samhälle som helt tappat greppet. Om polisyrket handlade om lojalitet med Sverige och Sverige hade fallit, vad fanns då kvar?

Helvete.

Fingrarna började röra sig mot kanten av badkaret, de hade en egen vilja och ville dra henne upp. Hon tvingade sig att ligga kvar.

Stjärnor syntes framför ögonen. Hon måste få luft. Hon måste upp. Ändå lät hon kroppen vara tung.

Kanske behövdes en total omdaning, en revolution.

Hon såg vita prickar, pulsen dunkade i öronen.

Hel-ve-te.

Då hörde hon ett ljud, ett burkigt skall från världen ovanför ytan. Det var Taco. Hon hallucinerade, men skallet lät så verkligt, som om Taco stod på badrumsgolvet precis bredvid badkaret.

Hon kastade sig upp ur vattnet, drog efter andan, hostade. Luft var det hon behövde. Hon ställde sig upp. Dropparna klirrade i badkarsvattnet.

På kakelgolvet stod en liten schäfervalp. Den såg bara glad ut, och den var på riktigt.

Bakom hunden stod Nova.

Fredrika drog djupa underbara andetag.

Både morgonrocken och badtofflorna var fuktiga. Fredrika satte sig på sängen med valpen i knäet, han slickade henne på handen. Hon kliade honom bakom öronen.

Nova satt i hotellfåtöljen. »Du vill väl behålla honom?«

»Jag tror det. Han är lik Taco.«

»Vet du vad jag tycker att han ska heta?«

»Nej.«

»Burrito, eller möjligen Enchilada.« Nova log. »Och glöm inte boken.«

Fredrika tog upp den: Frans Kafka, *Processen*. Den hade hon inte läst, möjligen hört författarens namn.

»Det är chockerande att du ger mig en bok, i synnerhet en i papper.«

»Men den är bra«, sa Nova.

»Jag trodde inte att du läste.«

»Och jag trodde inte att du bröt mot order.«
»Någon gång ska vara den första«, sa Fredrika. »Tack, förresten.«
»För vad?«
»För att du kom in i området och hjälpte mig.«
Nova flinade. »*Räddade* dig, om jag får be.«

*

Brainys lokaler var inte pampiga på något klassiskt sätt, men de andades ändå extrem framgång. I entrén hade de en skogsvägg som mer liknade ett utsnitt av Amazonas – eller i varje fall det som fanns kvar av Amazonas. Träden och bananplantorna klättrade mot taket femton meter upp, fjärilar fladdrade runt stora orangea blommor och högst upp skymtade några sengångare.

Entréns golv var gjort i sandsten som räddats från uråldriga IS-raserade tempel i Syrien och längst bort fanns en femton meter lång inomhuspool helt i glas med rött vitaminvatten. Några medarbetare plaskade omkring där: bakom den genomskinliga poolkanten såg deras kroppar brunaktiga och långsamma ut – men vattnet var tydligen fantastiskt för blodcirkulationen. De kanske var tvungna att ta igen sig efter för mycket tid i sin arbetsgivares uppfinning – det var känt att människor som tillbringade mer än tre timmar i Brainy löpte sju till åtta procent större risk än andra att drabbas av stressyndrom, utmattning och förhöjd hjärtaktivitet.

Gemma Swift, Visionary Officer för Sverigedelen, ledde Nova och Jonas genom kontoret. »*Mid Atlantic*«, hade hon själv sagt när Nova frågat vilken sorts engelska hon pratade.

De gamla mjukisbyxorna från gymnasiet var på igen, de var för sköna för att inte användas hela tiden.

Jonas var stressad. Nova förstod honom, saker och ting hade inte riktigt blivit som han tänkt sig, inte som hon tänkt sig heller, för den delen. Hennes ansikte hade synts oupphörligen de senaste dagarna i både gammelsociala medier och i Brainyanvändarnas huvuden. Hon hade till och med intervjuats av New York Times och Shoken

International – och nu hade alltså Brainy själva hört av sig. Men trots all uppmärksamhet var ekonomin fortfarande skral. »Om vi har tur erbjuder Brainy oss något med snabb betalning«, hade Jonas sagt.

Nova hade precis hälsat på sin syster. Hon kunde förstå att Fredrika ville gömma sig, i synnerhet om hon skulle kunna fortsätta jobba för Säkerhetspolisen, men hon kunde inte förstå varför hon verkade så deprimerad – hon hade ju lyckats med sitt uppdrag. Fast kanske visste Nova inte allt. Fredrika vägrade prata om vad som hade hänt i Tallänge, i särområdet, och vad som hände med William Agneröd.

Själv hade Nova redan träffat polisen flera gånger. Till en början hade de utdragna förhören varit plågsamma, men så fort hon erkänt att hon stulit stickan från William Agneröd på uppdrag av en person som pressat henne till det, hade stressen släppt. Nu blev hon polisens partner i stället, kändes det som. Det enda hon inte berättade var att hon kände till Guzmáns verkliga identitet – hon kallade honom bara för just Guzmán. Hon kunde inte förklara det själv – om det var för pinsamt med hela utpressningsgrejen eller om hon faktiskt ville skydda den där gerillasnuten på något sätt.

Den pinsamma gärningen att stjäla ur en miljardärs kassaskåp överskuggades av hennes mod och street-smartness när hon tagit sig in i området för att varna sin polissyster. Poliserna sa att stölden som sådan ju omfattade ett objekt av noll värde, vilket gjorde att brottet rubricerades som ringa. Nova skulle på sin höjd få lite dagsböter, »om de inte bestämmer sig för att skriva av denna bagatell«, som advokat Nikbin sa.

Mamma och pappa blev stolta – för första gången. Till och med Guzmán hörde av sig i ett krypterat meddelande: *Bra gjort i området. Kampen går vidare.*

Och på något sätt förändrade det Nova själv: hon hade varit ärlig på ett ärligt sätt, för första gången på många år.

Misstankarna om brott gällande Simon Holmberg lades ner, gudskelov. Polisen misstänkte en annan gärningsman, Arthur, han som skjutit Isak och Emir och störtat i helikoptern. De hade bland annat hittat Simons dator hemma hos den där sjuka snuten.

Hon och Jonas satte sig ner i de moderna fåtöljerna, det hårda ryggstödet kändes inte över huvud taget, det var som om det blev ett med Novas kropp.

Gemma hällde upp energidryck och kaffe, hennes klingande skratt fyllde mötesrummet.

Utsikten här var hänförande, de befann sig högst upp i det högsta huset vid Stureplan. Stockholm bredde ut sig åt alla håll. Brainy ägde den här staden, på mer än ett sätt.

»Det vore fantastiskt om du ville bli en del i *The Brainy Tribe*«, sa Gemma.

Det var precis vad Nova och Jonas ville höra.

»Vi tror att din nya profil särskilt skulle passa vår europeiska linje, vi har fler än hundrafemtio miljoner användare här.«

Det var *exakt* vad Nova och Jonas ville höra.

»Jag vet att vi har kunder som skulle vilja börja spela in med dig redan nästa månad«, sa Gemma och log.

Jonas harklade sig. »Får jag fråga en sak?«

»*Sure.*«

»Har ni något projekt för Nova där betalning kan ske ganska snart, så att säga, redan före inspelning?«

Gemma Swift stirrade på honom. »Det här kvartalet?«

»Ja, eller ännu bättre, den här månaden.«

Gemma hade lämnat dem, hon skulle konsultera sina kollegor.

»Hur var det i området egentligen?« sa Jonas plötsligt.

Nova slutade titta på utsikten, vände sig mot honom. »Jag var ju bara där någon timme. Det kom en ny helikopter efter ett tag, de flög ut oss.«

Jonas ögon var halvslutna.

»Jag vet. Men hur var det därinne?«

»Allt var trasigt.«

»Du vet att jag är född i Järva, va?«

»Lägg av.«

»Jag skämtar inte.«

»Men jag trodde din pappa höll på med tandimplantat, att han hade sålt sina kliniker?«

»Vi sålde hans kliniker, ja«, sa Jonas.

Nova tittade ut igen. Måsar kretsade i gäng utanför fönstret som om någon lagt döda fiskar uppe på Svampen. Riktmärket var släckt i dag – det såg bara ut som vad det faktiskt var: ett regnskydd i betong. Hon kände Jonas blick på sig.

»Varför tror du inte på att jag kommer från Järva?«

»Jo, jo, men det lät så otroligt bara«, sa hon.

»Vad menar du?«

»Jag menar ingenting.«

»Jo, du menade att du inte trodde att det fanns folk som var käkkirurger på en plats som Järva.«

»Varför är inte fler det då?«

Jonas såg ut genom fönstret. Nu såg han mer sorgsen än stressad ut. »Hur ska jag veta det? Jag kan inget om titanskruvar och tandrötter. Jag är expert på hur man säljer unga kvinnors liv.«

Dörren öppnades. Gemma Swift klev in: hennes sneakers såg ut som små rymdskepp. »Vi har faktiskt en kund som skulle kunna betala ett bra förskott. Om du, Nova, går med på jobbet, vill säga.«

Nova smajlade – hon var en förändrad person: ärligare.

Gemma satte sig ner. »Det är inte så komplicerat, egentligen. Du blir ambassadör för kunden och gör ett antal Brainyimpulser som skapar en positiv bild och känsla av kunden i följarnas hjärnor.«

Nova smajlade ännu bredare, sådant hade hon gjort förut, det kunde inte vara svårt. »Vem är kunden?«

Gemma såg också glad ut. »Nordkorea«, sa hon med tydlig röst.

*

Emir låg på sin gamla säng – numera i mammas rum – och väntade. Av någon anledning ville han inte ligga på soffan i vardagsrummet eller sitta på någon av de obekväma stolarna i köket. Det var bara härinne han fick någon form av ro.

Hemma hos sig själv gick han fram och tillbaka som en galen hund – fixade inte att tänka på något annat än hur det skulle gå för Hayat.

Hon var häktad. Misstanken hade offentliggjorts vid häktningsförhandlingen för några dagar sedan: terrorbrott, stod det i beslutet, inga fler detaljer än så.

»Domstolen anger aldrig grunderna för en häktning«, hade advokat Nikbin sagt när Emir haft möte med honom tidigare i dag. »Mer än så kan jag inte säga, trots att jag är hennes advokat. De har lagt ett yppandeförbud i det här målet, det är så strikt att man antagligen får tre fyra år bara man råkar fjärta utanför förhörsrummet.«

Emir hade besökt Nikbin av en annan anledning också: advokaten väntade besked från Polismyndigheten under dagen – Emir skulle få veta om de höll sin överenskommelse med honom eller inte. Om han skulle slippa livstids fängelse.

Nikbin sa att han var säker på positivt besked, samtidigt påstod ju snuten att den som Emir levt som sambo med var Rörelsens militära ledare. Det kunde ha förändrat deras bedömning – Emir var förvånad att de inte gripit honom.

»Det ser inte bra ut för din flickvän«, sa advokaten.

»Hon är inte min flickvän längre.«

»Nä, nä, men de har redan presenterat en hel del graverande bevisning mot henne.«

»Graverande?«

»Det betyder försvårande.«

Emir förstod inte: Hayat var inte A, det visste han.

Ändå: han kunde inte förklara för sig själv hur han visste det. De hade inte ens haft kontakt de senaste åren, och när han tänkte efter kunde han heller inte komma ifrån den skumma känslan att hon hållit på med grejer som hon aldrig berättat för honom. Och hon hade bestämda åsikter, det hade hon.

»Varför grep de henne just nu?«

»Det är jag inte tillåten att svara på. Men i universum hänger allt ihop«, sa Nikbin. »Har du hört den här? Hur botas en fartsyndare?« Han fnissade åt sig själv redan innan han svarade: »Bromsmedicin.«

Emir lade armarna i kors. »Hayat är inte A, det kan jag säga till tuzen procent. Ni är snurriga allihop.«

»Jag håller med dig. Hon bad mig hälsa till dig, förresten.«

Emirs hjärta skuttade till.

»Hon bad om ursäkt för att hon inte tog emot samtal från dig för några år sedan, då när du satt inne. Och hon sa att om du skulle ringa henne nu, skulle hon inte göra om det misstaget.«

Emir orkade inte tänka på risken att hon inte skulle släppas.

»Och dessutom så kom det ett brev till dig i dag.« Nikbin höll upp ett kuvert. Adressen utanpå var skriven med barnslig handstil.

Emir Prinsen Lund c/o advokat Payam Nikbin.

Emir öppnade det.

Det korta brevet var skrivet med lika oläslig handstil.

Jag köpte nya Teslan i stället, coolare än Ferrari. 0 till 100 på 2,6. Körde hela vägen hit. De säger jag är blessed som får bo vid Medelhavet. Men jag saknar Järva redan. Jag kommer inte döda dig. Don't worry.

/Roy

Roy Adams var helt sjuk i huvudet: sju döda poliser, men han hade gjort det han lovat i alla fall – tjackat en snabb *araba* och gittat från landet.

Advokaten såg nyfiken ut. Då plingade det till i hans dator. »Nu kom det«, utropade han.

Nikbin tog ut en flaska. Han vred den så att Emir såg etiketten: *Moët & Chandon Nordic.*

»Deras första skörd i Sverige. Du vet, klimatförändringarna är inte bara av ondo.« Nikbin tog bort stanniolskyddet över korken och började vrida. »Man ska vrida på flaskan, inte korken, det vet du väl?«

Det smällde när korken träffade taket. Champagnen rann över, skummet låg som diamanter i glasen.

»De har beslutat att lägga ner ärendet mot dig. Det blir ingen rättegång, inget straff. Du är en fri man, min vän«, sa Nikbin. »Och du är avklassificerad som SGI och är nu en del av sjukförsäkringssystemet igen. Gratis dialys.«

Emir öppnade ögonen. Han hörde ett ljud från köket. Han kände fortfarande av Nikbins champagne, de hade tömt flaskan. Efter skiten uppe på vattentornet hade Emir direkt lagts in på Karolinska, fått riktig hemodialys och behandling av lungödemet. Hade det gått två timmar till hade han varit död.

Han hade legat kvar på sjukhuset i några dagar, det var ett helvete där, redan första eftermiddagen fick de tillkalla väktare för att mota bort alla journalister.

Det var mamma som lät, slamret var bekant, någon som exakt visste var kaffekannan och kopparna fanns.

Ute var det däremot tyst. Kravallerna hade upphört. Ut- och infarterna till området hade öppnats igen. Det var nästan som om inget hade hänt, fast de utbrunna bilvraken, de krossade fönstren och överflödet av snutar vittnade om en annan verklighet.

Han reste på sig.

Rummet var rensat. Aina hade redan varit både här och hemma hos honom två gånger och gjort husrannsakningar. Hans nya telefon hade de också tagit i beslag, men det tyckte han bara var skönt – då kunde inte journalisterna nå honom.

Rörelsen, tänkte han sedan. Kunde det stämma? Hade Hayat grundlurat alla?

Sedan tänkte han på Rezvan. Grabben mådde fint.

Allt var nästan perfekt. Förutom Hayat.

Och Isak – Emir slöt ögonen igen. Han hade egentligen bara haft en riktig vän i livet. Nikbin hade beställt ut förundersökningsmaterialet angående tillslaget mot Abu Gharibs pokerlägenhet. Det var Isak som hade informerat poliserna om hela grejen – Emir skulle aldrig förstå varför kompisen golat.

Då knackade mamma på. »Kom och titta på det här«, sa hon.

De satte sig framför samma gamla teve som hon alltid haft, fast den numera var kopplad till hennes telefon. Emir visste inte ens att hon var så teknisk.

Det var en Shokenvideo som visades.

En person i rånarluva och mörka kläder satt vid ett bord med en mikrofon framför sig. Undertexten löd: *Pressmeddelande från Rörelsen.*

»*Jag är A*«, sa personen i rånarluvan med skorrande röst, uppenbarligen med någon form av förvrängningsfilter pålagt.

»*Rörelsen vill först uttrycka sin solidaritet med alla de familjer som berövats nära och kära under de senaste dagarnas våldsamheter. Dessa våldsamheter skulle aldrig ha inträffat om det inte vore för den svenska statens strukturella diskriminering av de människor som lever i de så kallade särområdena. Svenska staten lät Järva särområde förbli stängt och inmurat under dessa dagar. Det förlåter vi aldrig.*«

A böjde sig fram mot mikrofonen. »*Svenska staten har inte bara kapitulerat inför rasismens, klasshatets och klimatförstörelsens tyngd. Svenska staten driver nu själv dessa förtryckets ideologier: civila åhörare besköts på Järva torg. Rörelsen kommer aldrig att ge upp kampen.*

Detta pressmeddelande rör särskilt gripandet av Hayat Said. Det påstås att Hayat Said skulle vara jag, A. Denna anklagelse är en lögn och vilar på fullständigt lös grund. Av det skälet skickar jag nu detta meddelande till förtryckarna: Ni har gripit fel person. Jag är på fri fot, och jag kommer alltid att vara fri.«

A gjorde en kort paus och fortsatte sedan. »*Som ytterligare bevis har vi i Rörelsen i dag skickat uppgifter till Säkerhetspolisen avseende olika aktioner som A har genomfört. Hayat Said är inte A.*«

Videon blev svart.

Emir satt kvar och bara stirrade.

»Vad tror du?« sa mamma och ställde sig upp.

Emir rörde sig inte. »Jag har ingen aning. Men jag hoppas det där hjälper Hayat. De i Rörelsen är ju galna.«

Hon glodde på honom ovanligt länge. »Det tycker inte jag.«

Mamma öppnade köksfönstret för att få in frisk luft.

Hon hade varit ute och handlat festmat – Emir var fri, de skulle äta något gott. Men just nu kokade hon kaffe.

Hon rörde i kannan – alltid värma vattnet separat i dzezvan, alltid blanda i sockret i det kokande vattnet före kaffet, tills det var helt upplöst. Mamma ändrade inte ett vinnande koncept i onödan. Hon var konservativ på det sättet. »Reaktionär«, hade Hayat sagt ibland.

Mamma sträckte sig efter plåtburken som det alltid stod något på kurdiska på och öste upp en väldigt rågad tesked med finmalet kaffepulver. »En sak kan jag i alla fall säga säkert«, sa hon långsamt. »Och det är att Hayat inte är A.«

Emir lutade sig över köksbordet.

»Hur kan du veta det?«

»Jag är helt säker. *Tuzen procent*, som du brukar säga.«

»Varför?«

»De kommer att inse sitt misstag. Hayat var kanske på sjukhuset några av alla de gånger som servrarna användes för Rörelsen. Men hon var definitivt inte där *alla* gånger. Och telefonen som A använt som har tillhört Hayat ... den kan ju ha råkat hamna hos A utan att Hayat visste om det. Och när de upptäcker det, kommer de att förstå att de har tagit fel person.«

Emir visste inte att medierna berättat så detaljerat om anledningen till att Hayat gripits, men mamma verkade ha stenkoll. Han kom ihåg hur Hayat dumpat massor av grejer hos Payam Nikbin.

Han drog ett djupt andetag. »Jag har inte berättat det för dig, men Hayat hade rätt skumma kläder på sig när jag var där, typ militärbyxor.«

»Och?«

Mamma rörde medsols i dzezvan, som vanligt. »Hon hade fått de kläderna av mig.«

Emir stirrade, morsan var riktigt skum just nu. »Varför då?«

»För att ha på jobbet, när livet blir tuffare.«

»Va?«

»Jag släppte inte kontakten med Hayat bara för att du gjorde det, det vet du.«

Mamma tittade upp och mötte hans ögon: en lugn blick, men ändå hård på ett sätt han inte var van vid.

»De är åsnor allihop«, sa hon. »De vill bara hitta någon att skylla på, någon att förtrycka. Samhället lider av ett virus. Det kallas repressionssjukan.«

Hans ögon fastnade på mammas fingrar, eller snarare: på hennes nagellack. Det var svart.

Det var dags nu.

»Kom«, sa han. »Vi ska hämta Mila.«

Mamma hällde upp kaffet. »Nej. Jag har pratat med Lilly. I dag får du hämta själv.«

De gick längs grusgången. Vattentornet syntes längre bort. Mila höll honom hårt i handen. »Vi ska äta med farmor och sedan ska vi prova en rolig grej«, sa Emir.

»Farmor är prillig«, sa Mila.

Prillig – det lät som ett Payam Nikbin-ord. Men Mila hade rätt. Det var något med morsan som var riktigt weird, men det spelade ingen roll. Hon hade alltid varit sådan.

Han ringde Rezvan.

»Tjena, kompis«, sa Emir. »Hur mår du?«

Grabben lät bättre på rösten, inte lika skrovlig som senast. »Det är lugnt.«

»Du är väl i skolan?«

Rezvan tvekade. »Eh, inte i dag.«

Emir kunde inte låta bli att flina.

»Jag är på väg med Mila till gymmet, hon ska prova på lite träning. Men jag tänkte att du kanske vill hänga på? Vi vill köra sparring med den modigaste personen i Järva.«